Nur für einen Sommer
Die Journalistin Lee Radcliffe hat es sich in den Kopf gesetzt, den mysteriösen Top-Autor Hunter Brown zu interviewen, und tatsächlich gelingt es ihr während eines Schriftstellerkongresses, seine Bekanntschaft zu machen. Doch Hunter will sich nur unter einer Bedingung ihren Fragen stellen: Lee soll ihn auf einen Campingtrip begleiten. Natürlich sagt sie Ja – wenn auch keineswegs nur aus rein professionellen Gründen: Sie will herausfinden, wie Hunter als Mann ist ...

Sommer, Sonne und dein Lächeln
Beide sind geschieden, beide haben Angst vor einer neuen Bindung. Aber einen Sommer lang reisen die Fotografin Blanche Mitchell und ihr Kollege Sidney Colby ungeachtet ihrer Gefühle gemeinsam durch die USA: Ihre Aufnahmen sollen die schönsten Seiten des Landes – Blanches Spezialität – und die harte Wirklichkeit – Sidneys Aufgabe – widerspiegeln. Doch je länger sie unterwegs sind, desto klarer wird: Das perfekte Bild kann, ebenso wie ein perfektes Leben, nur gemeinsam mit viel Liebe entstehen ...

Nora Roberts

Sommerträume

MIRA® TASCHENBUCH
Band 25059
2. Auflage: Juli 2003

MIRA® TASCHENBÜCHER
erscheinen in der Cora Verlag GmbH & Co. KG,
Axel-Springer-Platz 1, 20350 Hamburg
Deutsche Taschenbucherstausgabe

Titel der nordamerikanischen Originalausgaben:
Second Nature/One Summer
Copyright © 1986 by Nora Roberts
erschienen bei: Silhouette Books, Toronto
Published by arrangement with
Harlequin Enterprises II B.V., Amsterdam

Konzeption/Reihengestaltung: fredeboldpartner.network, Köln
Umschlaggestaltung: pecher und soiron, Köln
Titelabbildung: GettyImages, Köln
Autorenfoto: © by Harlequin Enterprise S.A., Schweiz
Satz: Berger Grafikpartner, Köln
Druck und Bindearbeiten: Ebner & Spiegel, Ulm
Printed in Germany
ISBN 3-89941-074-2

www.mira-taschenbuch.de

Nora Roberts

Nur für einen Sommer
Roman

Aus dem Amerikanischen von
Anne Pohlmann

PROLOG

... und dem vollen und weißen und kalten Mond. Er sah die Schatten, die sich über dem eisverkrusteten Schnee verschoben und zitterten. Schwarz auf Weiß. Schwarzer Himmel, weißer Mond, schwarze Schatten, weißer Schnee. So weit das Auge reichte. Leere Weite, ohne Farben. Das einzige Geräusch war das pfeifende Stöhnen des Windes durch die nackten Bäume. Aber er wusste, er war nicht allein. Für ihn gab es kein Entkommen, keine Sicherheit, weder im Schwarzen noch im Weißen. Durch sein erfrorenes Herz brach sich ein dünner Strom heißer Angst. Sein Atem, schwer, erschöpft, kam in Stößen kleiner, weißer Wölkchen. Über den vereisten Boden fiel ein schwarzer Schatten. Es gab keinen Ort mehr, an den er flüchten konnte.

Hunter zog an seiner Zigarette und starrte durch die Rauchwolke auf die Worte auf dem Monitor. Michael Trent war tot. Hunter hatte ihn erschaffen, hatte ihn ausschließlich für diesen kalten mitleidslosen Tod unter dem Vollmond gestaltet. Hunter bedauerte es nicht, diesen Mann zu zerstören, den er gründlicher kannte als sich selbst.

Er ließ das Kapitel hier enden. Die Einzelheiten von Michaels Mord überließ er der Vorstellungsgabe des Lesers. Die Atmosphäre war geschaffen, Geheimnisse angedeutet, das Verhängnis greifbar, aber nicht erklärt.

Hunter wusste, diese Eigentümlichkeit seines Stils faszinierte und erregte seine Leser. Das genau war seine Absicht. Es stellte ihn zufrieden, was nicht häufig der Fall war.

Schreibend schuf er das Furcht erregende, das den Atem nehmende Grauen, das Unaussprechliche. Hunter holte die schwärzesten Albträume der Menschen ans Licht und machte sie mit kühler Genauigkeit greifbar. Er machte das Unmögliche möglich, das Unheimliche alltäglich. Das Alltägliche wiederum kehrte er häufig zum fröstelnd Beängstigenden um.

Wie ein Maler mit seiner Farbpalette, so ging er mit Worten um und gestaltete daraus Geschichten voller Farbe und Klarheit, die den Leser von der ersten Seite an fesselten. Er schrieb Horrorgeschichten, und er war außergewöhnlich erfolgreich.

Seit fünf Jahren galt er als Meister seines Fachs. Ihm waren sechs Top-Bestseller gelungen, vier davon hatte er zu Drehbüchern für Spielfilme umgearbeitet. Die Kritiker schwärmten, die Verkaufszahlen stiegen, Fanpost aus der ganzen Welt überschüttete ihn. Hunter kümmerte es wenig. In erster Linie schrieb er für sich selbst, denn Geschichten erzählen, das konnte er am besten. Wenn er mit seinen Geschichten zusätzlich noch Leser unterhielt, war er zufrieden. Doch wäre er von den Lesern und Kritikern nicht so begeistert aufgenommen worden, er hätte trotzdem geschrieben.

Er hatte seine Arbeit, er hatte sein Privatleben. Das waren die zwei entscheidenden Dinge in seinem Leben.

Er selbst hielt sich nicht für einen Einsiedler, auch nicht für ungesellig. Er lebte ganz einfach das von ihm gewählte Leben. Vor sechs Jahren hatte er auch nicht anders gelebt, vor dem Ruhm, dem Erfolg, dem Geld.

Hätte ihn jemand gefragt, ob die Folge von Bestsellern sein Leben geändert habe, hätte er geantwortet: Warum sollte es? Er war Schriftsteller gewesen, bevor „Was dem Teufel gebührt" auf Platz eins der Bestsellerliste in THE NEW YORK TIMES geraten war. Er war immer noch Schriftsteller.

Manche behaupteten, sein Lebensstil sei berechnend - er schaffe sich aus Kalkulation das Bild eines Sonderlings. Eine gute Werbung. Manche überlegten sogar öffentlich, ob er gar nicht existiere, nur das kluge Produkt der Fantasie eines Verlegers sei. Doch Hunter Brown besaß eine ausgeprägte Gleichgültigkeit allem Gerede gegenüber. Er hörte ausschließlich das, was er hören wollte, sah nur, was er sehen wollte, und erinnerte sich an alles.

Er begann mit dem nächsten Kapitel. Das nächste Kapitel, das nächste Wort, das nächste Buch, das war für ihn von viel größerer Bedeutung als jeder auf Mutmaßungen aufgebaute Zeitungsartikel.

An diesem Tag arbeitete er sechs Stunden und hätte sicher noch zwei weitere schreiben können. Die Geschichte floss wie Eiswasser aus ihm, klar und kalt.

Seine Finger, die jetzt auf der Tastatur des Computers lagen, waren auffallend schön – gebräunt, lang gliedrig und mit breiten Handflächen. Einem Betrachter könnte sich der Eindruck aufdrängen, mit diesen Händen würden Konzerte oder Gedichte erschaffen. Doch sie hielten schwarze Träume und Monster fest – nicht die mit den tropfenden Giftzähnen und der Schuppenhaut, sondern Monster, die real genug waren, um die Haut prickeln zu lassen. Er fügte immer genügend Wirklichkeit hinzu, um den Horror alltäglich und nur zu glaubhaft zu machen. Aus den dunklen Winkeln seiner Arbeit lugte eine Kreatur, und diese Kreatur war die tief verborgene Angst eines jeden Menschen. Hunter fand sie immer. Und dann, Millimeter um Millimeter, führte er den Leser in diesen Winkel hinein.

Halb vergessen schwelte die Zigarette in dem überquellenden Aschenbecher neben seinem Ellenbogen. Er rauchte zu viel. Dies war vielleicht das einzige äußere Zeichen des Drucks, den er sich selbst auferlegte und den er sich von sonst niemandem hätte aufbürden lassen. Er wollte sein Buch bis zum Ende des Monats fertig haben, einem von ihm selbst gesetzten Termin. Er hatte einem sehr seltenen Impuls nachgegeben und zugesagt, auf einer Schriftstellertagung in Flagstaff in der ersten Juniwoche zu reden.

Es geschah nicht häufig, dass er Auftritten zustimmte, und wenn, dann handelte es sich nie um große, von der Öffentlichkeit beachtete Gelegenheiten. Diese Konferenz versammelte nicht mehr als zweihundert publizierende und angehende Schriftsteller. Er würde seine Rede halten, Fragen beantworten und wieder nach Hause fahren. Ein Honorar gab es nicht.

Allein in diesem Jahr hatte Hunter ohne Begründung Angebote von einem der angesehensten Organisatoren im Verlagswesen abgelehnt. Ansehen interessierte ihn nicht. Andererseits hielt er es für seine Pflicht, Beiträge an die Schriftstellervereinigung von Arizona abzuführen. Hunter hatte schon immer verstanden, dass nichts umsonst war.

Es war später Nachmittag, als der Hund, der zu seinen Füßen lag, den Kopf hob. Das Tier war schlank, mit schimmerndem grauen Fell und den schmalen, klugen Augen eines Wolfs.

„Ist es Zeit, Santanas?" Hunter streichelte den Kopf des Hundes. Zufrieden und entschlossen, abends noch weiterzuarbeiten, schaltete er den Computer aus.

Hunter trat aus dem Chaos seines Arbeitszimmers in das aufgeräumte Wohnzimmer mit seinen großen Butzenscheibenfenstern und der hohen Decke. Es roch nach Vanille und Blumen.

Er stieß die Tür zur gepflasterten Terrasse auf und blickte hinüber zum dichten, das Haus umschließenden Wald. Der Wald schloss ihn ein und andere aus. Hunter hatte nie überlegt, was für ihn wichtiger war. Er brauchte die Abgeschiedenheit. Er brauchte den Frieden, das Geheimnis und die Schönheit, wie er auch die tief roten Wände des Canyons brauchte, die sich jenseits der Bäume majestätisch erhoben. Durch die Stille hörte er das Plätschern des Bachs und roch die schwere Frische der Luft. Das nahm er nie für selbstverständlich, denn er hatte es nicht immer gehabt.

Dann sah er sie, sie tänzelte den sich windenden Pfad entlang, der zum Haus führte. Der Schwanz des Hundes begann, wild hin und her zu schlagen.

Manchmal, wenn er sie so beobachtete, dachte Hunter, es sei unmöglich, dass ein so reizendes Wesen zu ihm gehörte. Sie war dunkel und zierlich und bewegte sich mit einer unbekümmerten Grazie. Es war Sarah. Seine Arbeit und sein Privatleben, das waren die zwei entscheidenden Dinge in seinem Leben. Sarah war sein Leben.

Als sie ihn sah, strahlte ein Lächeln auf ihrem Gesicht und ließ die Zahnspange aufblitzen. „Hi, Dad!"

1. KAPITEL

Die Woche, bevor ein Magazin wie CELEBRITY in Druck ging, herrschte äußerstes Chaos. Die Führungsetagen aller Redaktionen waren in wilder Aufregung. Schreibtische waren überhäuft, Telefonleitungen besetzt, die Mittagspausen wurden ausgelassen. Eine Spur von Panik lag in der Luft und dies steigerte sich von Stunde zu Stunde. Die Stimmung war gereizt und in manchen Befehlen schwang die Nervosität mit. Bis spätabends brannten in den Büros die Lichter. Das reiche Aroma von Kaffee und beißender Tabakrauch lagen immer in der Luft. Röhrchen von Magentabletten wurden geleert, und Fläschchen mit Augentropfen wanderten von Hand zu Hand. Nach fünf Jahren war die monatliche Torschlusspanik für Lee selbstverständlich geworden.

CELEBRITY war eine elegante, angesehene und auflagenschwere Zeitschrift. Neben Geschichten über die Reichen und Berühmten wurden Artikel von bekannten Psychologen und Journalisten gedruckt, ebenso Interviews mit Politikern und Rockstars. CELEBRITY-Fotografien waren erstklassig, die Textbeiträge gründlich recherchiert und prägnant geschrieben. Ein Lästerer hatte sie als Qualitäts-Tratsch einstufen können – die Betonung der Qualität vergaß aber auch der größte Lästerer nicht.

Eine Werbeanzeige im CELEBRITY war gleichbedeutend mit einem sicheren Anstieg der Verkaufszahlen und des öffentlichen Interesses und musste entsprechend bezahlt werden. CELEBRITY war in der hart konkurrierenden Zeitschriftenlandschaft eine der führenden monatlichen Publikationen des ganzen Landes. Mit weniger hätte sich Lee Radcliffe auch nicht begnügt.

„Wie kommt die Aufnahme von den Skulpturen?"

Lee warf Blanche Mitchell, einer der Top-Fotografinnen der Westküste, einen Blick zu. Dankbar nahm sie die Tasse Kaffee entgegen, die Blanche ihr reichte. In den letzten vier Tagen hatte Lee insgesamt zwanzig Stunden Schlaf gefunden. „Gut", antwortete sie kurz.

„Ich habe schon Kritzeleien an Hauswänden gesehen, die eher den Namen Kunst verdienten."

Obwohl sie ihr persönlich zustimmte, zuckte Lee die Schultern. „Manche stehen auf so etwas."

Lachend schüttelte Blanche den Kopf. „Als sie mir gesagt haben, dieses Gewirr von roten und schwarzen Drähten am vorteilhaftesten zu fotografieren, hätte ich sie fast gebeten, das Licht auszumachen."

„Bei dir sieht es fast mystisch aus."

„Mit dem richtigen Licht kann ich einen Schrottplatz mystisch aussehen lassen." Sie lächelte Lee an. „Genauso, wie du ihn faszinierend beschreiben kannst."

Lees Mundwinkel zuckten, doch ihre Gedanken gingen in die unterschiedlichsten Richtungen. „Das gehört alles zum Handwerk."

„Wenn wir schon davon sprechen", Blanche lehnte sich mit der Hüfte gegen Lees voll gepackten Schreibtisch und trank ihren Kaffee, „versuchst du immer noch, etwas über diesen Hunter Brown auszugraben?"

Ein Stirnrunzeln zog Lees elegant geschwungenen Brauen zusammen. Hunter Brown war zum Gegenstand ihres Ehrgeizes geworden und schon fast eine Besessenheit. Vielleicht lag es an seiner absoluten Unzugänglichkeit, dass sie entschlossen war, als Erste den Schleier des Geheimnisses zu lüften. Es hatte sie fast fünf Jahre gekostet, sich einen Namen als Reporterin zu machen, und sie galt als hartnäckig, gründlich und kühl distanziert. Lee wusste, sie hatte sich diese Attribute verdient. Drei Monate lang auf der Suche nach Hunter Brown ins Leere zu laufen, schreckte sie nicht ab. Auf die eine oder andere Art würde sie zu ihrer Story kommen.

„Bisher bin ich nicht einmal über den Namen seines Agenten

und die Telefonnummer seiner Verlegerin hinausgekommen." Vielleicht lag eine Spur von Frust in ihrer Stimme, doch ihre Miene war entschlossen. „Ich habe noch nie so verschwiegene Menschen getroffen."

„Sein letztes Buch hat alle Erwartungen übertroffen. Hast du es schon gelesen?"

„Gekauft schon, aber ich hatte noch keine Gelegenheit damit anzufangen."

Blanche warf eine ihrer langen honigfarbenen Strähnen über die Schulter zurück. „Fang es nicht in einer dunklen Nacht an." Sie nahm einen Schluck Kaffee und lachte auf. „Als ich es gelesen habe, konnte ich nur bei Festtagsbeleuchtung einschlafen. Ich weiß wirklich nicht, wie er das schafft."

Lee blickte auf. „Das ist eine der Fragen, die ich klären werde."

Blanche nickte. Sie kannte Lee seit drei Jahren und zweifelte nicht daran, dass sie es schaffte. „Warum?"

„Weil ...", Lee trank ihren Kaffee aus und warf den leeren Plastikbecher in ihren überquellenden Papierkorb, „... es bisher noch niemand geschafft hat."

„Große Herausforderung – das Mount-Everest-Syndrom", bemerkte Blanche und erhielt dafür eines der seltenen spontanen Lächeln von Lee.

Ein flüchtiger Blick zeigte zwei attraktive Frauen in leichter Unterhaltung in einem modern eingerichteten Büro. Ein näherer Blick hätte die Gegensätze aufgedeckt: Blanche, in bequemen Jeans und T-Shirt, war vollkommen entspannt. Bei ihr war alles lässig, von ihren alten Turnschuhen bis zu dem herunterhängenden Haar. Ihr anziehendes Gesicht zeigte nur eine Spur von flüchtig aufgetragenem Mascara.

Lee dagegen war eine äußerst elegante Erscheinung in ihrem graublauen Kostüm. Die Anspannung, der Motor ihrer Antriebskraft, machte sich an ihren Händen bemerkbar. Ihre Finger kamen nie zur Ruhe. Ihr Haar hatte einen raffinierten Kurzhaarschnitt, der wenig Aufwand erforderte – was ihr genauso wichtig war wie die gute Wirkung. Der Farbton lag irgendwo zwischen Kupfer und Gold. Ihr Teint war zart und hell, für manche Rothaarige ein Segen, für andere ein Fluch. Wie immer hatte sie ein perfektes Make-up aufgelegt, bis hin zu dem Lidschatten, der zu ihrer Augenfarbe passte. Von ihren zarten Gesichtszügen hob sich ein voller und unübersehbar eigensinniger Mund ab.

Die zwei Frauen verkörperten total unterschiedliche Stile und Geschmacksrichtungen, doch, merkwürdig genug, ihre Freundschaft hatte sich vom ersten Augenblick an gebildet. Obwohl Blanche mit Lees aggressiven Taktiken nicht immer übereinstimmte und Lee ebenso wenig mit Blanches gemäßigter Vorgehensweise, hielt ihre enge Freundschaft seit nunmehr drei Jahren.

„Also." Blanche fand in ihrer Jeanstasche einen Schokoriegel und begann ihn auszuwickeln. „Wie sieht dein Schlachtplan aus?"

„Weitergraben", gab Lee fast grimmig zurück. „Ich habe ein paar vage Verbindungen zu seinem Verlag knüpfen können. Vielleicht kommt über die eine oder andere etwas herüber." Ohne es selbst zu merken, trommelte sie mit den Fingern auf ihrem Schreibtisch. „Verdammt, Blanche, er ist wie der Mann, der nirgends war. Ich habe nicht einmal herausfinden können, in welchem Bundesstaat er lebt."

„Allmählich glaube ich fast an die Gerüchte." Draußen, vor Lees Büro, steigerte sich jemand wegen der Bearbeitung eines Artikels fast in einen hysterischen Anfall. „Ich würde sagen, der Bursche lebt in einer Höhle voller Fledermäuse und herumstreunender Wölfe. Das Originalmanuskript schreibt er wahrscheinlich mit Schafsblut."

„Und opfert zu jedem Vollmond Jungfrauen."

„Ich wäre nicht überrascht." Genüsslich kaute Blanche ihren Riegel. „Ich sage dir, der Mann ist unheimlich."

„,Der stille Schrei' ist immer noch auf der Bestsellerliste."

„Ich habe nicht gesagt, er sei nicht glänzend. Ich habe gesagt, er sei unheimlich. Was für ein Typ mag er wohl sein?" Selbstironisch lächelnd, schüttelte sie den Kopf. „Ich kann dir verraten, gestern Nacht hätte ich gewünscht, noch nie von Hunter Brown gehört zu haben, als ich versuchte, mit offenen Augen einzuschlafen."

„Das ist es gerade." Ungeduldig erhob sich Lee und trat an das winzige Fenster, das nach Osten ging. Sie blickte nicht hinaus. Der Anblick von Los Angeles interessierte sie nicht. Sie musste einfach nur herumgehen. „Was für ein Typ ist er? Welches Leben führt er? Ist er verheiratet? Ist er fünfundsechzig oder fünfundzwanzig? Warum schreibt er Romane über das Übernatürliche?" Ungeduldig und verärgert drehte sie sich um. „Warum hast du sein Buch gelesen?"

„Weil es faszinierend war. Weil, als ich auf Seite drei war, man mich nicht einmal mit Gewalt von dem Buch hätte wegreißen können."

„Und du bist eine intelligente Frau."

„Verdammt richtig." Blanche grinste. „Also?"

„Warum kaufen und lesen intelligente Menschen etwas, das ihnen entsetzliche Angst einjagt? Wenn du dir einen Hunter Brown kaufst, weißt du, was er bei dir verursacht, und trotzdem schießen seine Bücher laufend auf die Spitzen der Bestsellerlisten und bleiben dort. Warum schreibt ein offensichtlich kluger Mann solche Bücher?" In der Blanche vertrauten Art begann Lee, an allem herumzufingern, das ihr in die Quere kam – die Blätter eines Philodendron, ein Bleistiftstummel, der linke Ohrring, den sie während eines Telefonats abgenommen hatte.

„Höre ich etwa so etwas wie Missbilligung heraus?"

„Ja, vielleicht." Stirnrunzelnd sah Lee auf. „Der Mann ist wahrscheinlich der farbenprächtigste Erzähler des Landes. Wenn er ein Zimmer in einem alten Haus beschreibt, kannst du den Staub riechen. Seine Charakterzeichnungen sind so lebensnah, dass du schwörst, die Menschen seiner Romane schon einmal kennen gelernt zu haben. Und dieses Talent benutzt er, um über

Dinge zu schreiben, die einem in der Nacht eine Gänsehaut verursachen. Ich will herausfinden, warum."

Blanche zerknüllte das Papier des Schokoriegels zu einem Ball. „Ich kenne eine Frau mit scharfem Verstand. Sie hat ein Geschick, verborgene und manchmal unmöglich trockene Fakten auszugraben und aus ihnen fesselnde Geschichten zu machen. Sie ist ehrgeizig, hat ein bemerkenswertes Talent für Sprache, aber sie arbeitet für ein Magazin und lässt einen halb fertigen Roman vergessen in der Schublade liegen. Sie ist reizend, aber Verabredungen trifft sie nur aus Berufsinteresse. Und sie hat die Angewohnheit, beim Reden, Heftklammern in abscheuliche Formen umzubiegen."

Lee blickte hinunter auf das verbogene Stück Metall in ihren Händen. „Und? Weißt du warum?"

Es war ein Anflug von Humor in Blanches Blick. „Seit drei Jahren bemühe ich mich. Ich habe es noch nicht herausgefunden."

Mit einem Lächeln warf Lee die verbogene Heftklammer in den Papierkorb. „Schließlich bist du ja auch keine Reporterin."

Weil sie noch nie gut darin gewesen war, Ratschläge anzunehmen, knipste Lee die Nachttischlampe an, streckte sich aus und öffnete Hunter Browns letzten Roman. Ein oder zwei Kapitel wollte sie lesen und dann früh einschlafen. Früh einschlafen, das war fast ein sündhafter Luxus nach dieser Woche bei CELEBRITY.

Ihr Schlafzimmer war in Schwarztönen und Blauschattierungen gehalten, vom zartesten Aqua bis Indigo. Hier konnte sich Lee entspannen und wohl fühlen, mit den Dutzenden von Kissen und einer riesigen türkischen Brücke. Ihre letzte Errungenschaft, ein großer Ficus-Baum, stand am Fenster und gedieh prächtig.

Dieses Zimmer hielt sie für das einzig wahre private Fleckchen in ihrem Leben. Als Reporterin akzeptierte es Lee, dass sie öffentlicher Besitz war, ebenso wie die Leute, die sie sich aussuchte. Ein Privatleben zu haben, konnte sie nicht für sich beanspruchen, wenn sie selbst laufend im Leben anderer Menschen herumwühlte. Doch in diesem winzigen Winkel der Welt konnte sie sich vollkommen entspannen, konnte vergessen, dass Arbeit auf sie wartete, dass Stufen auf der Karriereleiter zu erklimmen waren. Sie konnte sich vormachen, Los Angeles wimmele nicht von geschäftigem Treiben, solange sie nur diese Oase des Friedens hatte. Ohne sie, ohne die Stunden, die sie sich hier entspannte, würde sie den Karrieredruck nicht aushalten.

Lee wusste, sie hatte die Neigung, zu viel von sich zu verlangen, pausenlos auf Hochtouren zu laufen. In der Stille ihres Schlafzimmers konnte sie jeden Abend neue Kräfte sammeln, um für den Wettkampf am nächsten Tag bereit zu sein.

Entspannt öffnete sie Hunter Browns letztes Werk.

Nach einer halben Stunde steigerte sich Anspannung und unbehagliche Unruhe in Lee, und sie war vollkommen im Bann der Geschichte, so dass sie gar nicht schnell genug umblättern konnte. Hunter Brown stellte einen ganz gewöhnlichen Mann in einer außergewöhnlichen Situation dar und das so fesselnd, dass sich Lee mit der Hauptfigur zusammen plötzlich in einer Kleinstadt in einem dunklen Geheimnis gefangen sah.

Die Erzählung floss, und die Dialoge waren so natürlich, dass sie die Stimmen direkt hören konnte. Er füllte das Städtchen mit vielen wieder erkennbaren, alltäglichen Dingen, dass sie schwören könnte, selbst schon dort gewesen zu sein. Sie wusste, die Geschichte würde ihr mehr als nur einen schlimmen Moment in der Dunkelheit verschaffen, aber sie musste einfach weiterlesen. Das war die Magie eines Meistererzählers. Ihn verfluchend las sie, so angespannt, dass, als das Telefon neben ihrem Bett läutete, ihr das Buch aus den Händen flog. Wieder fluchte Lee, dieses Mal über sich selbst, und nahm den Hörer ab.

Ihre Verärgerung, gestört worden zu sein, dauerte nicht lange. Sie griff nach einem Stift und kritzelte etwas auf einen Notizblock neben dem Telefon. Lächelnd legte sie den Stift wieder hin. Dem Kontakt in New York schuldete sie enormen Dank. Doch erst musste sie Vorbereitungen treffen, um an einer kleinen Schriftstellerkonferenz in Flagstaff, Arizona, teilnehmen zu können.

Lee musste zugeben, das Land war beeindruckend. Wie es ihrer Angewohnheit entsprach, hatte sie während des Fluges von Los Angeles nach Phoenix gearbeitet, doch nachdem sie in die kleinere Maschine nach Flagstaff umgestiegen war, vergaß sie ihre Arbeit. Durch dünne Wolken flogen sie über eine Weite, die nach den Wolkenkratzern und dem Verkehr von Los Angeles kaum zu verkraften war. Sie blickte hinunter auf die Spitzen und Schluchten und die Burgen ähnlichen Wände des Oak Creek Canyon und empfand dabei ein Gefühl aufwallender Erregung, die selten bei einer nicht leicht zu beeindruckenden Frau zu finden ist. Wenn sie doch nur mehr Zeit hätte. Lee seufzte. Es gab nie genug Zeit.

In der Abfertigungshalle des winzigen Flughafens hatten die Passagiere die Wahl zwischen einer kleinen Ausschanktheke und Soda- und Süßigkeitsautomaten. Kein Lautsprecher verkündete ankommende oder abfliegende Maschinen. Kein Gepäckträger stürmte auf Lee zu, um ihr Gepäck in Empfang zu nehmen. Draußen wartete keine Reihe von Taxen auf die Fluggäste. Lästig. Lee runzelte die Stirn. Geduld zählte nicht zu ihren Tugenden.

Müde, hungrig und ein wenig erschöpft durch den unruhigen Flug in der kleinen Maschine, trat sie an einen der Tresen.

„Ich brauche einen Wagen, um in die Stadt zu kommen."

Der Mann in Hemdsärmeln und gelockerter Krawatte hörte auf, Knöpfe seines Computers zu drücken. Sein berufsmäßig höflicher Blick wurde intensiver, als er Lee ansah. Sie erinnerte ihn an eine Kamee, die seine Großmutter zu besonderen Gelegenheiten am Hals getragen hatte. Automatisch straffte er die Schultern. „Wollen Sie einen Wagen mieten?"

Lee überlegte einen Moment und lehnte es dann ab. Sie war nicht wegen touristischer Ausflüge gekommen, also lohnte sich ein Wagen nicht. „Nein, ich will nur nach Flagstaff." Sie nannte ihm den Namen ihres Hotels. „Haben die einen Hotelwagen?"

„Bestimmt. Rufen Sie einfach von dem Telefon dort drüben an, und die werden jemanden schicken."

„Danke."

Interessiert sah er ihr nach.

Als sie den Raum durchquerte, fing Lee den Duft von gegrillten Würstchen auf. Ihr lief das Wasser im Mund zusammen, da sie das zweifelhafte Essen während des Flugs zurückgewiesen hatte. Schnell wählte sie die Nummer des Hotels, nannte ihren Namen und erhielt die Zusicherung, innerhalb von zwanzig Minuten einen Wagen zu haben. Zufrieden kaufte sie sich ein Würstchen und nahm auf einem der schwarzen Plastikstühle Platz.

Sie würde erreichen, weshalb sie hierher gekommen war, redete sich Lee energisch ein, während sie hinüber zu den fernen Bergen blickte. Die Zeit hier würde nicht vertan sein. Nach drei frustrierenden Monaten würde sie nun endlich einen direkten Blick auf Hunter Brown werfen können.

Sie brauchte nichts weiter als eine Stunde mit ihm. Sechzig Minuten. In dieser Zeit konnte sie genügend Informationen für einen prägnanten und sehr exklusiven Artikel aus ihm herauslocken. Genau das war ihr auch mit dem diesjährigen Oscarpreisträger gelungen, obwohl der sich widerstrebend, fast feindselig gezeigt hatte. Hunter Brown würde wahrscheinlich auch beides sein. Das steigerte nur noch den Reiz der Aufgabe. Hätte sie ein einfaches überschaubares Leben gewollt, dann hätte sie sich dem Druck ihrer Eltern gebeugt und Jonathan geheiratet. In dem Fall würde sie in diesem Moment wahrscheinlich ihre nächste Gartenparty planen, statt sich zu überlegen, wie sie einen preisgekrönten, publikumsscheuen Schriftsteller überlisten könnte.

Lee hätte fast laut aufgelacht: Gartenpartys, Bridgepartys und der Yachtclub. Das mochte perfekt sein für ihre Familie, aber sie selbst wollte mehr. Mehr was? Das hatte ihre Mutter sie gefragt, und Lee hatte nur antworten können: einfach mehr.

Nach einem Blick auf ihre Uhr ließ sie ihr Gepäck neben dem Stuhl stehen und ging hinüber in den Waschraum für Damen.

Die Tür war kaum hinter Lee geschlossen, als das Objekt all ihrer Pläne in die Eingangshalle schlenderte.

Er tat nicht oft gute Taten und dann nur für Menschen, für die er eine echte Zuneigung empfand. Da er etwas zu früh in die Stadt gekommen war, war Hunter zum Flughafen gefahren, in der Absicht, seine Verlegerin abzuholen. Er sah sich flüchtig um und trat dann an denselben Tresen, an dem zehn Minuten früher auch Lee sich informiert hatte.

„War der Flug 471 pünktlich?"

„Ja, Sir, die Maschine ist vor zehn Minuten gelandet."

„Ist eine Frau ausgestiegen?" Wieder sah sich Hunter in der fast leeren Halle um. „Attraktiv, Mitte zwanzig ..."

„Ja, Sir", unterbrach ihn der Angestellte. „Sie ist gerade in den Waschraum gegangen. Dort drüben steht ihr Gepäck."

„Danke." Zufrieden ging Hunter zu Lees fein säuberlich aufgereihten Gepäckstücken. Belustigt ließ er den Blick darüber gleiten. Offensichtlich schleppten alle Frauen immer zu viel mit sich herum. Hatte nicht auch Sarah zwei Koffer für den dreitägigen Besuch bei seiner Schwester in Phoenix mitgenommen? Merkwürdig, sein kleines Mädchen war schon fast eine Frau. Vielleicht auch nicht merkwürdig.

Im Vergleich zu Jungen wuchsen Mädchen viel schneller aus dem Kindesalter heraus.

Als sie zurück in die Eingangshalle trat, sah Lee ihn. Er stand mit dem Rücken zu ihr, so dass sie nur einen großen, schlanken Mann mit schwarzem lockigen Haar sah, das lässig über den Halsausschnitt seines T-Shirts fiel. Genau pünktlich, dachte sie zufrieden und näherte sich ihm.

„Ich bin Lee Radcliffe."

Er drehte sich um, und sie erstarrte. Ihr unpersönliches Lächeln fror ein. Im ersten Augenblick konnte sie nicht sagen, warum. Er war attraktiv – vielleicht zu attraktiv. Sein Gesicht war schmal, ohne gelehrt zu wirken, wettergegerbt, ohne zerfurcht zu wirken. Eine Kombination von beidem. Seine gerade Nase erforderte fast die Bestimmung aristokratisch, während der Mund wie der eines Dichters geschnitten war. Sein Haar war voll und zerzaust, als wäre er stundenlang im Fahrtwind gefahren. Aber es waren nicht diese Merkmale, die Lee die Sprache verschlugen. Es waren seine Augen.

Sie hatte noch nie so dunkle Augen gesehen, die so direkt, so verunsichernd blickten. Es war, als sähe er durch sie hindurch. Nein, in sie hinein. Und innerhalb von zehn Sekunden hatte er alles von ihr wahrgenommen.

Er sah ein überwältigendes Gesicht mit hellem Teint und dunklen Augen, die vor Überraschung weit aufgerissen waren. Er sah einen weichen, femininen Mund mit geschickt aufgelegtem Rot. Er sah Nervosität. Er sah ein eigensinniges Kinn und Haar in der Farbe geschmolzenen Kupfers, das sich zwischen seinen Fingern wie Seide anfühlen würde. Er sah eine nach außen hin sichere, innerlich angespannte Frau, die nach Frühlingsabenden roch und aussah wie ein Titelbild von VOGUE. Wenn nicht diese innere Anspannung gewesen wäre, wäre er gegangen. Doch es fesselte ihn immer, was unter der Oberfläche von Menschen verborgen lag.

Mit einem ganz schnellen Blick überflog er ihr elegantes Kostüm. „Ja?"

„Nun, ich ..." Sie brach ab. Das allein brachte sie in Rage. Sie würde sich nicht von dem Fahrer eines Hotels zum Stammeln bringen lassen. „Wenn Sie gekommen sind, um mich abzuholen", sagte sie knapp, „dann sollten Sie mein Gepäck nehmen."

Er zog eine Braue hoch und sagte nichts. Ihr Fehler war offensichtlich. Es hätte ihn nur einen Satz gekostet sie aufzuklären.

Und doch, es war ihr Fehler, nicht seiner. Hunter hatte schon immer mehr Impulsen als Erklärungen geglaubt. Er beugte sich, nahm ihren Koffer und warf sich den Kleidersack über die Schulter. „Der Wagen ist gleich draußen."

Mit der Aktentasche in der Hand und seinen Rücken ihr zugewandt, fühlte sie sich gleich viel sicherer. Die merkwürdige Verunsicherung, redete sich Lee ein, war auf die Erwartung, den berühmten Sonderling endlich zu treffen und den langen Flug zurückzuführen. Männer überraschten sie nie, und ganz gewiss brachten sie sie nicht zum Stammeln und Anstarren. Was sie jetzt brauchte war ein Bad und etwas Kräftigeres zu essen, als es das Würstchen gewesen war.

Der Wagen, zu dem er sie führte, war kein Wagen, sondern ein Jeep. Sie nahm an, das sei sinnvoll bei den steilen Straßen und harten Wintern und stieg ein.

Bewegt sich gut, dachte er und kleidet sich makellos. Ihre Finger konnte sie nicht einen Augenblick lang ruhig halten. „Sind Sie aus der Gegend?" fragte er sie, nachdem er ihr Gepäck hinten verstaut hatte.

„Nein. Ich bin hier wegen der Schriftstellertagung."

Hunter warf die Tür zu. „Sind Sie Schriftstellerin?"

Sie dachte an die zwei Kapitel ihres Manuskripts, die sie zur Tarnung mitgebracht hatte. „Ja."

Hunter fuhr über den Parkplatz und nahm dann die Straße, die zum Highway führte. „Was schreiben Sie?"

Lee lehnte sich zurück und dachte, sie könnte sich hier schon etwas Routine erwerben, bevor sie mitten unter zweihundert Schriftstellern steckte. „Ich habe Artikel und einige Kurzgeschichten geschrieben", erzählte sie wahrheitsgetreu. Dann fügte sie hinzu, was sie kaum jemandem verriet: „Und ich habe einen Roman angefangen."

Mit einer Geschwindigkeit, die sie überraschte, aber nicht beunruhigte, bog er auf den Highway. „Werden Sie ihn beenden?"

„Das hängt wahrscheinlich von vielem ab."

Er warf ihr erneut einen prüfenden Seitenblick zu. „Zum Beispiel?"

Sie musste sich zwingen, still zu sitzen. Die Frage verursachte ihr wieder Unbehagen. „Zum Beispiel, ob das, was ich bisher gemacht habe, gut ist."

„Besuchen Sie häufig solche Tagungen?"

„Nein, es ist meine erste."

Daher möglicherweise die Nervosität, dachte Hunter, glaubte aber nicht, die ganze Antwort bekommen zu haben.

„Ich hoffe, etwas zu lernen." Lee überwand sich zu einem kurzen Lachen. „Ich habe mich erst in letzter Minute zur Teilnahme entschlossen. Aber als ich erfuhr, Hunter Brown werde da sein, konnte ich nicht widerstehen."

Das Düstere in seinem Blick kam und verschwand zu schnell, um von ihr bemerkt zu werden. Er hatte nur eingewilligt, an der Konferenz teilzunehmen, weil die Öffentlichkeit nichts davon erfuhr. Selbst von den Organisatoren wusste im Augenblick noch kaum jemand, dass er sich hinter dem Überraschungsredner verbarg. Wie also, fragte er sich, hat diese kleine Rothaarige mit den italienischen Schuhen und den Mitternachtsaugen es herausgefunden? Er überholte einen Lastwagen. „Wer?"

„Hunter Brown. Der Romanschriftsteller."

Wieder überkam ihn der Impuls. „Ist er gut?"

Überrascht drehte sich Lee zu ihm und musterte sein Profil. Es war eindeutig leichter, ihn anzusehen, wenn diese Augen nicht auf sie gerichtet waren. „Sie haben nie etwas von ihm gelesen?"

„Sollte ich?"

„Ich denke, das hängt davon ab, ob Sie es mögen, bei Festtagsbeleuchtung und verriegelten Türen zu lesen. Er schreibt Horrorgeschichten."

Wenn sie genauer hingesehen hätte, wäre ihr der Funke Humor in seinem Blick nicht entgangen. „Geister und Vampirzähne?"

„Nicht ganz", entgegnete sie nach kurzem Überlegen. „Nicht

so einfach. Wenn es etwas gibt, wovor sie sich fürchten, er packt es in Worte und lässt Sie ihn zum Teufel wünschen."

Hocherfreut lachte Hunter. „Sie mögen es also, in Schrecken versetzt zu werden?"

„Nein", antwortete Lee unmissverständlich.

„Warum lesen Sie ihn dann?"

„Das habe ich mich selbst gefragt, als ich um drei Uhr früh eines seiner Bücher ausgelesen hatte. Es ist einfach unwiderstehlich. Ich denke, er muss ein sehr merkwürdiger Mensch sein", murmelte sie halb zu sich selbst.

Nach einer scharfen Kurve fuhr er vor dem Hotel, nach dem sie ihn eingangs kurz gefragt hatte, vor, mehr an dieser Frau interessiert, als er beabsichtigt hatte. „Aber besteht Schreiben nicht nur aus Wörtern und Einbildungskraft?"

„Und Schweiß und Blut", fügte sie hinzu und zuckte die Schultern. „Ich kann mir einfach nicht vorstellen, dass es sehr angenehm ist, mit einer Einbildungskraft wie der von Brown zu leben. Ich wüsste gern, wie er darüber empfindet."

Amüsiert sprang Hunter aus dem Jeep, um ihr Gepäck zu holen. „Sie werden ihn fragen."

„Ja." Lee stieg aus. „Das werde ich."

Einen Augenblick lang standen sie schweigend auf dem Bürgersteig. Er betrachtete sie mit so etwas wie mildem Interesse. Doch sie spürte, da war mehr – etwas, das sie einen Hotelfahrer nach zehnminütiger Bekanntschaft nicht empfinden lassen sollte. Zum zweiten Mal wollte sie sich unruhig bewegen und zwang sich wieder zum Stillstehen. Ohne ein weiteres Wort wandte sich Hunter ab und ging mit ihrem Gepäck ins Hotel.

Sie beobachtete ihn, als er zur Anmeldung ging. Von ihm ging die Aura kühler Zuversicht aus und eine gewisse Arroganz. Warum fuhr ein Mann wie dieser für ein Hotel hin und her, ohne es zu etwas zu bringen? Doch das sollte schließlich nicht ihre Sorge sein. Sie hatte sich um Wichtigeres zu kümmern.

„Lenore Radcliffe", sagte sie dem Portier.

„Ja, Miss Radcliffe." Er schob ihr ein Anmeldeformular hin und reichte ihr dann den Schlüssel. Bevor sie danach greifen konnte, hatte Hunter ihn schon genommen. Erst jetzt bemerkte sie den merkwürdigen Ring an seinem Finger, aus vier schmalen umeinander gewundenen Gold- und Silberbändern.

„Ich bringe Sie hin", sagte er ganz einfach und durchquerte die Eingangshalle, wobei sie dicht hinter ihm blieb. Vor einer Zimmertür blieb er stehen, schloss auf und bat sie mit einer Handbewegung hinein.

Der Raum war auf Gartenebene mit eigener Veranda, was sie erfreut bemerkte. Während sie sich umsah, schaltete Hunter unbekümmert den Fernseher ein, ging die verschiedenen Programme durch und überprüfte dann die Klimaanlage. „Rufen Sie den Portier, wenn Sie noch etwas brauchen", riet er ihr und schob ihren Kleidersack in den Schrank.

„Ja." Lee kramte in ihrem Portemonnaie und holte fünf Dollar hervor. „Danke." Sie hielt ihm das Geld hin.

Ihre Blicke trafen sich, und wieder bewirkte es bei ihr den lähmenden Schock wie zuvor auf dem Flughafen. Ganz tief in ihr rührte sich etwas. Dann lächelte er, so reizend, dass sie darüber die Sprache verlor.

„Danke, Miss Radcliffe." Ohne mit der Wimper zu zucken, steckte Hunter die fünf Dollar ein und schlenderte hinaus.

2. KAPITEL

Wenn Schriftsteller häufig als kurios eingestuft werden, so war eine Schriftstellertagung, wie Lee entdeckte, ein ganzes Kuriositätenkabinett. Ruhig, organisiert oder langweilig war hier nun wirklich nichts.

Wie alle anderen der rund zweihundert Teilnehmer stand sie morgens um acht in einer der zwölf Reihen zur Anmeldung. Vom Lachen und Rufen und den Umarmungen her zu urteilen, war es offensichtlich, dass sich viele der Schriftsteller und Möchtegernschriftsteller kannten. Es herrschte eine lockere Atmosphäre, das Gefühl, unter Gleichen zu sein. Über allem lag erwartungsvolle Spannung.

Und doch, mehr als einer der Gäste stand in der lärmenden Eingangshalle wie ein in einem Schiffswrack verlorenes Kind, klammerte sich an einen Ordner oder eine Aktentasche, als wäre es eine Rettungsweste und starrte gequält oder einfach nur verwirrt vor sich hin. Auch wenn sie selbst nach außen hin ruhig und sicher wirkte, als sie ihren Teilnehmerausweis entgegennahm, konnte Lee dieses Empfinden gut nachvollziehen.

Sie konzentrierte sich auf den Grund ihres Hierseins und überflog zuerst das Programm. Mit einem kleinen Lächeln unterstrich sie: GESTALTUNG VON HORROR DURCH ATMOSPHÄRE UND EMOTIONEN. REDNER WIRD NOCH BEKANNTGEGEBEN.

Volltreffer, dachte Lee. Ein Blick auf ihre Uhr verriet ihr, dass sie noch drei Stunden Zeit hatte bis zu Browns Vortrag. Da sie nichts dem Zufall überließ, holte sie ihr Notizbuch hervor und überflog die notierten Fragen, die sie Brown stellen wollte. Mit einem Ohr fing sie dabei amüsante Gesprächsfetzen der umherschlendernden Teilnehmer auf.

„Wenn ich wieder abgelehnt werde, stecke ich meinen Kopf in den Ofen."

„Du hast einen Elektrikofen, Judy."

„Es ist der Gedanke, der zählt."

„Und als mir heute Morgen das Frühstück gebracht wurde, lag unter meinem Teller ein Manuskript von fünfhundert Seiten. Ich habe vollkommen den Appetit verloren."

„Das ist noch gar nichts. Ich habe letztens eins ins Büro bekommen, das in Schönschrift abgefasst war. Hundertfünfzigtausend Wörter in gestochener Schönschrift."

Verleger, dachte Lee. Denen könnte sie auch einiges über Unterwürfigkeit erzählen, mit der häufig Leute glaubten, bei CELEBRITY unterzukommen.

„Er meinte, sein Verleger habe sein erstes Kapitel in Stücke gehauen. Bevor er es neu schreibt, muss er erst einmal Trauerarbeit leisten."

„Ich muss immer Trauerarbeit leisten, bevor ich etwas neu schreiben muss. Nach jeder Zurückweisung überlege ich immer ernsthaft, ob ich nicht mit Körbeflechten meinen Unterhalt verdienen soll."

„Hast du gehört, Jeffries ist wieder hier, um mit diesem Manuskript über die Jungfrau mit Höhenangst und Telekinese hausieren zu gehen? Ich verstehe einfach nicht, warum er sie nicht einen ruhigen Tod sterben lässt. Wann erscheint dein nächster Mord?"

„Im August. Es ist Gift."

„Darling, das ist keine Art, über deine Arbeit zu reden."

Lee konnte eine Vielfalt von Sprachstilen ausmachen, manche gedämpft, manche blasiert, manche pompös. Von einer ebensolchen Reichweite waren die Gesten und die Gesprächsthemen. Verblüfft beobachtete sie einen Mann, der theatralisch in einem langen, schwarzen Cape vorbeischwebte.

Ganz eindeutig ein skurriles Völkchen, dachte Lee, entwickelte aber sogleich Sympathie für sie. Sicher, sie reservierte ihre Talente für Artikel und Biographien, aber im Grunde ihres Herzens war sie auch eine Schriftstellerin. Ihre Stellung bei dem

Magazin hatte sie sich hart erkämpft, und sie hatte sich ihre Welt darumherum erbaut. Bei all ihrem Ehrgeiz – ihre Angst vor Ablehnung war groß. Darum blieb ihr eigenes Manuskript auch unvollendet und verstaubte in der Schublade. Der Zeitungsverlag sicherte ihr Ansehen und die Möglichkeit auf Beförderung, das feste Einkommen, das Dach über dem Kopf, die Kleider am Leib und das Essen auf dem Tisch.

Wenn es nicht so wichtig für sie wäre, allen zu beweisen, dass sie ihr Leben und ihre Karriere aus eigener Kraft meistern konnte, hätte sie vielleicht die ersten Kapitel ihres Manuskripts schon an einen Verlag geschickt. Aber ... Lee schüttelte den Kopf und beobachtete die hereinströmenden Menschen. Alle Typen, alle Größen, alle Altersstufen. Die Kleidung variierte von korrekten Anzügen über Jeans und schrille Kaftane und Kittel. Lee fragte sich, ob sie sonst schon irgendwo eine solche Vielfalt gesehen hatte. Gedankenverloren starrte sie auf das unfertige Manuskript, das sie in ihren Aktenkoffer gelegt hatte. Nur zur Tarnung, erinnerte sie sich selbst. Das war alles.

Nein, sie glaubte nicht daran, dass sie das Zeug zu einer großen Schriftstellerin hatte. Aber sie wusste eins: Das Talent für hervorragenden Journalismus hatte sie. Und nie, nie würde sie sich mit dem zweiten Rang abfinden.

Und doch, wenn sie schon einmal hier war, schadete es auch nichts, wenn sie in das eine oder andere Seminar ging. Vielleicht konnte sie ein paar Tipps aufschnappen. Und, was noch wichtiger ist, sagte sie sich, als sie aufstand, vielleicht kann ich diese Fahrt noch in einen Artikel über interessante Aspekte einer Tagung von Schriftstellern umsetzen: wer eine solche Tagung besuchte, warum er sie besuchte, was diese Leute machten, worauf sie hofften. Ja, es könnte etwas ganz Interessantes dabei herauskommen. Die Arbeit kam schließlich immer zuerst.

Eine Stunde später schlenderte sie in die Cafeteria – etwas begeisterter, als sie nach ihrem ersten Seminar sein wollte. Sie würde eine kurze Pause machen, die Notizen, die sie gemacht hatte ordnen, dann zurückgehen, um sicher zu sein, dass sie den besten Platz für Hunter Browns Vorlesung bekam.

Hunter sah von seiner Zeitung auf, als sie die Cafeteria betrat. Lee Radcliffe, dachte er und fand sie weitaus interessanter als die lokalen Nachrichten, die er gerade überflog. Die Unterhaltung mit ihr gestern hatte ihm Spaß gemacht, obwohl Unterhaltungen ihn meistens langweilten. Sie hatte irgendeine Qualität – eine ihr eigene Freimütigkeit, von Blasiertheit übertüncht –, die sein Interesse weckte. Als Schriftsteller, der glaubt, die Charaktere machten das Wesentliche jeden Buches aus, suchte Hunter immer nach dem Einmaligen und Individuellen. Sein Instinkt verriet ihm, Lee Radcliffe war ganz deutlich ein Individuum.

Unbemerkt beobachtete er sie. Sie sah sich gedankenverloren im Raum um. Ihr Kostüm war sehr einfach, verriet aber Stil und Geschmack, sowohl was die Farbe als auch den Schnitt anging. Sie war eine Frau, die das Einfache tragen konnte, weil sie Stil besaß. Wenn er sich nicht sehr irrte, war sie in Reichtum hineingeboren worden. Es gab immer einen feinen Unterschied zwischen denen, die an Geld gewöhnt waren, und denen, die Jahre damit verbracht hatten, es zu verdienen.

Woher kam also die Nervosität?

Hunter zündete sich eine Zigarette an und beobachtete sie weiter, da er wusste, es gab keinen schnelleren Weg, die Aufmerksamkeit von jemandem auf sich zu lenken.

Lee, die mehr an die Geschichte dachte, die sie schreiben wollte, als an den Kaffee, wegen dem sie gekommen war, spürte ein merkwürdiges Prickeln über ihren Rücken rieseln. Sie drehte sich um und erkannte Hunter, der sie anstarrte.

Es sind seine Augen, dachte sie, wobei sie im ersten Augenblick nicht an ihn als Mann dachte oder als Hotelfahrer vom gestrigen Tag. Seine Augen zogen einen magnetisch an, bis man gefangen war, bis jedes Geheimnis in einem kein Geheimnis mehr war. Es war beängstigend. Es war unwiderstehlich.

Verblüfft, dass sich ein solch überdrehter Gedanke in ihren praktischen logischen Verstand geschlichen hatte, trat Lee auf ihn zu. Er ist einfach nur ein Mann, sagte sie sich, ein Mann, der wie viele andere für seinen Lebensunterhalt arbeitet. Es gab ganz sicher nichts, was beängstigend war.

„Miss Radcliffe." Er lächelte nicht, während er sie eindringlich musterte und eine Handbewegung zum Stuhl ihm gegenüber machte. „Darf ich Sie zu einem Kaffee einladen?"

Normalerweise hätte sie abgelehnt, wenn auch höflich. Aber jetzt, aus einem unfassbaren Grund fühlte sie sich, als hätte sie ihm und sich etwas zu beweisen. „Danke." Kaum saß sie, war auch schon eine Bedienung da und goss ihr Kaffee ein.

„Macht Ihnen die Tagung Spaß?"

„Ja." Lee goss sich Kaffeesahne ein und rührte und rührte, bis sich mitten in der Tasse ein kleiner Wirbel bildete. „So unorganisiert wie alles zu sein scheint, gab es doch erstaunlich viele Informationen bei dem Seminar, das ich eben besucht habe."

Ein Lächeln bewegte seine Lippen, so schwach, dass es kaum da zu sein schien. „Sie ziehen das Organisierte vor?"

„Es ist produktiver." Auch wenn er etwas formeller gekleidet war als gestern, waren seine Hose und das am Hals offene Hemd lässig. Sie fragte sich, warum er keine Uniform tragen musste. Aber, auch wenn man ihn in eins dieser schicken weißen Jacketts stecken würde mit ordentlicher Krawatte, so würden seine Augen den erwünschten Effekt einfach wieder aufheben.

„Eine Menge faszinierender Dinge können aus dem Chaos heraus entstehen, meinen Sie nicht?"

„Vielleicht." Stirnrunzelnd sah sie hinunter auf den Wirbel in ihrem Kaffee. Warum fühlte sie sich, als zöge er sie an sich heran? Und warum, dachte sie mit plötzlich aufblitzender Ungeduld, sitze ich hier überhaupt mit einem philosophierenden Hotelfahrer, während ich die zwei geplanten Artikel schon einmal umreißen sollte?

„Haben Sie Hunter Brown gefunden?" Er musterte sie über den Rand seiner Tasse hin.

„Was?" Zerstreut sah Lee auf und erkannte, dass der Blick aus diesen merkwürdigen Augen immer noch auf ihr lag.

„Ich habe gefragt, ob Sie Hunter Brown begegnet sind." Wieder lag dieser Hauch eines Lächelns um seine Lippen, und dieses Mal drang es sogar in seinen Blick. Es machte ihn nicht weniger eindringlich.

„Nein." Abwehrend, ohne den Grund dafür zu wissen, nippte Lee an ihrem erkaltenden Kaffee. „Warum?"

„Nach all den Dingen, die Sie gestern erzählt haben, war ich neugierig, was Sie von ihm denken, wenn Sie ihn erst einmal persönlich kennen lernen." Er zog an seiner Zigarette und blies den Rauch in einer Wolke aus. „Normalerweise haben die Menschen ein vorgefasstes Bild über jemanden, was sich meist als falsch erweist."

„Es ist schwierig, sich überhaupt ein Bild über jemanden zu machen, der sich vor der Welt versteckt."

Eine Braue wurde hochgezogen, doch seine Stimme blieb mild. „Versteckt?"

„Das Wort drängt sich auf. Es gibt auf den Buchumschlägen seiner Romane kein Bild von ihm, keine biographischen Angaben. Er gibt nie Interviews, streitet nie ab oder bestätigt, was über ihn geschrieben wird. Alle Auszeichnungen, die er bekommen hat, sind von seinem Agenten oder seiner Verlegerin entgegengenommen worden." Sie fuhr mit den Fingern den Löffelstiel hoch und runter. „Ich habe gehört, dass er solche Veranstaltungen wie diese gelegentlich besucht, aber nur, wenn es eine sehr kleine Tagung ist und keine Informationen über seine Teilnahme in die Öffentlichkeit gelangen."

Während sie sprach, ließ Hunter unablässig den Blick auf ihr ruhen, beobachtete jede Nuance ihrer Miene. In ihrem Gesicht gab es Spuren von Eifer und Anstrengung, darüber war er sich sicher.

Weil sein direkter, nicht schwankender Blick sie verunsicherte, entschied Lee sich für den Frontalangriff. „Warum starren Sie mich so an?" fragte sie provozierend.

Er zeigte weder Verlegenheit noch Unsicherheit. „Weil Sie eine interessante Frau sind."

Ein anderer Mann hätte eine schöne Frau gesagt, noch ein anderer vielleicht eine anziehende. Beides hätte Lee mit leichtem Spott abgetan. Erneut nahm sie den Löffel in die Hand und legte ihn wieder auf die Untertasse. „Warum?"

„Sie haben einen ordentlichen Verstand, angeborenen Stil und sind ein Nervenbündel." Er mochte es, wie eine schwache Linie zwischen ihren Brauen auftauchte, als sie die Stirn runzelte. Das bedeutete Dickköpfigkeit und Hartnäckigkeit. Beides akzeptierte er. „Ich war schon immer von dem fasziniert, was Menschen hinter ihren Fassaden verbergen. Ich ertappe mich bei der Frage, was hinter Ihrer Fassade steckt, Miss Radcliffe."

Wieder spürte sie das Prickeln über ihren Rücken rieseln. Es war nicht beruhigend, einem Mann gegenüberzusitzen, der genau das auslösen konnte. „Sie haben eine merkwürdige Art, Dinge zu formulieren."

„Das sagt man mir nach."

Sie verordnete sich selbst, aufzustehen und zu gehen. Es war einfach unsinnig, hier zu sitzen und sich von einem Mann beunruhigen zu lassen, den sie mit einem Trinkgeld von fünf Dollar entlassen könnte. „Was machen Sie in Flagstaff? Sie kommen mir nicht wie jemand vor, der sich damit zufrieden gibt, jeden Tag zum Flughafen und zurück zu fahren, Passagiere zu befördern und Gepäck zu schleppen."

„Eindrücke ergeben faszinierende, kleine Bilder, nicht wahr?" Diesmal lächelte er ungezwungen, wie gestern, als sie ihm Trinkgeld gegeben hatte. Lee war sich nicht sicher, warum der Verdacht in ihr wieder hochkam, dass er über sie lachte.

„Sie sind ein sehr merkwürdiger Mann."

„Auch das sagt man mir nach." Sein Lächeln verblasste, und

sein Blick bekam wieder die alte Intensität. „Essen Sie heute Abend mit mir?"

Die Frage überraschte sie nicht mehr als die Tatsache, dass sie annehmen wollte und es fast getan hätte. „Nein."

„Lassen Sie es mich wissen, wenn Sie Ihre Meinung ändern."

Wieder war sie überrascht. Die meisten Männer hätten zumindest ein wenig gedrängt. Sie hatte es sogar erwartet. „Ich muss zurück." Sie griff nach ihrer Aktentasche. „Wissen Sie, wo der Canyon-Raum ist?"

Mit einem inneren Auflachen legte er das Geld für die Kaffees auf den Tisch. „Ja, ich zeige es Ihnen."

„Das ist nicht nötig." Lee erhob sich.

„Ich habe Zeit." Er verließ mit ihr die Cafeteria und trat in die große, mit Teppichen ausgelegte Eingangshalle. „Wollen Sie sich die Gegend etwas ansehen, während Sie hier sind?"

„Dafür bleibt keine Zeit." Sie warf einen Blick aus den riesigen Fenstern zu dem hoch aufragenden Gipfel des Mount Humphrey hinüber. „Sobald die Tagung vorbei ist, muss ich zurück."

„Wohin?"

„Los Angeles."

„Zu viele Menschen", kommentierte Hunter. „Haben Sie nie das Gefühl, sie nehmen Ihnen die Luft?"

So hatte sie es noch nie gesehen. Aber tatsächlich gab es Situationen, wo sie eine Anwandlung spürte, die man als Klaustrophobie bezeichnen könnte. Aber schließlich war dort ihr Zuhause und, noch wichtiger, ihre Arbeit. „Nein. Es gibt genug Luft für alle."

„Sie haben nie am südlichen Rand des Canyons gestanden und hochgeschaut und eingeatmet."

Wieder warf Lee ihm einen Blick zu. Er hatte eine Art, Dinge zu sagen, die einem sofort ein Bild vermittelten. Zum zweiten Mal bedauerte sie es, dass sie sich nicht einen oder zwei Tage freimachen konnte, um zumindest etwas von der Weite Arizonas zu erkunden. „Vielleicht ein anderes Mal." Mit einem Schulterzucken folgte sie ihm.

„Zeit ist unberechenbar. Wenn man sie braucht, ist zu wenig von ihr da. Dann wiederum wacht man morgens um drei auf, und es gibt zu viel von ihr. Normalerweise ist es klüger, sie sich zu nehmen, als auf sie zu warten. Versuchen Sie es." Er warf ihr einen Seitenblick zu. „Es könnte ihren Nerven gut tun."

Sie zog die Brauen zusammen. „Mit meinen Nerven ist alles in Ordnung."

„Manche Menschen können von nervöser Energie wochenlang angetrieben werden. Und dann müssen sie das kleine Ventil finden, um den Dampf abzulassen." Zum ersten Mal berührte er sie, nur mit den Fingerspitzen am Ende ihres Haares. Doch sie fühlte es, erlebte es so stark und deutlich, als hätte sich seine Hand fest über ihrer geschlossen. „Was tun Sie, um den Dampf abzulassen, Lenore?"

Sie versteifte sich nicht, sie schob auch nicht beiläufig seine Hand weg, wie sie es sonst getan hätte. Sie hielt einfach still, spielte mit der Empfindung, die seine Berührung in ihr auslöste.

„Ich arbeite", sagte sie leicht, doch ihre Finger hatten sich um den Griff der Aktentasche verstärkt. „Ich brauche kein anderes Ventil." Sie trat nicht zurück, ließ aber den Hochmut, der sie immer schützte, in ihre Stimme dringen. „Niemand nennt mich Lenore."

„Nein?" Er lächelte fast. Es war dieser Blick, erkannte sie, diese verborgene Belustigung, mehr zu ahnen, als zu sehen, die sie am meisten fesselte. „Aber es passt zu Ihnen. Feminin, elegant, etwas distanziert. Lenore, die Gestalt aus Poes Erzählung. Ja." Er ließ seine Fingerspitzen an ihrem Haar. „Ich glaube, Poe hätte Sie für seine Lenore sehr passend gefunden."

Bevor sie es verhindern konnte, bevor sie es voraussahen konnte, wurden ihre Knie weich. Sie fühlte den Klang ihres eigenen Namens wie eine Feder über ihre Haut streifen. „Wer sind Sie?" War es möglich, so tief von jemandem berührt zu sein, ohne überhaupt seinen Namen zu wissen. Sie machte die Flucht nach vorn. „Wer sind Sie eigentlich?"

Wieder lächelte er, mit dem merkwürdig sanften Charme, der zu seinen Augen eigentlich gar nicht zu passen schien, aber dennoch ... „Merkwürdig, Sie haben es vorher nicht gefragt. Sie sollten besser hineingehen", meinte er dann, als die Leute auf die offenen Türen des Canyon-Raumes zustrebten. „Sie wollen sicher einen guten Platz haben."

„Ja." Sie zog sich zurück, ein wenig erschüttert über die Heftigkeit ihres Wunsches, mehr über ihn zu erfahren. Mit einem letzten Blick über die Schulter trat Lee ein und setzte sich in die erste Reihe. Es war Zeit, ihre Gedanken wieder auf die Angelegenheit zu konzentrieren, wegen der sie gekommen war: Hunter Brown. Ablenkungen durch unbegreifliche Männer, die zum Lebensunterhalt Jeeps fuhren, mussten zur Seite geschoben werden.

Aus ihrem Aktenkoffer nahm Lee einen neuen Notizblock und zwei Bleistifte. Einen steckte sie hinters Ohr. In wenigen Augenblicken würde sie den geheimnisvollen Hunter Brown sehen und studieren können. Sie würde zuhören und sich Notizen machen. Nach seinem Vortrag würde sie ihm Fragen stellen, und wenn es nach ihrer Vorstellung lief, gelang ihr anschließend ein Gespräch unter vier Augen.

Diese Story könnte ihr nächster Schritt auf der Karriereleiter bedeuten. Wird es, verbesserte sich Lee. Die erste auf Tatsachen und wahrheitsgetreuen Nachforschungen beruhende Geschichte über Hunter Brown. Sie würde kontrovers, farbenfroh und, was noch wichtiger war, exklusiv sein. Und damit wäre sie der obersten Sprosse ihrer Berufskarriere näher, worauf ihr Blick immer gerichtet war.

Wenn sie erst einmal dort war, hatte sich die harte Arbeit, die langen Stunden, die fanatische Hingabe gelohnt. Dann war sie da und würde es bleiben. An der Spitze, ganz oben.

Jenseits des Eingangs stand Hunter mit seiner Verlegerin und hörte mit halbem Ohr zu, was sie ihm über ein Interview mit einem angehenden Schriftsteller erzählte. Das Wesentliche bekam er mit. Es war ein Talent von Hunter, eine Unterhaltung aufrechtzuerhalten, während sich seine Gedanken um etwas völlig anderes drehten. Also sprach er mit seiner Verlegerin und dachte an Lee Radcliffe.

Ja, ganz klar, er würde sie in seinem nächsten Buch benutzen. Zugegeben, die Handlung zeichnete sich erst als ganz schwache Idee in seinem Kopf ab, doch darin sah er keine Probleme.

Wenn er Lee richtig einschätzte, würde sie erst verwirrt sein, wenn er gleich aufs Podium trat, dann wütend. Aber wenn sie wirklich so entschlossen mit ihm reden wollte, wie sie es angedeutet hatte, dann musste sie ihren Ärger eben hinunterschlucken.

Eine starke Frau. Eisenharter Wille und ein Teint wie Sahne. Verletzbarer Blick und ein trotzig gegen die ganze Welt erhobenes Kinn. Ein Charakter war nichts ohne Gegensätze, Stärken und Schwächen. Und Geheimnisse, dachte er, und war sich sicher, dass er die von Lenore Radcliff aufdecken würde.

Um ihn herum gab es Lachen und Klagen und Enthusiasmus. Die Leute strömten in den Saal. Er wusste, wie es war, Begeisterung darüber zu empfinden, ein Schriftsteller zu sein. Er kannte auch das Gegenteil, wenn die Lust am Schreiben einmal verloren ging. Solche Gefühle schlugen sich immer in der Arbeit nieder, auch wenn man es nicht wollte.

Hunter hielt das für einen fairen Handel. Seine Emotionen, seine Gedanken waren für alle da, die sich die Mühe machten, seine Bücher zu lesen. Sein Leben gehörte ganz und ohne Einschränkungen ihm allein.

Die Frau neben ihm hatte seine Zuneigung und seinen Respekt. Er diskutierte mit ihr über Motivationen und Satzstrukturen, wobei er ebenso oft verlor wie er gewann. Sie beide schrien sich an, er lachte mit ihr und hatte ihr kürzlich emotionale

Unterstützung bei ihrer Scheidung gegeben. Er kannte ihr Alter, ihr Lieblingsgetränk und ihre Schwäche für Cajubäume. Sie war seit drei Jahren seine Verlegerin, was einer Ehe schon bedenklich nahe kam. Und doch wusste sie nicht, dass er eine zehnjährige Tochter namens Sarah hatte, die gern Plätzchen backte und Fußball spielte.

Hunter nahm einen letzten Zug von seiner Zigarette, als der Präsident der kleinen Schriftstellervereinigung sich ihm näherte. Der Mann war ein geschickter, fantasiereicher Science-Fiction-Autor, dessen Bücher Hunter gerne las. Andernfalls wäre er seiner Einladung auch gar nicht gefolgt.

„Mr. Brown, ich brauche Ihnen nicht noch einmal zu sagen, wie geehrt wir sind, Sie bei uns zu haben."

„Nein", Hunter zeigte sein eigentümliches Lächeln, „das brauchen Sie nicht."

„Wahrscheinlich wird es einen ziemlichen Aufruhr geben, wenn ich Sie ankündige. Nach Ihrem Vortrag werde ich alles in meiner Macht Stehende tun, um die Horde zurückzuhalten."

„Machen Sie sich darüber keine Sorgen. Ich werde damit schon fertig."

Der Mann nickte, er hatte es nie bezweifelt. „In meiner Suite habe ich heute Abend einen kleinen Empfang, wenn Sie sich uns anschließen wollen."

„Gern, aber ich habe bereits eine Verabredung zum Dinner."

Der Präsident wusste nicht so recht, wie er Hunters Lächeln einschätzen sollte. „Wenn Sie also bereit sind, kündige ich Sie an."

Hunter folgte ihm in den Canyon-Raum und stellte sich einfach neben den Eingang. Der Raum summte geradezu vor Erwartung und Neugier. Das Podium stand auf einer kleinen Bühne vor zweihundert Stühlen, die fast alle besetzt waren. Als der Präsident die Bühne betrat, erstarben die Gespräche bis auf unterdrücktes Gemurmel. Hunter hörte einen Mann in seiner Nähe seinem Begleiter zuflüstern, dass sich gleichzeitig drei Verlage für sein Manuskript interessierten. Hunter hörte weder darauf noch auf den Präsidenten vorne, der ihn ankündigte. Sein Blick wanderte über die Köpfe hinweg, bis er Lee entdeckte.

Mit einem kleinen, höflichen Lächeln auf den Lippen beobachtete sie den Sprecher, doch ihr Blick verriet sie. Er war dunkel und eifrig. Im Schoß öffnete und schloss sich ihre Hand um einen Bleistift. Ein Bündel von Nerven und Energie, eingehüllt in eine sehr dünne Schicht Selbstvertrauen, dachte er.

Zum zweiten Mal spürte Lee seinen Blick, und zum zweiten Mal musste sie sich umdrehen, und ihre Blicke trafen sich. Wieder tauchte die schwache Linie zwischen ihren Brauen auf, als sie sich ganz offensichtlich fragte, was er hier im Saal mache. Lässig an die Wand gelehnt, starrte Hunter zurück.

„Seine Karriere stieg unaufhörlich, seit der Veröffentlichung seines ersten Buches vor erst fünf Jahren. Seit diesem ersten Titel, ‚Was dem Teufel gebührt' hat er uns das Vergnügen bereitet, uns mit jedem neuen Buch in Angst und Schrecken zu versetzen." Bei der Erwähnung des Titels verstärkte sich das Gemurmel. Hunter blickte weiter unverwandt zu Lee und sie blickte stirnrunzelnd zurück. „Sein letztes Buch ‚Der stille Schrei', steht immer noch unanfechtbar auf Platz eins der Bestsellerlisten. Wir fühlen uns besonders geehrt, bei uns in Flagstaff diesen Schriftsteller begrüßen zu dürfen – Hunter Brown."

Zweihundert Menschen klatschten überschwänglich und füllten den Saal mit gespannter Erwartung. Lässig löste sich Hunter von der Wand und ging auf die Bühne zu. Er sah, wie der Bleistift aus Lees Hand auf den Boden fiel. Hunter bückte sich und hob ihn auf.

„Halten Sie sich besser daran fest." Fest sah er in ihre großen Augen, die das Staunen nicht verbergen konnten. Als er ihr den Stift zurückgab, wurde aus ihrem Staunen Wut.

„Sie sind ein …"

„Ja, aber sagen Sie es mir lieber später." Hunter stieg die Bühne hinauf, trat hinter das Podium und wartete auf das Ende des begeisterten Applauses. Wieder ließ er den Blick über die

Menge wandern, dieses Mal mit einer so ruhigen Intensität, dass alle Geräusche erstarben. Man hätte eine Stecknadel zu Boden fallen hören können, als er mit seinem Vortrag begann.

Vom ersten Wort an hatte er sie in seinem Bann und hielt sie vierzig Minuten lang gefangen. Niemand lehnte sich zurück, niemand gähnte, niemand schlich schnell für eine Zigarette hinaus. Mit zusammengebissenen Zähnen wusste Lee, dass sie ihn verachtete.

Gegen den Drang ankämpfend, aufzuspringen und hinauszumarschieren, saß Lee steif auf ihrem Stuhl und machte sich peinlich genaue Notizen. An den Seitenrand kritzelte sie eine perfekt wiedererkennbare Karikatur von Hunter hin – mit einem Dolch durch den Kopf. Das vermittelte ihr große Befriedigung.

Als er zehn Minuten für Fragen bewilligte, war Lees Hand die erste, die in die Luft schoss. Hunter sah sie direkt an, lächelte und rief jemanden drei Reihen hinter ihr auf.

Professionelle Fragen beantwortete er professionell, persönlichen wich er aus. Lee musste widerstrebend sein Geschick darin bewundern. Er verriet keine Unsicherheit, zeigte kein Zögern und absolut keine Neigung, sie aufzurufen, obwohl ihre Hand unablässig oben war und ihre Augen ihm giftige, kleine Pfeile zuschossen. Ich bin Reporterin, erinnerte sich Lee. Reporter kommen zu nichts, wenn sie auf Höflichkeit bauen.

„Mr. Brown", begann Lee unaufgefordert und erhob sich.

„Entschuldigung." Bedächtig lächelnd, wehrte er mit einer Handbewegung ab. „Ich fürchte, wir sind schon über die Zeit. Viel Glück für Sie alle." Unter jubelndem Applaus verließ er das Podium und den Raum. Als sich Lee endlich zum Ausgang durchgekämpft hatte, hatte sie von allen Seiten genügend Lob über Hunter Brown gehört, um ihre schon brodelnde Wut zum Kochen zu bringen.

Diese Frechheit, dachte sie, als sie es schließlich bis zum Gang geschafft hatte. Diese unglaubliche Frechheit. Es machte ihr nichts aus, im Schachspiel zu verlieren. Sie konnte damit umgehen, in ihrer Arbeit kritisiert und in ihrer Meinung in Frage gestellt zu werden. Insgesamt hielt sich Lee selbst für einen vernünftigen Menschen mit einem normalen Anteil an Eitelkeit. Das Einzige, was sie nicht hinnehmen konnte, nicht würde, war, sich zum Narren halten zu lassen.

Rachegedanken drängten sich ihr auf, hässliche, gemeine Rachegedanken. Oh ja, dachte sie, als sie sich durch die dichte Menge von Hunter Browns Fans kämpfte, ich werde meine Rache bekommen, irgendwie, auf irgendeinem Weg.

Jetzt musste sie erst einmal allein sein, um ihre hitzige Wut abzukühlen und den Rachefeldzug zu planen. Sie ging zum Fahrstuhl, um hinunter ins Stockwerk zu fahren, wo ihr Zimmer lag. Der Bleistift, den sie immer noch umklammert hielt, zerbrach ihr zwischen den Fingern. Oh ja, sie würde Hunter Brown zur Schnecke machen.

Gerade als Lee den Knopf für ihr Stockwerk drücken wollte, drängte Hunter sich in den Fahrstuhl. „Fahren Sie hinunter?" fragte er unbeschwert und drückte selbst den Knopf.

Mit Mühe unterdrückte Lee eine giftige Bemerkung und starrte stur geradeaus.

„Bleistift zerbrochen", stellte Hunter amüsiert fest. Er warf einen Blick in ihr offenes Notizbuch und bemerkte die eindeutige Karikatur. „Gut gemacht. Und wie hat Ihnen die Veranstaltung gefallen?"

Lee warf ihm einen vernichtenden Blick zu, während die Fahrstuhltüren sich öffneten. „Sie sind eine Quelle banaler Informationen, Mr. Brown."

„Sie haben Mord im Blick, Lenore." Er trat mit ihr in die Halle. „Es passt zu Ihrem Haar. Ihre Skizze macht es deutlich genug, was Sie am liebsten täten. Warum erstechen Sie mich nicht, solange Sie die Gelegenheit dazu haben?"

Ich werde einfach kein Wort mit ihm reden, sagte sich Lee. Doch gleichzeitig wirbelte sie zu ihm herum und brachte zwischen zusammengebissenen Zähnen hervor: „Sie haben sich auf meine Kosten großartig amüsiert." Dabei suchte sie in ihrem Aktenkoffer nach ihrem Zimmerschlüssel.

„Stimmt", bestätigte er ruhig, während sie wütend weitersuchte. „Schlüssel verloren?"

„Nein." Frustriert blickte Lee auf, und Wut traf auf Belustigung. „Warum gehen Sie nicht einfach und ruhen sich auf Ihren Lorbeeren aus?"

„Das habe ich immer unbequem gefunden. Warum lassen Sie Ihre Wut nicht verrauchen, Lenore? Sie würden sich besser fühlen."

„Nennen Sie mich nicht Lenore!" Sie explodierte. „Sie haben kein Recht dazu, mich zur Zielscheibe Ihres Witzes zu machen. Sie haben kein Recht, vorzutäuschen, dass Sie für das Hotel arbeiten."

„Sie haben es nur angenommen", korrigierte er sie. „Wenn ich mich recht erinnere, habe ich nie etwas vorgetäuscht. Sie haben gestern nach einer Fahrmöglichkeit gefragt. Ich habe Sie ganz einfach gefahren."

„Sie wussten, dass ich Sie für den Hotelfahrer hielt. Sie standen dort neben meinem Gepäck …"

„Ein klassischer Fall von Verwechslung der Person." Er stellte fest, dass sich ihre Haut mit blassem Rosa färbte, wenn sie wütend war. Ein attraktiver Nebeneffekt. „Ich wollte meine Verlegerin abholen, die aber, wie ich mittlerweile erfahren habe, in Phoenix ihren Anschluss verpasst hat. Ich dachte, das Gepäck sei das meiner Verlegerin."

„Sie hätten nichts weiter tun müssen, als das richtig zu stellen."

„Sie haben nie gefragt", unterstrich er. „Und Sie haben angeordnet, ich solle das Gepäck nehmen."

„Oh, Sie können einen wirklich auf die Palme bringen. Sie sind unmöglich." Sie biss die Zähne zusammen und kramte wieder in ihrem Aktenkoffer.

„Aber glänzend. Das haben Sie selbst erwähnt."

„Die Fähigkeit, Worte so zu verknüpfen, dass Sätze sich zu einem spannenden Buch formen, ist ein bewundernswertes Talent, Mr. Brown." Auf Arroganz verstand sie sich besonders gut. „Es macht Sie aber nicht zu einem bewundernswerten Menschen." Sie suchte weiter nach ihrem Schlüssel, während er lässig an der Wand lehnte. „Sie haben mein Gepäck in mein Zimmer getragen", fuhr sie erregt fort. „Ich habe Ihnen fünf Dollar Trinkgeld gegeben."

„Sehr großzügig."

Wären ihre Hände jetzt nicht beschäftigt, hätte sie nicht garantieren können, ihm nicht in sein ruhiges, selbstzufriedenes Gesicht zu schlagen. „Sie haben Ihren Spaß gehabt." Endlich fand sie ihren Schlüssel. „Und jetzt bitte sich Sie um die Höflichkeit, mich nie wieder anzusprechen."

„Ich weiß nicht, woher Sie den Eindruck gewonnen haben, ich sei höflich." Bevor sie die Tür aufschließen konnte, legte er seine Hand über ihre. Sie spürte das bereits vertraute kleine Prickeln und verdammte ihn dafür und für seinen ruhig amüsierten Blick. „Aber Sie haben erwähnt, Sie würden gern mit mir reden. Das könnten wir heute Abend beim Dinner."

Sie starrte ihn an. Wie war sie nur auf den Gedanken gekommen, er könnte sie nicht mehr überraschen? „Sie sind wirklich von unglaublicher Frechheit."

„Das haben Sie schon erwähnt. Sieben Uhr?"

Sie wollte ihm an den Kopf werfen, dass sie nicht mit ihm essen würde, selbst wenn er vor ihr auf dem Boden kroch. Sie wollte ihm das und tausend weitere unerfreuliche Dinge sagen. Die Wut kämpfte mit der Vernunft. Da gab es eine Arbeit, wegen der sie gekommen war, an der sie – bislang ohne Erfolg – seit drei Monaten arbeitete. Erfolg war wichtiger als Stolz.

Hunter Brown bot ihr die beste Möglichkeit, das auszuführen, was sie ersehnt hatte und weshalb sie gekommen war. Und vielleicht, nur vielleicht, öffnete er ihr selbst die Tür für ihre Rache. Das würde alles noch versüßen.

Auch wenn sie einen riesigen Kloß im Hals spürte, schluckte Lee ihren Stolz hinunter.

„In Ordnung. Wo treffe ich Sie?"

„Ich hole Sie ab." Er ließ seine Finger leicht ihr Handgelenk hinaufgleiten. „Sie könnten Ihr Manuskript mitbringen. Ich bin neugierig, Ihre Arbeit zu sehen."

Sie lächelte und dachte an den Artikel, den sie schreiben würde. „Ich zeige Ihnen sehr gern meine Arbeit", erwiderte sie. Lee trat in ihr Zimmer und gönnte sich die kleine Befriedigung, ihm voller Wucht die Tür vor der Nase zuzuknallen.

3. KAPITEL

Mitternachtsblaue Seide. Lee nahm sich viel Zeit, das Kleid für den Abend mit Hunter auszuwählen. Es war rein geschäftlich.

Das tiefblaue Seidenkleid, mit dünnen Silberfäden durchzogen, gefiel ihr wegen des einfachen eleganten Schnitts. Kühl floss der weiche Stoff über ihre Haut und fiel raffiniert über ihren Körper. Ihr Spiegelbild befriedigte sie. Die nicht lächelnde Frau, die zurückblickte, verkörperte genau das Bild, das sie darstellen wollte – elegant, welterfahren und etwas distanziert. Wenn schon sonst nichts half, besänftigte zumindest dies ihr angeschlagenes Ego.

Bisher hatte sich Lee in ihrem Leben und in ihrer Karriere noch nie übervorteilen lassen müssen. Ihre Mundwinkel zuckten, als sie mit der Bürste durchs Haar fuhr. Es würde auch jetzt nicht geschehen.

Hunter Brown würde es von ihr zurückbekommen, schon allein wegen seines aufreizenden amüsierten Lächelns. Niemand lachte über sie und kam damit ungeschoren weg. Lee knallte die Bürste zurück auf den Frisiertisch, so dass die Toilettenfläschchen sprangen.

Als es an ihrer Tür klopfte, warf sie einen Blick auf ihre Uhr. Pünktlich. Das musste sie sich merken. Selbstbewusst griff sie nach ihrer Abendtasche und öffnete.

Typisch salopp gekleidet, aber nicht nachlässig, stellte sie fest. Sie warf einen Blick auf sein am Hals offenes Hemd unter dem dunklen Jackett. Einige Männer konnten schwarze Krawatten tragen und trotzdem nicht so elegant aussehen wie Hunter Brown in Jeans. Das war etwas, was die Leser interessieren könnte. Am Ende des Abends, erinnerte sich Lee, würde sie alles über ihn wissen, was es auch nur zu wissen gab.

„Guten Abend." Sie wollte ihr Zimmer verlassen, doch er hielt sie an der Hand fest und betrachtete sie.

„Sehr reizend", stellte er fest. Ihre Hand war weich und kühl, obwohl ihr Blick noch heiß vor Ärger war. Er mochte den Kontrast. „Sie tragen Seide und einen betörenden Duft und schaffen es doch, diese Aura von Unnahbarkeit zu verbreiten. Wirklich ein Talent."

„Ich bin nicht daran interessiert, analysiert zu werden."

„Der Fluch oder Segen eines Schriftstellers", gab er zurück. „Hängt von Ihrer Sichtweise ab. Da Sie selbst eine sind, sollten Sie es verstehen. Wo ist Ihr Manuskript?"

Sie hatte geglaubt, er hätte es vergessen – hatte es gehofft. Und verdammt, sie geriet wieder ins Stammeln. „Ich, äh, es ist nicht ..."

„Holen Sie es. Ich möchte einen Blick hineinwerfen."

„Ich sehe keinen Grund dafür."

„Jeder Schriftsteller will, dass seine Arbeit gelesen wird."

Sie nicht. Es war noch nicht ausgefeilt. Es war nicht perfekt. Und der allerletzte Mensch, dem sie einen Blick in ihre innersten Gedanken erlauben wollte, war Hunter Brown.

Doch er beobachtete sie aus diesen dunklen Augen, mit seinem so eindringlichen Blick. Befangen ging Lee zurück und holte die Mappe aus ihrem Aktenkoffer. Wenn sie ihn genügend beschäftigte, dann fand er sowieso keine Zeit hineinzusehen.

„Es wird schwer sein, es in einem Restaurant zu lesen." Sie verschloss die Tür hinter sich.

„Darum nehmen wir das Dinner auch in meiner Suite."

Sie blieb wie angewurzelt stehen, doch er ergriff einfach ihre Hand und führte sie zum Fahrstuhl.

„Vielleicht habe ich Ihnen den falschen Eindruck vermittelt", begann sie kalt.

„Das glaube ich nicht. Ich will Sie nicht verführen, Lenore." Obwohl er spürte, wie sie sich empört versteifte, zog er sie in den Fahrstuhl. „Der Punkt ist, ich mache mir nichts aus Restaurants und noch weniger aus Menschenansammlungen und Unterbrechungen." Ruhig summte der Fahrstuhl bei der kurzen Auffahrt. „Haben Sie die Tagung lohnend gefunden?"

„Ich werde bekommen, wofür ich gekommen bin." Kaum glitt die Fahrstuhltür auf, trat sie hinaus.

„Und das ist?"

„Warum sind Sie gekommen?" gab sie zurück. „Es ist nicht gerade eine Angewohnheit von Ihnen, auf Tagungen zu gehen."

„Gelegentlich genieße ich den Kontakt mit anderen Schriftstellern." Er schloss seine Tür auf und bat sie hinein.

„Diese Konferenz quillt nicht gerade über von Autoren, die Erfolg haben."

„Erfolg hat nichts mit Schreiben zu tun."

Sie legte ihre Tasche und die Mappe hin und sah ihn offen an. „Leicht zu sagen, wenn man ihn hat."

„Ja?" Er zuckte die Schultern, als wäre er amüsiert, dann machte er eine Handbewegung zum Fenster. „Sie sollten die Aussicht genießen. Etwas Vergleichbares können Sie durch kein Fenster in Los Angeles sehen."

„Sie machen sich nichts aus Los Angeles?" Wenn sie vorsichtig und klug vorging, bekam sie vielleicht heraus, wo er lebte.

„Los Angeles hat seine Vorteile. Möchten Sie Wein?"

„Ja." Sie trat ans Fenster. Die Weite der Landschaft hatte immer noch die Macht, Lee in Erstaunen zu versetzen und war fast beängstigend. Wenn man erst außerhalb der Stadtgrenzen war, konnte man meilenweit wandern, ohne ein anderes Gesicht zu sehen, ohne eine andere Stimme zu hören. Lee drehte sich wieder um. „Waren Sie oft dort?"

„Hmm?"

„In Los Angeles?"

„Es geht." Er trat zu ihr und reichte ihr ein Glas mit goldfarbenem Wein.

„Ziehen Sie den Osten oder den Westen vor?"

Er lächelte und hob sein Glas. „Ich habe es mir zum Grundsatz gemacht, mich dort wohl zu fühlen, wo ich bin."

Äußerst geschickt im Ausweichen, dachte sie und ging im Raum herum. Er war auch geschickt darin, sie sich unbehaglich fühlen zu lassen. Wenn sie sich nicht sehr irrte, tat er beides mit Absicht.

„Reisen Sie oft?"

„Nur, wenn es notwendig ist."

Lee trank ihr Glas aus und entschied, noch einen direkteren Angriff zu versuchen. „Warum machen Sie ein solches Geheimnis aus sich selbst? Die meisten Menschen in Ihrer Position sind an Öffentlichkeitsarbeit und Werbung für sich besonders interessiert."

„Ich mache kein Geheimnis aus mir, noch bin ich wie die meisten Menschen."

„Auf Ihren Bucheinbänden gibt es nicht einmal biographische Angaben oder ein Foto."

„Mein Gesicht und mein Leben haben nichts mit den Geschichten zu tun, die ich erzähle. Schmeckt Ihnen der Wein?"

„Sehr gut", antwortete sie, obwohl sie ihn kaum geschmeckt hatte. „Meinen Sie nicht, es sei Teil Ihres Berufes, die Neugier der Leser über den Menschen zu befriedigen, der die Story geschrieben hat."

„Nein. Mein Beruf ist, Worte zu einer Erzählung zu verknüpfen, so dass der Leser unterhalten wird, gefesselt ist." Er nahm einen Schluck Wein, der ihm offensichtlich schmeckte. „Der Erzähler ist nichts, verglichen mit der Erzählung selbst."

„Bescheidenheit?" fragte Lee mit einem Anflug von Spott.

Der Spott schien ihn zu amüsieren. „Überhaupt nicht. Wenn Sie mich besser kennen würden, wüssten Sie, dass ich sehr wenige Tugenden besitze." Er lächelte. Lee sagte sich, sie habe sich das kurze Aufblitzen eines Raubvogelblicks nur eingebildet.

„Haben Sie denn überhaupt Tugenden?"

Er mochte es, dass sie zurückschlug, selbst wenn sie dabei eindeutig übernervös war. „Manche sagen, Laster seien interessanter und auf alle Fälle unterhaltsamer als Tugenden." Auf einen Blick von ihm nickte sie, und er füllte ihr Glas neu. „Würden Sie dem zustimmen?"

„Vielleicht." Sie weigerte sich, den Blick von ihm zu nehmen, während sie trank. „Auf alle Fälle herausfordernder."

„Ich muss noch einmal wiederholen, Sie sind eine interessante Frau, Lenore."

„Ich bin eine Frau, die nicht zusehen will, wie andere an die Spitze klettern, während sie selbst diktierte Briefe tippt und Kaffee macht." Kaum war das ehrliche Eingeständnis ausgesprochen, verwünschte sie sich dafür. Es war nicht ihre Art, so freimütig zu reden. Außerdem war sie hier, um ihn zu interviewen, nicht umgekehrt.

Ehrgeiz. Den hatte Hunter bei ihr von Anfang an gespürt. Aber was war es, wonach sie strebte? „Verraten Sie mir, entspannen Sie sich jemals?"

„Wie bitte?"

„Ihre Hände sind nie still, obwohl Sie andererseits ein großes Maß an Selbstbeherrschung zu haben scheinen." Er bemerkte, dass ihre Finger bei seinen Worten aufhörten, mit dem Stiel des Glases zu spielen. „Seit Sie diesen Raum betreten haben, sind Sie nicht länger als ein paar Sekunden auf einem Fleck geblieben. Mache ich Sie nervös?"

Sie warf ihm einen kühlen Blick zu, setzte sich auf das Plüschsofa und schlug die Beine übereinander. „Nein." Doch ihr Puls fing an zu hämmern, als er sich neben sie setzte.

„Was macht Sie nervös?"

„Kleine Hunde, die kläffen."

Er lachte. „Sie sind eine sehr unterhaltsame Frau." Er ergriff ihre Hand. „Sie sollten wissen, das ist das höchste Kompliment bei mir."

„Sie legen großen Wert auf Unterhaltung."

„Die Welt ist oft so langweilig." Ihre Hand war zart, das zog ihn an. Ihr Blick verbarg Geheimnisse, und es gab wenig, was ihn mehr anzog. „Was wäre sie ohne Unterhaltung?"

„Und Sie wollen unterhalten, indem Sie den Menschen Angst einjagen." Sie wollte von ihm wegrücken, aber fast unmerklich hatte er den Griff um ihre Hand verstärkt. Und sein Blick suchte ihre Gedanken.

Er berührte ihr Haar mit einer ganz leichten, ganz natürlichen Geste. Sie ist wirklich von einer schwierigen, schwer zu widerstehenden Widersprüchlichkeit, dachte Hunter, als er seine Fingerspitzen an der Seite ihres Halses hinuntergleiten ließ. Das rote Haar, der verletzbare Blick, der kühle Touch ihres Äußeren, die bloßliegenden Nerven. Sie würde eine faszinierende Romanfigur abgeben – und eine faszinierende Geliebte. Fürs Erste hatte er sich schon entschieden. Jetzt, als er mit den Spitzen ihres Haares spielte, entschied er sich auch fürs Zweite.

Als er mit seinem Blick tief in sie eindrang, spürte sie Entschlossenheit und Begehren. Ihr Mund wurde trocken.

Es war nicht oft, dass sie von einem anderen aus dem Feld geschlagen wurde. Noch seltener war es, dass jemand sie wirklich verängstigte. Obwohl Hunter nichts sagte, obwohl er nicht näher rückte, musste sie ihre Unsicherheit bekämpfen – und sie spürte, dass zu welchem Spiel sie ihn auch herausforderte, sie es verlieren würde. Denn er würde ihr in die Augen sehen und jede Bewegung kennen, bevor sie sie machte.

Es klopfte an der Tür. Hunter sah Lee für lange, stumme Sekunden weiter an, bevor er sich erhob. „Ich habe mir die Freiheit erlaubt, ein Dinner zu bestellen." Er klang so ruhig, dass Lee sich fragte, ob sie sich das Aufflammen von Begehren in seinem Blick nur eingebildet hatte. Während er zur Tür ging, kämpfte sie darum, Ordnung in ihre Gedanken zu bekommen. Ich bilde mir etwas ein, dachte sie. Natürlich konnte er nicht in sie blicken und ihre Gedanken lesen. Es war ihr Spiel, und nur sie kannte die Regeln. Sie konnte gar nicht verlieren. Wieder beruhigt, erhob sie sich und trat an den Tisch.

Der Kellner servierte rosigen und zarten Lachs. Erfreut über Hunters Wahl, setzte sich Lee, während der Kellner die Tür hinter sich schloss.

Bis jetzt, überlegte sich Lee, habe ich mehr Fragen beantwortet als Hunter. Es wurde Zeit, das zu ändern.

„Den Rat, den Sie vorhin den angehenden Schriftstellern gaben, sich einen Terminplan zu machen und jeden Tag zu schreiben, egal wie entmutigt sie sind – haben Sie den aus persönlicher Erfahrung gewonnen?"

Hunter probierte den Lachs. „Alle Schriftsteller sehen sich von Zeit zu Zeit Entmutigung gegenüber. Wie sie sich auch der Kritik und Ablehnung stellen müssen."

„Haben Sie früher häufig Ablehnung erfahren?"

„Alles, was zu leicht kommt, ist mir suspekt." Er hob die Weinflasche, um ihr Glas wieder zu füllen. Sie hat ein Gesicht, das für Kerzenschein einfach wie gemacht ist, dachte er und beobachtete die flackernden Schatten des Lichts auf ihrer hellen Haut und ihren zarten Zügen. Er war entschlossen, herauszufinden, was darunter lag, bevor der Abend vorbei war.

Nie würde er auf den Gedanken kommen, sie zu benutzen, obwohl er entschlossen war, sie zur Hauptfigur seines nächsten Buches zu machen und dafür alles nur Erfahrbare aus ihr hervorzulocken. Das war das Vorrecht eines Schriftstellers.

„Was hat Sie dazu gebracht, Schriftsteller zu werden?"

Er zog eine Braue hoch, während er weiteraß. „Ich war es einfach."

Lee aß langsam. Sie musste vorsichtig zu Werk gehen, musste vermeiden, ihn in die Abwehr zu treiben, musste sich um jeden Verdacht herumschlängeln. Nie würde sie auf den Gedanken kommen, ihn zu benutzen, obwohl sie entschlossen war, eine Story über ihn zu schreiben und dafür alles nur Erfahrbare aus ihm hervorlocken wollte. Das war das Vorrecht einer Reporterin.

„Sie waren es einfach", wiederholte sie. „So leicht ist das? Gab es da nicht Lebensumstände, frühe Erfahrungen, die Sie zu dem gemacht haben, was Sie sind?"

„Ich habe nicht gesagt, es sei leicht gewesen", verbesserte Hunter. „Wir haben alle verschiedene Anlagen, unter denen wir wählen müssen. Die richtige Wahl zu treffen, ist alles andere als einfach. Für mich war die richtige Wahl, Romane zu schreiben."

„Sie wollten also schon immer Schriftsteller sein?"

„Sie sind wirklich hartnäckig." Lässig lehnte er sich zurück und ließ den Wein in seinem Glas kreisen. „Nein, wollte ich nicht. Ich wollte Footballprofi werden."

„Footballspieler?"

Ihre überraschte Ungläubigkeit ließ ihn lächeln. „Footballspieler", wiederholte er. „Aber ich habe mich fürs Schreiben entschieden. Ich habe meine Wahl getroffen. Ich glaube, viele Menschen werden als Schriftsteller oder Künstler geboren und sterben, ohne es jemals erkannt zu haben. Bücher bleiben ungeschrieben, Bilder ungemalt. Die Glücklichen sind die, die erkennen, welche Tätigkeit ihnen zugedacht ist. Ich hätte Footballspieler und Schriftsteller werden können. Wenn ich beides versucht hätte, würde ich beides nur mittelmäßig machen."

„Es gibt Millionen von Lesern, die zustimmen, dass Sie die richtige Wahl getroffen haben." Sie vergaß ihre unnahbare Fassade und stützte die Ellenbogen auf den Tisch. Sie lehnte sich vor. „Warum Horrorgeschichten, Hunter? Jemand mit Ihrem Geschick und Ihrer Einbildungskraft könnte alles schreiben. Warum haben Sie Ihr Talent auf diese Art von Romanen gerichtet?"

Er zündete sich eine Zigarette an und blies den Rauch aus. „Warum lesen Sie sie?"

Sie runzelte die Stirn. „Eigentlich lese ich sie nicht. Nur Ihre."

„Ich fühle mich geschmeichelt. Warum meine?"

„Erstens, weil Sie mir empfohlen wurden. Und dann ..." Sie zögerte, sie wollte nicht eingestehen, dass sie von der ersten Seite an gefesselt war. Stattdessen strich sie mit der Fingerspitze über den Rand des Glases und überlegte sich ihre Antwort. „Sie haben eine Art, Atmosphäre zu schaffen und Charaktere zu zeichnen, die das Unmögliche Ihrer Geschichten total glaubhaft machen."

Er stieß einen Rauchstrahl aus. „Meinen Sie, sie sind unmöglich?"

Sie lachte schnell auf, ein Lachen, das er nach dem humorvollen Aufblitzen in ihren Augen als echt einschätzte. Es hatte eine ganz besondere Wirkung auf ihre Schönheit: Es machte sie erreichbar. „Ich glaube kaum an Menschen, die von Dämonen besessen sind oder an ein Haus, in dem das Böse wohnt."

„Nein?" Er lächelte. „Nicht abergläubisch, Lenore?"

Offen begegnete sie seinem Blick. „Überhaupt nicht."

„Merkwürdig, die meisten von uns sind es ein wenig."

„Sie?"

„Manchmal." Er griff nach ihrer Hand und schloss seine Finger fest um sie. „Man sagt, manche Menschen könnten durch einen ganz einfachen Händedruck die Ausstrahlung einer Persönlichkeit wahrnehmen." Seine Hand war warm und fest, während er den Blick auf sie gerichtet hielt. Sie spürte das Metall seines Ringes kühl auf ihrer Haut.

„Ich glaube nicht daran." Doch sie war sich nicht so sicher, nicht bei ihm.

„Sie glauben nur an das, was Sie mit einem Ihrer fünf Sinne verstehen können." Er erhob sich und zog sie mit sich hoch. „Man kann nicht alles verstehen, nicht alles erklären."

„Alles hat eine Erklärung." Sie fand ihre Stimme, wie auch ihren Puls, etwas zu hastig.

Hätte sie ihm die Hand entzogen, er hätte es zugelassen. Doch ihre Bemerkung empfand er als Herausforderung. „Können Sie erklären, warum Ihr Herz schneller schlägt, wenn ich näher an Sie herantrete?" Sein Gesicht war unlesbar, seine Augen im Kerzenlicht wie Pech. „Sie sagten, ich mache Sie nicht nervös."

„Machen Sie auch nicht."

„Aber Ihr Puls hämmert." Leicht berührte er mit der Fingerkuppe die Einbuchtung an ihrem Hals. „Können Sie mir den Grund erklären, wo wir uns doch nur einen Tag kennen, warum ich Sie so berühren möchte?" Zart strich er mit dem Handrücken über ihre Wange.

„Nicht." Es war nur ein Wispern.

„Kannst du diese Art von Anziehungskraft zwischen zwei Fremden erklären?" Er strich über ihre Lippen, spürte, wie sie bebten, fragte sich, wie sie schmeckten.

Etwas Weiches, etwas Fließendes strömte durch sie. „Körperliche Anziehung ist nichts als ein biologischer Vorgang."

„Wissenschaft?" Er hob ihre Hand hoch und presste seine Lippen darauf. Sie fühlte, wie die Muskeln ihrer Schenkel sich anspannten. „Gibt es eine Gleichung dafür?" Er sah sie weiter an, als er mit den Lippen ihr Handgelenk streifte. Ihre Haut fühlte sich kühl an, dann heiß. Ihr Puls hämmerte und jagte. Er lächelte. „Hat das", er hauchte einen Kuss auf ihren Mundwinkel, „irgendetwas mit Logik zu tun?"

„Ich will nicht, dass du mich so berührst."

„Du willst, dass ich dich berühre. Aber du kannst es nicht erklären, warum es so ist." Mit einer unerwarteten Bewegung schob er die Hände in ihr Haar. „Versuch das Unerklärbare", forderte er sie heraus, bevor sich seine Lippen mit ihren vereinigten.

Hitze. Sie stieg in Lee an. Leidenschaft war ein heißer Strom. Sinnliches Begehren durchströmte sie, während er sie bewegungslos in seinen Armen hielt. Sie hätte Hunter abweisen können. Darin hatte sie Erfahrung. Doch plötzlich gab es keinen geistreichen Einfall, um zu entkommen, keine Kraft, sich zu verweigern.

Bei all seiner Intensität, trotz der Kraft seiner Persönlichkeit, der Kuss war überraschend sanft. Obwohl seine Finger fest in ihrem Haar lagen, so fest, dass sie ihren Kopf nicht drehen konnte, waren seine Lippen zart und warm wie das Licht, das auf dem Tisch neben ihnen flackerte. Sie wusste nicht, wann sie nach ihm gegriffen hatte, doch ihre Arme lagen um ihn. Ihre Körper pressten sich aneinander. Seide raschelte. Ein leichter berauschender Geschmack von Wein lag auf seiner Zunge. Lee schmeckte ihn. Sie roch das Wachs der Kerze und ihr eigenes Parfüm. Ihr geordneter disziplinierter Verstand geriet in Verwirrung, während eine verlockende körperliche Empfindung die andere ablöste.

Ihre Lippen waren kühl, wärmten sich aber schnell. Ihr Körper war angespannt, entspannte sich aber langsam. Beide Veränderungen genoss er. Sie war keine Frau, die sich freimütig oder leicht hingab. Er wusste das, wie er auch wusste, dass sie keine Frau war, die oft überrumpelt werden konnte.

So an ihn gepresst, wirkte Lee sehr klein, sehr zerbrechlich. Mit Zerbrechlichkeit war Hunter immer behutsam umgegangen. Selbst als sich der Kuss vertiefte, selbst als sein eigenes Verlangen anstieg, blieben seine Lippen zärtlich. Er glaubte, dass das Liebesspiel, von der ersten Berührung bis zum Höhepunkt der Befriedigung, eine Kunst war. Er glaubte, Kunst ließe sich nie überstürzen. Darum zeigte er Lee langsam, ohne Drang, wie es sein könnte, während seine Hände leicht in ihrem Haar spielten und sein Mund zart ihre Lippen liebkoste.

Er kostete ihre Süße. Lee fühlte, wie ihr Wille, ihre Kraft, ihre Gedanken aus ihr strömten. Und als sie versickert waren, ersetzte eine Flut von Empfindungen das Verlorene. Damit konnte der Verstand nicht umgehen, dafür fand er keine Erklärung. Es konnte einfach nur erfahren werden.

Eine solch fließende Lust durfte nicht andauern. Ein so starkes Begehren konnte nicht gesteuert werden. Es war mehr der Mangel an Kontrolle als der Strom der Gefühle, was sie am meisten ängstigte. Wenn sie die Kontrolle über sich verlor, verlor sie ihr Ziel. Dann würde sie blind im Leben umhertappen. Mit einem gemurmelten Protest entzog sie sich Hunter.

Später, dachte er, in einer einsamen dunklen Stunde, werde ich meine eigene Reaktion erkunden. Nun war er mehr an ihrer interessiert. Sie sah ihn an, als wäre sie vom Schlag getroffen – blasses Gesicht, dunkle Augen. Ihr Mund war geöffnet, doch sie sagte nichts. Unter seinen Fingern konnte er das leichte Beben spüren, das sie nicht unterdrücken konnte.

„Es gibt Dinge, die lassen sich nicht erklären." Seine Stimme war sehr weich, doch für sie klang es fast nach einer Drohung.

Sie legte die Hände auf seine Unterarme, um ihn wegzudrücken. „Ich glaube, ich will das nicht mehr."

Er lächelte nicht, als er seine Hände ihre Schultern hinabgleiten ließ. „Vielleicht nicht. Du wirst eine Wahl treffen müssen."

„Nein." Erschüttert trat sie weg und schnappte sich ihre Tasche. „Die Konferenz ist morgen zu Ende, und ich fliege zurück nach Los Angeles." Plötzlich stieg die Wut in ihr hoch, sie drehte sich um und sah ihn an. „Und du begibst dich wieder in dein Versteck."

Er neigte den Kopf. „Vielleicht." Es war das Beste, wenn sie etwas Distanz zwischen ihn und sich legte. Wenn er sie noch einen Augenblick länger gehalten hätte, hätte er sie nie mehr loslassen können. „Wir reden morgen miteinander."

Sie zog ihre eigene Unlogik nicht in Zweifel, sondern schüttelte den Kopf. „Nein, wir werden überhaupt nicht mehr reden."

Er widersprach ihr nicht, als sie zur Tür ging. Er blieb einfach stehen, wo er stand, und die Tür schloss sich hinter ihr. Es bestand kein Grund, ihr zu widersprechen. Er wusste, sie würden wieder miteinander reden. Er nahm sein Glas Wein und das Manuskript, das sie vergessen hatte, und machte es sich in seinem Sessel bequem.

4. KAPITEL

Wut. Vielleicht war es das, was Lee fühlte, einfach nur Wut, ohne weitere Gefühlsstrudel und -verwirrungen, doch sie war sich nicht sicher, auf wen sie wütend war.

Was gestern Abend geschehen war, hätte vermieden werden können ... hätte vermieden werden müssen, verbesserte sie sich, als sie aus der Dusche trat. Weil sie es Hunter erlaubt hatte, das Tempo und den Ton zu bestimmen, hatte sie sich in eine verletzbare Position gebracht, und sie hatte eine nützliche Gelegenheit vergeudet. Wenn Lee etwas in ihren Jahren als Reporterin gelernt hatte: Der schlimmste Fehler für ihre Arbeit war, eine günstige Gelegenheit nicht zu nutzen.

Wie viel wusste sie von Hunter Brown, das für einen klaren informativen Artikel benutzt werden konnte? Genug für einen Abschnitt, dachte Lee verächtlich. Einen sehr kurzen Abschnitt.

Vielleicht hatte sie noch eine Chance, die verlorene Zeit wieder gutzumachen. Verlorene Zeit, weil sie es zugelassen hatte, wie eine Frau zu fühlen, statt wie eine Reporterin zu denken. Er hat mich an der Leine gehalten, gestand sie sich verbittert ein, während sie sich ihr tropfendes Haar frottierte. Statt den Weg zu bestimmen, war sie ihm gehorsam gefolgt, wohin er sie geführt hatte. Und hatte das wichtigste Interview ihrer Karriere verpasst. Lee warf das Handtuch hin und verließ das Bad, das voller Wasserdampf war.

Sie redete sich ein, nichts als Verärgerung über ihn und sich selbst zu empfinden, während sie einen Bademantel überwarf und sich an den kleinen Sekretär setzte. Sie hatte noch etwas Zeit, bevor der Zimmerservice ihr Frühstück servierte. Und sie durfte keine Zeit mehr vergeuden. Zuerst kam das Berufliche. Sie nahm sich Notizblock und Bleistift.

HUNTER BROWN. Lee schrieb es in großen Buchstaben

oben auf die Seite und unterstrich den Namen. Das Problem war, gestand sie sich ein, dass sie sich Hunter – der Aufgabe – nicht logisch, systematisch genähert hatte. Andererseits hatte sie ihn immerhin gesehen, mit ihm gesprochen, ihm einige grundsätzliche Fragen gestellt. Das konnte, soweit sie wusste, kein anderer Reporter von sich behaupten. Es war Zeit, mit der Selbstbeschimpfung aufzuhören und den schwachen Vorteil auszunutzen, den sie immer noch hatte. In klarer Schrift begann sie zu schreiben.

ERSCHEINUNG. Dunkel, schlank, kraftvoll, wie ein Langstreckenläufer oder ein Langlaufskifahrer.

Sie runzelte die Stirn, als sie sich sein Gesicht ins Gedächtnis zurückrief.

Wettergegerbtes Gesicht, kontrastiert durch eine Ausstrahlung von Intelligenz. Am hervorstechendsten: die Augen. Sehr dunkel, sehr direkter Blick, sehr irritierend.

Konnte das gedruckt werden? Brachte dieser eindringliche ruhige Blick jeden aus der Fassung? Sie verwarf die Frage und schrieb weiter.

Fast zwei Meter groß, schätzungsweise hundertsechzig amerikanische Pfund. Sehr selbstbewusst. Hände eines Musikers, Mund eines Poeten.

Ein wenig überrascht über ihre eigene Beschreibung, ging Lee zur nächsten Kategorie über.

PERSÖNLICHKEIT. Rätselhaft. Das reicht nicht, entschied sie leicht verärgert. Arrogant, von sich eingenommen, rüde. Das sollte gedruckt werden. Ein geschickter, fesselnder Redner, gestand sie schriftlich ein. Scharfsinnig, kühl, wortkarg, für überraschende Wendungen offen, sinnliche Ausstrahlung.

Das Letzte ist ein Fehler, erkannte Lee, als die Notiz die Erinnerung an den langen, zarten, sie verzehrenden Kuss hochbrachte, an seine weichen Lippen, an die Kraft seiner Hände. Nein, das war nicht für die Veröffentlichung. Sie brauchte auch keine Notizen, um sich alle Details zurückzurufen, alle Gefühle, die sein Körper in ihr ausgelöst hatte. Sie wäre jedoch klug, wenn sie nicht vergaß, dass er ein Mann des schnellen Entschlusses war, ein Mann, der sich das nahm, was er haben wollte.

Humor? Ja, unter seiner kraftvollen Ausstrahlung schimmerte Humor durch. Daran erinnerte sie sich überhaupt nicht gern, wie er über sie gelacht hatte, aber bei ihrem Mangel an Material brauchte sie jede Einzelheit, auch wenn sie unangenehm war.

Sie erinnerte sich an jedes Wort, was er über sich als Schriftsteller gesagt hatte. Doch das ist einfach nicht genug, überlegte sie frustriert. Sie brauchte mehr für einen klar verständlichen Artikel. Die einfache Wahrheit war, sie musste noch einmal mit ihm sprechen.

Sie fuhr sich durchs Haar. Sie hätte die Zügel der Unterhaltung von Anfang an straff in den Händen halten müssen. Wenn sie sich auf etwas verstand, so war es schließlich, ein Gespräch in die von ihr gewünschte Richtung zu lenken oder zu steuern. Sie hatte noch wortkargere Menschen als Hunter interviewt, aber noch nie mit einem so enttäuschenden Ergebnis.

Geistesabwesend schlug sie mit dem Bleistift gegen die Tischkante. Es war nicht ihr Job, frustriert zu sein, sie musste produktiv sein. Es ist nicht mein Job, fügte sie für sich hinzu, mich von einem Menschen, mit dem ich beruflich zu tun habe, so total bezaubern zu lassen.

Sie hätte den Kuss verhindern müssen. Es war Lee immer noch nicht klar, warum sie es nicht getan hatte. Sie wollte nicht darüber nachdenken. Dann erinnerte sie sich nur wieder an diesen langen, merkwürdig intensiven Moment, an das, was sie empfunden hatte. Sie musste sich einfach daran erinnern, warum sie nach Flagstaff gekommen war, dann konnte sie Hunter Brown entschlossen in die Rubrik Arbeit packen und ihn dort lassen. Im Augenblick war ihr größtes Problem, wie es ihr gelingen sollte, ihn wieder zu sehen.

Sei professionell, warnte sie sich. Aber sie konnte nicht still sitzen dabei. Im Zimmer auf- und abschreitend, versuchte sie, die unglaublich schöne Erinnerung an das Gefühl seines Mundes auf ihrem abzuschütteln. Und scheiterte.

Sie befand sich in einem Strom von Gefühlen. Etwas Vergleichbares hatte sie noch nie erlebt. Die Schwäche, die Macht – es war jenseits ihrer Verständnismöglichkeit. Die Sehnsucht, das Begehren – wie konnte sie das kontrollieren?

Wenn sie ihn besser verstehen würde, vielleicht ... Nein. Lee nahm die Bürste in die Hand und legte sie wieder hin. Nein, Hunter zu verstehen, hatte nichts mit ihrem Verlangen, mit der Bekämpfung ihres Begehrens zu tun. Sie wollte von ihm berührt werden, und obwohl sie keine logische Erklärung dafür fand, sie wollte es mehr, als sie ihren Job verrichten wollte.

Geistesabwesend verrückte sie die Fläschchen und Gläser auf der Frisierkommode. Unbehaglich blickte sie auf und sah eine blasse Frau mit schläfrigem Blick und ungekämmtem Haar im Spiegel. Sie sah zu jung aus, zu zerbrechlich. Niemand sah sie so, wenn sie nicht zurechtgemacht war, ohne ihren Schutzschild. Nur sie wusste, was unter ihrem eleganten Äußeren, unter dem Glanz lag. Angst. Angst zu versagen.

Sie hatte sich ihr Selbstbewusstsein peinlich genau Stück für Stück aufgebaut, bis sie fast selbst daran glaubte. Nur in Augenblicken wie diesem, wenn sie allein war, ein wenig müde, ein wenig entmutigt, dann kam die Frau mit all den winzigen Zweifeln und Ängsten hinter dieser von ihr so sorgfältig errichteten Fassade hervor.

Von Kind an war sie darauf ausgerichtet worden, ein attraktiver Schmuck zu sein. Gute Ausdrucksweise, gute Erziehung, Selbstbeherrschung. Das war alles, was ihre Familie gewollt hatte. Nein, verbesserte sich Lee. Das genau hatte ihre Familie erwartet. Und diese Erwartung hatte sie mit ihrer Berufswahl enttäuscht.

Welche Wendung des Schicksals war nur dafür verantwortlich gewesen, dass sie sich nicht in das Modell gefügt hatte, was ihre Familie für sie vorgesehen hatte? Seit ihrer Kindheit hatte sie gewusst, dass sie mehr brauchte. Und doch hatte sie erst nach der Collegezeit genügend Mut gesammelt, um aus der von ihren Eltern für sie vorgesehenen Laufbahn auszubrechen.

Als sie ihren Eltern gesagt hatte, dass sie nicht Jonathan Willoby heiraten, sondern von Palm Springs nach Los Angeles ziehen wolle, um dort zu leben und zu arbeiten, hatte sie innerlich gezittert. Dieses schwere Aufeinandertreffen hatte sie nur durch ihr Training durchgestanden. Sie war erzogen worden, immer zurückhaltend, kühl und gefasst zu sein, nie die Stimme zu erheben, nie eine Stimmung zu verraten, was als vulgär galt. Als sie mit ihren Eltern gesprochen hatte, schien sie äußerlich ihres Entschlusses absolut sicher zu sein, während sie tatsächlich panische Angst davor hatte, den angenehmen Goldkäfig zu verlassen, den ihre Eltern ihr sie geschaffen hatten.

Fünf Jahre später war die Angst eingedämmt, aber sie war nie ganz verschwunden. Ihr Antrieb, auf der Leiter der beruflichen Karriere ganz nach oben zu kommen, basierte teilweise auf dem Bedürfnis, sich ihren Eltern gegenüber zu beweisen.

Blödsinnig, sagte sie sich und wandte sich von der verletzbaren Frau im Spiegel ab. Sie musste niemandem etwas beweisen, es sei denn, sich selbst. Sie war wegen einer Story gekommen. Die Story würde ein Erfolg für sie werden, wenn sie Hunter Brown wie ein Spürhund auf den Fersen blieb.

Lee sah wieder auf die Notizen, die weniger als eine Seite füllten. Bevor der Tag vorbei ist, habe ich mehr, versprach sie sich. Viel mehr. Er wird nicht wieder die Oberhand gewinnen. Er wird sie nicht wieder von ihrem Ziel ablenken. Dieses Mal würde sie fest das Steuer in der Hand halten.

Als es klopfte, warf Lee einen Blick auf die Uhr und stieß einen kleinen Seufzer der Ungeduld aus. Sie war ihrem Zeitplan hinterher, etwas das sie sich sonst nie erlaubte. Sie hatte ihr Frühstück für neun Uhr bestellt und wollte sich bis dahin für den Tag schon fertig gemacht haben. Unwillig über sich selbst, ging sie zur Tür und öffnete.

„Genauso gut brauchtest du nichts zu essen, wenn du meinst, dass du mit einem halben Brötchen auskommst." Bevor es ihr gelang, sich von ihrer Überraschung zu erholen, trat Hunter auch schon mit ihrem Frühstückstablett an ihr vorbei. „Und eine kluge Frau macht nie die Tür auf, ohne sich zu vergewissern, wer auf der anderen Seite steht." Er stellte das Tablett auf dem Tisch ab und drehte sich um, um sie mit seinem langen, eindringlichen Blick zu betrachten.

Ohne den Glanz von Make-up und sorgfältiger Aufmachung sah sie jünger aus. Die Spuren der Zerbrechlichkeit, die er schon geahnt hatte, waren jetzt von keiner Patina blasierter Kultiviertheit überdeckt, obwohl ihr Morgenmantel aus Seide und der Saphirton schmeichelnd waren. Er spürte ein Aufflammen von Lust und zugleich einen Beschützerdrang in sich aufsteigen. Doch beides konnte seine Wut nicht vertreiben.

Sie wollte ihn nicht wissen lassen, wie verblüfft sie war, ihn wiederzusehen, wie beunruhigt, mit ihm allein zu sein. „Zuerst Chauffeur, dann Kellner", sagte sie kühl, ohne zu lächeln. „Du bist ein Mann mit vielen Talenten, Hunter."

„Das Kompliment könnte ich zurückgeben." Er goss eine Tasse Kaffee ein. „Eine der ersten Voraussetzungen einer Romanschriftstellerin ist, eine gute Lügnerin zu sein. Du bist also auf dem besten Weg dahin." Er machte eine einladende Handbewegung zu einem Sessel und versetzte Lee in die unbehagliche Position, bei ihm Gast zu sein. Kühl beherrscht, als wäre sie überhaupt nicht beunruhigt, durchquerte sie den Raum und setzte sich an den Tisch.

„Ich hätte dich gebeten, mir Gesellschaft zu leisten, aber es gibt nur eine Tasse." Mit ruhiger Hand goss sie Milch in den Kaffee und griff nach dem Brötchen. „Vielleicht könntest du mir erklären, was du mit Lügnerin meinst."

„Ich vermute, es ist auch eine der ersten Voraussetzungen für Reporterinnen." Hunter beobachtete, wie sich ihre Finger um das Brötchen ganz kurz verspannten.

„Nein." Lee nahm noch einen Bissen von ihrem Brötchen, als sei ihr der Magen gerade nicht in die Kniekehlen gesunken. „Reporter haben mit Tatsachen zu tun." Sie ließ sich Zeit, um nicht nervös herumzufingern, und trank einen Schluck Kaffee. „Ich kann mich nicht daran erinnern, erwähnt zu haben, ich sei eine Reporterin."

„Nein, du hast es nicht erwähnt." Als sie die Tasse abstellte, umfasste er ihr Handgelenk. Der Griff seiner Finger verriet ihr, dass er wütend war. „Du hast es ganz bewusst nicht erwähnt."

Mit einem Ruck ihres Kopfes warf sie ihr Haar zurück. Wenn sie verlor, dann auf keinen Fall mit hängenden Schultern. „Es war nicht erforderlich, es dir zu erzählen." Sie ignorierte die Tatsache, dass er eine ihrer Hände fest umklammert hielt, nahm das Brötchen in die andere Hand und biss hinein. „Ich habe meinen Teilnahmebeitrag für die Tagung bezahlt."

„Und vorgetäuscht, jemand zu sein, der du nicht bist."

Ohne mit der Wimper zu zucken, begegnete sie seinem Blick. „Offensichtlich haben wir beide vorgetäuscht jemand zu sein, der wir nicht sind, von Anfang an."

„Ich wollte nichts von dir. Du bist jedoch in deiner Täuschung über das Harmlose hinausgegangen."

Sie mochte es nicht, wie es bei ihm klang – so gemein, so schmutzig. Doch es war die Wahrheit. Wenn er seine Finger nicht in ihr Handgelenk graben würde, hätte sie sich vielleicht sogar entschuldigt. So aber wich sie keinen Millimeter. „Es ist mein gutes Recht, hier zu sein und einen Artikel über die Tagung zu schreiben."

„Und ich", sagte er so sanft, dass sie fröstelte, „habe ein Recht auf meine Privatsphäre, auf die freie Entscheidung, mit einem Reporter zu sprechen oder es abzulehnen."

„Wenn ich dir gesagt hätte, dass ich von CELEBRITY komme", konterte sie und machte den ersten Versuch, ihren Arm frei zu bekommen, „hättest du dann mit mir gesprochen?"

Er hielt immer noch ihr Handgelenk, sah sie immer noch fest an.

Einige lange Sekunden sagte er nichts. „Das ist etwas, was keiner von uns jemals wissen wird." Er gab ihr Handgelenk so abrupt frei, dass ihr Arm auf den Tisch fiel und die Tasse klapperte. Lee blickte auf ihr Brötchen. Es war zu einer ekligen Kugel zerquetscht.

Er machte ihr Angst. Es hatte keinen Sinn, es vor sich selbst zu verleugnen. Die Kraft seiner unterschwelligen Wut ließ kleine Kälteschocks ihren Rücken hoch- und runterwandern. Sie wusste nicht, wozu er fähig war. In seinen Büchern gab es Gewalt, also musste es auch Gewalt in seinem Wesen geben. Mit aller Kraft beherrschte sie sich und hob wieder ihre Tasse an die Lippen, trank und schmeckte absolut nichts.

„Ich bin neugierig zu erfahren, wie du es herausgefunden hast." Gut, ihre Stimme war ruhig, nicht gehetzt.

Sie sieht wie ein Kätzchen aus, das in eine Ecke gedrängt ist, stellte Hunter fest. Bereit zu beißen und zu kratzen, selbst wenn ihr Herz laut genug klopfte, dass es fast hörbar war. Am liebsten hätte er sie erwürgt. Er wollte nicht dem starken Drang nachgeben, die blasse Haut ihrer Wange zu berühren. Von einer Frau getäuscht zu werden, das war vielleicht die einzige Sache, die ihn immer noch in blinde Wut versetzen konnte.

„Merkwürdig genug, du hast mich interessiert, Lenore. Gestern Abend ..." Er sah, wie sie sich versteifte und spürte eine gewisse Befriedigung. Nein, er würde sie das nicht vergessen lassen, wie er es auch selbst nicht vergessen konnte. „Gestern Abend", wiederholte er langsam und wartete, bis sie den Blick wieder zu ihm hob, „wollte ich dich lieben. Ich wollte hinter diesen äußeren Schein dringen und dich entdecken. Als ich es tat, sahst du aus, wie du jetzt aussiehst. Weich, zerbrechlich, mit einladendem Mund und umschattetem Blick."

Ihr Körper schmolz, ihre Haut erhitzte sich, und dabei waren es nur Worte. Er berührte sie nicht, versuchte es auch nicht, doch der Klang seiner Stimme streichelte ihre Haut wie die zärtlichste Liebkosung. „Ich ... ich hatte nicht die Absicht, dich mich lieben zu lassen."

„Ich glaube nur an Liebe, wenn beide es wollen." Er gab ihren Blick nicht frei. Sie spürte, wie ihre Gedanken vor Glut verschwammen, ihr Atem zitterte. „Nur, wenn beide es wollen", wiederholte Hunter. „Als du gegangen bist, habe ich mich an den nächstbesten Weg gehalten, dich zu entdecken."

Lee faltete fest ihre Hände im Schoß, um ihr Zittern unter Kontrolle zu halten. Wie konnte ein Mann eine solche Macht ausüben? Und wie konnte sie sie bekämpfen? „Ich weiß nicht, was du meinst." Ihre Stimme war nicht mehr ruhig.

„Dein Manuskript."

Unverständlich starrte sie ihn an. Gestern Abend hatte sie es aus Angst vor ihm, aus Angst vor sich selbst völlig vergessen. Wut und Enttäuschung hatten heute Morgen verhindert, dass sie sich daran erinnerte. Und nun, auf der Spitze eines vernebelnden Begehrens, fühlte sie sich wie eine Schülerin, die dem Meister gegenübersitzt. „Ich habe nie beabsichtigt, es dich lesen zu lassen", begann sie. Ohne es zu merken, zerknüllte sie die Serviette in ihrem Schoß. „Ich habe keinerlei Neigungen, Schriftstellerin zu werden."

„Dann bist du nicht nur eine Lügnerin, sondern auch eine Närrin."

Jegliches Gefühl von Hilflosigkeit verschwand. Niemand hatte je so zu ihr gesprochen. „Ich bin weder eine Närrin noch eine Lügnerin. Ich bin eine gute Reporterin. Und ich will einen exklusiven, aussagekräftigen Artikel über dich schreiben."

„Warum verschwendest du deine Zeit damit, Klatsch zu schreiben, wo du einen Roman zu vollenden hast?"

Sie wurde hart. Der Blick, der von verwirrtem Begehren umnebelt gewesen war, wurde frostig. „Ich schreibe keinen Klatsch."

„Du kannst dabei glänzen, kannst mit Stil und Niveau schreiben, aber es bleibt Klatsch." Bevor Lee darauf eine scharfe Erwiderung machen konnte, stand er auf. „Du hast Talent. Und Talent ist eine doppelseitige Medaille, Lenore. Die zweite Seite bedeutet Verpflichtung. Du musst den Roman beenden."

Ihn beenden? Sie hätte ihn nie anfangen sollen. „Verdammt, Hunter, er ist ein Hirngespinst."

„Er ist gut."

Sie sah ihn an, die Brauen immer noch vor Ärger zusammengezogen, doch der Blick war plötzlich wachsam. „Was?"

Er nahm sich eine Zigarette, während sie ihn anstarrte. „Zuerst wollte ich dich gestern Abend noch anrufen. Stattdessen habe ich mich mit meiner Verlegerin in Verbindung gesetzt." Ruhig stieß er den Rauch aus. „Als ich ihr das Manuskript zu lesen gegeben habe, hat sie deinen Namen erkannt. Offensichtlich ist sie eine treue Leserin von CELEBRITY."

„Du hast ihr ..." Verblüfft verstummte Lee. „Du hast nicht das Recht dazu, es irgendjemandem zu zeigen."

„Zu der Zeit habe ich geglaubt, du wärst Schriftstellerin, genau, wie du es mir vorgemacht hast."

Sie erhob sich und umklammerte die Lehne des Stuhles. „Ich bin Reporterin, keine Romanschriftstellerin. Ich möchte, dass du das Manuskript bei ihr abholst und es mir zurückbringst."

Er drückte seine Zigarette in einem Aschenbecher aus. Dabei fiel sein Blick auf Lees feinsäuberliche Notizen. Zu seiner schon vorhandenen Verärgerung trat Belustigung. Sie versuchte also, ihn in einige ordentliche Schubladen zu stecken. Sie würde es schwieriger finden, als sie es sich träumen ließ. „Warum sollte ich das tun?"

„Weil es mir gehört. Du hattest kein Recht, es irgendjemandem zu geben."

„Wovor hast du Angst?"

Vor dem Versagen. In letzter Sekunde konnte Lee die Worte hinunterschlucken. „Ich habe vor nichts Angst. Ich tue, was ich am besten kann und beabsichtige, das weiterhin zu tun."

Ihr gefiel der Ausdruck seiner Augen nicht, als er sie wieder ansah. Eigentlich war er nur in ihr Zimmer gekommen, um ihr das falsche Spiel und die Vergeudung ihres Talents vorzuhalten. Als er sie jetzt beobachtete, dachte Hunter, dass es einen besseren Weg geben müsse, auf dem er gleichzeitig mehr über sie erfahren konnte. Und das war wichtig, wenn er sie in seinem nächsten Buch als Hauptfigur beschreiben wollte. „Wie wichtig ist dir eigentlich diese Geschichte über mich?"

Alarmiert durch den Wechsel in seinem Ton, musterte Lee ihn vorsichtig. Vielleicht konnte sie seinem Ego ja doch noch schmeicheln. „Sie ist sehr wichtig. Seit über drei Monaten versuche ich, etwas über dich herauszubekommen. Du bist einer der populärsten und von der Kritik hochgejubeltsten Schriftsteller. Wenn du ..."

Er unterbrach sie mit einer leichten Handbewegung. „Wenn ich mich entschließe, dir ein Interview zu geben, dann müssten wir eine längere Zeit zusammen verbringen – und das unter meinen Bedingungen."

Lee hörte in sich die kleine Warnglocke, ignorierte sie aber. Sie konnte den Erfolg schon fast schmecken. „Die Bedingungen können wir vorher klären. Ich stehe zu meinem Wort, Hunter."

„Daran zweifle ich nicht." Hunter überdachte noch einmal seinen Standpunkt. Vielleicht forderte er nur Schwierigkeiten heraus. Andererseits, er hatte länger schon keine mehr herausgefordert. Er war bereit. „Wie viel hast du insgesamt von deinem Manuskript fertig?"

„Das hat damit nichts zu tun." Als er nur eine Braue hochzog und sie musterte, biss sie die Zähne zusammen. Halt ihn bei Laune, sprach Lee sich zu. Sie war nah genug an ihrem Ziel. „Ungefähr zweihundert Seiten."

„Schick den Rest an meine Verlegerin. Ich bin sicher, ihren Namen kennst du schon."

„Was hat das mit dem Interview zu tun?"

„Das ist eine der Bedingungen. Für die übernächste Woche habe ich Pläne", fuhr er fort. „Du kannst mich begleiten – mit einer weiteren Kopie deines Manuskripts."

„Dich begleiten? Wobei?"

„Ich mache eine zweiwöchige Campingtour im Oak Creek Canyon. Du solltest dir besser ein paar robuste Schuhe kaufen."

„Camping?" Ihr drängten sich Bilder von Zelten und Moskitos auf. „Wenn du nicht sofort zu deinem Urlaub aufbrichst, könnten wir das Interview doch ein oder zwei Tage vorher ansetzen."

„Bedingungen", erinnerte er sie. „Meine Bedingungen."

„Du willst alles unbedingt kompliziert machen."

„Ja." Er lächelte, es war ein Schatten von Humor, der um seinen Mund lag. „Du musst für dein Exklusivinterview richtig arbeiten, Lenore."

„In Ordnung." Entschlossen hob sie das Kinn. „Wo und wann soll ich dich treffen?"

Nun lächelte er zufrieden, ihm gefiel die Entschlossenheit, die er sah. „In Sedona. Ich setze mich mit dir in Verbindung, wenn es soweit ist – und wenn meine Verlegerin mich darüber informiert hat, dass sie den Rest deines Manuskripts bekommen hat."

„Ich verstehe nicht, warum du mich damit erpresst."

Jetzt trat er zu ihr und fuhr ihr ganz unvorbereitet durchs Haar. Es war eine leichte, freundschaftliche Geste und doch sehr intim. „Vielleicht solltest du als Erstes über mich lernen, dass ich exzentrisch bin. Wenn man das von sich akzeptiert, kann man alles rechtfertigen, was man tut. Alles." Er beendete den Satz, indem er seinen Mund auf ihren legte.

Er hörte, wie sie hastig Atem holte, spürte, wie sie sich versteifte. Aber sie kämpfte sich nicht frei. Vielleicht prüfte sie sich selbst. Und, was sie nicht wusste, sie prüfte auch ihn. Es drängte ihn, sie zum Bett zu tragen, den Hauch von Seide von ihr zu streifen und seinen Körper an ihren zu pressen. Sie würde sich mit ihm bewegen, als wären sie schon immer Liebende gewesen. Er wusste es einfach.

Er spürte, wie sie sich an ihn schmiegte, wie ihre Lippen warm und durch seine feucht wurden. Sie waren allein und das Begehren war groß. Und doch wusste er instinktiv, ohne es zu verstehen, wenn sie sich jetzt liebten, sättigten sie ihren Hunger, und er würde sie nie wieder sehen.

Hunter küsste sie lange. Er saugte ihren Geschmack in sich ein. Dann zwang er sich zur Zurückhaltung.

Er zog sich zurück, ließ die Hände noch einen Augenblick an ihren Wangen ruhen, auf ihrem weichen Haar. Lee sagte nichts.

„Wenn du es schaffst, zwei Wochen im Canyon durchzustehen, hast du deine Story."

Damit überließ er sie sich selbst und verließ den Raum.

„Wenn ich die zwei Wochen nur durchstehe", stieß Lee hervor, während sie einen warmen Pullover aus der Schublade zog. „Ich sage dir, Blanche, ich habe noch nie jemanden getroffen, der so wenig sagt und einen dabei so auf die Palme bringen kann." Zehn Tage in Los Angeles hatten ihre Wut noch nicht dämpfen können.

Blanche befühlte die weiche Wolle des Pullovers. „Lee, hast du nichts, was weniger fein ist?"

„Ich habe nur ein paar Sweatshirts gekauft. Ich habe eben nicht viel Zeit meines Lebens in einem Zelt verbracht."

„Ein Ratschlag." Bevor eine weitere schicke Hose in den Rucksack gepackt wurde, den sich Lee von ihr geliehen hatte, hielt Blanche sie an der Hand fest.

Lee zog eine Braue hoch. „Du weißt, ich hasse Ratschläge."

Grinsend ließ sich Blanche aufs Bett fallen. „Ich weiß. Darum kann ich auch nie widerstehen, sie dir zu geben. Lee, du hast eine Jeans. Ich habe sie schon an dir gesehen." Sie strich sich eine Haarsträhne aus dem Gesicht. „Designerjeans oder nicht, nimm die Jeans und nicht die Fünfundsiebzigdollarhose. Investiere in ein oder zwei weitere Jeans", fuhr sie fort, während Lee mit gerunzelter Stirn auf die Kleidungsstücke in ihrer Hand blickte. „Pack diesen herrlichen Wollpullover zurück in die Schublade und nimm ein paar Flanellhemden. Denk an die Nächte, wenn es kalt wird. Besorg dir ein paar T-Shirts. Blusen sind fürs Büro und nichts für Camping. Nimm wenigstens eine Shorts mit, und besorge dir dicke Socken. Eigentlich hättest du diese neuen Wanderschuhe einlaufen müssen, denn du wirst gehörig in ihnen leiden."

„Der Verkäufer hat gesagt ..."

„Es ist alles in Ordnung mit ihnen, Lee, sie waren einfach noch nie aus ihrem Karton." Sie streckte sich wieder auf der Kissenkollektion auf Lees Bett aus. „Du hast dich zu sehr darauf konzentriert, genügend Papier und Bleistifte einzupacken, dass du vergessen hast, dir über dein Schuhwerk Gedanken zu machen. Wenn du dich nicht selbst lächerlich machen willst, hör auf Mama."

Gereizt legte Lee den Pullover zurück. „Ich habe mich schon lächerlich gemacht, mehrmals." Sie trat gegen eine der Schubladen. „Er wird sich nicht wieder über mich lustig machen, Blanche. Wenn ich draußen in einem Zelt schlafen und Felsen hinaufkraxeln muss, um zu dieser Story zu kommen, dann mache ich es."

„Wenn du dich anstrengst, könntest du gleichzeitig sogar Spaß haben."

„Mir geht's nicht um Spaß, sondern um ein Exklusivinterview."

„Wir sind Freundinnen."

Obwohl es eine Feststellung, keine Frage war, warf Lee ihr einen Blick zu. „Ja." Zum ersten Mal, seit sie packte, lächelte sie. „Wir sind Freundinnen."

„Dann verrate mir, was dich an diesem Typ beunruhigt. Seit über einer Woche kannst du deine Hände nicht eine Sekunde lang ruhig halten. Du wolltest Hunter Brown interviewen, und du wirst Hunter Brown interviewen. Wie kommt es, dass du den Eindruck erweckst, als bereitetest du dich auf einen Krieg vor?"

„Weil ich mich genauso fühle." Bei jedem anderen wäre Lee der Frage ausgewichen oder hätte die kalte Schulter gezeigt. Doch weil es Blanche war, setzte sie sich auf den Bettrand und zerknüllte ein neu gekauftes Sweatshirt zwischen ihren rastlosen Händen.

„Er lässt mich wollen, was ich nicht wollen will, lässt mich fühlen, was ich nicht fühlen will. Blanche, in meinem Leben habe ich für Komplikationen keinen Platz."

„Wer hat das schon?"

„Ich weiß genau, wohin ich gehe", betonte Lee ein wenig zu nachdrücklich. „Ich weiß genau, wie ich dahin komme. Irgendwie habe ich das Gefühl, Hunter ist eine Umgehungsstraße."

„Manchmal ist eine Umgehung interessanter als die geplante Route, und du kommst zum selben Ort."

„Er macht auf mich den Eindruck, als wüsste er, was ich denke. Mehr noch, als wüsste er, was ich gestern oder letztes Jahr gedacht habe. Das ist nicht angenehm."

„Du hast nie das Angenehme gesucht", stellte Blanche fest und legte den Kopf auf ihre gefalteten Hände. „Du hast immer die Herausforderung gesucht. Du hast eben noch nie eine Herausforderung in einem Mann gefunden."

„Ich will keinen Mann als Herausforderung." Heftig stopfte Lee das Sweatshirt in den Rucksack. „Ich will Herausforderung in meiner Arbeit."

„Du musst nicht fahren."

Lee hob den Kopf. „Ich fahre."

„Dann fahr nicht mit knirschenden Zähnen." Blanche setzte sich im Schneidersitz auf. „Das ist eine gewaltige Chance für dich, beruflich und persönlich. Oak Creek ist einer der schönsten Canyons im Land. Du kannst dort zwei Wochen verbringen. Und da ist ein Mann, der dich nicht langweilt oder umschmeichelt." Sie grinste wieder über Lees schelmischen Blick. „Du weißt verdammt gut, dass du beides nicht ausstehen kannst. Genieße also einfach den Szenenwechsel."

„Ich werde arbeiten", erinnerte Lee sie. „Nicht Wildblumen pflücken."

„Pflücke trotzdem einige. An deine Story kommst du auch so."

„Und mit ihr zahle ich es Hunter zurück."

Blanche lachte aus vollem Hals und warf ein Kissen in die Luft. „Wenn du das unbedingt willst, dann tu es. Ich könnte direkt Mitleid mit dem Burschen bekommen. Und Lee ...", sie legte eine Hand über die ihrer Freundin, „... wenn er dich etwas wollen lässt, nimm es. Das Leben ist nicht gerade überhäuft mit Angeboten. Gönn dir selbst ein Geschenk."

Lee schwieg einen Augenblick, dann seufzte sie. „Ich bin mir nicht sicher, ob es ein Geschenk oder ein Fluch sein wird." Sie erhob sich und ging zu ihrer Kommode. „Wie viele Paar Socken?"

„Aber ist sie schön?" Sarah hockte mitten auf dem Teppich, ein Bein angezogen, während sie sich tapfer bemühte, das andere hinter den Hals zu schlingen. „Wirklich schön?"

Hunter grub im Wäschekorb herum. Sarah hatte ihn klar darauf hingewiesen, dass er an der Reihe sei, die Wäsche zusammenzulegen. „Das Wort schön würde ich nicht benutzen. Ein kunstvoll arrangierter Korb mit Früchten ist schön."

Sarah kicherte, dann rollte sie sich ab und wölbte ihren Rücken zu einem Katzenbuckel. „Welches Wort würdest du denn benutzen?"

Hunter faltete ein T-Shirt zusammen, auf dem vorn der Name einer populären Rockband glitzerte. „Sie ist von einer seltenen klassischen Schönheit, womit viele Frauen wahrscheinlich nicht direkt etwas anfangen können."

„Aber sie kann es?"

Er erinnerte sich. Er wollte es. „Sie kann es."

Sarah ließ sich auf den Rücken fallen, um mit dem Hund zu kuscheln, der sich neben ihr ausgestreckt hatte. Sie liebte die Wärme von Santanas Fell, wie sie es liebte, der Stimme ihres Vaters zu lauschen. „Sie hat versucht, dich auf den Arm zu nehmen", erinnerte Sarah ihn. „Du magst es doch nicht, wenn dich Leute auf den Arm nehmen."

„Ihrer Meinung nach hat sie nur ihren Job getan."

Mit einer Hand am Hals des Hundes blickte Sarah mit ihren

großen, dunklen Augen, die denen ihres Vaters so ähnlich waren, zu ihm auf. „Du redest nie mit Reportern."

„Sie interessieren mich nicht." Hunter richtete sich mit einer Jeans auf, die ein großes Loch am Knie hatte. „Ist die nicht neu?"

„So ungefähr. Und warum nimmst du sie zum Camping mit?"

„Ungefähr neue sollten nicht schon Löcher haben. Und ich nehme sie nicht mit. Sie kommt mit mir."

Sie steckte eine Hand in die Tasche und zog einen Kaugummi heraus. Wegen ihrer Zahnspange durfte sie ihn nicht kauen und strich nur über das Einwickelpapier. In sechs Monaten, dachte Sarah, werde ich ein Dutzend kauen, alle auf einmal. „Weil sie eine Reporterin ist oder weil sie von einer seltenen klassischen Schönheit ist?"

Hunter warf ihr einen Blick zu, um den Schalk aus den Augen seiner Tochter blitzen zu sehen. Sie ist eindeutig zu klug, entschied er und warf mit einem Paar zusammengerollter Socken nach ihr. „Beides, aber hauptsächlich, weil ich sie interessant finde und talentiert. Ich will sehen, wie viel ich über sie herausfinde, während sie sich bemüht, etwas über mich herauszufinden."

„Du findest mehr heraus", verkündete Sarah und warf die Socken faul in die Luft. „Tust du immer. Ich glaube, das ist eine gute Idee", fügte sie nach einem Augenblick hinzu. „Tante Bonnie sagt, du siehst nicht genügend Frauen, vor allem Frauen, die deinen Verstand herausfordern. Vielleicht entfacht sie sogar deine glimmende Leidenschaft."

Auf dem Weg zum Korb hielt Hunters Hand mitten in der Bewegung inne. „Was?"

„Das habe ich gelesen." Gekonnt rollte sie zurück und berührte mit den Füßen den Boden hinter ihrem Kopf. „Da war ein Mann, der eine Frau getroffen hat, und zuerst mochten sie sich beide nicht. Aber da war diese starke körperliche Anziehungskraft und dieses wachsende Begehren und ..."

„Ich verstehe." Hunter sah auf das schlanke, dunkelhaarige Mädchen auf dem Boden hinunter. Sie ist meine Tochter, dachte er. Sie ist zehn. Wie, um alles in der Welt, waren sie auf das Thema Leidenschaft gekommen? „Du vor allen anderen Menschen solltest wissen, dass Sachen im wirklichen Leben selten so passieren wie in Büchern."

„Ausgedachtes beruht auf Wirklichkeit." Sarah grinste, erfreut darüber, ihm eine seiner eigenen Bemerkungen zurückwerfen zu können. „Aber bevor du dich in sie verliebst, bevor du zu viel glimmende Leidenschaft hast, will ich sie kennen lernen."

„Ich werde daran denken." Immer noch mit dem Blick auf sie gerichtet, hielt Hunter drei nicht zusammenpassende Socken hoch. „Wie kann das nur jede Woche passieren?"

Sarah betrachtete die Socken einen Augenblick, dann hallte ihr Lachen von der hohen Decke wider.

5. KAPITEL

Es war wie jeder Western, den sie gesehen hatte. Während die strahlende Sonne sie blinzeln ließ, konnte Lee fast die Gesetzlosen sehen, die das Aufgebot einer Bürgerwehr besiegten und Indianer, die sich abwartend hinter Felsen und Baumstämmen versteckten. Wenn sie ihrer Einbildungskraft freien Lauf ließ – woran niemand sie hinderte, da sie allein im Wagen saß –, konnte sie fast die Hufschläge auf dem felsenharten Boden hören.

Die tief roten Berge erhoben sich in einen fast bedrohlich aussehenden blauen Himmel. Es war eine Weite, die beinahe ungeheuerlich in ihrer Dimension war. Sie ließ einem das Herz weit werden und vor Aufregung hämmern.

Da gab es Grün – das silbrige Grün von Salbei, der sich an den roten, felsigen Boden klammerte. Das tiefere Grün des Wacholders, der plötzlich scheinbar geplanter Kargheit Platz machte. Und doch war die Kargheit in sich selbst reich. Die Weite, die überwältigende Weite betäubte Lee und ließ sie sich selbst im Vergleich unbedeutend fühlen und machte sie merkwürdig hungrig nach mehr. Überall gab es mehr felsige Kämme, mehr Farben, mehr ... Lee schüttelte den Kopf. Einfach mehr.

Selbst als sie sich der Stadt näherte, konnten deren Gebäude es mit der Weite nicht aufnehmen. Halteschilder, Straßenlampen, Blumengärten, Autos, es war alles belanglos. Es ist eine Sicht, die einfach unbeschreiblich und atemberaubend war, dachte Lee.

Sie mochte Sedona von der ersten Sekunde an. Die saubere Westernausstrahlung fügte sich in den fabelhaften Hintergrund der Landschaft ein, statt ihn zu zerstören.

Die Geschäfte an der Hauptstraße hatten hübsche Schilder und spiegelblanke Schaufenster. Die Häuser waren zum größten Teil aus Holz gebaut. Es herrschte die Atmosphäre von Gemächlichkeit – keine Eile, keine Hast. Sedona hatte eher die

Ausstrahlung eines Kleinstädtchens als die einer Stadt. Unter dem eindrucksvollen Himmel schien alles gemütlich zu sein. Vielleicht, dachte Lee, als sie den Hinweisschildern der Autoverleihfirma folgte, um ihren Leihwagen abzugeben, vielleicht kann ich die nächsten zwei Wochen ja doch ein wenig genießen.

Da sie für die verabredete Zeit ihres Treffens mit Hunter zu früh war, selbst noch, nachdem sie das Ausfüllen der Formulare in der Autoverleihfirma hinter sich gebracht hatte, entschied Lee, dass sie sich noch den Genuss leisten konnte, Tourist zu spielen. Sie hatte fast noch eine Stunde Urlaub, bevor die Arbeit wieder begann.

Die geschmeidige silberne Halskette und die Türkis-Ohrringe im Schaufenster lockten sie, doch sie ging vorbei. Nach dem zweiwöchigen Abenteuer konnte sie immer noch etwas Leichtsinniges tun – als Belohnung für den Erfolg. Jetzt wollte sie einfach nur die Zeit totschlagen.

Ein Süßwarengeschäft, das behauptete, das beste im Land zu sein, zog sie an. Sie betrat es und kaufte sich Konfekt. Zum Energietanken, sagte sie sich, als sie eine Praline im Mund zerschmelzen ließ. Wer wusste schon, was sie die nächsten zwei Wochen zu essen bekam. Als Hunter telefonisch Kontakt mit ihr aufgenommen hatte, hatte er hartnäckig darauf bestanden, dass er sich um die Vorräte, überhaupt um die Ausrüstung kümmern werde. Das Konfekt, sagte sich Lee, ist Notreserve.

Außerdem, zum Teil hatte Blanche recht. Es gab keinen Grund, sich in dieses Abenteuer zu stürzen und sich dabei unbedingt elend und unwohl fühlen zu wollen. Warum sollte sie sich nicht ein wenig in Laune bringen? Mit diesem Gedanken schlenderte Lee in einen Western-Laden.

Obwohl sie einige Minuten mit den Muschelgürteln spielte, legte sie sie wieder zurück. So etwas stand ihr nicht, ebenso wenig wie die mit Fransen oder Perlenstickerei verzierten Hemden. Vielleicht nahm sie Blanche eins mit, bevor sie wieder zurück nach Los Angeles fuhr. Alles, was Blanche anzieht, steht ihr, dachte Lee.

Mit einem Schulterzucken strich Lee über das Modell einer kurzen Wildlederjacke und schlenderte dann durch die unzähligen Reihen von Hüten. Auch das war nichts für sie. Doch sie stellte den Rucksack ab und probierte einen braunen Stetson mit geschwungener Krempe. Sie tauschte den ersten Hut mit einem kleineren, der mit einem Band und Federn verziert war. Dann setzte sie sich einen schwarzen, glattkrempigen auf den Kopf und prüfte im Spiegel das Ergebnis. Sie lächelte ein wenig.

„Du trägst ihn ganz verkehrt."

Bevor Lee reagieren konnte, zogen zwei kräftige Hände ihr den Hut tiefer ins Gesicht. Kritisch drehte Hunter ihn noch etwas, dann trat er zur Seite. „Ja, die perfekte Wahl für dich. Der Kontrast zu deinem Haar und deiner Haut, das ist chic." Er fasste sie bei den Schultern und blickte gemeinsam mit ihr in den Spiegel.

Sie sah, wie er ihre Schulter hielt. Sie sah, wie klein sie neben ihm wirkte. In nur einem Augenblick empfand Lee Freude. Doch sofort ärgerte sie sich darüber.

„Ich habe nicht die Absicht, ihn zu kaufen." Verlegen nahm sie den Hut ab und legte ihn zurück aufs Bord.

„Warum nicht?"

„Ich habe keinen Gebrauch dafür."

„Eine Frau, die nur kauft, was sie braucht?" Belustigung zeigte sich in seiner Miene. „Und es ist ein Jammer, dass du ihn nicht willst. Er verleiht dir ein flottes Aussehen und Selbstvertrauen."

Lee überhörte das und hob ihren Rucksack wieder auf. „Ich bin früher in die Stadt gekommen und wollte die Zeit etwas totschlagen."

„Ich habe dich herumbummeln sehen, als ich die Straße entlanggefahren bin. Selbst in Jeans gehst du, als wenn du ein dreiteiliges Kostüm trägst." Während sie herauszubekommen versuchte, ob das ein Kompliment war, lächelte er. „Welche Sorte hast du gekauft?"

„Was?" Sie runzelte immer noch die Stirn über seine Bemerkung.

„Konfekt." Er warf einen Blick auf die Tüte. „Welche Sorte hast du gekauft?"

Wieder ertappt, dachte Lee schon fast resigniert. „Weiße Schokolade und Krokant."

„Gute Wahl." Er nahm ihren Arm und führte sie aus dem Geschäft. „Wenn du entschlossen bist, auf den Hut zu verzichten, können wir ebenso gut losfahren."

Am Bürgersteig parkte ein Jeep. Sie runzelte die Stirn. Das war ganz eindeutig derselbe, den er in Flagstaff gefahren hatte. „Bist du in Arizona geblieben?"

Er ging um den Kühler herum. „Ich hatte Geschäftliches zu erledigen."

Ihr Reportersinn schärfte sich. „Nachforschungen?"

Er reagierte mit diesem merkwürdigen Anflug von Lächeln. „Ein Schriftsteller forscht immer nach. Hast du eine Kopie vom Rest deines Manuskripts mitgebracht?"

„Das war eine der Bedingungen", antwortete Lee unwirsch.

„So ist es." Er fädelte sich in den Verkehrsstrom ein. „Welchen Eindruck hast du von Sedona?"

„Eine Touristengegend." Sie fand es notwendig, sehr aufrecht zu sitzen und starr nach vorn zu blicken.

„Das kann man auch von Südfrankreich behaupten."

Sie blickte aus dem Fenster. Ihre Lippen zuckten. „Es macht den Eindruck, als wäre alles schon unverändert ewig so gewesen. Die Weite der Landschaft beunruhigt. Man wird unwillkürlich an die ersten Siedler erinnert, die das Land vom Rücken der Pferde oder vom Planwagen aus zuerst gesehen haben. Ich könnte mir vorstellen, wie einige von ihnen sich gezwungen gefühlt haben, hier zu bauen, eine Gemeinde zu gründen, weil diese Weite sie so überwältigte."

„Und andere zog es in die Wüste oder in die Berge allein, weil ein Gemeindewesen sie zu sehr einengte."

Sie nickte, und ihr kam der Gedanke, dass sie in die erste Gruppe passte, er in die zweite.

Die Straße, die er eingeschlagen hatte, führte aus der Stadt hinaus, verengte sich dann und schlängelte sich abwärts. Hunter fuhr mit der Sicherheit eines Mannes, der jede Kurve zu nehmen wusste. Trotzdem umklammerte Lee den Türgriff, entschlossen, über seine Geschwindigkeit kein Wort zu verlieren. Es war wie die Abwärtsfahrt auf einer Achterbahn. Sie schossen hinunter, auf der einen Seite die Felswand, auf der anderen die spiralförmige Schlucht.

„Zeltest du oft?" Ihre Knöchel traten weiß hervor. Obwohl sie schreien musste, um überhaupt gehört zu werden, klang ihre Stimme zum Glück gelassen genug.

„Hin und wieder."

„Ich bin neugierig." Sie brach ab und räusperte sich, als Hunter eine Haarnadelkurve etwas zu schnell nahm. „Warum zelten?" Lösten die Felsen in der nackten Wand neben ihnen sich jemals und rollten auf die Straße? Sie entschied, das Beste war, überhaupt nicht daran zu denken.

„Es gibt Zeiten, wo man die Einfachheit braucht."

Sie presste den Fuß auf den Boden, als wäre dort ein Bremspedal. „Ist das nicht nur eine weitere Art, den Menschen aus dem Weg zu gehen?"

„Ja." Seine leichte Zustimmung ließ sie ihn anstarren. Es amüsierte ihn, dass sie den Griff ihrer Hand vom Türgriff löste und ihre Konzentration sich von der Straße auf ihn verlagerte. „Es ist auch ein Weg, von meiner Arbeit abzuschalten."

Ihr Blick schärfte sich. Es juckte ihr in den Fingern, ihr Notizbuch hervorzuholen. Sie war jetzt blind der Geschwindigkeit und den Kurven gegenüber, zog ein Bein unter ihren Körper und sah ihn offen an. Das gefiel ihm, merkte Hunter. Die Art, wie sie unbewusst ihr Schutzschild fallen ließ, wann immer sie interessiert war. Das zog ihn so sehr an wie ihre kühle Schönheit, die ihn ans neunzehnte Jahrhundert erinnerte.

Er bog von der Straße ab und parkte den Jeep neben einem kleinen Holzgebäude, das als Campingverwaltung diente. Hunter stieg aus, und Lee folgte seinem Beispiel.

„Müssen wir uns einschreiben?"

Hinter ihrem Rücken schmunzelte Hunter, während Lee sich damit abmühte, ihren Rucksack aus dem Jeep zu zerren. „Um die Formalitäten habe ich mich schon gekümmert."

„Ich verstehe." Der Rucksack war schwer, aber sie war fest entschlossen, jedes Hilfsangebot abzulehnen und ihn allein zu tragen. Einen Moment später wurde ihr klar, dass sie sich darüber keine Gedanken machen musste. Hunter stand einfach nur da und beobachtete, wie sie sich in die Schulterriemen hineinmühte. Soviel zur Ritterlichkeit, dachte sie, verärgert darüber, dass er ihr nicht die Möglichkeit gegeben hatte, auf ihrer Unabhängigkeit zu bestehen. Dann fing sie den Glanz in seinem Blick auf. Er konnte wirklich zu leicht ihre Gedanken lesen.

„Soll ich den Kram tragen?"

Sie schloss fest die Finger um die Rucksackriemen. „Ich schaffe das schon."

Hunter nahm seinen eigenen Rucksack auf den Rücken und schlug einen Pfad ein. Lee blieb keine Möglichkeit, als ihm zu folgen. Er bewegte sich, als wäre er sein ganzes Leben lang über staubige Pfade gelaufen. Obwohl sie sich in den Wanderstiefeln mehr als fremd fühlte, war Lee entschlossen, mitzuhalten und sich nichts anmerken zu lassen.

„Hast du hier vorher schon einmal gezeltet?"

„Hmm."

„Warum?"

Er hielt an, drehte sich um und musterte sie mit diesem eindringlichen Blick aus seinen schwarzen Augen, der ihr immer den Atem nahm. „Du brauchst dich nur umzusehen."

Sie tat es. Die Wände und Kämme des Canyons erhoben sich um sie herum, als hörten sie nie auf. Sie waren von einer ganz einzigartigen Farbe und Beschaffenheit, was noch unterstrichen wurde durch die Einsprengsel vom Grün der zähen, knorrigen Bäume und des Buschwerks, das direkt aus dem Felsen zu wachsen schien. Genauso wie sie es schon vom Flugzeug oben gesehen hatte, fühlte sich Lee jetzt wieder an Burgen und Festungen erinnert. Doch ohne die Distanz, die das Flugzeug unvermittelt hatte, wuchs das Empfinden eingeschlossen zu sein.

Ihr wurde warm. Die Sonne schien kräftig, trotz der Schatten der Bäume, die in dieser Höhe noch üppig wuchsen. Sie beggegneten anderen Menschen – Kindern, Erwachsenen, Babys, die auf Indianerart getragen wurden –, und doch hatte Lee das Gefühl, als wären sie hier allein.

Es ist wie ein Gemälde, erkannte sie plötzlich, als wenn wir in eine Leinwand hineinmarschierten. Das Gefühl, das es ihr vermittelte, war unheimlich und unwiderstehlich. Sie verlagerte das Gewicht ihres Rucksacks auf dem Rücken, während sie mit Hunter Schritt hielt.

„Ich habe einige Häuser bemerkt", begann sie. „Ich wusste gar nicht, dass im Canyon tatsächlich Menschen leben."

„Offensichtlich."

Sie spürte, er war mit den Gedanken woanders und verfiel auch in Schweigen. Besser sie bedrängte ihn nicht. Im Augenblick konnte sie nichts anderes tun, als Hunter einfach zu folgen. Offensichtlich wusste er, wohin er ging.

Es überraschte sie, dass sie den Marsch angenehm fand. Seit Jahren war ihr Leben von Fristen, Hetze und selbst auferlegten Anforderungen bestimmt. Wenn jemand sie gefragt hätte, wo sie gern zwei Wochen ausspannen wollte, wäre ihr absolut nichts eingefallen. Wenn sie bei weiterem Nachdenken dann doch eine Vorstellung bekommen würde, dann wäre auf keinen Fall ein Canyon in Arizona dabei, durch den sie gerade stolperte. Noch nie war sie auf den Gedanken gekommen, reine Luft und eine ins Unendliche reichende Himmelskuppel als anziehend zu empfinden.

Sie hörte ein ruhiges, musikalisches Klingen und brauchte einige Minuten, um es zu identifizieren. Ein Bach. Sie konnte das Wasser direkt riechen.

Ob ihr bewusst ist, wie total außerhalb ihres Lebenselements sie wirkt, fragte sich Hunter. Es hatte ihn nur einen Blick gekostet, um zu sehen, dass die Jeans und die Stiefel, die sie trug, direkt aus dem Laden kamen. Selbst das T-Shirt, das sich weich ihrem Körper anschmiegte, war offensichtlich Boutiqueware und nicht von der Stange. Sie sah wie ein Model aus, das als Camperin posierte. Sie roch teuer, exklusiv. Wunderbar. Welche Frau trug einen gebrauchten Rucksack und Saphirstecker im Ohr?

Er wollte sie. Es war schon lange her, dass er etwas, jemanden gewollt hatte, was er nicht schon hatte. Während der letzten Tage hatte er oft an ihre Reaktion auf jenen lang dauernden Kuss gedacht. Er hatte an seine eigene Reaktion gedacht. Während der nächsten zwei Wochen würden sie viel voneinander kennen lernen, obwohl jeder von ihnen seine eigene Arbeit verfolgte. Aber nichts war umsonst. Sie würden beide dafür zahlen müssen.

Die Stille beruhigte ihn. Die sich auftürmenden Wände des Canyons beruhigten ihn. Lee sah ihre Wildheit, er ihre Ruhe. Vielleicht sahen sie beide, was sie sehen mussten.

„Für eine Frau und für eine Reporterin besitzt du eine erstaunliche Fähigkeit zum Schweigen."

Das Gewicht ihres Rucksacks fing an, ihr die Freude an der wilden schönen Landschaft zu nehmen. Er hatte nicht ein einziges Mal gefragt, ob sie eine Pause machen und sich ausruhen wolle. Nicht einmal hatte er sich die Mühe gemacht, zurückzublicken, um zu sehen, ob sie überhaupt noch hinter ihm war. Sie fragte sich, ob er nicht das Loch spürte, das ihr Blick in seinen Rücken bohrte.

„Du hast eine erstaunliche Fähigkeit für beleidigende Komplimente."

Zum ersten Mal, seit sie losmarschiert waren, drehte sich Hunter zu ihr um. Auf ihrer Stirn perlten Schweißtropfen, und ihr Atem war schnell. Es schadete ihrer kühlen Schönheit überhaupt nicht. „Tut mir Leid", sagte er. Doch Lee zweifelte, dass es ihm tatsächlich Leid tat. „Gehe ich zu schnell?"

Trotz des schmerzenden Rückens straffte Lee ihre Schultern. „Ich bin in guter körperlicher Verfassung." Ihre Füße brachten sie um.

„Der Lagerplatz ist nicht mehr weit." Er griff an seine Hüfte, hob die Feldflasche und schraubte sie auf. „Ideales Wetter zum Wandern. Um die fünfundzwanzig Grad und eine Brise."

Lee gelang es, ein Stirnrunzeln zu vermeiden, als sie die Feldflasche betrachtete. „Hast du keine Tasse?"

Es dauerte einen Moment, bis Hunter erkannte, dass sie es vollkommen ernst meinte. Er war klug genug, um ein Auflachen hinunterzuschlucken. „Mit dem Porzellan weggepackt", erwiderte er ernsthaft genug.

„Dann warte ich, bis sie ausgepackt ist." Sie hakte die Hände unter die Tragriemen des Rucksacks, um das Gewicht zu mindern.

„Wie du willst." Während Lee zusah, trank Hunter mit tiefen Schlücken. Sollte er ihre Verstimmung spüren, so verriet er es durch nichts, als er die Feldflasche wieder zuschraubte und den Marsch fortsetzte.

Beim Gedanken an Wasser wurde ihre Kehle noch trockener. Das hat er absichtlich getan, dachte sie und biss die Zähne zusammen. Meinte er etwa, sie habe das rasche Aufblitzen von Belustigung in seinem Blick nicht bemerkt? Das war nur eine Unverschämtheit mehr, die sie ihm zurückzahlen musste, wenn die Zeit erst gekommen war. Oh, sie konnte es kaum erwarten, den Artikel zu schreiben und Hunter Brown als den arroganten, kaltherzigen Halbgott zu entlarven, als der er sich erwiesen hatte.

Es würde sie nicht überraschen, wenn er sie im Kreis herumführte, einfach nur, um sie leiden zu lassen. Blanche hatte nur zu Recht mit den Stiefeln. Lee hatte den Überblick über die Anzahl der Lagerplätze verloren, an denen sie schon vorbeigekommen waren, manche belegt, manche leer. Wenn das seine Art war, sie dafür zu bestrafen, dass sie nicht von Anfang an eingestanden hatte, für CELEBRITY zu arbeiten, dann machte er es aber wirklich gründlich.

Verärgert, erschöpft, mit schmerzendem Rücken und brennenden Füßen packte sie Hunter am Arm. „Warum wolltest du mit mir zwei Wochen verbringen, wenn du ganz offensichtlich eine Abneigung gegen Frauen und gegen Reporter hast?

„Abneigung gegen Frauen?" Er zog die Brauen hoch. „Meine Neigungen und Abneigungen sind nicht auf eine allgemeine Formel gebracht, Lenore." Ihre Haut war warm und etwas feucht, als er seine Hand an ihren Nacken legte. „Habe ich dir den Eindruck vermittelt, dass ich eine Abneigung gegen dich habe?"

Sie musste den starken Drang bekämpfen, sich wie eine Katze an ihn zu schmiegen. „Es ist mir egal, wie deine persönlichen Gefühle mir gegenüber sind. Hier geht es ausschließlich ums Geschäftliche."

„Für dich." Hunter zog Lee einen Zentimeter näher zu sich heran. „Ich bin im Urlaub. Weißt du, dein Mund ist genauso anziehend, wie er beim ersten Mal war, als ich dich gesehen habe."

„Ich will nicht anziehend für dich sein. Ich will, dass du an mich nur als Reporterin denkst."

Das Lächeln schwebte um seine Mundwinkel, um die Winkel seiner Augen. „In Ordnung. In einer Minute."

Dann berührte er ihre Lippen mit den seinen, so zart wie beim ersten Mal – und mit einem ebenso verheerenden Resultat. Sie stand still, überrascht, wieder diesen so intensiven Wirbel der Empfindungen zu fühlen. Er berührte sie, berührte sie kaum, und es war, als wäre sie vorher noch nie geküsst worden. Eine neue Entdeckung. Wie konnte das sein?

Das Gewicht auf ihrem Rücken schien zu verschwinden. Der Schmerz in ihren Muskeln veränderte sich zu einem Schmerz, der fast süß war und bis ins Mark drang. Sie öffnete den Mund. Seine

Zunge glitt hinein, trank die Feuchte, atmete ihren Geschmack ein.

Der Drang sich hinzugeben, wuchs in Lee. Aber Hunter hielt sich zurück. So sehr, dass sie nicht ahnen konnte, was die Zurückhaltung ihn kostete. Schmerz hatte er nicht erwartet. Noch nie hatte eine Frau ihm schmerzhaftes Begehren gebracht. Er hatte nicht erwartet, dass das Verlangen sich in ihm wie ein Buschfeuer entflammen, schnell ausbreiten und außer Kontrolle geraten könnte. Hunter wusste mit perfekter Klarheit, wie es sein würde, sie hier zu lieben, auf dem Boden, unter der brennenden Sonne, im Canyon, der sich wie Burgmauern um sie herum erhob, unter dem Himmel, der sich wie die Kuppel einer Kathedrale ausmachte.

Aber in Lee war zu viel Furcht. Er konnte es spüren. Vielleicht war auch zu viel Furcht in ihm. Wenn sie zusammenkamen, könnte es die Macht haben, ihre beiden Welten zu stürzen.

„Deine Lippen verschmelzen mit meinen, Lenore", flüsterte er. „Es ist einfach unmöglich, zu widerstehen."

Sie entzog sich ihm, erregt, alarmiert und sich schmerzhaft bewusst, wie hilflos sie gewesen war. „Ich will mich nicht wiederholen, Hunter", brachte sie heraus, „und ich will dich nicht mit Klischees belustigen, aber für mich ist das Unternehmen eine rein geschäftliche Angelegenheit. Ich bin eine Reporterin bei der Arbeit. Wenn wir die nächsten zwei Wochen einigermaßen friedlich überstehen wollen, wäre es klug, sich daran zu erinnern."

Hunter nickte. „Gut, versuchen wir es zunächst einmal mit deinen Regeln."

Argwöhnisch folgte Lee ihm wieder. Aus dem Sonnenlicht traten sie in die gedämpfte Kühle einer Baumgruppe. Der Bach war weit entfernt, aber noch zu hören. Von irgendwo links kam das dünne Geräusch von Musik aus einem tragbaren Radio. Näher war das Rascheln von kleinen Tieren. Nervös blickte sich

Lee um und überzeugte sich davon, dass es nichts als Kaninchen und Eichhörnchen waren.

Nach den Bäumen zu urteilen, von denen sie umgeben waren, hätten sie überall sein können. Die Sonne sickerte weich durch die Äste auf den harten, unebenen Boden. Dort war eine Lichtung, klein und geborgen, mit einem Kreis von Steinen um ein schon lange totes Lagerfeuer. Hunters Lagerplatz. Lee sah sich um und bekämpfte ihre Unbehaglichkeit. Irgendwie war sie nicht auf den Gedanken gekommen, dass es so abgelegen sein könnte, so ruhig, so einsam.

„Ein paar hundert Meter östlich gibt es eine Dusche und einen Waschraum …", begann Hunter, als er seinen Rucksack herunterfallen ließ, „… einfach, aber ausreichend. Der Metalleimer ist für den Abfall. Sieh zu, dass du den Deckel immer fest drauf setzt, sonst zieht es Tiere an. Wie ist dein Orientierungssinn?"

Dankbar ließ sie ihren Rucksack auf den Boden fallen. „Der ist in Ordnung." Wenn sie jetzt einfach nur die Wanderschuhe ausziehen und ihren Füßen Ruhe gönnen könnte.

„Gut. Dann kannst du Feuerholz sammeln, während ich das Zelt aufbaue."

Verärgert über den Befehl, öffnete sie den Mund, doch dann schloss sie ihn gleich wieder. Hunter sollte keinen Grund haben, sich über sie zu beklagen. Erst als sie losging, kam ihr der Rest des Satzes richtig zu Bewusstsein. „Was meinst du mit dem Zelt?"

Er löste schon die Riemen seines Rucksacks. „Ich ziehe es vor, in etwas zu schlafen, falls es regnen sollte."

„Das Zelt", wiederholte Lee und trat zu ihm. „In der Einzahl?"

Er würdigte sie nicht einmal eines Blickes. „Ein Zelt und zwei Schlafsäcke."

Sie würde nicht explodieren, sie würde keine Szene machen. Nachdem sie einmal tief Luft geholt hatte, sprach sie übertrieben neutral. „Ich halte das nicht für angemessen."

Er sprach eine Minute lang nicht, nicht, weil er nach Worten suchte, sondern weil das Auspacken ihn mehr als die Unterhaltung in Anspruch nahm. „Wenn du im Freien schlafen willst, es liegt ganz bei dir." Hunter zog ein dünnes, zusammengefaltetes Stück Stoff heraus, das mehr nach einem Bettlaken als nach einem Zelt aussah. Aber wenn wir uns entscheiden, miteinander zu schlafen, ist das sowieso keine Frage mehr."

„Wir sind nicht hierher gekommen, um miteinander zu schlafen", giftete Lee.

„Reporter und Interviewpartner", gab Hunter milde zurück. „Zwei geschlechtslose Begriffe. Sie sollten keine Probleme haben, miteinander ein Zelt zu teilen."

In ihrer eigenen Logik gefangen, drehte sich Lee um und stapfte davon. Sie würde ihm nicht die Befriedigung verschaffen, sich wie eine Frau zu betragen.

Hunter hob den Kopf und beobachtete, wie sie durch die Bäume davonrauschte. Sie macht den ersten Schritt, versprach er sich, plötzlich wütend. Verdammt, er würde sie nicht anrühren, bis sie freiwillig zu ihm kam.

6. KAPITEL

Zwei geschlechtslose Begriffe, wiederholte Lee stumm, als sie Zweige auflas. Bastard, dachte sie mit grimmiger Befriedigung, ist auch ein geschlechtsloser Begriff. Und der passte vollkommen zu Hunter Brown. Er hatte kein Recht, sie zur Närrin zu machen, nur weil sie sich selbst schon dazu gemacht hatte.

Sie würde sich keine Blöße geben. Sie würde in dem verdammten Schlafsack in dem verdammten Zelt in den nächsten dreizehn Nächten schlafen, ohne auch nur ein Wort darüber zu verlieren.

Dreizehn, dachte sie und warf einen feindseligen Blick über die Schulter zurück. Das hatte er bestimmt auch geplant. Wenn er glaubte, sie würde eine Szene machen oder sich vor dem Zelt im Freien zusammenrollen, um ihn zu ärgern, dann sollte er eine Enttäuschung erleben. Sie würde peinlich genau professionell sein, unsagbar kooperativ und äußerst geschlechtslos. Bevor es vorbei war, würde er denken, er habe sein Zelt mit einem Roboter geteilt.

Aber sie wusste es besser. Lee stieß einen langen Atemzug aus und suchte den Boden nach weiteren Zweigen ab. Sie würde wissen, dass nachts neben ihr ein Mann lag. Ein kraftvoller Mann, ein unglaublich attraktiver Mann, der ihr Blut allein durch einen Blick erhitzen konnte. Ihr würde es nicht leicht fallen zu vergessen, dass sie eine Frau war.

Es ist nicht meine Aufgabe, mich zu vergessen, erinnerte sich Lee, sondern dahin zu arbeiten, dass er es vergaß und ihr Informationen lieferte. Eine Herausforderung. So musste sie es sehen. Es war eine Herausforderung, und Lee versprach sich, sie erfolgreich zu bestehen.

Die Arme voll mit Reisig und Ästen, hob Lee das Kinn. Sie fühlte sich warm, schmutzig und müde. Es war nicht gerade günstig, so einen Krieg zu beginnen. Doch sie straffte die Schultern. Vielleicht würde sie eine oder zwei Runden opfern müssen, aber die Schlacht würde sie gewinnen. Mit einem gefährlichen Funkeln in ihrem Blick eilte sie zum Zeltplatz zurück.

Sie sollte dankbar sein, dass Hunter ihr den Rücken zuwandte, als sie die Lichtung betrat. Das Zelt war kleiner, viel, viel kleiner, als sie es sich vorgestellt hatte. Es war aus einem strapazierfähigen, leichten Material, das fast durchsichtig wirkte. Und so flach, stellte Lee fest, dass sie hineinkriechen musste. Einmal drin, waren sie gezwungen, Ellbogen an Ellbogen zu schlafen. Hier und jetzt entschloss sie sich, wie ein Stein zu schlafen. Ohne die kleinste Bewegung.

Die Größe des Zeltes beschäftigte sie so sehr, dass sie nicht merkte, was Hunter machte, bis sie neben ihm stand. Jetzt brach die kalte Wut durch, und sie ließ ihre Holzladung auf den Boden fallen. „Was zum Teufel machst du da?"

Ungerührt von der Wut in ihrer Stimme blickte Hunter auf. In einer Hand hielt er einen großen durchsichtigen Plastikbeutel, in dem ihre Kosmetika verstaut war, in der anderen ein durchsichtiges Stück pfirsichfarbenen Stoffs, mit schwarzer Spitze abgesetzt. „Du wusstest doch, dass wir zelten fahren."

Fluch der Hellhäutigen, ihre Wangen färbten sich rot. „Du hast kein Recht, in meinen Sachen herumzuwühlen." Sie riss ihm das Nachthemd aus der Hand und zerknüllte es zwischen ihren Händen.

„Ich wollte nur auspacken." Ruhig betrachtete er den Kosmetikbeutel von beiden Seiten. „Ich dachte, du hättest nur das Notwendigste mitgebracht. Ich muss zwar zugeben, dass du geschickt mit diesem Zeug umzugehen verstehst ...", er machte eine Bewegung mit dem Beutel, „...mit Lidschatten und Lippenstift. Aber am Lagerfeuer ist das überflüssiges Gepäck." Seine Stimme war aufreizend freundlich, nur sein Blick leicht amüsiert. „Ich habe dich schon ohne Make-up gesehen und hatte keinen Grund mich zu beklagen. Ganz bestimmt brauchst du wegen mir keinen Aufwand zu betreiben."

„Du eingebildeter Kerl." Lee entriss ihm den Beutel. „Es ist mir egal, ob ich dir gegenüber wie eine Hexe aussehe." Sie nahm ihren Rucksack und stopfte ihre Sachen wieder hinein. „Es ist mein Gepäck, und ich trage es."

„Das wirst du ganz bestimmt."

„Du Bastard." Sie brach ab, gerade noch. „Sag mir bloß nicht, wie ich mein Leben gestalten soll."

„Nun aber, Beschimpfungen fördern nicht den guten Willen." Er erhob sich und streckte die Hand aus. „Waffenruhe?"

Lee musterte ihn argwöhnisch. „Zu welchen Bedingungen?"

Er grinste. „Das ist es, was ich an dir mag, Lenore. Keine leichten Kapitulationen. Ein Waffenstillstand, der Störungen ausschaltet. Ein freundliches Geschäftsabkommen." Er bemerkte, wie sie sich etwas entspannte und konnte der Versuchung widerstehen, sie wieder ein wenig zu necken. „Du beklagst dich nicht über meinen Kaffee, und ich beklage mich nicht, wenn du zum Schlafen dieses Hemdchen trägst."

Ihr Lächeln war kühl, als sie seine ausgestreckte Hand nahm. „Ich schlafe in meinen Kleidern."

Er drückte ihre Hand. „Warten wir ab, was dann mit dem Kaffee wird."

Wie so oft, ließ er sie zurück, hin- und hergerissen zwischen Ärger und Amüsement.

Hunter entzündete geschickt das Lagerfeuer und braute Kaffee. Allein das Aroma reichte, Lees gereizte Stimmung zu besänftigen.

Es führt zu nichts, sich die nächsten zwei Wochen gegenseitig an die Kehle zu gehen, entschied sie, als sie einen bequemen Felsstein zum Sitzen fand. Völlige Entspannung kommt zwar nicht in Frage, überlegte sie, während sie ihn beobachtete, wie er praktische Kochutensilien auspackte, aber Feindseligkeit würde auch nicht helfen. Nicht bei einem Mann wie Hunter. Er spielte seine Spielchen mit ihr. Solange ihr das bewusst war und sie die Fallen vermied, würde sie bekommen, weshalb sie hier war. Bisher hatte sie ihm erlaubt, die Regeln aufzustellen. Das musste geändert werden. Lee schlang die Hände um ihr hochgezogenes Knie.

„Gehst du zelten, um vom Stress loszukommen?"

Hunter blickte nicht zu ihr auf, während er die Laterne überprüfte. Also, es ging wieder los mit dem Spiel des Ausfragens. „Welcher Stress?"

Lee hätte seufzen können, wenn sie nicht so entschlossen professionell hätte sein wollen. „In deiner Arbeit muss es doch Druck von allen Seiten geben. Termindruck."

„Ich halte nichts von Terminen."

Das ist etwas, dachte Lee und griff nach ihrem Notizbuch. „Aber muss sich nicht jeder Schriftsteller von Zeit zu Zeit mit Terminen herumplagen? Und können sie nicht ein enormer Druck sein, wenn die Geschichte nicht fließt, wenn du blockiert bist?"

„Blockiert vom Schreiben?" Hunter goss Kaffee in eine Metalltasse ein. „So etwas gibt es nicht."

Sie blickte mit hochgezogener Braue nur eine Sekunde auf. „Oh, nun aber, Hunter, selbst sehr erfolgreiche Schriftsteller leiden darunter. Du musst doch manchmal das Gefühl haben, vor einer Wand zu stehen."

„Dann schiebst du die Wand aus dem Weg."

Stirnrunzelnd nahm sie die Tasse, die er ihr reichte. „Wie?"

„Indem du dich durcharbeitest." Er hatte eine Dose mit Trockenmilch, die sie ablehnte. „Wenn du dich einfach weigerst, an etwas zu glauben, dann existiert es auch nicht."

„Aber du schreibst über Dinge, die unmöglich existieren können."

„Warum nicht?"

Sie starrte ihn an, diesen attraktiven Mann, der auf dem Boden saß und Kaffee aus einer Metalltasse trank. Er schien so im Einklang mit sich selbst, so entspannt. Es fiel ihr wirklich schwer, ihn mit Horrorgeschichten in Verbindung zu bringen. „Weil es keine Monster unter dem Bett gibt oder Dämonen im Schrank."

„In jedem Schrank gibt es Dämonen", widersprach er milde. „Manche sind besser versteckt als die anderen."

Seine Augen waren zu dunkel, um in seinem Blick lesen zu können. Wenn er mit ihr spielte, sie nur mit Ködern reizte, so konnte sie es nicht erraten. Unbehaglich wechselte sie das Thema. „Wie gehst du an die Arbeit, wenn du deine Geschichte schreibst? Wie ein Tischler einen Schrank baut? Wie ein Handwerker?"

Hunter nippte an dem schwarzen, kräftigen Kaffee, genoss seinen Geschmack, genoss die sich vermischenden Düfte des brennenden Holzes, des Sommers und Lees dezenten Parfüms. „Eine Geschichte zu erzählen ist Kunst, sie zu schreiben, Handwerk."

Lee verspürte ein prickelndes Gefühl. Das war es, was sie wollte, solche präzisen kleinen Zitate.

Ruhig trank er seinen Kaffee, während Lee ihren kaum angerührt hatte. Sie geriet in Eifer, hielt den Stift bereit, ihre wachen Augen waren auf Hunter gerichtet. Wenn sie sich so zeigte, begehrte er sie nur noch mehr. Wie sehr er es wollte, dass sie in ihm den Mann sah, nicht den Schriftsteller, davon hatte sie keine Ahnung.

Äußerlich ruhig legte er einen Holzscheit ins Feuer.

„Ich weiß, es ist eine Standardfrage", begann sie schnell und mit einer Professionalität, die ihn lächeln ließ, „aber woher bekommst du die Ideen?"

„Vom Leben."

Sie sah wieder zu ihm herüber, als er sich eine Zigarette anzündete. „Hunter, du kannst mir nicht weismachen, dass Horrorgeschichten auf dem Alltagsleben basieren."

„Nimm das Alltägliche, wende und drehe es, füge einige Möglichkeiten hinzu, und schon scheint es außergewöhnlich zu sein."

Wieder war es so einfach, so einfach gesagt. Sie wusste, er meinte es auch genau so. „Gründest du jemals einen deiner Charaktere auf jemanden, den du kennst?"

„Von Zeit zu Zeit." Er lächelte sie an, ein Lächeln, dem sie nicht traute, das sie nicht verstand. „Wenn ich jemanden finde, der fesselnd genug ist."

„Wird es dir nie langweilig, über andere Menschen zu schreiben, wenn du eine ganze Welt voller Charaktere in deinem eigenen Kopf hast?"

„Das ist mein Job."

„Das ist keine Antwort."

„Ich bin nicht hier, um Fragen zu beantworten."

„Warum bist du hier?"

Er war näher. Lee hatte nicht bemerkt, dass er sich bewegt hatte. Er saß einfach neben ihr, offensichtlich entspannt, etwas neugierig und wieder bestimmte er die Richtung. „Um einen erfolgreichen Schriftsteller zu interviewen."

„Ein erfolgreicher Schriftsteller würde dich nicht nervös machen."

Der Stift wurde feucht in ihrer Hand. Sie unterdrückte einen Fluch. „Das machst du nicht."

„Du lügst zu schnell und überhaupt nicht locker." Seine Hände ruhten lose auf seinen Knien, während er sie beobachtete. Der seltsame Ring, den er trug glänzte stumpf, Gold und Silber. „Wenn ich dich jetzt berührte, einfach nur berührte, dann würdest du zittern."

„Du denkst zu viel an dich selbst." Sie stand auf.

„Ich denke an dich", sagte er so ruhig, dass ihr unbemerkt der Stift aus der Hand fiel. „Du lässt mich begehren, ich mache dich nervös." Wieder blickte er sie voll an, sie konnte es fast fühlen. „Eine interessante Kombination für die nächsten zwei Wochen."

Er würde sie nicht einschüchtern. Er würde sie nicht zum Zittern bringen. „Je früher du dich daran erinnerst, dass ich die nächsten zwei Wochen arbeite, desto einfacher wird die Sachlage." Hochmütig zu klingen, gelang ihr fast. Lee fragte sich, ob er das leichte Stocken in ihrer Stimme vernommen habe.

„Da du entschlossen bist zu arbeiten", entgegnete er leicht, „könntest du mir gleich beim Kochen helfen. Von morgen an wechseln wir uns ab."

Sie wollte ihm nicht die Befriedigung geben, ihm einzugestehen, dass sie nichts vom Kochen über einem Feuer verstand. Er wusste es schon. Sie würde ihm auch nicht die Befriedigung geben, verwirrt über seine quecksilbrigen Stimmungsschwankungen zu sein. Lieber ergriff sie die Flucht nach vorn. „Ich wasche als Erste ab."

Hunter beobachtete, wie sie in die falsche Richtung zu den Waschräumen startete. Und dann hörte er sie von irgendwo hinter sich fluchen. Er lächelte ein wenig, lehnte sich zurück gegen den Felsen und rauchte eine Zigarette.

Angeschlagen und steif erwachte Lee. Kaffeeduft hing in der Luft. Ihr war direkt bewusst, wo sie war – so weit, wie es überhaupt nur ging, in die Ecke des Zeltes gerückt, tief im Schlafsack. Und allein. Sie brauchte nur Sekunden, um zu spüren, dass Hunter nicht mehr das Zelt mit ihr teilte. So wie es sie in der Nacht vorher Stunden gekostet hatte, sich einzureden, es mache nichts, dass er nur Zentimeter von ihr entfernt lag.

Die Atmosphäre beim Essen gestern Abend war überraschend unkompliziert gewesen. Hunter hatte die Stimmung wieder gewechselt, als sie von den Waschräumen zurückgekommen war und ihm bei der Essenszubereitung geholfen hatte. Freundlich? Nein. Vorsichtig streckte sie die verkrampften Muskeln. Freundlich war eine zu großzügige Umschreibung, wenn es um Hunter ging. Gemäßigt freundschaftlich war passender.

Nach dem Essen hatte er im Licht der Lampe in ihrem Manuskript gelesen, während sie angefangen hatte, ein Tagebuch zu führen. Sie fand es hilfreich, ihre Gefühle aufzuschreiben.

Auch wenn es ihr Unbehagen verursachte, dass Hunter sich mit ihrem Manuskript beschäftigte, so hatte es doch vieles erleichtert. Während er immer noch las, hatte sie ins Zelt kriechen und sich in eine Ecke quetschen können. Und als er später dazukam, täuschte sie vor, eingeschlafen zu sein – obwohl der Schlaf stundenlang nicht kommen wollte.

In der Stille hatte sie darauf gelauscht, wie er neben ihr atmete. Ruhig, gleichmäßig. Dieser Typ von Mann war er.

Die erste Nacht ist die schwerste, sagte sie sich und richtete sich auf. Mit einer Hand fuhr sie sich durchs Haar. Sie hatte es überlebt. Jetzt war ihr Problem, an Hunter vorbei und zur Dusche zu kommen, wo sie ihre Kleidung wechseln konnte, in der sie geschlafen hatte, und sich zurechtmachen konnte. Vorsichtig kroch sie vor und lugte durch den Zeltverschluss.

Er wusste, dass sie wach war. Hunter hatte es fast in dem Augenblick gespürt, als sie die Augen öffnete. Er war früh aufgestanden, hatte Kaffee gemacht. Er wusste, wenn er schon Probleme hatte, neben ihr zu schlafen, nie würde er es schaffen, neben ihr aufzuwachen.

Er hatte nicht viel mehr als das kupferrote Haar im dämmrigen Morgenlicht gesehen. Weil er sie berühren wollte, sie an sich ziehen, sie wecken wollte, war er auf Distanz gegangen.

„Kaffee ist fertig", verkündete Hunter, ohne sich umzudrehen.

Lee hatte sich besonders große Mühe gegeben, nicht von ihm gehört zu werden. Sie unterdrückte einen Fluch und zog ihren Rucksack hervor. Der Mann hatte Ohren wie ein Wolf. „Ich will zuerst duschen."

„Ich habe dir doch gesagt, für mich brauchst du dein Gesicht nicht zurechtzumachen." Er legte Schinken in eine Pfanne. „So wie es ist, gefällt es mir gut."

Wütend rappelte sich Lee auf. „Ich mache mich nicht für dich zurecht. Ich fühle mich einfach schmutzig, weil ich in Kleidern geschlafen habe."

„Besser, du schläfst ohne sie", schlug er vor. „Frühstück ist in einer Viertelstunde fertig. Wenn du zu lange bleibst, wird es kalt."

Lee raffte ihren Rucksack und ihre Würde zusammen und verschwand zwischen den Bäumen.

Er hätte kein so leichtes Spiel mit mir, wenn ich mich nicht so steif und schmuddelig und halb verhungert fühlte, dachte sie, während sie dem Pfad folgte, der zu den Waschräumen führte. Wie konnte er überhaupt so glänzender Laune sein, nachdem er die Nacht auf dem Boden geschlafen hatte? Der Ort, den er sich zum Zelten ausgesucht hatte, mochte zauberhaft sein, die Luft konnte rein und frisch riechen, aber ein Schlafsack war kein Federbett.

Lee nahm ihr Shampoo und den Plastikbehälter mit der französischen Seife und trat in eine Duschkabine. Sie zog sich aus und hängte ihre Kleider über die Tür. In der Kabine nebenan hörte sie Wasser fließen. Sie seufzte. Die Wascheinrichtungen musste sie sich in den nächsten zwei Wochen mit vielen Unbekannten teilen. Besser, sie gewöhnte sich daran.

Sie drehte die Dusche an – lauwarm. Mit grimmig zusammengebissenen Zähnen trat sie unter das tröpfelnde Rinnsal.

Sauber, duftend und vor allem zitternd stellte sie, nachdem sie Shampoo- und Seifenschaum abgespült hatte, das Wasser ab. Erst in diesem Augenblick erinnerte sie sich daran, dass sie das Handtuch vergessen hatte. Duschen auf Zeltplätzen war eben nicht wie im Hotel, wo man sich um solche lästigen Kleinigkeiten nicht kümmern musste. Verdammt, wie sollte sie sich auch alles merken?

Tropfend, fröstelnd und mit Gänsehaut stand sie mitten in der Duschkabine und fluchte stumm und derb. So lange sie es aushalten konnte, ließ sich Lee von der Luft trocknen und drückte das Wasser aus ihrem Haar. Rache, dachte sie und schob die Schuld wieder eindeutig Hunter zu. Früher oder später bekam sie ihre Rache.

Unter der Kabinentür griff sie nach ihrem Rucksack und

zog ein frisches Sweatshirt heraus. In ihr Schicksal ergeben, trocknete sie sich mit der weichen Außenseite das Gesicht. Kaum hatte sie es auf die feuchten Schultern gelegt, suchte sie nach Unterwäsche. Obwohl die Sachen an ihr klebten, erwärmte sich doch ihre Haut. Vor der Reihe von Waschbecken und Spiegeln steckte sie den Stecker ihres Föhns ein und machte sich daran, ihr Haar zu trocknen.

Trotz ihm, dachte Lee, nicht wegen ihm, verbrachte sie mehr Zeit als gewöhnlich mit ihrem Make-up. Zufrieden packte sie schließlich ihren Reiseföhn und die Kosmetika wieder ein und verließ den Waschraum, leicht nach Jasmin duftend.

Lees Duft war das Erste, was Hunter wahrnahm, als sie wieder auf die Lichtung trat. Die Muskeln in Hunters Bauch spannten sich an. Als wäre er völlig ungerührt, trank er seine Tasse Kaffee aus, ohne etwas zu schmecken.

Ruhiger, weil sie sich wieder sicherer fühlte, verstaute Lee ihren Rucksack, bevor sie sich ans niedrig brennende Lagerfeuer setzte. Auf einem kleinen Sockel aus Steinen stand die Pfanne mit ihrer Hälfte des Rühreis mit Schinken. Sie musste gar nicht erst probieren, um zu wissen, dass sie kalt waren.

„Fühlst du dich besser?"

„Ich fühle mich gut." Nicht ein Wort würde sie über das kalte Essen verlieren und über ihr Duschabenteuer. Sie füllte sich einen Teller. Den würde sie bis auf den letzten Bissen leer essen. Er sollte keinen Anlass mehr finden, blöd über sie zu grinsen.

Während sie an ihrem Schinken kaute, warf Lee ihm einen Blick zu. Offensichtlich hatte Hunter frühmorgens auch geduscht. Sein Haar glänzte in der Sonne, und er roch frisch nach Seife, ohne den Duft eines Cologne oder Aftershave. Ein Mann benutzt kein Aftershave, wenn er sich nicht um seine Rasur kümmert, dachte Lee mit einem Blick auf den Schatten von Stoppeln auf seinem Kinn. Es hätte ihn unordentlich aussehen lassen sollen, doch irgendwie gelang es ihm merkwürdigerweise umwerfend zu erscheinen. Sie konzentrierte sich auf ihr kaltes Rührei.

„Gut geschlafen?"

„Ja", log sie und spülte dankbar ihr Frühstück mit starkem, heißem Kaffee hinunter. „Und du?"

„Sehr gut", log er und zündete sich eine Zigarette an.

„Bist du schon lange auf?"

Seit der Morgendämmerung, dachte er. „Lang genug." Er warf einen Blick auf ihre fast unbenutzten Wanderstiefel und fragte sich, wie lange es dauern würde, bis ihre Füße einfach aufgaben. „Für heute steht Wandern auf dem Programm. Einverstanden?"

Sie wollte aufstöhnen, legte aber ein freundliches Lächeln auf. „Gut, ich würde gern etwas vom Canyon sehen, solange ich hier bin." Vorzugsweise im Jeep, dachte sie und schluckte den letzten Rest Schinken hinunter. Wenn es ein Klischee gab, das sie jetzt bestätigt fand, so war es, dass frische Luft den Appetit anregte.

Es dauerte bei Lee zweifellos doppelt so lange, als es bei Hunter gedauert hätte, das Frühstücksgeschirr abzuwaschen. Aber sie hatte die ungeschriebenen Gesetze schon mitbekommen. Einer kocht, der andere wäscht ab.

Als sie fertig war, stand er schon ungeduldig bereit, mit Fernglas und Feldflasche und einem kleinen Beutel in der Hand. Den hielt er ihr hin. Lee unterdrückte den Drang, ihn in seine Hand zurückzudrücken.

„Was ist da drin?" fragte sie, als sie den Gurt des Beutels über die Schulter hängte.

„Lunch."

Lee vergrößerte ihre Schritte, um mit Hunter Schritt halten zu können, als er sich von der Lichtung entfernte. Wenn er Lunch eingepackt hatte, dann musste sie sich auf einen sehr langen Weg zu Fuß gefasst machen. „Woher weißt du überhaupt, wohin wir gehen und wie wir wieder zurückkommen?"

Zum ersten Mal, seit sie, nach zarten Blüten duftend, wieder zum Lagerplatz zurückgekommen war, lächelte Hunter. „Orientierungspunkte im Gelände. Die Sonne."

Sie blickte sich um, hoffte, für sich einige Anhaltspunkte zu finden. „Solchen Dingen habe ich nie vertraut."

Sie würde auch den Osten nicht vom Westen unterscheiden können, dachte er, es sei denn in Los Angeles oder New York. „Ich habe einen Kompass mit, wenn es dich beruhigt."

Das tat es – ein wenig. Wenn man von etwas nicht die leiseste Ahnung hatte, musste man Vertrauen haben.

Doch nach einer Weile vergaß sie es, sich darüber Sorgen zu machen, ob sie sich nun verliefen oder nicht. Die Sonne war ein weißes Lichtfeuer, und obwohl es erst knapp neun Uhr war, war die Luft warm. Lee gefiel es, wie das Licht auf die roten Wände des Canyons traf und die Farben vertiefte. Der Pfad aus Kieselsteinen führte bergauf. Ab und zu war das Lachen anderer Menschen zu hören. Die klare Luft trug Geräusche viel stärker, so dass es schien, als stünden die lachenden Menschen direkt neben ihr.

Je höher sie kamen, desto spärlicher wurde das Grün. Jetzt sah Lee nur noch verkümmertes Gestrüpp, verstaubt und vertrocknet, das sich gewaltsam seinen Weg aus einem dünnen Schmutzband im Felsen bahnte. Neugierig brach sie sich einen Zweig ab. Es war ein starker, scharfer und frischer Geruch. Dann stellte sie fest, dass sie sich beeilen musste, um mit Hunter Schritt zu halten. Es war seine Idee gewesen zu wandern, doch er schien es nicht zu genießen. Mehr noch, er sah wie ein Mann aus, der eine dringende, unerfreuliche Verabredung einzuhalten hatte.

Es ist vielleicht ein guter Zeitpunkt, überlegte Lee, eine beiläufige Unterhaltung zu beginnen und dabei Hunter die persönlichen Informationen zu entlocken, die sie erfahren wollte. Da der Pfad immer steiler wurde, entschied sie, es sei besser jetzt damit anzufangen, solange ihr die Luft dazu blieb. Rinnsale aus Schweiß bildeten sich bereits zwischen ihren Schulterblättern.

„Hast du die freie Natur schon immer dem Stadtleben vorgezogen?"

„Zum Wandern, ja."

Sie blickte finster auf seinen Rücken vor ihr. „Ich nehme an, du warst einmal Pfadfinder."

„Nein."

„Dann ist dein Interesse am Zelten und Wandern ziemlich neu?"

„Nein."

Sie musste die Zähne aufeinander beißen, um ein Aufstöhnen zurückzuhalten. „Hast du als kleiner Junge mit deiner Familie Campingausflüge gemacht?"

Der amüsierte Ausdruck auf seinem Gesicht hätte sie interessiert, wenn sie ihn hätte sehen können. „Nein."

„Du hast damals doch in einer Großstadt gelebt."

Sie ist klug, dachte Hunter. Und hartnäckig. Er zuckte die Schultern. „Ja."

Wenigstens etwas, dachte Lee. „Welche Stadt?"

„Los Angeles."

Sie übersah einen Stein und wäre fast gestolpert. Hunter dachte nicht daran, sein Tempo zu verlangsamen. „Los Angeles?" wiederholte sie. „Du hast in Los Angeles gelebt?"

„Ich bin in Los Angeles aufgewachsen", verbesserte er. „In einem Stadtteil, in das du sicher noch keinen Fuß gesetzt hast, Lenore Radcliffe aus Palm Springs. Wahrscheinlich weißt du nicht einmal, dass eine solche Nachbarschaft existiert."

Das trieb sie an. Wieder musste sie sich beeilen, um ihn einzuholen, doch dieses Mal packte sie ihn beim Arm. „Woher weißt du, dass ich aus Palm Springs stamme?",

Er blieb stehen und sah sie mit nachsichtiger Belustigung an, die sie sowohl aufreizend als auch unwiderstehlich fand. „Ich habe meine Nachforschungen betrieben. Du warst drei Jahre auf einem vornehmen Internat in der Schweiz, hast anschließend das College mit Auszeichnung bestanden. Deine Verlobung mit

Jonathan Willoby, aufstrebender und zukünftiger Arzt für plastische Chirurgie, wurde gelöst, als du eine Anstellung in Los Angeles bei CELEBRITY angenommen hast."

„Ich war nie mit Jonathan verlobt", widersprach sie heftig. „Du hast kein Recht, in meinem Leben herumzuschnüffeln, Hunter. Ich interviewe dich für den Artikel, nicht du mich."

„Du tust es zu meinen Bedingungen", erinnerte Hunter sie. „Ich spreche mit niemandem, solange ich nicht weiß, mit wem ich es zu tun habe." Er hob die Hand und berührte die Spitzen ihres Haares, so, wie er es schon einmal getan hatte. „Und ich denke, ich weiß, wer du bist."

„Nein", entgegnete sie und kämpfte gegen den Drang, vor einer Berührung zurückzuschrecken, die kaum eine war.

Er schraubte die Feldflasche auf. Als sie sein Angebot mit einem Kopfschütteln ablehnte, trank Hunter. Dann verschloss er die Flasche wieder. Seine Augen waren plötzlich ganz dunkel, sein Blick intensiv und durchdringend. Wieder berührte er sie. Sein Blick war undurchdringlich, doch er strich so leicht wie Regentropfen über ihre Wange.

Das Dröhnen ihres eigenen Herzschlags vibrierte in ihrem Kopf. Instinktiv trat sie zurück. Ihr erster und einziger Gedanke war Flucht. Ihr Fuß trat ins Leere.

Im selben Augenblick riss er sie zurück und zog sie an sich. Instinktiv drückte sie mit beiden Händen gegen seine Brust.

„Dummkopf", sagte er mit einer Schärfe, die sie zornig machte. „Wirf einen Blick hinter dich, bevor du mir sagst, ich soll dich loslassen."

Automatisch drehte sie den Kopf und blickte über die Schulter zurück. Die Hände, die ihn zurückstoßen wollten, umklammerten seine Schultern. Sie krallte sich an ihn. Der Ausblick hinter ihr war herrlich, überwältigend – und steil abfallend.

„Wir ... wir sind höher hinaufgestiegen, als ich angenommen habe", brachte sie hervor.

„Der Trick ist, aufzupassen, wohin du gehst." Hunter rührte

sich mit ihr nicht von der Stelle. Er sah ihr tief in die Augen. „Immer genau aufpassen, wohin du trittst, dann weißt du, ob du fällst."

Er küsste sie, genauso unerwartet wie vorher, aber nicht so zart. Nicht annähernd so zart. Dieses Mal spürte sie die volle Kraft, die bei den früheren Malen, als sein Mund den ihren berührt hatte, nur zu ahnen gewesen war. An ihn geschmiegt, von ihm gehalten, ließ sie sich fallen in einen Abgrund, der genauso tief war wie der hinter ihr. Lee wusste nicht, welcher verhängnisvoller war.

Hunter hatte nicht beabsichtigt, sie in diesem Augenblick zu berühren, aber der anstrengende Aufstieg hatte sein Verlangen, mit dem er erwacht war, nicht mindern können. Er wollte warten, bis sie sich ihm bereitwillig öffnete. Er wollte das Weiche, das sie vertuschte, die Zerbrechlichkeit, die sie verleugnete. Und er wollte die Kraft, die sie antrieb und immer vorwärts preschen ließ. Ja, dachte er, ich kenne sie. Und er wusste, er wollte sie.

Langsam, sehr langsam, was ihn sowohl besänftigte als auch erregte, löste sich Hunter von ihr. Ihr Blick war so umwölkt wie seine Gedanken, ihr Puls so heftig wie seiner. Er zog sie zurück an die Felswand, weit genug entfernt von dem jähen Abgrund.

„Tritt nie zurück, bevor du nicht über die Schulter geblickt hast", sagte er ruhig. „Und tritt nicht nach vorn, bevor du den Boden nicht überprüft hast."

Er drehte sich um und folgte weiter dem Pfad und ließ sie mit der Frage zurück, ob er gerade vom Wandern oder von etwas anderem gesprochen hatte.

7. KAPITEL

Lee schrieb in ihr Tagebuch:

Am achten Tag dieses merkwürdig abenteuerlichen Interviews weiß ich mehr über Hunter und verstehe weniger. Er ist abwechselnd freundlich, dann wieder distanziert. Sein Privatleben sondert er vollkommen ab, so dass ich noch keinen Weg dahin gefunden habe. Wenn ich ihn nach seiner Familie frage, lächelt er nur und wechselt das Thema oder sieht mich mit einem dieser eindringlichen Blicke an und sagt nichts. In jedem Fall hält er den Schleier des Geheimnisses um sein Privatleben.

Vielleicht ist er der leistungsfähigste Mann, den ich je kennen gelernt habe. Bei ihm gibt es keine Zeitverschwendung, keine unnützen Bewegungen und, was mich ganz besonders ärgert, keine Fehler, wenn es darum geht, ein Lagerfeuer zu entzünden oder ein Essen zu kochen - so wie es hier ist. Und doch ist er zufrieden damit, stundenlang absolut nichts zu tun.

Er ist penibel. Der Lagerplatz sieht aus, als seien wir nicht länger als eine halbe Stunde hier. Anderseits rasiert er sich kaum. Doch irgendwie sehen die Stoppeln bei ihm so natürlich aus, dass ich mich manchmal bei der Frage ertappe, ob er nicht immer welche gehabt hat.

Bisher konnte ich die Menschen, mit denen ich beruflich zu tun habe, immer in irgendeine Kategorie einordnen. Nicht so bei Hunter. Ich finde einfach keine passende Schublade für ihn.

Heute Morgen hat er bei einer Tasse Kaffee ein Comic-Heft gelesen. Darauf angesprochen, antwortete er, er respektiere jede Form von Literatur. Ich glaube ihm.

Er ist der komplexeste, komplizierteste, faszinierendste Mann, der mir je begegnet ist. Und doch muss ich einen Weg finden, die Anziehung zu kontrollieren, die er auf mich ausübt, sogar die passende Bezeichnung dafür finden. Ist es körperlich? Körperlich ist Hunter unwiderstehlich. Ist es intellektuell? Sein Verstand macht so merkwürdige Drehungen und Wendungen, dass es manchmal meine gesamte Anstrengung erfordert, ihm zu folgen. Es ist eine Herausforderung, sicher, aber bei ihm habe ich das unbequeme Empfinden, mitten in einem stummen Schachspiel gefangen zu sein und schon die Dame verloren zu haben.

Seit dem ersten Tag, als wir den Canyon hochgeklettert sind, hat er mich nicht berührt. Ich kann mich noch ganz genau daran erinnern, wie es sich angefühlt hat, weiß noch genau, wie die Luft in diesem Augenblick gerochen hat. Es ist lächerlich, übertrieben romantisch und absolut wahr.

Jede Nacht schlafen wir im selben Zelt, so nah, dass ich glaube, seinen Atem zu spüren. Jeden Morgen wache ich allein auf. Ich sollte dankbar sein, dass er nicht alles noch schwieriger macht, als es schon ist, und doch ertappe ich mich dabei, wie ich darauf warte, von ihm gehalten zu werden.

Zweimal bin ich mitten in der Nacht aufgewacht, voller Sehnsucht und hätte mich beinahe zu ihm umgedreht. Jetzt frage ich mich, was geschehen würde, wenn ich es täte. Wenn ich an Zauberbann und die Kräfte glaubte, von denen Hunter schreibt, müsste ich glauben, einer läge auf mir. Noch nie hat mich jemand so begehren lassen, so viel fühlen lassen. Mich solche Angst empfinden lassen.

Manchmal schrieb Lee in ihr Tagebuch über die Landschaft und ihre Gefühle darüber. Manchmal schilderte sie den Tagesablauf. Doch meistens – eigentlich immer mehr – schrieb sie über Hunter.

Obwohl er geschickt persönlichen Fragen auswich, hatte Lee Informationen sammeln können. Schon jetzt, kaum nach der Hälfte der Zeit, hatte sie genug für einen soliden, erfolgreichen Artikel – mehr, das wusste sie, als sie überhaupt erwartet hatte.

„Wieso sollte irgendein Fisch, der etwas auf sich hält, sich von so etwas täuschen lassen?" Hunter und Lee standen am Bach, und sie spielte mit der kleinen Gummifliege, die er ihr als Köder an der Angel befestigt hatte.

„Kurzsichtigkeit", gab Hunter zurück und suchte sich seinen eigenen Köder aus. „Fische sind, wie allgemein bekannt ist, kurzsichtig."

„Ich glaube dir nicht." Unbeholfen warf sie die Leine aus. „Aber dieses Mal werde ich einen fangen."

„Dazu musst du deine Fliege erst einmal ins Wasser bekommen." Er warf einen belustigten Blick auf ihre Leine, die sich am Ufer zu einem Knäuel verwirrt hatte, bevor er geschickt seine eigene auswarf.

Er würde ihr nicht einmal Hilfe anbieten. Nach einer Woche in seiner Gesellschaft hatte Lee gelernt, es nicht zu erwarten. Es war nicht einfach und es dauerte eine Zeit, aber kniend entwirrte Lee des Knäuel, bis sie bereit für einen neuen Versuch war. Sie warf Hunter einen stolzen Blick zu, doch der schien sich ganz auf seine Angel zu konzentrieren, ohne ihren Fortschritt zu bemerken. Tatsächlich aber sah er alles, was um ihn herum geschah, ob er hinsah oder nicht.

Ein paar Meter neben ihm versuchte es Lee wieder. Dieses Mal landete ihr Köder mit einem ruhigen Plop im Wasser.

Hunter sah, wie ein seltenes, spontanes Lächeln um ihre Mundwinkel zuckte, aber er sagte nichts. Sie ging viel zu sparsam damit um, ebenso mit diesem leisen, kehligen Lachen.

Die vergangene Woche war nicht leicht für sie gewesen. Hunter hatte das auch nicht beabsichtigt. Man lernt mehr über Menschen, wenn man sie in schwierigen Situationen beobachtet als bei einer üppigen Cocktailparty.

Sie konnte, anders als die meisten Menschen, die er kannte, entspannt langes Schweigen ertragen. Das gefiel ihm. Je lässiger er in seiner Kleidung und seiner Erscheinung wurde, desto sorgfältiger achtete sie auf ihre. Es amüsierte ihn, sie jeden Morgen weggehen und mit perfektem Make-up und frisch gewaschenem und sorgfältig frisiertem Haar zurückkehren zu sehen. Hunter achtete darauf, dass beides am Ende des Tages etwas in Unordnung geraten war.

Wandern, fischen. Ihre Jeans und Stiefel waren mittlerweile gut eingetragen. Abends ertappte er sie oft dabei, wie sie ihre müden Füße rieb. Wenn sie zurück in Los Angeles war, in ihrem bequemen Büro saß, würde sie die zwei Wochen im Oak Creek Canyon nicht vergessen.

Jetzt stand Lee neben dem Bach, die Angel in beiden Händen, einen Ausdruck zufriedener Konzentration auf dem Gesicht. Er mochte sie so – das ihr innewohnende Bedürfnis, sich zu messen. Sie würde dort stehen, die Angel halten, bis er das Abenteuer abbrach – von sich aus würde sie es nie tun. Zurück im Lager würde sie ihre Hände eincremen, die dann leicht nach Jasmin dufteten und so verführerisch weich blieben.

Da sie an der Reihe war zu kochen, würde sie es auch tun, obwohl sie sich immer etwas ungeschickt dabei anstellte und es grundsätzlich schaffte, alles anbrennen zu lassen. Auch dafür mochte er sie – für die Eigenart, nie bei etwas aufzugeben.

Ihre Neugier blieb unermüdlich. Sie stellte ihm Fragen, und er wich aus oder antwortete, wenn er wollte. Dann wieder schwieg sie, während sie schrieb und er las. Angenehm. Sie war eine ungewöhnlich angenehme Frau im ruhigen Licht des Lagerfeuers. Ob sie es wusste oder nicht, sie entspannte sich, wenn sie in ihr Tagebuch schrieb. Das fesselte ihn. Er hatte nicht erwartet, ihre Gesellschaft so zu genießen.

Die Sonne brannte, es war fast windstill an diesem frühen Morgen. Aber der Himmel war nicht klar. Hunter fragte sich, ob Lee die Wolkenbank im Osten bemerkte und ob sie wusste, dass das für den Abend einen Sturm erwarten ließ. Die Wolken deuteten auf ein Gewitter hin. Hunter saß im Schneidersitz auf dem Boden und behielt die Beobachtung für sich. Es war interessanter, wenn Lee es selbst herausfand.

Der Morgen verging schweigsam, nur gelegentlich von

Stimmen um sie herum unterbrochen oder dem Rascheln von Blättern. Zweimal zog Hunter eine Forelle aus dem Flüsschen, die zweite warf er wieder zurück, da sie zu klein war. Er sagte nichts. Lee sagte nichts, war aber leicht verärgert. Nach jedem Ausflug kehrte Hunter mit Fischen zurück ins Lager – sie mit einem schmerzenden Nacken.

„Ich frage mich allmählich", sagte sie schließlich, „ob du etwas mit meinem Köder gemacht hast, das Fische vertreibt."

Er drückte seine Zigarette aus. „Wollen wir die Angeln tauschen?"

Sie warf ihm einen Blick zu und bemerkte die leichte Belustigung. „Nein", entgegnete sie kühl. „Ich behalte die. Bei diesen Dingen bist du ziemlich gut – wenn man bedenkt, dass du als Junge nie zum Fischen gegangen bist."

„Ich habe schon immer schnell gelernt."

„Was hat dein Vater in Los Angeles gemacht?" Lee wusste, er würde entweder überaus lässig antworten oder total ausweichen.

„Er hat Schuhe verkauft."

Da sie die zweite Möglichkeit erwartet hatte, brauchte sie den Bruchteil einer Sekunde, um sich zu besinnen. „Schuhe verkauft?"

„Ja, in der Schuhabteilung eines mäßig erfolgreichen Kaufhauses in der City. Meine Mutter war im dritten Stock in der Papierwarenabteilung tätig." Er brauchte sie nicht anzublicken, um zu wissen, dass sie die Stirn runzelte und die Brauen zusammengezogen hatte. „Überrascht?"

„Ja", gab sie zu. „Ein wenig. Ich hatte wohl erwartet, dass deine Eltern dich durch irgendwelche ungewöhnlichen Karrieren oder Interessen beeinflusst haben."

Geschickt aus dem Handgelenk warf Hunter die Angel aus. „Bevor mein Vater Schuhe verkauft hat, hat er Eintrittskarten im Theater verkauft, davor war es Linoleum, glaube ich." Er sah sie an. „Er war ein Mann, der arbeiten musste, obwohl er eigentlich zum Träumen geboren war. Hätte er reiche Eltern gehabt, wäre er

Maler oder Dichter geworden. Doch so, wie die Dinge lagen, war er Verkäufer und hat regelmäßig den Job verloren, weil er nicht der geschickteste und tüchtigste Verkäufer war."

Er sagte das ruhig, was Lee nur noch betroffener machte. „Du sprichst, als lebte er nicht mehr."

„Ich war immer davon überzeugt, dass meine Mutter an Überarbeitung gestorben ist und mein Vater am mangelnden Lebenswillen nach ihrem Tod."

Mitleid stieg in ihr auf. „Wann hast du sie verloren?"

„Ich war achtzehn. Sie sind im Abstand von sechs Monaten gestorben."

„Zu alt, dass der Staat für dich sorgte", murmelte sie. „Zu jung, um allein zu sein."

Hunter musterte sie. „Kein Mitleid, Lenore. Ich habe das ganz gut geschafft."

„Aber du warst noch kein Mann. Du musstest das College beenden."

„Ich habe eine Zeit lang gekellnert."

Lee erinnerte sich an die Brieftasche voll mit Kreditkarten, die sie durch ihre Collegezeit geschleppt hatte. Alles, was sie gewollt hatte, hatte sie bekommen, sie brauchte nur mit den Fingern zu schnippen. „Das kann nicht einfach gewesen sein."

„Das muss es auch nicht." Er zündete sich eine Zigarette an und beobachtete die sich nähernden Wolken.

„Was hast du nach dem College gemacht?"

Er lächelte durch den Rauch, der zwischen ihnen schwebte. „Ich habe gelebt, ich habe geschrieben, ich bin fischen gegangen, wenn es ging."

So leicht wollte sie sich nicht abspeisen lassen. Sie merkte es kaum, als sie sich auf den Boden neben ihn setzte. „Du musst gearbeitet haben."

„Schreiben, auch wenn viele dem nicht zustimmen, ist Arbeit." Er hatte das Talent, Sarkasmus fast humorvoll klingen zu lassen.

Zu einer anderen Zeit hätte sie gelächelt. „Du weißt, das habe ich nicht gemeint. Du brauchtest ein Einkommen, und dein erstes Buch ist erst vor ungefähr sechs Jahren veröffentlicht worden."

„Ich habe nicht in einer Dachstube gehungert, Lenore." Er strich mit einem Finger über die Hand, mit der sie die Angel hielt und spürte ein Aufblitzen von Lust bei dem schnellen Anstieg ihres Pulses. „Du hast gerade bei CELEBRITY angefangen, als ‚Was dem Teufel gebührt' erfolgreich einschlug. Man könnte sagen, unser Stern sei gleichzeitig aufgegangen."

„Vermutlich." Sie wandte sich von ihm ab und blickte wieder auf das Wasser.

„Bist du glücklich in deinem Beruf?"

Unbewusst hob sie das Kinn. „Ich habe mich in fünf Jahren zur leitenden Redakteurin hochgearbeitet."

„Das ist keine Antwort."

„Die meisten von dir sind es auch nicht", murmelte sie.

„Stimmt. Wonach suchst du dort?"

„Erfolg", antwortete sie augenblicklich. „Sicherheit."

„Eins ist nicht immer so wichtig wie das andere."

Ihre Stimme war so herausfordernd wie ihr Blick, den sie auf ihn richtete. „Du hast beides."

„Ein Schriftsteller ist nie sicher", widersprach Hunter. „Nur ein Dummkopf erwartet das. Ich habe das ganze Manuskript gelesen, das du mitgebracht hast."

Lee sagte nichts. Sie hatte gewusst, er würde das Thema anschneiden, bevor die zwei Wochen um waren, aber sie hatte gehofft, es noch ein wenig aufschieben zu können. Eine kaum wahrnehmbare Brise spielte mit ihrem Haar, während sie saß und auf die Bewegungen des Baches starrte. Einige der Kieselsteine sahen wie Juwelen aus. So waren Illusionen.

„Du weißt, du musst es beenden", sagte er ruhig. „Du kannst mir nicht vormachen, dass du mit dem halb fertigen Roman zufrieden bist."

„Ich habe keine Zeit ...", begann sie.

„Das reicht nicht."

Frustriert drehte sie sich wieder zu ihm um. „Leicht für dich zu sagen, von deinem Erfolgsgipfel aus. Ich habe einen anspruchsvollen Ganztagsjob. Wenn ich dem meine Zeit und mein Talent widme, dann bleibt für nichts anderes etwas übrig."

„Dein Roman erfordert deine Zeit und dein Talent."

Sie mochte es nicht, wie es bei ihm klang – so als hätte sie gar keine wirkliche Wahl. „Hunter, ich bin nicht hierher gekommen, um über meine Arbeit zu reden, sondern über dich und deine Arbeit. Ich bin geschmeichelt, dass du denkst, mein Roman habe einen gewissen Wert, aber ich habe eine Arbeit, die mir am Herzen liegt."

„Geschmeichelt?" Seine Hand schloss sich um ihre. „Nein, das bist du nicht. Du wünschst, ich hätte deinen Roman nie gelesen. Du hast Angst davor, ihn zu Ende zu schreiben."

Die Wahrheit ging ihr auf die Nerven und reizte ihre Stimmung. „Mein Job kommt zuerst. Ob dir das passt oder nicht."

Er musterte sie ruhig. „Du hast einen Fisch an der Leine."

„Ich will nicht, dass du ..." Mit zusammengekniffenen Augen sah sie ihn an. „Was?"

„Du hast einen Fisch an der Leine", wiederholte er. „Du solltest sie besser aufspulen."

„Ich habe einen ..." Verblüfft spürte Lee, wie die Leine in ihrer Hand ruckte. „Ich habe einen Fisch! Herrje." Sie hielt die Angel mit beiden Händen. „Ich habe wirklich einen Fisch gefangen. Was mache ich jetzt?"

„Spul die Leine auf", schlug Hunter wieder vor.

„Willst du mir nicht helfen?" Ihre Hände fühlten sich ungeschickt an, als sie sich bemühte, die Spule aufzukurbeln. In der Hoffnung, das werde ihr helfen, stand sie auf. „Hunter, ich weiß nicht, was ich machen soll. Ich könnte ihn verlieren."

„Dein Fisch", betonte er. Lächelnd beobachtete er sie. Würde sie überschwänglicher aussehen, wenn man ihr ein Interview mit dem Präsidenten gewährte? Irgendwie glaubte Hunter das nicht, obwohl er sicher war, Lee würde ihm darin widersprechen. Aber schließlich konnte sie sich in diesem Augenblick auch nicht selbst sehen, das Haar zerzaust, die Wangen glühend, die Augen aufgerissen und die Zunge zwischen den Zähnen. Das frühmorgendliche Sonnenlicht ließ ihre Haut schimmern, und ihr kurzes Auflachen, als sie den zappelnden Fisch aus dem Wasser zog, rieselte wie ein kitzelnder Hauch über seinen Nacken.

Verlangen regte sich, als er ihre langen Beine ansah, die in kurzen Shorts steckten, dann die weichen Körperkurven, die sich unter dem Hemd abzeichneten, als sie mit dem Fisch kämpfte.

„Hunter!" Sie lachte, als sie den immer noch zappelnden Fisch hoch übers Gras hielt. „Ich hab's geschafft."

Er war fast größer als der größte, den er in dieser Woche gefangen hatte. Er schürzte die Lippen, als er ihn abschätzte. Es war verführerisch, ihr zu gratulieren, doch er entschied, dass sie schon selbstgefällig genug wirkte. „Nimm ihn vom Haken", erinnerte er sie lässig.

„Vom Haken?" Lee warf ihm einen erstaunten Blick zu. „Ich will ihn nicht anfassen."

„Du musst ihn anfassen, wenn du ihn vom Haken nehmen willst."

Lee zog eine Braue hoch. „Ich werfe ihn eben einfach wieder zurück."

Mit einem Schulterzucken schloss Hunter die Augen und genoss die leichte Brise. Den Teufel würde sie tun. „Dein Fisch, nicht meiner."

Hin- und hergerissen zwischen der Scheu, den zappelnden Fisch anzufassen und dem Stolz, ihn gefangen zu haben, starrte Lee auf Hunter hinunter. Er würde ihr nicht helfen, das war offensichtlich. Wenn sie den Fisch ins Wasser zurückwarf, würde er sie für den Rest des Tages spöttisch mustern. Unerträglich. Sie biss die Zähne aufeinander und griff nach dem Fang des Tages.

Er war nass, glitschig und kalt. Sie zog die Hand zurück. Aus den Augenwinkeln sah sie, wie Hunter zu ihr hochgrinste. Sie hielt die Luft an und nahm die Forelle fest in die Hand und drehte sie mit der anderen vom Haken los. Wenn Hunter sie nicht angesehen hätte, sie herausgefordert hätte, hätte sie es nie gekonnt. Mit der größtmöglichen arroganten Miene ließ sie die Forelle in die Kühltasche fallen, die Hunter zu den Fischausflügen immer mitbrachte.

„Sehr gut." Er rollte seine Leine ein. „Das reicht fürs Dinner für uns beide, wenn du sie erst ausgenommen hast."

„Er ist so groß wie ..." Er ging schon zurück zum Lager, so dass sie laufen musste, um ihn und seine Bemerkung einzuholen. „Ich nehme ihn aus?"

„Regel ist: Wer fängt, nimmt aus."

Sie stellte sich vor ihm auf, doch er beachtete sie gar nicht. „Ich nehme keinen Fisch aus."

„Dann isst du auch keinen Fisch." Seine Worte kamen lässig wie ein Schulterzucken.

Lee gab ihren Stolz preis und packte seinen Arm. „Hunter, du musst die Regel ändern." Sie seufzte, war aber überzeugt, dass sie an dem Wort nicht ersticken würde. „Bitte."

Ihren Vorschlag abwägend, blieb er stehen. „Wenn ich ihn ausnehme, musst du mir dafür einen Gefallen tun."

„Ich kann zwei Abende hintereinander kochen."

„Ich sagte einen Gefallen."

„In Ordnung, wie ist der Handel?"

„Lassen wir es doch einfach offen", schlug er vor. „Im Augenblick fällt mir nichts ein."

Dieses Mal überlegte sie. „Wird es annehmbar sein?"

„Natürlich."

„Abgemacht." Lee drehte ihre Handflächen nach oben und rümpfte die Nase. „Jetzt werde ich mir die Hände waschen."

Lee hatte nicht gewusst, welch erregendes Prickeln es sein konnte, einen Fisch zu fangen oder ihn selbst über einem offenen Feuer zu braten. Es gab noch andere Dinge, die Lee nicht gewusst hatte. Seit Tagen hatte sie nicht mehr auf die schmale Golduhr an ihrem Handgelenk gesehen. Wenn sie nicht ein Tagebuch führen würde, wüsste sie wahrscheinlich nicht mehr, welcher Tag es war. Sicher, ihre Muskeln protestierten immer noch nach einer Nacht im Zelt, und die sanitären Einrichtungen waren primitiv, die reinste Höllenstrafe. Doch alldem zum Trotz entspannte sie sich.

Zum ersten Mal, seit sie sich erinnern konnte, war ihr Tag nicht eingeteilt, von ihr selbst oder jemand anderem. Sie stand auf, wenn sie aufwachte, schlief, wenn sie müde war und aß, wenn sie hungrig war. Das Wort Termin existierte im Augenblick nicht. Das war etwas, was sie sich selbst nicht mehr erlaubt hatte, seit sie ihr Elternhaus in Palm Springs verlassen hatte.

Unabhängig davon, wie Hunter ihren Puls durch einen seiner unerwarteten Blicke in die Höhe schnellen ließ oder wie viel Begehren für ihn unter der Oberfläche brodelte, fand sie das Zusammensein mit ihm angenehm. Weil es so ungewöhnlich war, bemühte sich Lee nicht, die Gründe dafür zu finden. In diesen späten Nachmittagsstunden, in der Zeit vor Einbruch der Dämmerung, war sie zufrieden, am Feuer zu sitzen und sich um das Essen zu kümmern.

„Ich habe nicht gewusst, dass etwas so gut riechen kann."

Hunter goss die Tasse mit Kaffee voll, bevor er ihr einen Blick zuwarf. „Wir hatten erst vor zwei Tagen Fisch."

„Deinen Fisch", betonte Lee und drehte vorsichtig die Forelle. „Das ist meiner."

Er grinste und fragte sich, ob sie sich daran erinnerte, wie entsetzt sie das erste Mal gewesen war, als er ihr vorgeschlagen hatte, einen Ast über dem Feuer zu drehen. „Anfängerglück."

Lee öffnete den Mund, bereit für eine beißende Entgegnung. Dann sah sie, wie er sie anlächelte. Sie stieß einen tiefen Atemzug aus und wandte ihre Aufmerksamkeit wieder dem Feuer zu. „Wenn Fischen vom Glück abhängt, dann hattest du schon mehr als deinen Anteil."

„Alles hängt vom Glück ab." Er hielt ihr zwei Teller hin. Lee verteilte die brutzelnde Forelle und setzte sich dann zurück, um sie zu genießen. Hunter selbst kostete zunächst einmal ganz vorsichtig und stellte überrascht fest, dass sie ihren eigenen Fang nicht hatte anbrennen lassen.

Während Lee aß, betrachtete sie nachdenklich die Landschaft. Hatte jemals etwas so wunderbar wie diese Forelle geschmeckt? Würde jemals wieder etwas so schmecken? Zum Nachtisch nahm sie sogar zögernd einige der Trockenfrüchte an, die Hunter ihr anbot. Davon schien er einen unerschöpflichen Vorrat zu haben.

An einer Aprikose kauend, musterte sie ihn. Das Dämmerlicht und das flackernde Feuer warfen Schatten auf sein Gesicht. Das passte zu ihm. Die Stoppeln, die diesen Dichtermund umgaben, machten ihn noch anziehender. Er war ein Mann, den eine Frau nie ignorieren konnte, nie vergessen würde. Lee fragte sich, ob er das wusste. Dann hätte sie fast gelacht. Natürlich wusste er es. Er wusste eindeutig zu viel.

„Wenn du in deinem Leben etwas ändern könntest, was würdest du ändern?" Sie lehnte sich ein wenig vor, wie sie es immer bei Antworten machte, die ihr wichtig waren.

Er lächelte auf die Art, die ihr Blut erhitzte. „Ich würde mehr nehmen", sagte er ruhig.

Sie spürte, wie ein Schauer ihren Rücken hochjagte, und war nur zu sicher, dass Hunter es sah. Lee fand, sie war gezwungen, sich an ihren Job zu erinnern. „Weißt du ...", begann sie leicht genug, „... du hast mir so einiges in dieser Woche erzählt, und dafür bin ich dir auch dankbar. Ich könnte dich aber noch viel besser verstehen, wenn du mir den Ablauf eines ganz typischen Tages von dir schildern würdest."

Die Wolken türmten sich auf, der Wind nahm zu. Er fragte sich, ob sie es bemerkte. „Es gibt keinen typischen Tag."

„Du weichst wieder aus."

„Ja."

„Es ist mein Job, dich festzunageln."

Über den Rand seiner Kaffeetasse musterte er sie. „Es gefällt mir, dich dabei zu beobachten, wie du deinen Job tust."

Sie lachte. Offenbar konnte er sie immer gleichzeitig frustrieren und amüsieren. „Hunter, warum habe ich das Gefühl, du tust alles, um mir den Job zu erschweren?"

„Du bist sehr scharfsichtig." Er stellte den Teller zur Seite und begann, mit ihren Haarspitzen zu spielen, eine Angewohnheit, die sie nie gleichmütig hinnehmen konnte. „Ich habe das Bild einer Frau von einer romantischen Schönheit und logischem Denkvermögen."

„Hunter."

„Warte, ich lasse sie gerade Gestalt annehmen. Sie ist ehrgeizig, nervös, äußerst sinnlich, ohne sich dessen voll bewusst zu sein." Er konnte sehen, wie sich ihr Blick veränderte, wie ihre Augen dunkel wurden, genauso wie der Himmel über ihnen. „Sie ist von etwas gefangen, das sie nicht erklären oder verstehen kann. Es geschehen Dinge um sie herum, und es fällt ihr immer schwerer, sich davon zu distanzieren. Und da ist ein Mann, ein Mann, den sie begehrt, dem sie aber nicht ganz trauen kann. Wenn sie ihm vertraute, müsste sie sich von den Lebensgewohnheiten trennen, an denen sie bisher gehangen hat. Wenn sie sich von ihnen nicht lösen kann, wird sie allein sein."

Er sprach mit ihr über sie, für sie. Ihre Kehle war trocken und ihre Handflächen feucht, aber sie wusste nicht, ob es von seinen Worten kam oder seiner leichten Berührung ihres Haares. „Du baust einen Roman um mich auf."

„Ja. Das ist mein Beruf." Wie aufs Stichwort zuckte ein Blitz am Himmel. „Und alle Schriftsteller brauchen eine Vorlage. Weiche, helle Haut." Er strich mit einem Handrücken über ihre Wange. „Seidiges Haar mit Einsprengseln von Gold und Feuer. Dazu setze ich Dunkelheit, Wind und Stimmen, die aus den Schatten sprechen. Die Vernunft gegen das Unmögliche. Das Unaussprechliche gegen die kühle polierte Schönheit."

Sie schluckte in der Bemühung um einen gleichmütigen Ton.

„Ich nehme an, ich sollte geschmeichelt sein, aber ich bin mir nicht sicher, ob ich mich gern in der Gestalt einer Horrorstory sehen würde."

Der Blitz brach durch die Abenddämmerung, als ihre Blicke sich wieder trafen. „Ich brauche dich, Lenore", murmelte Hunter. „Für die Geschichte, die ich schreiben will – und mehr."

Die Nerven zuckten überall in ihr. „Es wird regnen." Aber ihre Stimme war nicht ruhig und sicher. Als sie sich erheben wollte, merkte sie, dass er ihre Hand hielt und mit ihr aufstand. Der Wind blies um sie herum, immer stärker, er wirbelte Blätter hoch, wirbelte die Leidenschaft auf. Das Licht schwächte zum Schatten ab. Donner grollte.

Was sie in seinem Blick sah, ließ sie kalt werden. Dann erhitzte es so schnell ihr Blut, dass sie vom Wechsel einfach überwältigt wurde. Der Griff um ihre Hand war leicht. Lee hätte ihre Hand lösen können, wenn sie den Willen dazu gehabt hätte. Es war sein Blick, der ihr den Willen entzog. So standen sie, Hand in Hand, ihre Augen ließen einander nicht los, während der Sturm um sie herum tobte.

Dann öffnete der Himmel seine Schleusen. Regen strömte herab. Der Schock der plötzlichen Nässe ließ Lee zurückschrecken, den intimen Kontakt brechen. Und doch stand sie noch einige lange Sekunden still, während sich der Regen über ihr ergoss und die Blitze so schnell hintereinander aufzuckten, dass sie blendeten.

„Verdammt!" Doch er wusste, sie sprach von ihm, nicht vom Sturm. „Was tun wir?"

Hunter lächelte, konnte kaum dem Drang widerstehen, ihr Gesicht zu umfassen und sie zu küssen. „Ins Trockene flüchten." Er lächelte weiter, trotz des Regens, des Windes, der Blitze.

Nass, gereizt und verärgert kroch Lee ins Zelt. Er genießt es, dachte sie und riss an den klatschnassen Schnürsenkeln ihrer Stiefel. Nichts schien ihm mehr zu gefallen, als sie in der schlimmsten Verfassung zu sehen. Es würde bestimmt eine Woche dauern, bis die Stiefel wieder getrocknet waren. Grimmig gelang es ihr, den ersten vom Fuß zu ziehen.

Als Hunter neben ihr ins Zelt schlüpfte, sagte sie nichts. Sich auf den eigenen Ärger zu konzentrieren, schien die beste Lösung zu sein. Unangenehm tropfte das Wasser ihren Nacken hinunter, als sie sich vorbeugte, um die Socken auszuziehen.

„Ich hoffe, das dauert nicht lange."

Hunter zog sich das durchweichte Hemd über den Kopf. „Verlass dich nicht darauf. Es kann so bis morgen früh gehen."

„Entsetzlich." Sie fröstelte und fragte sich, wie zum Teufel sie aus den nassen Sachen raus- und in trockene reinkommen sollte.

Hunter drehte die Laterne, die er mitgenommen hatte, ganz schwach runter. „Entspann dich einfach." Er zog ein Handtuch aus seinem Rucksack und begann, ihr Haar zu trocknen.

„Ich kann das selbst machen." Sie griff nach dem Handtuch, doch er ließ es sich nicht abnehmen.

„Ich tue es gern für dich. Nasses Feuer", murmelte er. „So sieht dein Haar jetzt aus."

Die Hitze seines Körpers erweckte verführerische Bilder. War der Regen plötzlich lauter, oder waren ihre Sinne einfach wacher? Für einen Augenblick glaubte sie, sie könnte jeden einzelnen Tropfen hören, der aufs Zelt traf. Das Licht war dämmrig, ein rauchiges Grau, das Ansätze von Unwirklichkeit enthielt.

„Du musst dich rasieren", murmelte sie. Ohne es zu merken, hatte sie die Hand ausgestreckt und sein Gesicht berührt.

Sie wollte sich jetzt nicht von dem Ausdruck seiner Augen abwenden, die ein warmes und zärtliches Gefühl in ihr auslösten. Blitze zuckten auf, erleuchteten das Zelt und warfen es wieder in die düstere Dämmrigkeit zurück.

„Wir sollten nicht so zusammensein."

Dieses heiße und leidenschaftliche Verlangen hatte er noch nie erlebt. Wenn er sie nicht bald berühren könnte, würde es ihn zerreißen. „Warum?"

„Wir sind zu verschieden. Du suchst nach dem Unerklärbaren, ich nach dem Logischen." Aber sein Mund war ihrem so nah, und sein Blick war von einer solchen Macht. „Hunter...." Sie wusste, was geschehen würde, erkannte die Unmöglichkeit und den Schmerz, der ganz folgerichtig daran gebunden war. „... ich will nicht, dass es geschieht."

Er berührte sie nicht, obwohl es ihn große Kraft kostete. „Es ist deine Wahl."

„Nein." Es war ruhig gesagt, fast wie ein Seufzer. Ein Blitz zuckte auf, und sie wartete sechs lange Herzschläge auf den nachfolgenden Donner. „Vielleicht hat keiner von uns eine Wahl."

Sie atmete unregelmäßig, als sie seine nackten Schultern umfasste. Sie wollte seine Kraft fühlen und hatte gleichzeitig Angst davor. Sein Blick löste sich nicht von ihrem. Obwohl sein Verlangen so groß war, dass es schmerzte, ließ er Lee das Tempo bestimmen.

Ihre Finger lagen schlank und weich auf seiner Haut, kühl, weniger zögernd als vorsichtig. Sie fuhren seine Arme hinunter, bewegten sich langsam über seine Brust und zurück, bis jeder seiner Muskeln wie überdehnt war. Der Regen trommelte ein Echo in seinem Kopf. Ihr Gesicht war blass im Dämmerlicht.

Sie konnte es kaum glauben, dass sie ihn so berührte, so frei, so offen, so dass seine Haut prickelte, wo ihre Finger Spuren zogen. Dabei beobachtete er sie mit einer so wilden Leidenschaft, dass es sie geängstigt hätte, wenn ihr eigenes Begehren sie nicht in einen Schleier der Benommenheit gehüllt hätte. Vorsichtig, um nicht die falsche Bewegung zu machen und den Zauber zu zerstören, der sie beide gefangen hielt, legte sie ihren Mund auf seine Lippen.

Die rauen Stoppeln waren ein verblüffender Kontrast zu seinen weichen Lippen. Er erwiderte ihren Kuss, voller Wärme, voller Gefühle, ohne Hast. In diesem Augenblick war alles, woran sie sich sonst klammerte, wie weggespült.

Sie schlang die Arme um seinen Nacken, presste ihre Wange an seine.

„Liebe mich, Hunter."

Er schob sie von sich, nur so weit, dass sie sich beide ansehen konnten. Das feuchte Haar lockte sich um ihr Gesicht. Ihre Augen waren wie der Himmel vor einer Stunde: dunkel und umwölkt.

„Es geht nur gemeinsam. Lieben wir uns."

Ihr Herz öffnete sich. Er fühlte es. „Lieben wir uns."

Er umfasste ihr Gesicht, und der Kuss war so zärtlich, dass er ihren ganzen Körper berauschte. Als er ihr das nasse Hemd auszog, fröstelte sie, doch sofort erwärmte er sie mit seinem Körper. Er fühlte sich stark und kräftig an, doch seine Hände glitten so zärtlich über ihren Körper, als strichen sie über einen seltenen Edelstein. Lee streichelte ihn, und er stöhnte auf. Also liebkoste sie ihn wieder, wollte ihm das Glück schenken, das auch er ihr gab.

Sie hatte geglaubt, die Panik werde wiederkehren oder zumindest der nervöse Drang zur Hast. Aber sie hatten alle Zeit der Welt. Der Regen konnte fallen, der Donner grollen. Es berührte sie nicht.

Die Lust perlte in ihr hoch, als er mit dem Mund über ihre Brüste streifte. Er ließ sich von ihrer Begierde antreiben. Mit der Zunge kitzelte er sie, mit den Lippen saugte er an ihren Brüsten, bis er spürte, wie sie vor wilder Lust erbebte.

Er wollte eins mit ihr sein, ohne Hemmnisse. In seiner Vorstellung war sie schon dutzende Male nackt gewesen, so wie jetzt. Ihr Haar war kühl und feucht, ihre Haut weich und duftend. Frühlingsblumen und Sommerregen. Die Düfte erfüllten ihn.

Ihr Atem kam schwer, als sie sich mit dem Verschluss seiner Hose abmühte und ihm dann die nasse Jeans auszog. Dann streichelte sie ihn wieder. Sie spürte Kraft und Körperbeherrschung. Die wollte sie brechen, um zu bekommen, wonach sie sich sehnte. Sie berührte und schmeckte ihn und schwelgte jedes

Mal in Lust, wenn sie seinen Atem zittern hörte. Sie fühlte, wie er ihr langsam die Shorts herunterzog, bis sie nichts mehr trug als das kleine Spitzendreieck tief auf ihren Hüften.

Mit den Lippen machte er sich auf die sinnliche Erkundungsreise ihren Körper hinunter, ganz langsam, und seine Stoppeln erweckten jede einzelne ihrer Poren zum Leben. Er ließ die Zunge unter die Spitze gleiten, und Lee glaubte, nicht mehr atmen zu können. Und dann, so abrupt wie der Strom ausgebrochen war, versank Lee in einer weichen Tiefe von Empfindungen, zu dunkel, zu tief, um sie mit dem Verstand zu begreifen.

Er merkte, wie Ekstase sie ergriff, und fühlte eine ungeheure Kraft in sich. Er hörte, wie sie seinen Namen rief, und die Sucht, es wieder zu hören, überwältigte ihn. Zu beiden Seiten ihres Körpers auf seine Hände gestützt, hob er sich über sie und hielt den letzten Ausbruch seiner Lust zurück, bis sie die Augen öffnete. Sie sollte ihn ansehen, wenn sie zusammen kamen.

Benommen starrte Lee ihn an. „Was willst du von mir?"

Sein Mund presste sich auf ihre Lippen, und zum ersten Mal war sein Kuss hart, drängend, fast brutal in der endlich freigelassenen Kraft der Leidenschaft. „Alles." Er glitt in sie, brachte sie beide näher zum Gipfel. „Alles."

8. KAPITEL

Die Morgendämmerung war klar wie Glas. Lee wachte langsam auf, nackt, warm und fühlte sich zum ersten Mal seit über einer Woche wohl. Zum ersten Mal wusste sie zunächst nicht, wo sie war.

Ihr Kopf lag an Hunters Schulter gebettet, ihr Körper war an seinen geschmiegt. Fest fühlte sie Hunters Arm um sich geschlungen. Schläfrig empfand sie ein bisher nicht gekanntes Gefühl von Geborgenheit und Erregung.

Bevor sie ganz wach war, roch sie frische Erde und noch etwas ... Sie erinnerte sich und atmete Hunters Duft ein.

Es war wie ein Traum, wie etwas aus einer unterbewussten Fantasie oder einer Szene, die direkt aus der Einbildungskraft rührte. Noch nie hatte sie sich jemandem so frei und so vollkommen angeboten. Nie, das wusste Lee, nie war sie von jemandem an eine so erregende Lust herangeführt worden.

Sie konnte sich noch erinnern, wie es war, als ihre Lippen seine berührten und alle Zweifel, alle Angst bei dem zarten Kontakt hinweggeschmolzen war.

Aber war es nicht jetzt vorbei, wo der Regen aufgehört hatte und der Morgen dämmerte? Fantasien waren für die privaten Stunden der Nacht, sie zerstoben bei Tageslicht. Aber es war kein Traum gewesen, und sie konnte sich nicht vortäuschen, dass es eine Fantasie gewesen war. Vielleicht sollte sie jetzt erschreckt sein, weil sie ihm genau das gegeben hatte, was er verlangt hatte: alles.

Sie konnte nicht. Nein, sie wollte auch nicht. Nichts und niemand sollte ruinieren, was geschehen war – nicht einmal sie selbst.

Lee schloss die Augen und kuschelte sich wohlig in das Gefühl intimer Nähe. Während der nächsten Tage gab es keinen Schreibtisch, keine Schreibmaschine, kein Telefon, das fordernd läutete. Es gab keinen selbst auferlegten Zeitplan. Die nächsten Tage war sie mit ihrem Geliebten allein. Vielleicht war jetzt tatsächlich die Zeit gekommen, Wildblumen zu pflücken.

Sie neigte den Kopf, um Hunter anzusehen, ohne ihn zu wecken. Die Woche über hatten sie in einem so intimen Quartier geschlafen, aber sie hatte ihn nie schlafend gesehen. Sonst war er morgens immer schon vor ihr auf und machte Kaffee.

Lee wusste, die meisten Menschen sahen verletzlicher aus, wenn sie schliefen, vielleicht sogar unschuldiger. Hunter sah genauso gefährlich, so anziehend aus wie immer. Sicher, diese dunklen, eindringlich blickenden Augen waren geschlossen, doch sie wusste, die Lider könnten sich jeden Moment öffnen und sein Blick sich mit dieser eigentümlichen Macht forschend auf sie richten, was ihn für sie noch geheimnisvoller machte.

Irgendwie war Lee froh darüber, dass er geheimnisvoller war als die anderen Männer, die sie kannte. Auf eine merkwürdige Art war sie froh, dass er schwieriger war. Sie hatte sich nicht in einen durchschnittlichen Mann verliebt, sondern in einen einzigartigen.

Verliebt. Sie analysierte das Wort. Es löste ein wenig Unwohlsein aus. Es bedeutete zugleich Schmerz, Kränkung, Verwundung. Hatte nicht Hunter selbst sie gewarnt, erst den Boden zu prüfen, bevor sie einen Schritt nach vorn machte?

Sie wollte darüber nicht nachdenken. Lee erlaubte sich den Luxus, sich an Hunter anzukuscheln. Sie würde diese Wildblumen finden und sich an jeder einzelnen Blüte erfreuen. Der Traum würde früh genug enden, dann wäre sie wieder zurück in der Realität ihres Lebens. Natürlich war es letztlich das, was sie wollte. Eine Weile lag sie still, lauschte einfach nur in die Stille.

Das Klügste wäre, dachte sie träge, die feuchten Sachen hinaus in die Sonne zu hängen. Vor allem die Stiefel müssten austrocknen. In der Zwischenzeit könnte sie die Turnschuhe tragen. Sie gähnte. Hunters Atem ging langsam und gleichmäßig. Ein Lächeln zuckte um ihre Lippen. Sie könnte das alles tun, dann zurückkommen und ihn aufwecken. Und zwar aufwecken auf eine Art, die das Vorrecht einer Geliebten war.

Geliebte. Sie betrachtete wieder sein schlafendes Gesicht und fragte sich, warum sie bei dem Wort nicht eine ganz besondere Überraschung empfand. War es möglich, dass sie es von Anfang an gewusst hatte? Unsinn, sagte sie sich und schüttelte den Kopf.

Langsam löste sie sich von ihm und kroch nach vorn zum Zelt, um hinauszusehen. Als sie nach dem Verschluss griff, schloss sich eine Hand um ihre Fessel. Hunter legte die andere Hand unter seinen Kopf, während er sie beobachtete.

„Wenn du so, wie du bist, hinausgehst, haben wir bald einen Menschenauflauf hier."

„Ich wollte nur hinausgucken. Ich dachte, du schläfst."

Er lächelte, dachte, sie sei die einzige Frau, die Würde verkörperte, während sie splitterfasernackt auf allen vieren in einem Zelt hockte. Er streichelte ihre Fessel. „Du bist früh wach."

„Ich dachte, ich hänge die Sachen zum Trocknen auf."

„Sehr praktisch." Hunter zog sie am Arm, bis sie zurück- und auf ihn fiel. Seufzend drückte er sie an sich. „Das machen wir später."

Unsicher, ob sie lachen oder sich beklagen sollte, blies Lee sich eine Haarsträhne aus den Augen und stützte sich auf einem Ellenbogen auf. „Ich bin nicht müde."

„Du musst nicht müde sein, um dich hinzulegen." Dann rollte er sich auf sie. „Das nennt man entspannen."

Ihre Körper lagen fest aneinander, und Lee spürte, wie seine Wärme in sie eindrang. Überall in ihrem Körper prickelte und pulsierte es. „Ich denke nicht, dass das viel mit Entspannung zu tun hat."

„Nein?" Er hatte sie so sehen wollen, im dünnen Licht der Morgendämmerung, das Haar von seinen Händen zerzaust, ihre Haut gerötet vom Schlaf, ihre Glieder schwer nach einer Nacht der Liebe und erregt nach mehr. Er streichelte sie. „Dann entspannen wir später." Er sah, wie ihre Lippen sich zu einem wissenden Lächeln verzogen, bevor er sie küsste.

Sie schlang die Arme um ihn und öffnete den Mund. Ihre weiche Hingabe entzündete einen Hitzestrahl, der durch ihn schoss und seinen ganzen Körper mit sinnlicher Wärme füllte. Hunter hob den Kopf und sah auf Lee hinunter.

Eine Haut wie Milch und Honig über vornehm betonten Wangenknochen, Augen wie der Himmel in der Dämmerung und Haar wie flüssiges Kupfer, mit Goldtupfern durchzogen. Hunter genoss es, sie anzusehen, lange.

Sie war klein und schlank und geschmeidig. Er ließ eine Fingerspitze über die Rundung ihrer Schulter gleiten. Zerbrechlich, kostbar – aber er wusste, wie viel Kraft in ihr steckte.

„Du siehst mich immer an, als wüsstest du alles, was es von mir zu wissen gibt."

Die Intensität in seinem Blick blieb, als er ihre Hand in seine nahm.

„Nicht alles. Lange nicht alles." Ganz zärtlich küsste er ihre Schulter, ihre Schläfe, ihre Lippen.

„Hunter." Sie wollte ihm sagen, dass noch niemand sie je so hatte fühlen lassen. Sie wollte ihm sagen, dass noch niemand sie so an die Magie und Fantasie und Einfachheit der Liebe hatte glauben lassen. Doch als sie sprechen wollte, verließ sie der Mut. Stattdessen berührte sie mit einer Hand seine Wange. „Küss mich wieder."

Er verstand, da gab es noch etwas, etwas, das er wissen musste. Aber er verstand auch, dass Zerbrechliches nicht ungeschickt angefasst werden durfte, da es sonst zerbrach. Er küsste sie und genoss den warmen Geschmack ihrer Lippen.

Weich. Süß. Seidig. So konnte er sie allein mit einem Kuss fühlen lassen. Der Boden war hart, doch jetzt war er wie der Luxus eines ganzen Haufens Daunen. Es war so leicht zu vergessen, wenn er mit ihr zusammen war. Vergessen, dass draußen eine Welt existierte. Und sie hatte niemals gewusst, dass sie das wollte. Er konnte sie Qual empfinden lassen, und sie hatte nie gewusst, dass Lust und Qual zusammengehörten. Er murmelte direkt an ihren Lippen Worte, die sie nicht zu verstehen brauchte. Sie begehrte und wurde begehrt, brauchte und wurde gebraucht. Sie liebte.

Lee zog ihn noch näher an sich heran. Jetzt war der Augenblick alles, was zählte. Der Kuss, tief, berauschend, zärtlich, schien nicht enden zu wollen.

Selbst eine so ausgeprägte Einbildungskraft wie seine hatte sich noch nichts so Süßes, nichts so Weiches vorgestellt. Es war, als schmelze sie in ihn hinein, gab alles von sich. Einmal, nur einmal, ganz kurz, fuhr es ihm durch den Kopf, dass er so verletzbar war wie sie. Doch dann liebkoste er wieder ihren Körper.

Nur ein anderer Mensch hatte je die Kraft gehabt, ihn so bis aufs Tiefste zu durchdringen und sein Herz zu halten. Nun gab es zwei. Morgen musste er damit umgehen. Heute gab es nur Lee.

Er verteilte Küsse über ihr Gesicht. Vielleicht war es eine Huldigung an die Schönheit, vielleicht war es mehr, viel mehr. Er forschte nicht nach seinen Motiven, er glaubte an Gefühle.

„Du riechst nach Frühling und Regen", murmelte er an ihrem Ohr. „Warum macht mich das verrückt?"

Die Worte vibrierten in ihr, so erregend wie die intimsten Liebkosungen. Sie blickte ihn aus verhangenen Augen, unter schweren Lidern an. „Zeig es mir. Zeig es mir wieder."

Er liebte sie. Jede Berührung war eine Lust, jeder Kuss ein Genuss. Geduld – er hatte mehr Geduld als sie. Ihr Körper wurde zwischen wohligem Genießen und angespanntem Drang hin und her gerissen.

Er ließ seine Hand über ihre Hüfte zu ihrem Schenkel gleiten. Dann kitzelte er mit den Lippen ihre Brüste und saugte an der Brustspitze. Er lauschte auf ihren gestöhnten Atem, der ihn erregte. Lee drängte sich an ihn.

„Hunter." Sein Name war kaum hörbar. „Ich brauche dich."

Hatte er das nicht so sehnlichst hören wollen? „Du hast mich."

Allein mit seinen Händen und seinen Lippen führte er sie schwindelnd über den ersten Gipfel.

Ihre Bewegungen unter ihm wurden wild, ihr Atem schwer, aber sie merkte es nicht. Lee spürte nur Körper an Körper, erhitzte Haut an erhitzter Haut. Das war der Sturm, den er in der Nacht zuvor noch kontrolliert hatte. Entfesselte Kraft. Zärtlichkeit wurde Leidenschaft, rasend schnell. Ein Wirbelsturm. Lee wusste nicht, wie hungrig ihr Mund den seinen suchte, wie geschickt ihre Hände waren. Sie holte alles aus ihm heraus, wie er alles aus ihr herausholte. Wieder und wieder näherten sie sich der Erfüllung, und wieder und wieder hielt Hunter sie zurück, da er mehr wollte. Und immer mehr.

Gier. Er hatte dieses Ausmaß an Gier nie gekannt. Das Blut hämmerte in seinem Kopf, jagte durch seine Adern. Er presste seinen geöffneten Mund auf ihren. Ihre Hüften umfassend, drehte er sich herum, bis sie über ihm lag. Immer noch Mund auf Mund gepresst, vereinten sie sich.

Die Lust hatte sie vollkommen in ihrer Gewalt. Lee überließ sich diesem unglaublichen Empfinden. Sie glaubte zu spüren, wie sich jeder einzelne Muskel an ihrem Körper rhythmisch zusammenzog und entspannte, als sie sich gemeinsam hin zur Ekstase bewegten.

Minuten, Stunden später. Lee konnte die Zeit nicht messen. Langsam normalisierte sich ihr Herzschlag. Ihren Körper fest an seinen gepresst, fühlte sie jeden Atemzug von Hunter und empfand eine närrische Freude darüber, dass der Rhythmus ihrem entsprach.

„Ein Jammer, dass wir eine Woche vergeudet haben." Es war ihm zu anstrengend, die Augen zu öffnen. Mit den Fingern kämmte er durch ihr Haar.

Sie lächelte. „Vergeudet?"

„Wenn wir gleich so angefangen hätten, hätte ich viel besser geschlafen."

„Tatsächlich? Hattest du Schlafprobleme?"

Träge öffnete er die Augen und sah sie an. „Ich stehe selten in der Morgendämmerung auf, es sei denn, ich muss schreiben."

Ein Glücksgefühl erfüllte sie. Leicht strich sie mit einer Fingerspitze über seine Schulter. „Ist das wirklich so?"

„Du hast darauf bestanden, dieses Parfüm zu benutzen, um mich verrückt zu machen?"

„Um dich verrückt zu machen?" Sie verschränkte die Arme über der Brust und zog eine Augenbraue hoch. „Es ist ein sehr dezenter Duft."

„Dezent?" Er strich ihr über den Po. „Wie ein Hammer in den Solarplexus."

Jetzt konnte sie kaum noch das Lachen zurückhalten. „Du warst derjenige, der darauf bestanden hat, dass wir ein Zelt teilen."

„Bestanden?" Er bedachte sie mit einem amüsierten Blick. „Ich habe gesagt, ich hätte nichts dagegen, wenn du lieber draußen schläfst."

„Du wusstest genau, dass ich es nicht tun würde."

„Sicher, aber ich hatte nicht erwartet, dass du mir so lange widerstehen würdest."

Sie hob abrupt den Kopf. „Dir widerstehen? Soll das heißen, du hast das hier alles geplant wie das Kapitel in einem Buch?"

Schmunzelnd verschränkte er die Hände im Nacken. „Es hat aber geklappt."

„Typisch." Sie wünschte, sie wäre beleidigt, und bemühte sich, so zu erscheinen. „Es überrascht mich, dass der Platz für uns beide und dein aufgeblasenes Ego gereicht hat."

„Und deine Dickköpfigkeit."

Mit einem Ruck setzte sie sich bei diesem Wort auf. „Ich nehme an, du hast geglaubt ...", mit der Hand beschrieb sie einen schnellen Kreis, „... ich wäre dir gerade wie eine reife Frucht zu Füßen gefallen."

Hunter schien das einen Moment zu überlegen, während er tatsächlich lustvoll ihren Körper betrachtete. „Das wäre nett gewesen, aber von einigen Umwegen bin ich schon ausgegangen."

„Oh, bist du? Ich wette, wir können hier noch eine Menge mehr Umwege haben." Sie kramte in ihrem Rucksack und fand ein frisches T-Shirt. Als sie sich das Hemd über den Kopf ziehen wollte, packte Hunter den Saum und zog daran. Wieder fiel Lee auf ihn. Sie kniff die Augen zusammen. „Du meinst wohl, du bist ganz besonders klug?"

„Ja." Er küsste sie. „Lass uns frühstücken."

Sie schluckte ein Lachen hinunter, doch ihr Blick verriet sie. „Bastard."

„Okay, aber ich bin trotzdem hungrig." Er zupfte ihr Hemd zurecht und zog sich dann selbst an.

Lee legte sich zurück und mühte sich damit ab, in ihre Jeans zu kommen. „Könnten wir nicht, jetzt, wo du deine Absicht erreicht hast, den Rest der Woche in einem netten Hotel verbringen?"

Hunter grub ein Paar frische Socken aus. „Ein Hotel? Hast du etwa Probleme, unsere Campingtour durchzustehen, Lenore?"

„Ich würde nicht sagen, Probleme." Sie steckte eine Hand in einen Stiefel und fand das Innere feucht. Resigniert suchte sie nach ihren Turnschuhen. „Ich entwickle nur Fantasien über eine heiße Badewanne und ein weiches Bett." Sie stemmte eine Hand in den Rücken. „Wunderbare Fantasien."

„Zelten erfordert ein gewisses Maß an Kraft und Durchhaltevermögen", entgegnete er leicht. „Wenn du an deine Grenze gelangt bist und aufgeben willst ..."

„Ich habe nichts von Aufgeben gesagt." Sie biss die Zähne zusammen. „Beenden wir die verdammten zwei Wochen", murmelte sie und kroch aus dem Zelt.

Lee konnte es nicht leugnen, die Qualität der Luft hier war wirklich vorzüglich und der Himmel vollkommener als alles, was sie bisher gesehen hatte.

„Fabelhaft, nicht wahr?" Hunter legte die Arme um ihre Taille und zog Lee an seine Brust. Er wollte, dass sie sah, was er sah, fühlte, was er fühlte.

„Ein wunderschönes Fleckchen Erde. Es scheint kaum wirklich zu sein." Dann seufzte sie und war sich nicht ganz sicher, warum. Los Angeles war so weit, und die oberste Sprosse der Karriereleiter schien so vage und unbedeutend zu sein. Sie presste sich an ihn. „Ich hasse es, es einzugestehen, aber ich bin froh, dass du mich hierher gebracht hast." Den Gedanken an den Morgen drängte sie zur Seite und erinnerte sich an die Wildblumen. „Ich komme um vor Hunger." Lächelnd löste sie sich von ihm. „Du bist dran mit Kochen."

„Ein kleiner Segen."

Lee gab ihm einen schnellen Knuff, bevor sie das Geschirr abwusch, das sie im Regen hatten stehen lassen. Geschickt schob Hunter einige des Tags zuvor gesammelten Zweige zusammen. Es Dauerte eine Weile, doch bald brannte ein schönes Lagerfeuer. Dann brutzelte er den Schinken und schlug die Eier in die Pfanne.

„Wir haben hier eine ganze Menge Eier verbraucht", bemerkte Lee träge. „Wie hast du es überhaupt geschafft, sie frisch zu halten?"

Weil sie den Blick auf seine Hände gerichtet hielt, entging ihr das schnelle Lächeln. „Das ist nur eines der vielen Rätsel des Lebens. Reich mir besser einen Teller."

„Ja, aber ... Oh, sieh nur." Aus den Augenwinkeln hatte sie eine Bewegung aufgefangen. Zwei Kaninchen waren an den Rand der Lichtung gehoppelt und blickten neugierig zu ihnen herüber. Das Rätsel um die Eier war vergessen. „Immer, wenn ich eins sehe, möchte ich es berühren."

„Wenn es dir gelingt, nah genug zu kommen, dann zeigen sie dir, was für scharfe Zähne sie haben."

Sie zuckte mit den Schultern, ließ ihr Kinn auf die Knie sinken und starrte weiter zurück zu den Besuchern. „Die süßen Kaninchen, an die ich denke, beißen nicht."

Hunter griff selbst nach dem Teller. „Süße Kaninchen, flauschige kleine Eichhörnchen und pfiffige Waschbären sind nett anzusehen, aber dumm anzufassen. Darüber hatte ich mit Sarah schon heiße Auseinandersetzungen."

„Sarah?" Lee nahm den Teller, den er ihr reichte, aber ihre Aufmerksamkeit war jetzt ganz bei Hunter.

Bis zu diesem Augenblick hatte Hunter nicht bemerkt, wie völlig er vergessen hatte, wer sie war und warum sie hier war. Sarah so beiläufig erwähnt zu haben, zeigte ihm, dass er persönliche Gefühle streng von geschäftlichen Vereinbarungen trennen musste. „Jemand ganz Besonderes." Er erinnerte sich an den Kommentar seiner Tochter über glimmende Leidenschaft und konnte sein Lächeln nicht unterdrücken. „Ich könnte mir vorstellen, dass sie dich gern kennen lernen würde."

Lee spürte, wie sich ihr Herz zusammenzog und kämpfte darum, es zu ignorieren. Sie hatten nichts über Verbindlichkeit gesagt, hatten sich nichts versprochen. Sie waren erwachsen. Sie war für ihre Gefühle und deren Konsequenzen selbst verantwortlich. „Würde sie?" Sie nahm einen Bissen von den Eiern mit Speck – und schmeckte nichts. Ihr Blick fiel auf Hunters Ring. Es war kein Ehering, aber ... Sie musste fragen, musste wissen, bevor sich die Dinge weiterentwickelten.

„Der Ring, den du trägst", begann sie, zufrieden, dass ihre Stimme ruhig klang. „Er ist sehr ungewöhnlich."

„Ja. Meine Schwester hat ihn gemacht."

„Schwester?" Wenn ihr Name Sarah war ...

„Bonnie zieht Kinder groß und fertigt Schmuck an", fuhr Hunter fort. „Ich weiß nicht, was zuerst kommt."

„Bonnie." Nickend zwang sie sich zum Weiteressen. „Ist sie deine einzige Schwester?"

„Ja." Er lächelte. „Wir kommen gut miteinander aus." Er hatte die unausgesprochene Frage in Lees Blick erkannt, und sein

Lächeln verblasste. „Meinst du wirklich, ich könnte mit dir schlafen, während zu Hause eine Frau auf mich wartet?"

Sie sah auf ihren Teller hinunter. Warum konnte er immer ihre Gedanken lesen, sie aber nicht seine? „Ich weiß eben immer noch nicht viel über dich."

„Ich bin nie verheiratet gewesen und habe immer geschrieben. Du weißt also schon eine ganze Menge über mich." Er zündete sich eine Zigarette an.

Sie blickte wieder auf. Sie fragte jetzt nicht mehr aus beruflichem Interesse. „Wie hast du deinen Lebensunterhalt verdient, bis du mit ‚Der Anspruch des Teufels' den Durchbruch schafftest?"

„Ich habe geschrieben."

Lee schüttelte den Kopf und vergaß den halb vollen Teller auf ihrem Schoß. „Die Artikel und Kurzgeschichten können nicht viel eingebracht haben. Und das war dein erstes Buch."

„Nein, vorher hatte ich schon Dutzende anderer." Er stieß eine Wolke von Rauch aus und griff nach dem Kaffeetopf. „Möchtest du noch?"

Sie lehnte sich vor, die Brauen zusammengezogen. „Hunter, ich habe monatelang über dich recherchiert. Sicher, ich habe nicht viel ausgegraben, aber ich kenne jedes Buch, jeden Artikel und jede Kurzgeschichte, die du geschrieben hast. Es ist ganz unmöglich, dass ich Dutzende von Büchern übersehen habe."

„Du kennst alle, die Hunter Brown geschrieben hat", verbesserte er sie und goss sich Kaffee ein.

„Das ist genau, was ich gesagt habe."

„Du hast nicht unter Laura Miles recherchiert."

„Wer?"

Er trank. „Viele Schriftsteller benutzen Pseudonyme. Meiner war Laura Miles."

„Der Name einer Frau?" Er verwirrte sie und ließ ihre Instinkte als Reporterin aufleben. Mit gerunzelter Stirn sah sie ihn an. „Du hast vor ‚Der Anspruch des Teufels' unter dem Namen einer Frau Dutzende von Büchern geschrieben?"

„Ja. Der Name Hunter Brown passte nicht für das, was ich damals geschrieben habe." Er bot ihr den Rest der Eier mit Speck an.

Frustriert stieß Lee die Luft aus. „Und was hast du geschrieben?"

„Liebesromane." Er warf seine Zigarette ins Feuer.

„Liebesromane? Du?"

Er musterte ihre ungläubige Miene, bevor er sich zurücklehnte. Er war die Kritik über diese Gattung von Romanen gewöhnt und meistens darüber belustigt. „Hast du so allgemein Einwände gegen das Genre oder nur, weil ich sie geschrieben habe?"

„Ich ..." Verwirrt brach sie ab. „Ich kann es mir einfach nicht vorstellen, dass du Liebesromane mit Happyend und ewigem Glück schreibst, Hunter." Sie fuhr sich durchs Haar, während er sie ruhig betrachtete. „Liebesromane?"

„In den meisten Romanen geht es doch um Beziehungen. Ein Liebesroman stellt sie einfach nur in den Mittelpunkt."

„Aber hattest du nicht das Gefühl, dein Talent zu vergeuden? Entschuldigung, ich will nicht herablassend sein. Ich bin nur ..." Hilflos zuckte sie die Schultern. „Ich bin nur überrascht. Nein, ich bin erstaunt. Ich sehe diese bunten, kleinen Taschenbücher überall, aber ..."

„Aber du bist nie auf den Gedanken gekommen, mal eins zu lesen", beendete er für sie. „Das solltest du ruhig, sie sind gut für dich."

Er meinte es völlig ernst. In diesem Augenblick hätte Lee die Hälfte der Bücher ihrer privaten Bibliothek dafür gegeben, eine Geschichte von Laura Miles zu lesen.

9. KAPITEL

Hoch oben auf der schroffen Steilwand stand Lee und konnte hinunter auf den Canyon blicken, über die Felsspitzen und Zinnen und hinüber zu den tiefroten nackten Wänden. Sie hatte nicht gewusst, dass die Natur so herausfordernd und so anziehend war. Sie hatte nicht gewusst, dass sie sich hier zu Hause fühlen würde, so weit weg von der Welt, die sie kannte, und dem Leben, das sie führte.

Vielleicht war es das Geheimnis, das Ehrfurchteinflößende – die Jahrhunderte der Arbeit, die die Natur verrichtet hatte, Schönheit aus dem Felsen zu formen, die Jahrhunderte, die sie noch weiterhin daran arbeiten würde. Das Wetter hatte die Landschaft gestaltet, hatte in Stein gemeißelt und erschaffen, ohne Eitelkeit und Verzärtelung. Vielleicht war es die Stille, auf die sie gelernt hatte zu lauschen, die Stille, in der sie gelernt hatte, mehr zu hören, als sie je an Geräuschen gehört hatte. Oder vielleicht war es der Mann, den sie in dem Canyon entdeckt hatte, der langsam, unvermeidlich ihr Leben beherrschte, wie der Wind, das Wasser und die Sonne alles beherrschten, was um sie herum war. Auch er ohne Eitelkeit und Verzärtelung.

Erst seit einigen Tagen waren sie Liebende, und doch schien er genau zu wissen, wo ihre Stärken lagen und ihre Schwächen. Sie lernte ihn kennen, allmählich, Schritt für Schritt, immer überrascht, dass jede neue Entdeckung so natürlich kam, als hätte sie ihn immer schon gekannt.

In zwei Tagen würde sie den Canyon verlassen und den Mann. Sie würde in die Stadt zurückkehren, die Lee Radcliffe sein, die sie selbst während der Jahre geformt hatte. Sie würde in den alten Rhythmus zurückfinden, den Artikel schreiben und die nächste Stufe ihrer Karriere nehmen.

Welche Wahl habe ich, fragte sich Lee, als sie in der Nachmittagssonne stand, die auf sie niederbrannte. In Los Angeles hatte ihr Leben eine Richtung, es hatte einen Zweck. Dort gab es ein Ziel: erfolgreich zu sein. Hier und jetzt schien dieses Ziel nicht wichtig zu sein, hier, wo einfach nur das Sein, einfach nur das Atmen ausreichte. Aber diese Welt war nicht die, in der sie Tag für Tag leben könnte. Selbst wenn Hunter gefragt hätte, selbst wenn sie es gewollt hätte, Lee konnte nicht ewig dieses unorganisierte, ungeplante Leben führen. Ziel, fragte sie sich. Was wäre denn hier ihr Ziel? Sie konnte nicht ewig am Lagerfeuer träumen.

Aber zwei Tage. Sie schloss die Augen und sagte sich, dass alles, was sie gesehen, alles, was sie getan hatte, für immer in ihrem Gedächtnis eingepflanzt war. Musste die verbliebene Zeit so kurz sein? Und die Zeit vor ihr sich so endlos auftürmen?

„Hier." Hunter stellte sich neben sie und reichte ihr das Fernglas. „Du solltest immer so weit sehen, wie du kannst."

Sie nahm es lächelnd. Der Canyon reichte ganz nah an sie heran, wurde plötzlich persönlicher. Sie sah das Wasser des Bachs hinunterströmen, und doch war es zu weit weg, um es hören zu können. Warum war ihr nie aufgefallen, wie sich die Blätter eines Baumes glichen? Sie sah andere Camper bei ihren Lagerplätzen und wieder andere, die sich auf den Wanderwegen mit Tagesausflüglern vermischten. Lee ließ das Fernglas sinken. Es brachte sie den Menschen zu nah, machte sie zum Eindringling.

„Kommst du nächstes Jahr hierher zurück?" Sie wollte sich an ihn so erinnern können, wie er über die endlose Weite blickte.

„Wenn ich kann."

„Es wird sich nichts verändert haben", murmelte sie. Sollte sie einmal zurückkommen, in fünf, in zehn Jahren, würde sich der Bach immer noch herabschlängeln, würden die Wände immer noch stehen. Aber sie würde nicht zurückkommen. Mit Mühe schüttelte sie den Ansatz von Niedergeschlagenheit ab und lächelte ihm zu. „Es muss fast Lunchzeit sein."

„Es ist zu heiß, hier oben zu essen." Hunter wischte sich die Schweißtropfen von der Stirn. „Gehen wir besser hinunter und suchen etwas Schatten."

„Gut. Irgendwo in der Nähe des Bachs." Sie blickte nach rechts hinüber. „Lass uns diesen Weg nehmen, Hunter. Hier sind wir noch nie hinuntergegangen."

Er zögerte nur einen Moment. „Gut." Er nahm ihre Hand und schlug den Pfad ein, den sie gewählt hatte.

Der Abstieg war immer leichter als der Aufstieg. Das war eine andere unschätzbare Tatsache, die Lee in den letzten zwei Wochen gelernt hatte.

„Wirst du dein nächstes Buch anfangen, sobald du wieder zu Hause bist?"

Fragen, dachte er. Er hatte nie jemanden kennen gelernt mit einem solch unerschöpflichen Vorrat an Fragen. „Ja."

„Hast du manchmal Angst, dir könnte nichts mehr einfallen?"
„Immer."

Interessiert hielt sie einen Moment inne. „Wirklich?" Sie hatte ihn als einen Mann eingeschätzt, der überhaupt keine Ängste kannte. „Ich hätte gedacht, je mehr Erfolg du hast, desto zuversichtlicher wirst du auch."

„Erfolg ist ein Götze, der nie zufrieden zu stellen ist."

Sie runzelte die Stirn ein wenig unbehaglich über seine Beschreibung. Doch er sprach schon weiter.

„Wenn ich vor der ersten leeren Seite sitze, wundere ich mich immer wieder von neuem, wie ich jemals durch einen Anfang zur Mitte und dem Ende einer Geschichte komme."

„Wie schaffst du es?"

Er ging wieder weiter, so dass sie folgen oder zurückbleiben musste. „Ich denke mir eine Geschichte aus. Es ist so einfach und so schrecklich komplex."

So ist er, dachte sie, so einfach und doch so komplex.

Je weiter sie abstiegen, desto angenehmer wurde die Temperatur. Dieser Teil des Canyons, den Lee bisher noch nicht kennen gelernt hatte, machte einen weniger wilden Eindruck. Einmal glaubte sie sogar, das Schnurren eines Automotors zu hören, ein Geräusch aus anderen Zeiten. Die Bäume wurden dicker, die Schatten großzügiger. Die nackten, unversöhnlichen Felswände lagen hinter ihnen, der freundliche, kleine Wald vor ihnen. Lee sah einen Teppich von kleinen, weißen Blumen. Sie pflückte sich drei. Und dabei bin ich gerade nicht wegen der Wildblumen gekommen, erinnerte sie sich, als sie die Blüten in ihr Haar steckte. Aber sie war froh, so froh, sie doch gefunden zu haben.

„Wie steht mir das?"

Hunter drehte sich um. Sie steckte sich gerade die letzte Blume ins Haar. Das Verlangen nach ihr, nach allem von ihr, stieg so schnell in ihm auf, dass es ihm den Atem nahm. Lenore. Er verstand, warum der Mann in Edgar Allan Poes Geschichte den Verlust seiner Lenore bis zum Wahnsinn betrauerte. „Du wirst noch schöner. Unmöglich." Mit einer Fingerspitze berührte er ihre Wange. Würde auch er über ihren Verlust wahnsinnig werden?

Ihr Gesicht zur Sonne erhoben, brauchte es nichts als die Leuchtkraft ihrer Haut, um es kostbar zu machen. Aber wie lange, fragte er sich, wie lange wird sie damit zufrieden sein? Wann würde sie anfangen, sich wieder nach Eleganz und feinen Sitten zu sehnen, nach ihrem Leben, das sie sich so entschlossen aufgebaut hat?

Lee lächelte nicht, weil seine Augen ihr verrieten, dass er wieder in ihr nach irgendetwas suchte. Sie legte die Hände auf seine Schultern und berührte seinen Mund mit ihren Lippen. Mit geschlossenen Augen ließ sie dann den Kopf an seine Brust sinken.

„Ich glaube nicht an Zauber und Geister", murmelte sie. „Aber dieser Ort scheint verzaubert zu sein. Jetzt, am Tag, ist es still, vielleicht schlafen sie. Aber in der Nacht ist die Luft erfüllt von Geistern."

Er zog sie ganz nah an sich heran und ließ sein Kinn auf ihrem Kopf ruhen. War ihr überhaupt bewusst, wie romantisch sie war? Oder war ihr bewusst, wie sie sich bemühte, es nicht zu sein? Einen solchen Gedanken wie eben hätte sie vor einer Woche nie laut ausgesprochen. In einer Woche. Hunter unterdrückte einen Seufzer. In einer Woche würde sie keinen Gedanken mehr über Zauber verschwenden.

„Ich möchte dich hier lieben", sagte er ruhig. „Mit dem Sonnenlicht, das durch die Blätter auf deine Haut strömt. Und am Abend, genau vor Einbruch der Dämmerung. Und in der Dämmerung, wenn das Licht irgendwo zwischen Rosa und Grau gefangen ist."

Voller Liebe lächelte sie zu ihm hoch. „Und bei Mitternacht, wenn der Mond hoch steht und alles möglich ist."

„Alles ist immer möglich." Er küsste erst ihre eine Wange, dann die andere. „Du musst nur daran glauben."

Sie lachte, ein wenig zittrig. „Du lässt es mich fast glauben. Du lässt meine Knie weich werden."

Sein Lächeln blitzte auf, während er sie auf die Arme nahm. „Besser?"

Würde sie sich je wieder so frei fühlen? Sie schlang die Arme um seinen Hals und küsste ihn mit der ganzen Intensität der Liebe, die in ihr aufstieg. „Ja. Und wenn du mich nicht hinunterlässt, will ich, dass du mich zum Zelt zurückträgst."

Das kleine Lächeln berührte seine Lippen. „Heißt das, du bist überhaupt nicht hungrig?"

„Da ich bezweifle, dass du in deinem Rucksack irgendetwas anderes als Trockenfrüchte und Sonnenblumenkerne hast, mache ich mir wegen des Lunchs keine Illusionen."

„Ich habe immer noch zwei Schokoladenriegel."

„Dann essen wir die."

Ohne Umstände ließ Hunter sie wieder auf den Boden. „Das beweist, die grundsätzliche Lust der Frau richtet sich aufs Essen."

„Nur Schokolade", widersprach Lee. „Dafür kannst du meinen Anteil von Sonnenblumenkernen haben."

„Sie sind gut für dich." Er grub in seinem Rucksack und zog einige kleine, durchsichtige Plastiksäckchen hervor.

„Darauf kann ich verzichten."

Mit einem Schulterzucken steckte Hunter sich eine Hand voll Kerne in den Mund. „Du wirst Hunger haben, bevor das Dinner fertig ist."

„Seit zwei Wochen habe ich Hunger, bevor das Dinner fertig ist." Sie suchte selbst im Rucksack nach den Schokoladenriegeln. „Egal, wie gut Körner und Nüsse und diese kleinen, getrockneten Aprikosen für dich sind, mir können sie kein Steak ersetzen ...", sie fand einen der Riegel, „... oder Schokolade."

Hunter beobachtete sie, wie sie die Augen schloss, während sie die Schokolade aß. „Genussmensch."

„Absolut." Ihre Augen strahlten, als sie sie wieder öffnete. „Ich liebe Buttercreme." Seufzend setzte sie sich zurück und fragte sich, ob Hunter großen Wert auf den anderen Schokoladenriegel legte. „Vor allem kann ich es genießen, wenn ich die ganze Woche dafür gearbeitet habe."

Er verstand das vielleicht zu gut. Sie war keine Frau, die versorgt werden wollte. Und er war kein Mann, der glaubte, dass jemand etwas umsonst haben sollte. Aber welche Zukunft lag in einer Beziehung, wenn zwei Menschen sich nicht an den Lebensstil des anderen gewöhnten? Seinen hatte er nie einem anderen auferlegt. Und er wollte nicht, dass ein anderer auf den eigenen Lebensstil verzichtete. Und doch, jetzt, wo die Uhr die Stunden hinwegtickte, die Tage hinwegtickte, fragte er sich, ob es so einfach sein würde, zurückzukehren.

„Genießt du es, in der Stadt zu leben?" fragte er beiläufig.

„Natürlich." Unmöglich, ihm zu sagen, wie sie den Gedanken hasste zurückzukehren, allein in die Welt, die sie immer für absolut perfekt gehalten hatte. „Mein Apartment ist nur zwanzig Minuten vom Verlag entfernt," erklärte sie ihm.

„Wie bequem." Er schraubte die Feldflasche auf und reichte sie Lee. Sie hatte in vielerlei Hinsicht dazugelernt.

„Ich nehme an, du arbeitest zu Hause."

„Ja", bestätigte Hunter.

Abwesend berührte sie mit einer Hand eine der Blumen in ihrem Haar. „Das erfordert Disziplin. Ich glaube, die meisten Menschen brauchen den Druck, den ein Büro ausübt, um überhaupt etwas fertigstellen zu können."

„Du nicht."

Sie sah ihn jetzt an. „Nein?"

„Du würdest dich härter als jeder Chef oder als jede Stempeluhr antreiben." Er aß eine Trockenfrucht. „Wenn du dich dazu entschließt, schreibst du in einem Monat dein Manuskript zu Ende."

Unruhig bewegte sie die Schultern. „Wenn ich acht Stunden am Tag ohne andere Verpflichtungen arbeiten würde." Sie unterdrückte einen Seufzer. Sie wollte nicht streiten, nicht einmal debattieren, nicht, wenn sie nur noch so wenig Zeit miteinander hatten. Doch wenn sie nicht über ihre Arbeit sprachen, dann sprachen sie vielleicht über ihre Gefühle. Das war noch schwieriger. „Hunter, ich habe einen Job, eine Karriere, die meine gesamte Zeit und Aufmerksamkeit erfordert. Ich kann das nicht einfach hinschmeißen und davon träumen, dass mein Manuskript vielleicht veröffentlicht wird."

„Du hast Angst, das Risiko einzugehen."

Das war ein direkter Stoß in Lees empfindlichsten Bereich. Beide von ihnen wussten, dass ihre Wut Abwehr war. „Na und? Ich habe für meine Position bei CELEBRITY hart gearbeitet. Alles, was ich jetzt habe, habe ich mir allein verdient. Ich bin schon genug Risiken eingegangen."

„Indem du nicht Jonathan Willoby geheiratet hast?"

Die Wut schoss in ihren Blick, sofort. Also, das ist immer noch ein wunder Punkt, erkannte Hunter. Ein sehr wunder Punkt.

„Findest du das lustig? Erregt es deinen Humor, dass ich eine Verbindung gelöst habe, die ich nicht einmal eingegangen bin?"

„Nicht besonders. Es verblüfft mich aber, dass man etwas lösen kann, was man nicht eingegangen ist."

Aus der betont langsamen Art, wie sie die Feldflasche wieder verschloss, konnte er erkennen, wie wütend sie war. Ihre Stimme war kühl und distanziert, wie er sie seit Tagen schon nicht mehr gehört hatte. „Meine Familie und die Willobys waren seit Jahren persönlich und geschäftlich in Verbindung. Man erwartete diese Ehe einfach von mir, und ich wusste es."

Hunter lehnte sich an einen Baumstumpf zurück, bis er bequem saß. „Und diese Art von Erwartung hast du also nicht als veraltet eingeschätzt?"

„Wie solltest du auch verstehen können?" Wütend erhob sie sich. „Du hast gesagt, dein Vater sei ein Träumer gewesen, der seinen Lebensunterhalt als Verkäufer verdient hat. Mein Vater war ein Realist, der seinen Lebensunterhalt damit verdient hat, dass er sich mit den richtigen Leuten zusammengetan hat. Mit den Willobys. Und von mir hat er erwartet, die Verbindung zu verstärken, indem ich Jonathan heirate." Selbst jetzt noch verursachte es ihr Abscheu, wie sauber und gefühllos ihr Leben verplant worden war. „Jonathan war ein attraktiver, intelligenter und bereits damals erfolgreicher Mann. Mein Vater wäre nie auf den Gedanken gekommen, ich könnte ablehnen."

„Aber du hast. Warum willst du eigentlich immer noch für etwas zahlen, was dein Recht war?"

Lee wirbelte zu ihm herum. Sie konnte nicht länger kühl antworten, sich mit arroganter Distanziertheit schützen. „Weißt du, was es mich gekostet hat, nicht zu tun, was von mir erwartet wurde? Alles, was ich tat, in meinem ganzen Leben, geschah letzten Endes nur, um die Achtung meiner Eltern zu bekommen."

Ohne Eile erhob er sich und musterte sie. „Deine Karriere ... ist sie für dich, oder versuchst du immer noch, die Achtung deiner Eltern zu gewinnen?"

Er hatte kein Recht so zu fragen, hatte kein Recht, sie nach einer Antwort suchen zu lassen. Blass wandte sie sich von ihm ab. „Ich will darüber jetzt nicht mit dir reden. Es ist nicht deine Angelegenheit."

„Wirklich nicht?" Urplötzlich so wütend wie sie, zog Hunter sie wieder zu sich herum. „Wirklich nicht?"

Jetzt musste sie Standhaftigkeit zeigen, egal wie unsicher der Boden unter ihren Füßen war. „Mein Leben und die Art, wie ich es lebe, ist einzig meine Angelegenheit, Hunter."

„Nicht mehr."

„Das ist lächerlich." Sie warf den Kopf zurück, um seinem Blick besser begegnen zu können. „Diese Auseinandersetzung führt zu nichts."

Etwas baute sich in ihm auf, so schnell, dass er es nicht bekämpfen oder vernünftig überdenken konnte. „Du irrst dich."

Sie begann zu zittern, ohne zu wissen, warum. „Ich weiß nicht, was du willst."

„Dich." Er presste sie an sich. „Alles von dir."

In seinem Kuss war nichts mehr von der zärtlichen Geduld zu spüren, die Hunter normalerweise zeigte. Lees Angst verstärkte sich und wurde dann von rasendem Begehren geschluckt.

Er hatte vorher schon Leidenschaft in ihr erweckt, aber noch nie so schnell. Lust war schon vorher in ihr ausgebrochen, aber nicht so schmerzhaft. Alles war, wie es immer war, und doch war alles anders.

War es Wut, die sie in ihm spürte? Frustration? Begehren? Sie wusste nur, die Selbstbeherrschung, auf die er sich sonst so meisterlich verstand, war weg. Etwas war in ihm aufgebrochen, etwas Wildes. Ihr Blut kochte in panischer Aufregung und Erwartung.

Dann lagen sie auf dem Boden, mit dem Duft der sonnenerwärmten Blätter und des nahen Bachs. Seine Stoppeln kratzten ihre Wange. Dann presste er den Mund an ihren Hals. Hunter stellte seine eigene Verzweiflung nicht in Frage. Er konnte nicht. Bestimmte Teile von ihr wollte Lee nicht mit ihm teilen, hielt sie zurück. Ihren Körper gab sie bereitwillig. Er wollte mehr, alles, obwohl er sich selbst sagte, dass es nicht vernünftig war. Er spürte die Hitze ihres Körpers, ihre Hingabe. Und er wusste, es würde ihn nicht befriedigen. Wann würde sie ihm ihre Gefühle genauso freimütig geben? Zum ersten Mal in seinem Leben wollte er zu viel.

Er kämpfte sich zurück an den Rand der Vernunft, widerstand Welle auf Welle dem Begehren, das durch ihn raste. Es war nicht die Zeit, nicht der Ort oder der Weg. Seine Vernunft wusste es, seine Sinne kämpften mit ihm, wollten ihn täuschen.

Fest drückte er sie an sich, vergrub das Gesicht in ihrem Haar und wartete darauf, dass der verrückte Wahnsinn vorbeigehe.

Benommen durch diesen wilden Ausbruch der Leidenschaft und ihre bedingungslose Erwiderung, lag Lee still. Nach einer Weile hob Hunter den Kopf und sah sie an. Die Blumen waren ihr aus dem Haar gefallen. „Du bist viel zu zerbrechlich, um so plump behandelt zu werden."

Sein Blick war so intensiv, so dunkel, unmöglich, sich darunter wieder zu entspannen. Irgendwo in ihrem Kopf gab es eine Warnung: Er wollte mehr, als sie erwartet hatte, mehr, als sie geben konnte.

Geh's leicht an, befahl Lee sich selbst. Sie lächelte, obwohl ihr Blick wachsam blieb. „Ich hätte warten sollen, bis wir zurück im Zelt sind, bevor ich dich wütend mache."

Er ging auf ihre vorgetäuschte Leichtigkeit ein. „Wir können jetzt zurückgehen. Ich kann dich aber auch noch ein wenig länger hier festhalten."

Lächelnd sah sie ihn an. „Ich bin kräftiger, als ich wirke."

„Tatsächlich?" Jetzt lächelte er. „Zeig's mir."

Zuversichtlicher, als sie hätte sein sollen, stieß Lee gegen ihn, in der Absicht, ihn von sich zu rollen. Er rührte sich nicht. Der Ausdruck ruhiger Belustigung auf seinem Gesicht veranlasste sie, ihre Anstrengungen zu verdoppeln. Atemlos, erfolglos legte sie sich zurück und sah ihn mit gerunzelter Stirn an. „Du bist schwerer, als du aussiehst", beklagte sie sich. „Das müssen diese ganzen Sonnenblumenkerne sein."

„Deine Muskeln sind voll von Schokolade", verbesserte er.

„Ich hatte nur ein Stück", begann sie.

„Heute."

Sie zog eine Braue hoch. „Wenn wir schon über ungesunde Angewohnheiten sprechen: Du bist derjenige, der zu viel raucht."

Er nahm es mit einem Schulterzucken hin. „Jeder hat das Recht auf eine Sünde."

Ihr Lächeln wurde kokett. „Ist das deine einzige Sünde?"

Sollte sie geplant haben, ihren Mund unwiderstehlich aussehen zu lassen, so hatte sie damit Erfolg. Hunter senkte den Kopf und saugte an ihren Lippen. „Ich war noch nie jemand, der Freuden als Sünden verdammt hat."

Seufzend schlang sie die Arme um seinen Hals. Sie hatten nur noch so wenig Zeit, die sollten sie nicht mit Streiten, nicht einmal mit Denken vergeuden. „Warum gehen wir nicht zurück zum Zelt, und du zeigst mir, was du damit meinst?"

Er lachte weich und beugte den Kopf, um sie auf die Schulter zu küssen. Sie stimmte in sein Lachen ein ... dann blieb es ihr im wahrsten Sinne des Wortes im Halse stecken, als sie über Hunters Körper hinweg zu dem blickte, was vor ihren Füßen stand.

Angst lähmte Lee. Sie hätte nicht einmal schreien können. Sie grub die Nägel in Hunters Rücken.

„Was ..." Er hob den Kopf. Ihr Gesicht war schneeweiß und wie erfroren. Obwohl ihr Körper steif unter seinem lag, war ganz lebendige Angst in ihren Händen, die sich in seinen Rücken vergruben. Seine Muskeln spannten sich an, und er wandte den Kopf, um in die Richtung zu blicken, in die sie starrte. „Verdammt." Das Wort war kaum aus seinem Mund, als hundert Pfund Fell und Muskeln auf ihn sprangen. Dieses Mal schrie Lee laut auf.

Panik verlieh ihr die Kraft, blind um sich zu schlagen und um sich zu treten. Dabei hörte Lee Hunter einen scharfen Befehl ausstoßen. Ein Winseln folgte.

„Lenore." Ihre Schultern wurden gepackt, bevor sie auf die

Füße springen konnte. In ihrem Kopf war nur für einen Gedanken Platz: irgendeine Waffe zu finden, um sich zu verteidigen. „Es ist alles in Ordnung." Hunter drückte sie an sich. „Es ist alles in Ordnung, wirklich. Er tut dir nichts."

„Gütiger Himmel, Hunter, es ist ein Wolf." Alle Albträume, die sie je über Reißzähne oder Klauen wilder Tiere gelesen oder gehört hatte, wirbelten ihr durch den Kopf. Die Arme um Hunter geschlungen, um ihn zu beschützen, um selbst Schutz zu suchen, drehte Lee den Kopf. Silberne Augen starrten aus silbernem Fell zu ihr zurück.

„Nein." Er spürte die frische Angst in ihr hochsteigen. „Er ist nur ein halber Wolf."

„Wir müssen etwas tun." Sollten sie weglaufen? Sollten sie einfach bewegungslos still sitzen? „Er hat dich angefallen ..."

„Begrüßt", verbesserte Hunter. „Vertrau mir, Lenore. Er ist nicht bösartig." Hunter streckte die Hand aus. „Hier, Santanas."

Ein wenig verlegen kroch der Hund mit gesenktem Kopf vorwärts. Sprachlos beobachtete Lee, wie Hunter sein dickes, silbergraues Fell streichelte.

„Normalerweise beträgt er sich besser", sagte Hunter milde. „Aber er hat mich seit fast zwei Wochen nicht mehr gesehen."

„Dich nicht gesehen?" Schutzsuchend presste sie sich näher an Hunter. „Aber ..." Allmählich begann die Vernunft sich gegen die Panik durchzusetzen, während sie beobachtete, wie der Hund Hunters ausgestreckte Hand ableckte. „Du hast ihn beim Namen genannt", brachte sie mit zittriger Stimme hervor. „Wie hast du ihn genannt?"

Bevor Hunter antworten konnte, raschelte es in den Bäumen hinter ihnen. Lees Nerven waren noch immer angespannt, sie fuhr zusammen, als eine junge, hohe Stimme rief: „Santanas! Komm zurück. Ich kriege Schwierigkeiten."

„Verdammt richtig", stieß Hunter leise hervor.

Lee zog sich weit genug zurück, um in Hunters Gesicht blicken zu können. „Was zum Teufel geht hier vor?"

„Eine Wiedervereinigung", antwortete er einfach.

Konfus, das Herz immer noch in ihren Ohren hämmernd, beobachtete Lee das Mädchen, das zwischen den Bäumen hervorstürmte. Der Schwanz des Hundes wedelte heftig vor Freude.

„Santanas!" Sie blieb stehen, die schwarzen Zöpfe wippten vor und zurück. Lächelnd enthüllte sie eine Zahnspange. „Oje!" Nach diesem schnellen Ausruf fiel ihr langer, eindringlicher Blick auf Lee. Das Mädchen steckte die Hände in die Taschen ihrer abgeschnittenen Jeans und scharrte mit abgewetzten Turnschuhen auf dem Boden. „Also, hallo." Sie richtete den Blick auf Hunter, ganz kurz, bevor sie wieder Lee anstarrte. „Wahrscheinlich wunderst du dich, was ich hier mache."

„Nun, zu dem Thema kommen wir später", sagte Hunter in einem Ton, aus dem beide Frauen deutlich männlichen Ärger heraushörten.

„Hunter." Lee löste sich ganz von ihm, Spuren von Wut und Beklemmung arbeiteten sich durch ihre Verwirrung. „Was geht hier vor?"

„Offensichtlich keine Lektion des guten Benehmens", gab er leichtmutig zurück. „Lenore, die Kreatur, die die ganze Zeit an deiner Hand herumschnüffelt, ist Santanas, mein Hund." Auf eine Handbewegung von ihm hin setzte sich das große, schlanke Tier und hob freundlich eine Pfote. Hunters Blick wanderte zu der Kleinen. Er enthielt sowohl Ironie als auch Stolz. „Und das Mädchen, das dich so ungehobelt anstarrt, ist Sarah, meine Tochter."

10. KAPITEL

Tochter? Sarah?

Lee drehte den Kopf, um wieder dem offenen Blick aus diesen schwarzen Augen zu begegnen, die ein direktes Duplikat von Hunters waren. Ja, sie waren ein Duplikat. Es traf sie wie ein Schlag. Er hatte ein Kind? Dieses entzückende, schlanke Mädchen mit dem reizenden Mund und den Zöpfen, die mit unterschiedlichen Gummibändern festgehalten wurden, war Hunters Tochter? So viele sich widersprechende Gefühlsregungen prallten in Lee aufeinander, dass sie nichts sagte. Überhaupt nichts.

„Sarah." Hunter brach die Stille. „Das ist Miss Radcliffe."

„Klar, ich weiß, die Reporterin. Hallo."

Immer noch auf dem Boden sitzend, während der Hund jetzt ihre Schultern beschnüffelte, fühlte sich Lee wie ein ausgewachsener Idiot.

„Hallo." Sie hoffte, das Wort kam nicht so lächerlich steif, wie es für sie selbst klang.

„Dad sagte, ich soll Sie nicht schön nennen, weil schön so etwas wie eine Schale mit Früchten ist." Sarah neigte zwar nicht den Kopf, um sie aus einem neuen Blickwinkel zu betrachten. Aber Lee hatte den Eindruck, sie wurde abgewogen und in Teile zerlegt wie ein Stillleben. „Ich mag Ihr Haar. Ist das ein echter Farbton?"

„Eindeutig keine Lektion in gutem Verhalten", warf Hunter ein, mehr amüsiert als verärgert. „Ich fürchte, Sarah ist ein wenig ungeschliffen."

„Das sagt er immer." Sarah zuckte mit den schmalen Schultern. „Aber er meint es gar nicht."

„Bis heute." Er zerzauste das Fell des Hundes und fragte sich, wie er genau diese Situation meistern sollte. Lee war immer noch still und Sarahs Blick voller Neugier. „Bring Santanas zurück zum Haus. Ich vermute, Bonnie ist da."

„Ja. Wir sind gestern gekommen, weil ich mich daran erinnert habe, dass ich ein Fußballspiel habe, und sie hatte eine Inspiration und konnte in Phoenix damit nichts anfangen mit all den Kindern, die wie Affen herumlaufen."

„Ich verstehe. Dann geh schon, wir kommen nach."

„Okay. Komm, Santanas." Sie warf Lee ein schnelles Lächeln zu. „Er sieht ziemlich wild aus, aber er beißt nicht." Das Mädchen schoss davon. Auch als Lee wieder mit Hunter allein war, blieb sie stumm und bewegungslos.

„Wenn du möchtest, entschuldige ich mich für die Grobheit meiner Familie."

Familie. Das Wort traf sie, eine Dosis Realität, die sie aus ihrem Traum herausriss. Lee erhob sich und säuberte ihre Jeans. „Dazu besteht kein Anlass." Ihre Stimme war kühl, fast frostig. Ihre Muskeln waren wie Drahtseile angespannt. „Da das Spiel jetzt vorbei ist, möchte ich gern, dass du mich nach Sedona zurückfährst, damit ich mich um einen Rückflug nach Los Angeles kümmern kann."

„Spiel?" Er nahm ihre Hand und stoppte deren nervöse Bewegung. „Das ist kein Spiel, Lenore."

„Oh, du hast es sehr gut gespielt." Sie ließ es nicht zu, dass der Schmerz in ihre Stimme drang, doch er verriet sich in ihrem Blick. Ihre Hand blieb kühl und steif in seiner.

Mit Ärger konnte er umgehen, durch eigenen Ärger oder Belustigung. Aber Schmerz machte ihn hilflos. „Was es auch immer an Spiel gegeben hat, das hat vor einigen Nächten im Zelt aufgehört."

„Aufgehört." Tränen schossen ihr in die Augen, überwältigten sie. Wild blinzelte sie und drängte sie zurück, erfüllt von Selbstverachtung. Doch er hatte sie bereits bemerkt. „Nein, es hat nie aufgehört." Sie entriss ihm die Hand, sehnte sich nach dem Luxus, sich einfach in heiße, klärende Tränen aufzulösen. „Wie konntest du? Wie konntest du mich umarmen und dabei so belügen?"

„Ich habe dich nie angelogen." Seine Stimme war ruhig, sein Blick voller Leidenschaft.

„Du hast ein Kind. Du hast eine halbwüchsige Tochter und hast es mir gegenüber nie erwähnt. Du hast mir gesagt, du seist nie verheiratet gewesen."

„Ich war es auch nie", sagte er ruhig und wartete auf die unausweichlichen Fragen.

Sie wollte nichts wissen. Wenn sie ihn jetzt und vollkommen aus ihrem Leben verbannen musste, konnte sie nicht fragen. „Du hast einmal den Namen Sarah erwähnt, und als ich gefragt habe, hast du die Antwort vermieden."

„Wer hat gefragt?" gab er zurück. „Du oder die Reporterin?"

Sie wurde blass und trat einen Schritt zurück.

„Wenn das eine unfaire Frage war, dann tut es mir Leid."

Lee unterdrückte eine bissige Entgegnung. Es war alles gesagt worden. „Ich will zurück nach Sedona. Fährst du mich, oder muss ich mich um einen Wagen kümmern?"

„Hör auf." Er packte sie bei den Schultern, bevor sie weiter zurücktreten konnte. „Seit einigen Tagen bist du ein Teil meines Lebens. Sarah ist seit zehn Jahren ein Teil meines Lebens. Ich gehe ihr gegenüber keine Risiken ein." Sie sah die Wut, die in seinen Blick trat und verschwand, als er gegen sie ankämpfte. „Sie ist nicht für die Öffentlichkeit bestimmt, verstehst du? Sie bleibt außerhalb der Öffentlichkeit. Ich will nicht, dass ihre Kindheit zerstört wird durch Fotografen, die ihr beim Fußballspiel nachspüren oder auf Schulausflügen in Bäumen versteckt sind. Sarah ist kein Thema für die Klatschseiten von irgendwelchen Magazinen."

„Denkst du so über mich?" wisperte sie. Sie schluckte eine Mischung aus Schmerz und enttäuschtem Vertrauen hinunter. „Deine Tochter wird in keinem Artikel erwähnt, den ich schreibe. Du hast mein Wort. Und jetzt lass mich gehen."

Er spürte eine Panik in sich hochsteigen, die er nicht erwartet hatte, ein Schuldgefühl, das ihn verwirrte. Frustriert starrte er sie an. „Ich kann nicht. Ich will, dass du verstehst, und dafür brauche ich Zeit."

„Du hast zwei Wochen Zeit gehabt, um mich verstehen zu lassen, Hunter."

„Verdammt, du kamst als Reporterin hierher. Was zwischen uns geschehen ist, war nicht geplant oder erwartet, von keinem von uns. Ich will, dass du mit in mein Haus kommst."

Irgendwie begegnete sie seinem Blick ruhig. „Ich bin immer noch eine Reporterin."

„In unserem Abkommen stehen noch zwei Tage aus." Seine Stimme wurde weicher, seine Hände zärtlicher. „Lenore, verbringe diese zwei Tage mit mir zu Hause, bei meiner Tochter. Es ist mir wichtig, dass du verstehst. Gib mir zwei Tage."

Sie wollte Nein sagen. Sie wollte sich einreden, dass sie sich einfach umdrehen und weggehen könnte, ohne Bedauern. Aber sie würde bedauern, das wusste Lee, wenn sie nach Los Angeles zurückfuhr, ohne zu nehmen, was noch übrig war. „Ich kann zwar nicht versprechen, zu verstehen, aber ich bleibe noch zwei Tage."

Obwohl sie widerstrebend war, hob er ihre Hand an seine Lippen. „Danke. Es ist wichtig für mich."

„Bedank dich nicht", murmelte sie. Ihre Wut war verraucht.

Hunter zog sie in die Richtung, in die Sarah verschwunden war. „Ich komme später zurück und hole unsere Sachen."

Jetzt, wo der erste Schock vorüber war, kam der nächste. „Du lebst hier im Canyon?"

„Stimmt."

„Du willst damit sagen, du hast ein Haus mit fließend heißem und kaltem Wasser und ein normales Bett, aber du verbringst zwei Wochen in einem Zelt?"

„Es entspannt mich."

„Das ist einfach großartig", stieß sie hervor. „Du hast mich mit lauwarmem Wasser duschen und mit schmerzenden Muskeln aufwachen lassen, obwohl du wusstest, dass ich einen Wochenlohn für ein heißes Bad gegeben hätte."

„Stärkt den Charakter." Mit diesem neuen Ärger von Lee fühlte er sich gleich behaglicher.

„Den Teufel tut es. Du hast es absichtlich getan." Sie blieb stehen, während die Sonne Licht durch die Bäume sprenkelte. „Du hast alles absichtlich getan, um zu sehen, wie viel ich vertragen konnte."

„Du warst sehr eindrucksvoll." Er lächelte aufreizend. „Ich muss zugeben, ich hätte nicht erwartet, dass du eine Woche durchhältst, geschweige denn zwei."

„Du verdammter ..."

„Jetzt werde nicht giftig", unterbrach er sie leichtmütig. „Du kannst in den nächsten zwei Tagen so viele Bäder nehmen, wie du willst." Er legte einen Arm um ihre Schulter. „Wenn du willst, bekommst du sogar dein Steak, wonach du so dringend verlangst. Und glaub mir, ich hatte wirklich nicht beabsichtigt, dass du auf diese Art herausfindest, dass ich ganz in der Nähe von unserem Zeltplatz lebe."

„Und wie sollte ich es herausfinden?"

„Indem ich dir am letzten Abend ein ruhiges Dinner bei Kerzenschein anbiete. Ich hatte gehofft, du würdest den, nun ja, den Humor in der Situation sehen."

„Du hast dich getäuscht." Dann sah sie das Haus, das ganz vom Wald eingeschlossen war.

Es war kleiner, als sie erwartet hatte, aus Holz und mit sehr viel Glas. Es ließ sie an Puppenhäuser denken und an Märchen, obwohl sie nicht wusste, warum. Denn anders als Puppenhäuser, bestand es aus merkwürdigen Winkeln und unerwarteten Giebeln. Um die Vorderseite herum lief eine Veranda. Pflanzen ergossen sich über das Geländer – blutrote Geranien in jadegrünen Töpfen. Auf der Terrasse lag ein umgestürzter, weißer Korbstuhl und ein offensichtlich viel benutzter Fußball.

Die Bäume umschlossen das Haus. Eingeschlossen, dachte Lee, beschützt, beschirmt, verborgen. Es war wie ein Haus aus einem Stück oder ... Sie hielt inne und musterte das Haus mit zusammengekniffenen Augen genauer. „Das ist Jonas Thorpes Haus aus ‚Der stille Schrei'."

Hunter lächelte, erfreut, dass sie es so schnell erkannt hatte. „Mehr oder weniger."

Ein Schrei durchriss die Stille, den Lee nach einem aussetzenden Herzschlag als Lachen identifizierte. Es folgte aufgeregtes Bellen und die entnervte Stimme einer Frau.

Gerade als Hunter die Eingangstür öffnete, stürmte Sarah heraus. Sehr befangen beobachtete Lee, wie das Mädchen die Arme um die Taille ihres Vaters schlang. Hunter strich mit einer Hand über das dunkle Haar seiner Tochter.

„Oh, Dad, es ist so komisch. Tante Bonnie hat ein Armband aus glasiertem Teig gemacht und Santanas hat es gegessen – das heißt, er hat darauf herumgekaut, bis er gemerkt hat, dass es schrecklich schmeckt."

„Ich bin sicher, Bonnie hält das für Aufruhr."

Ihre Augen, so ganz die ihres Vaters, leuchteten vor koboldhafter Belustigung. „Sie sagt, so etwas muss sie sich von der Kunstkritik bieten lassen, aber nicht von einem halben Wolf. Sie sagt, sie macht Tee für Lenore, aber es gibt keine Plätzchen mehr, weil wir sie gestern gegessen haben. Sie sagt ..."

„Lass nur, wir finden es schon selbst heraus." Er trat zurück und ließ Lee vor ihm ins Haus eintreten. Sie zögerte einen Moment, fragte sich, worauf sie sich einließ. Und in Hunters Blick leuchtete die gleiche koboldhafte Belustigung wie in Sarahs auf. Das ist schon ein Paar, dachte Lee und trat ein.

Sie hatte nichts so, nun, so Normales erwartet. Das Wohnzimmer war luftig, im Nachmittagslicht von der Sonne erfüllt. Freundlich. Ja, das Wort passte. Keine schattigen Ecken und verschlossenen Türen. Es gab Wildblumen in einer emaillierten Vase und dicke Kissen auf dem Sofa.

„Hast du Hexenbesen und mit Satin ausgeschlagene Särge erwartet?" murmelte er ihr ins Ohr.

Verärgert trat sie von ihm zurück. „Natürlich nicht. Ich glaube, ich hatte einfach nicht so eine, nun ja, so eine häusliche Umgebung erwartet."

Bei dem Wort zog er eine Braue hoch. „Ich bin häuslich."

„Ich glaube, Tante Bonnie hat das Durcheinander in der Küche schon wieder ziemlich aufgeräumt." Sarah hielt einen Arm um ihren Vater, während sie Lee wieder von oben bis unten übergründlich anstarrte. „Sie will Sie kennen lernen, weil Dad nur selten Frauen sieht und nie mit Reportern spricht. Darum sind Sie vielleicht besonders, weil er sich entschlossen hat, mit Ihnen zu sprechen."

Während sie sprach, musterte sie Lee unablässig. Sie war erst zehn, aber sie spürte schon, dass da etwas zwischen ihrem Vater und dieser Frau mit den nachtblauen Augen und dem raffinierten Haar war. Was sie nicht genau wusste, war, was sie jetzt darüber empfinden sollte. Ganz in der Art ihres Vaters entschied Sarah, abzuwarten und zu sehen, wie sich die Situation entwickelte.

Nur zögernd folgte Lee Vater und Tochter in die Küche. Sie hatte den Eindruck von sonnigen Wänden, Gemütlichkeit und Chaos.

„Hunter, wenn du schon einen Wolf im Haus hältst, dann solltest du ihm wenigstens beibringen, dass Kunst zu würdigen ist. Hallo, ich bin Bonnie."

Lee sah eine große, schlanke Frau mit dunkelbraunem, schulterlangem Haar, das reichlich mit blonden Strähnen durchzogen war. Sie trug ein purpurrotes T-Shirt mit verblasstem pinkfarbenem Aufdruck über abgeschnittenen Jeans, die so gebraucht aussahen wie die ihrer Nichte. Die Zehennägel ihrer nackten Füße waren im knalligen Pinkton lackiert. Lee musterte ihr schmales Gesicht, das das eines Mannequins sein konnte, und war sich nicht sicher, ob sie älter oder jünger als Hunter war. Automatisch griff sie nach der zum Gruß ausgestreckten Hand.

„Wie geht es Ihnen?"

„Viel besser, wenn Santanas nicht versucht hätte, einen Imbiss aus meiner letzten Kreation zu machen." Sie hielt einen goldbraunen Halbkreis mit zerrissenen Enden hoch. „Er kann von Glück sagen, dass sich die Idee als schrecklich herausgestellt hat. Wie dem auch sei, setzen Sie sich." Sie machte eine Handbewegung zum Tisch, der mit Büchsen und Schalen vollgestellt war und wischte die Mehlschicht herunter. „Ich mache gerade Tee."

„Du hast den Wasserkessel noch nicht aufgesetzt", bemerkte Sarah und tat es selbst.

„Hunter, das Kind ist so naseweis. Ich mache mir ernsthafte Sorgen."

Er zuckte nur mit den Schultern, nahm etwas vom Tisch auf, das wie ein kleiner Doughnut aussah und mit viel Vorstellungsvermögen ein Ohrring sein könnte. „Findest du Gold und Silber im Augenblick zu altmodisch, um damit zu arbeiten?"

„Ich dachte, ich könnte einen Trend schaffen." Wenn Bonnie lächelte, dann strahlte ganz abrupt und überwältigend ihr ganzes Gesicht. „Wie auch immer, es war ein kleiner Schlag ins Wasser. Kostet dich aber nicht mehr als drei Dollar an Mehlkosten. Setzt euch", wiederholte sie, während sie begann, das Durcheinander vom Tisch auf die Anrichte hinter sich zu verlagern. „Und? Wie war der Campingausflug?"

„Aufschlussreich. Würdest du das nicht auch sagen, Lenore?"

„Belehrend", verbesserte sie, obwohl die letzte halbe Stunde von allem am belehrendsten war.

„Und Sie arbeiten für CELEBRITY." Bonnies lange, gedrehte Goldohrringe schwangen hin und her, wenn sie ging, ungefähr so wie Sarahs Zöpfe. „Ich bin eine treue Leserin von CELEBRITY."

„Nur, weil sie dort ein paar peinlich schmeichelnde Artikel gehabt hat."

„Artikel?" Lee beobachtete, wie Bonnie sich die mehlverstaubten Hände an ihrer abgeschnittenen Jeans abwischte.

Hunter lächelte, als er beobachtete, wie seine Schwester nach einer Teedose griff, und dabei auch andere Sachen auf die Anrichte fielen. „Beruflich ist sie bekannt als B.B. Smithers."

Der Name ließ eine Glocke läuten. Seit Jahren wurde B.B. Smithers als Königin des Avantgarde-Schmucks eingestuft. Die Elite, die Reichen und die Modebewussten strömten ihr in Scharen zu, um persönlich von ihr Designs zu bekommen. Sie zahlten gut für ihr Talent, ihre Kreativität und das winzige B., das in jeder Ecke eines fertigen Produkts eingestanzt war. Lee starrte die schlanke Frau, die zwei linke Hände zu haben schien, fast wie ein Weltwunder an. „Ich habe Ihre Arbeit immer bewundert."

„Aber nicht getragen", warf Bonnie ein, mit einem Lächeln, während sie die zerbeulten Dosen vor Lee wegräumte. „Nein, Ihnen steht das Klassische. Was für ein fabelhaftes Gesicht. Möchten Sie Zitrone im Tee? Haben wir überhaupt Zitrone, Hunter?"

„Wahrscheinlich nicht."

Das nahm sie beiläufig auf und stellte die Teekanne auf den Tisch, um den Tee ziehen zu lassen. „Verraten Sie mir, Lenore, wie haben Sie diesen Einsiedler überredet, aus seiner Höhle zu kommen?"

„Ich glaube, indem ich ihn wütend gemacht habe."

„Das könnte klappen." Sie setzte sich Lee gegenüber, während Sarah an die Seite ihres Vaters trat. Bonnies Augen waren weicher als die ihres Bruders, der Blick weniger eindringlich, nein, weniger durchdringend. „Haben Ihnen die zwei Wochen im Canyon, in denen Sie Pionier gespielt haben, genug Einblicke gegeben, um einen Artikel über ihn schreiben zu können?"

„Ja." Lee lächelte, weil Bonnies Augen humorvoll aufleuchteten. „Zusätzlich habe ich eine wachsende Zuneigung für Bettgestelle und Matratzen entwickelt."

Das schnelle, verblüffende Lächeln blitzte wieder auf. „Mein Mann fährt mit den Kindern einmal im Jahr zum Zelten. Während der Zeit kann ich mich meinen Arbeiten für Modehäuser widmen.

Und wenn wir wieder alle zusammen sind, hat jeder für sich das Gefühl, kleine Wunder vollbracht zu haben."

„So schlimm ist Zelten nicht", kommentierte Sarah zur Verteidigung ihres Vaters.

„Wirklich?" Er gab ihr einen Klaps auf den Po, während er sie an sich zog. „Und warum hast du dann immer diese überaus brennende Begierde, Bonnie in Phoenix zu besuchen, wenn ich die Sachen zusammenpacke?"

Sie kicherte und legte den Arm um seine Schulter. „Muss ein Zufall sein", meinte sie in dem trockenen Ton, der eine Nachahmung von seinem war. „Hat er Sie zum Angeln mitgeschleppt?" wollte Sarah von Lee wissen. „Und dann stundenlang einfach nur dagehockt und nichts gesagt?"

Lee beobachtete, wie Hunter die Braue hochzog, bevor sie antwortete. „Er hat mich tatsächlich mehrere Tage hintereinander zum Angeln mitgeschleppt."

„Puh", war Sarahs einziger Kommentar.

„Aber ich habe einen größeren Fisch als er gefangen."

Unbeeindruckt schüttelte Sarah den Kopf. „Es ist schrecklich langweilig." Sie warf ihrem Vater einen entschuldigenden Blick zu. „Aber irgendjemand muss es wahrscheinlich tun." Sie schmiegte ihr Gesicht an seins und lächelte Lee zu. „Meistens ist er nie langweilig, er mag eben einfach nur einige komische Sachen. Wie Angeln und Bier."

Bonnie hob die Teekanne. „Möchtest du?" fragte sie ihren Bruder.

„Ich verzichte. Sarah und ich gehen rüber und brechen das Zelt ab."

„Nimm deinen Wolf mit", meinte Bonnie, als sie Tee in Lees Tasse goss. „Übrigens, gestern sind für dich einige Anrufe aus New York gekommen."

„Die rufen wieder an." Als er sich erhob, fuhr er sorglos durch Lees Haar, eine Geste, die keine der anderen weiblichen Anwesenden übersah. „Ich komme gleich zurück."

Sie wollte den beiden ihre Hilfe anbieten, aber es war doch zu gemütlich in der sonnigen, von Bonnie in freundliche Unordnung gebrachten Küche, und der Tee roch einfach himmlisch. „In Ordnung." Sie beobachtete, wie Sarah besitzergreifend den Arm ihres Vaters packte und hielt es auch darum für richtig, bei Bonnie zu bleiben.

Gemeinsam gingen Vater und Tochter zur Hintertür. Hunter pfiff nach dem Hund, dann waren sie verschwunden.

Bonnie rührte in ihrem Tee. „Sarah vergöttert ihren Vater."
„Ja."
„Und Sie auch."
Lee hatte begonnen ihre Tasse zu heben und stellte sie dann klappernd auf der Untertasse ab.
„Wie bitte?"
„Sie lieben Hunter", erklärte Bonnie milde. „Ich finde das fabelhaft."

Sie hätte es leugnen können – vehement, eisig, lachend. Doch es laut ausgesprochen zu hören, schien sie in eine Art von Trance gezogen zu haben. „Ich ... das heißt, es ist nicht ..." Lee hielt inne, erkannte, dass sie mit beiden Händen mit dem Teelöffel spielte. „Ich bin mir nicht sicher, was ich fühle."

„Ein eindeutiges Symptom. Beunruhigt es Sie, sich zu verlieben?"

„Das habe ich nicht gesagt." Wieder hielt Lee inne. Konnte jemand Ausflüchte machen, wenn er von diesen weichen Rehaugen beobachtet wurde? „Ja, es beunruhigt mich sogar sehr."

„Ganz natürlich. Ich habe mich verliebt und wieder entliebt, so wie andere Menschen ihre Kleidung wechseln. Dann habe ich Fred kennen gelernt." Bonnie lachte in ihren Tee, bevor sie einen Schluck nahm. „Ich bin wochenlang mit einem ganz merkwürdigen Gefühl im Magen herumgelaufen."

Lee presste eine Hand auf ihren Magen, bevor sie sich erhob. Der Tee konnte auch nicht helfen. Sie musste sich bewegen. „Ich mache mir keine Illusionen über Hunter und mich", sagte sie fester, als sie es erwartet hatte. „Für uns sind unterschiedliche Dinge wichtig, wir haben einen anderen Geschmack." Sie blickte durch das Küchenfenster zu den hohen, roten Naturwänden hinter dem Wald. „Verschiedene Lebensstile. Ich muss zurück nach Los Angeles."

Ruhig trank Bonnie weiter ihren Tee. „Natürlich." Sollte Lee die Ironie gehört haben, ging sie nicht darauf ein. „Es gibt Menschen, die es sich steif und fest in den Kopf gesetzt haben, dass für eine Beziehung beide auf derselben Wellenlänge liegen müssten. Wenn einer heiß und innig französische Poesie des sechzehnten Jahrhunderts liebt und der andere verabscheut sie, dann ist es deren Meinung nach aussichtslos." Sie bemerkte Lees Stirnrunzeln, fuhr aber ruhig fort: „Fred ist ein Buchhaltertyp. Interessante Tabellen sind für ihn das Spannendste." Abwesend wischte sie einen Mehlflecken vom Tisch. „Nach der Theorie müssten wir wohl schon seit Jahren geschieden sein."

Lee kehrte zum Tisch zurück, unfähig, ärgerlich zu sein oder zu lächeln. „Sie sind Hunter sehr ähnlich, nicht wahr?"

„Ich denke schon. Ist Adreanne Radcliffe Ihre Mutter?"

Lee setzte sich wieder an den Tisch. „Ja."

„Ich habe sie auf einer Party in Palm Springs kennen gelernt, vor zwei, nein, es müssen jetzt drei Jahre her sein. Ja, drei", betonte Bonnie. „Weil ich damals Carter, meinen Jüngsten, noch gestillt habe. Und jetzt terrorisiert er alle im Kindergarten. Sie sind überhaupt nicht wie Ihre Mutter, nicht wahr?"

Lee brauchte eine Weile, um den hin und her springenden Gedanken folgen zu können. Ohne getrunken zu haben, stellte sie ihre Tasse wieder zurück. „Bin ich das nicht?"

„Was ist Ihre Meinung?" Bonnie warf ihr langes, mit Strähnen durchzogenes Haar über die Schulter zurück. „Ich will nicht beleidigend sein, aber sie wüsste gar nicht, was sie mit jemandem reden sollte, der nicht blaublütig geboren wurde, um es einmal so auszudrücken. Ich habe sie als eine sehr beschützte Frau eingeschätzt. Sie ist schön. Offensichtlich haben Sie ihr Aussehen geerbt. Aber das scheint auch alles zu sein."

Lee starrte in ihren Tee. Wie konnte sie das erklären? Gerade wegen der großen äußeren Ähnlichkeit mit ihrer Mutter hatte sie immer geglaubt, ihr insgesamt ähnlich zu sein. Hatte sie nicht ihre ganze Kindheit und Jugend damit verbracht, diese Ähnlichkeiten zu finden, ihr ganzes Erwachsenenleben damit, sie zu unterdrücken? Eine beschützte Frau. Es war für Lee ein entsetzlicher Satz und dem zu nahe, was sie selbst hätte werden können.

„Meine Mutter hat ihre Normen", antwortete sie schließlich. „Sie hat nie Probleme gehabt, mit ihnen zu leben."

„Oh, jeder sollte tun, was für ihn am besten ist." Bonnie stützte die Ellenbogen auf den Tisch. An ihrer rechten Hand funkelten und blitzten drei Ringe. „Hunter meint, das, was Sie am besten können, ist Schreiben. Er hat von Ihrem Roman gesprochen."

Die Irritation kam zu schnell, als dass Lee sie überspielen konnte. „Ich bin Reporterin, keine Romanschriftstellerin."

„Ich verstehe." Sanft lächelnd, stützte Bonnie das Kinn auf ihre beringten Finger. „Und? Wie werden Sie Hunter in Ihrem Artikel darstellen?"

„Dass er ein Mann ist, der Schreiben als ernste Pflicht und als kunstvolle Facharbeit ansieht. Dass er einen Sinn für Humor hat, der oft so versteckt ist, dass man Stunden braucht, um ihm auf die Schliche zu kommen. Dass er halsstarrig an Glück glaubt und auch daran, dass jeder im Leben seine Wahl treffen muss." Sie hob ihre Tasse. „Er schätzt das geschriebene Wort, ob es nun Comic oder Klassik ist. Geschichten zu erzählen, das sieht er als seinen Beruf an."

„Ich mag Sie."

Lees Lächeln kam zögernd. „Danke."

„Ich liebe meinen Bruder", fuhr Bonnie ruhig fort. „Sie verstehen ihn. Das schafft nicht jeder."

„Ihn verstehen?" Lee schüttelte den Kopf. „Mir kommt es vor, dass ich ihn umso weniger verstehe, je mehr ich über ihn herausfinde. Er hat mir in einer Ansammlung von Felssteinen mehr Schönheit gezeigt, als ich je selbst gefunden hätte. Und doch schreibt er über Horror und Ängste."

„Und das halten Sie für einen Widerspruch?" Bonnie zuckte die Schultern und lehnte sich zurück. „Es ist ganz einfach, Hunter sieht beide Seiten des Lebens. Er schreibt über die dunkle, weil sie die fesselndste ist."

„Und er lebt ..." Lee machte eine die Küche umfassende Handbewegung.

„In einem trauten, kleinen Haus, versteckt in den Wäldern."

Das Lachen kam ganz natürlich. „Ich würde es nicht gerade traut nennen, aber es ist ganz bestimmt nicht das, was man von dem führenden Schriftsteller des Landes über Horror und übersinnliche Geschichten erwartet."

„Der führende Schriftsteller des Landes über Horror und übersinnliche Geschichten muss ein Kind großziehen."

„Ja." Lees Lächeln verblasste. „Ja, Sarah. Sie ist entzückend."

„Nein."

„Sie ist der Mittelpunkt in seinem Leben. Manchmal wirkt er etwas überbeschützend. Hat er Ihnen von ihr erzählt?"

„Nein, nichts."

Es gab Zeiten, da wurde Bonnies Liebe und Bewunderung für Hunter von Ärger überlagert. Diese Frau war in ihn verliebt, war nur einen Schritt davon entfernt, sich unwiderruflich an ihn zu binden. Jeder Narr kann das sehen, dachte Bonnie. Jeder Narr außer Hunter.

Der Jeep hielt draußen vor dem Haus. Vater und Tochter waren zurück.

„Ich glaube, ich bin froh, dass du sie mitgebracht hast", meinte Sarah auf der letzten Strecke des Heimwegs.

„Du glaubst?" Hunter sah zu seiner Tochter hinüber, die nachdenklich durch die Windschutzscheibe blickte.

„Sie ist schön, wie eine Prinzessin." Sie fuhr mit der Zunge über die Zahnklammer. „Du magst sie, das kann ich sehen."

„Ja, ich mag sie sehr." Er kannte jede Nuance der Stimme seiner Tochter, jeden Ausdruck, jede Geste. „Das bedeutet aber nicht, dass ich dich weniger mag."

Sie sah ihn lange an. Sie brauchte keine weiteren Worte, um sich seiner Liebe sicher sein zu können. „Wahrscheinlich musst du mich mögen", entschied sie, halb im Scherz. „Weil wir beide aneinander kleben. Ich glaube nicht, dass sie mich mag."

„Warum sollte Lenore dich nicht mögen?" gab Hunter zurück.

„Sie lächelt kaum."

Nicht genug, stimmte er ihr still zu, aber doch jeden Tag mehr. „Wenn sie entspannt ist, lächelt sie."

Sarah zuckte die Schultern. Sie war nicht überzeugt. „Sie, nun sie sieht mich echt komisch an."

„Deine Grammatik ist entsetzlich."

„Sie tut es aber."

Hunter runzelte ein wenig die Stirn, als er in die staubige Zufahrt zu seinem Haus einbog. „Sie war einfach nur überrascht. Ich hatte ihr nichts von dir erzählt."

Sarah starrte ihn einen Moment lang an, dann stemmte sie ihre alten Turnschuhe gegen das Armaturenbrett. „Das war nicht sehr nett von dir."

„Vielleicht nicht."

„Du solltest dich entschuldigen."

Er warf seiner Tochter einen milden Blick zu. „Wirklich?"

Sie tätschelte Santanas Kopf, der sich von hinten über die Lehne vorbeugte und den Kopf auf ihre Schulter legte. „Wirklich. Mir sagst du immer, ich muss mich entschuldigen, wenn ich gemein war."

„Ich war zunächst der Meinung, dass du sie überhaupt nichts angehst." Zunächst, fügte Hunter im Stillen hinzu. Die Dinge hatten sich geändert. Alles hatte sich geändert.

„Du sagst immer, dass ich mich entschuldigen muss, auch wenn ich es erklären kann", unterstrich Sarah unbarmherzig. „Und obwohl ich es hasse, mich zu entschuldigen."

„Frechdachs", murmelte er und zog die Bremse.

Mit einem jauchzenden Lachen warf sich Sarah an ihn. „Ich bin froh, dass du wieder zu Hause bist."

Er hielt sie einen Moment fest an sich gedrückt, nahm ihren Duft auf – Gras und Blumenshampoo. Es schien unmöglich, dass zehn Jahre vergangen waren, seit er sie das erste Mal gehalten hatte. Damals hatte sie nach Puder gerochen und nach Zerbrechlichkeit und frischem Leinen. Es schien unmöglich, dass sie mittlerweile halb erwachsen und die Zeit so kurz gewesen war.

„Ich liebe dich, Sarah."

Zufrieden kuschelte sie sich einen Moment an ihn, dann hob sie pfiffig lächelnd den Kopf. „Genug, um Pizza zum Dinner zu machen?"

Er zwickte ihr kleines Kinn. „Vielleicht reicht es gerade noch dafür."

11. KAPITEL

Wenn Lee an Dinner im Kreise der Familie dachte, dann brachte sie es in Verbindung mit einem ruhigen Essen an glänzenden Mahagonitischen, die mit schwerem Silber gedeckt waren. Essen, bei denen die Unterhaltungen gedämpft und höflich geführt wurden. So war es für sie immer gewesen.

Nicht dieses Dinner.

Die schon unordentliche Küche wurde richtig chaotisch, während Sarah herumstürmte, halb tanzend, halb springend, und ihren Vater in jedes Detail einweihte, das in den letzten zwei Wochen geschehen war. Ungerührt des Lärms, benutzte Bonnie die Küche, um nach Hause anzurufen und mit ihrem Mann und den Kindern zu reden. Santanas hatte sich dösend auf dem Boden ausgestreckt. Hunter stand an der Anrichte und bereitete das vor, was nach Sarahs Worten die beste Pizza der Stratosphäre war. Irgendwie gelang es ihm, mit der sprunghaften Unterhaltung seiner Tochter Schritt zu halten und sogar die Fragen zu beantworten, die Bonnie ihm zuwarf, und außerdem noch zu kochen.

Lee fühlte sich wie heißes Öl, das mit Wasser vermischt wird. Sie begann wie verrückt den Tisch zu säubern. Wenn sie jetzt nicht irgendetwas tat, dann würde sie sich vorkommen wie auf einer Karussellfahrt.

„Das ist meine Aufgabe."

Verlegen stellte Lee die Teekanne wieder zurück, die sie gerade hochgehoben hatte, und blickte Sarah an. „Oh." Blöd, schalt sie sich selbst. Fiel ihr nichts ein, wie sie sich mit einem Kind unterhalten konnte?

„Doch wenn Sie wollen, können Sie helfen", fügte Sarah hinzu. „Nur muss ich die Küche in Ordnung bringen, um mein Taschengeld zu bekommen." Ihr Blick wanderte zu ihrem Vater und wieder zurück. „Da gibt es nämlich ein Album, das ich kaufen möchte. ‚Total Wrecks'."

„Ich verstehe." Lee hatte noch nie etwas von dieser Musikgruppe gehört.

„In Wirklichkeit sind sie nicht so schlecht, wie der Name vermuten lässt", kommentierte Bonnie, die gerade hinausgehen wollte. „Wie auch immer, Hunter wird dein Taschengeld bestimmt nicht kürzen, wenn du dir eine Assistentin nimmst, Sarah. So etwas wird im Gegenteil als Zeichen für guten Geschäftssinn bewertet."

Hunter drehte den Kopf und fing das schnelle Lächeln seiner Schwester auf, bevor sie aus dem Raum tänzelte. „Ich denke, Lee sollte sich ihr Essen genauso wie du verdienen", sagte er ruhig. „Auch wenn es kein Steak ist."

Sein eigentümliches Lächeln machte es Lee schwer, wieder ganz beiläufig die Teekanne zu heben.

„Die Pizza wird Ihnen besser gefallen", bemerkte Sarah zuversichtlich. „Dad legt wirklich alles drauf. Immer, wenn ich Freundinnen zum Essen hier habe, wollen sie Dads Pizza." Während sie fortfuhr, den Tisch aufzuräumen, versuchte sich Lee vorzustellen, wie Hunter das Essen für einen Haufen junger, plappernder Mädchen bereitete. Es gelang ihr einfach nicht. „Ich glaube, im letzten Leben war er ein Koch."

Gütiger Himmel, dachte Lee, hat das Kind etwa schon Vorstellungen über Reinkarnation?

„So, wie du ein Gladiator warst", warf Hunter trocken ein.

Sarah lachte, wieder ganz Kind. „Tante Bonnie war ein Sklave, der auf einem arabischen Markt für Tausende von Drachmen verkauft worden ist." Klappernd stellte sie die Tassen in die Spüle. „Und Lenore war ganz bestimmt eine Prinzessin."

Mit dem feuchten Lappen in der Hand, blickte Lee auf, unsicher, ob sie darüber lächeln sollte.

„Eine mittelalterliche Prinzessin", fuhr Sarah fort. „Vielleicht bei König Artus."

Hunter schien einen Augenblick über die Idee nachzudenken, während er seine Tochter und die in Frage kommende Frau betrachtete. „Es wäre eine Möglichkeit. Eine von diesen mit kostbaren Juwelen verzierten Kronen würde ihr stehen."

„Und Drachen als Beschützer." Sarah genoss offensichtlich das Spiel und lehnte sich an die Anrichte, um sich Lee besser in wehenden, pastellfarbenen Gewändern vorstellen zu können. „Ein Ritter müsste mindestens einen voll ausgewachsenen, männlichen Drachen töten, bevor er um ihre Hand bitten könnte."

„Wahr genug", murmelte Hunter, der daran dachte, dass Drachen in vielen Gestalten auftauchten.

„Drachen sind nicht leicht zu töten." Selbst Lee fiel es plötzlich leicht, sich eine große, mit Fackeln erleuchtete Halle vorzustellen, in der sie stand, mit Juwelen, die aus ihrem Haar und von dem fest verschnürten Oberteil eines weit fallenden seidigen Gewandes blitzten.

„Die beste Art, seinen Wert zu zeigen", verriet ihr Sarah, die an einem Paprikastückchen kaute, das sie von ihrem Vater stibitzt hatte. „Eine Prinzessin kann nicht jeden heiraten. Entweder gibt der König sie einem würdigen Ritter zur Frau, oder er verheiratet sie mit dem Prinzen eines Nachbarlandes, damit er selbst mehr Land hat."

Unglaublich, Lee stellte sich ihren Vater vor, das Zepter in der Hand, der verfügte, sie müsse Jonathan von Willoby heiraten.

„Ich wette, Sie mussten nie Zahnspangen tragen."

Mit einem Wimpernschlag aus einem Jahrhundert in ein anderes gerissen, konnte Lee sie nur anstarren. Sarah musterte sie stirnrunzelnd mit dieser tiefen und fesselnden Konzentration, die sie nur von Hunter geerbt haben konnte. Es ist alles zu lächerlich, dachte Lee. Ritter, Prinzessinnen, Drachen. Zum ersten Mal gelang es ihr, dem schlanken, dunklen Mädchen ganz natürlich zuzulächeln, die ein Teil des Mannes war, den sie liebte. „Zwei Jahre."

„Ehrlich?" Mit einem Schlag zeigte Sarah echtes Interesse. Sie trat vor, offensichtlich um einen besseren Blick auf Lees Zähne bekommen zu können. „Es hat geklappt", entschied sie. „Haben Sie die Spange gehasst?"

„Jede Minute."

Sarah kicherte. „Ich mache mir nicht zu viel draus, nur dass ich kein Kaugummi kauen kann, finde ich nicht gut." Sie warf einen schmollenden Blick über die Schulter in Hunters Richtung. „Nicht einmal ein kleines Stück."

„Das konnte ich auch nicht", sagte Lee. Kaugummikauen war im Haushalt der Radcliffes grundsätzlich nicht erlaubt. Aber das behielt sie lieber für sich.

Sarah musterte sie noch einen Augenblick, dann nickte sie. „Ich glaube, Sie können mir doch helfen, den Tisch zu decken."

So einfach konnte es also sein, stellte Lee fest, von jemandem akzeptiert zu werden.

Die Sonne schien in die Küche, während sie aßen. Ihr Licht war üppig und golden, ohne dieses harte, betäubende Glühen, an das sich Lee von den Klippen des Canyons erinnerte. Sie fand es friedlich, trotz der Gespräche, des Lachens und der Auseinandersetzungen um sie herum.

In ihrer Fantasie hatte sie in den letzten zwei Wochen ein großes Steak mit frischem Salatteller in einem dämmrig erleuchteten, ruhigen Restaurant gegessen, wo aufmerksame Kellner darauf achteten, dass das Glas mit Bordeaux nie leer war. Nun fand sie sich in einer hellen, lauten Küche wieder, aß Pizza, belegt mit Paprika- und Pilzscheiben, mit Peperoni und Salami und darüber einem zähfließenden Käse. Und sie musste Sarah Recht geben. Es war die beste Pizza in der ganzen Welt.

„Wenn nur Fred lernen könnte, wie man so etwas macht." Bonnie aß ihr zweites Stück mit derselben Hingabe wie das erste. „Wenn er seinen guten Tag erwischt, macht er einen ausgezeichneten Eiersalat, aber das ist auch schon alles."

„Mit einer Familie von deiner Größenordnung", gab

Hunter zurück, „musst du direkt ein Fließband aufstellen. Fünf hungrige Kinder können eine ganze Pizzeria in Alarmbereitschaft halten."

„Und tun es auch", stimmte Bonnie zu. „In weniger als sieben Monaten sind es sechs."

Hunter hielt mitten in der Bewegung inne. „Noch eins?"

„Noch eins." Bonnie zwinkerte über den Tisch ihrer Nichte zu. „Ich habe immer gesagt, ich will ein halbes Dutzend", erklärte sie Lee beiläufig.

Hunter griff über den Tisch und nahm ihre Hand und umschloss sie mit seiner Hand. „Manche würden es Planerfüllung nennen."

„Oder Geschwisterwettstreit", gab sie zurück. „Ich werde dann so viele Kinder haben wie du Bestseller." Mit einem Lachen drückte sie die Hand ihres Bruders. „Und für unsere Produkte brauchen wir ungefähr die gleiche Herstellungszeit."

„Wenn du das Baby mit auf Besuch bringst, soll sie in meinem Zimmer schlafen." Sarah biss erneut kräftig in die Pizza.

„Sie?" Hunter zerzauste ihr Haar, bevor er weiteraß.

„Es wird ein Mädchen." Zuversichtlich nickte Sarah. „Tante Bonnie hat schon drei Jungen, drei Mädchen machen das Ganze rund."

„Ich werde sehen, was ich tun kann", versprach Bonnie ihr. „Wie auch immer, morgen düse ich zurück. Cassandra, das ist meine Älteste", warf sie zu Lees Verständnis ein, „hat sich für eine Tätowierung entschieden, was natürlich vermieden werden sollte." Sie schloss die Augen, als sie sich zurücklehnte. „Ah, es ist gut, gebraucht zu werden."

„Eine Tätowierung?" Sarah rümpfte die Nase. „Das ist blöd. Cassie spinnt."

„Wir können es ihr nicht einfach verbieten."

Interessiert hob Hunter sein Weinglas. „Wo will sie sie haben?"

„Auf ihrer rechten Schulter."

„Doof." Sarah drückte ihr Urteil mit einem Schulterzucken aus.

„Und wie werden Sie sich verhalten?" fragte Lee.

„Oh, ich nehme Cassie mit zu einem Tätowierungssalon."

„Aber Sie werden ihr doch nicht erlauben ..." Lee brach ab, als ihr Blick auf Bonnies auffällige Streifen im Haar und die schulterlangen Ohrringe fiel. Vielleicht würde sie doch.

Lachend tätschelte Bonnie Lees Hand. „Nein, ich werde es nicht zulassen. Aber es wird viel wirksamer sein, wenn Cassie die Entscheidung selbst trifft – und das wird sie, in derselben Sekunde, in der ihr Blick auf all die grässlichen kleinen Nadeln fällt."

„Hinterhältig." Aus Sarahs Mund klang es anerkennend.

„Klug", verbesserte Bonnie.

„Das ist dasselbe." Mit vollem Mund wandte sich Sarah Lee zu. „Bei Tante Bonnie spielt sich immer einiges ab. Haben Sie Brüder und Schwestern?"

„Nein." War das Wehmut, was sie im Blick des Kindes sah? Sie konnte es nachempfinden. „Ich war allein."

„Mit Geschwistern ist es besser, auch wenn's eng wird." Sie warf ihrem Vater einen treuherzigen Blick zu. „Kann ich noch ein Stück haben?"

Der Rest des Abends verlief, wenn auch nicht ruhig, so doch friedlich. Sarah zog ihren Vater hinaus zum Fußballtraining. Bonnie lehnte lächelnd ab. Ihre Kondition, behauptete sie, sei schlecht. Lee fand sich, trotz ihrer Proteste, zum Spiel abkommandiert. Sie lernte, obwohl sie nie genau zielte, einen Ball mit der Seite ihres Fußes zu kicken und von ihrem Kopf abprallen zu lassen. Sie genoss es, was sie überraschte und fühlte sich überhaupt nicht wie die größte Närrin, was sie noch mehr überraschte.

Die Dämmerung brach schnell ein, dann die Dunkelheit. Es war schon spät, als Hunter seine Tochter ins Bett schickte. Mit einem zärtlichen Gutenachtkuss verabschiedete sich Sarah von ihrem Vater.

Er hatte gesagt, Sarah sei sein Leben. Und obwohl Lee die beiden erst wenige Stunden zusammen gesehen hatte, glaubte sie ihm.

Nie hätte sie erwartet, in dem Mann, dessen Bücher sie gelesen hatte, einen hingebungsvollen Vater zu entdecken, ganz zufrieden damit, seine Zeit mit einem zehnjährigen Mädchen zu verbringen. Auch der Mann, den sie während der letzten zwei Wochen kennen gelernt hatte, passte nicht in das Bild, Vater zu sein, Erzieher und Ratgeber einer Zehnjährigen. Doch er war es.

Wenn sie das Bild von Sarahs Vater über das ihres Liebhabers und das des Autors von „Der stille Schrei" legte, schienen sie alle zu einem zu verschmelzen. Das Problem für Lee war nur, damit klarzukommen.

Lee stellte den umgekippten Stuhl auf der Terrasse wieder auf und setzte sich. Durch das offene Fenster drang Sarahs schläfriges Lachen zu ihr herüber. Sie hatte ihren Vater noch einmal nach oben gerufen. Hunters Stimme, leise und undeutlich, folgte. Merkwürdig, ihre letzten Stunden mit Hunter hier in seinem Haus, nur wenige Kilometer von der Lagerstätte entfernt, wo sie Liebende geworden waren. Und, ja ... während sie hoch zu den Sternen starrte, erkannte sie: auch Freunde. Sie wünschte sich wirklich sehr, ihm Freundin zu sein.

Wenn sie jetzt den Artikel schrieb, könnte sie das mit Hunters uneingeschränkter Einwilligung. Dafür war sie gekommen. Lee legte den Kopf zurück und betrachtete die Sterne, die hier in der Einsamkeit viel unzähliger und strahlender zu sein schienen. Sie würde mit viel mehr nach Los Angeles zurückfahren und gleichzeitig mit viel weniger.

„Müde?"

Sie hatte nicht gewusst, dass ihr die Augen zugefallen waren. Sie sah zu Hunter auf. So würde sie sich immer erinnern an ihn, aus der Dunkelheit kommend. „Nein. Schläft Sarah?"

Er nickte, stellte sich hinter sie und legte die Hände auf ihre Schultern. „Bonnie auch."

„Jetzt würdest du arbeiten. Wenn das Haus ruhig ist und kein Licht aus den Fenstern fällt."

„Ja, meistens. Das letzte Buch habe ich in einer Nacht wie dieser beendet." Damals war er nicht einsam gewesen, aber jetzt ... „Lass uns einen Spaziergang machen. Es ist Vollmond."

Lachend erhob sie sich. „Ich weiß, was in deinen Büchern bei Vollmond geschieht."

„Angst? Ich gebe dir einen Talisman." Er zog seinen Ring ab und streifte ihn über ihren Finger.

„Ich bin nicht abergläubisch", meinte sie erhaben, behielt aber den Ring am Finger.

„Natürlich bist du das." Er zog sie an seine Seite, und sie marschierten los. „Ich liebe die Geräusche der Nacht."

Lee lauschte darauf – die schwache Brise durch die Bäume, das Gemurmel des Wassers, der Singsang von Insekten. „Du lebst schon lange hier?"

„Ja. Ich bin nach Sarahs Geburt hierher gezogen."

„Ein wunderschöner Platz zum Leben."

Er zog sie in die Arme. Mondlicht ergoss sich über sie, silbern, wie Diamanten in ihrem Haar, machte ihre Haut marmorn und ihre Augen schwarz. „Es passt zu dir", murmelte er. Mit einer Hand fuhr er ihr durchs Haar und beobachtete, wie es wieder an seinen Platz zurückfiel. „Die Prinzessin und der Drache."

Ihr Herz hatte schon begonnen, höher zu schlagen. Wie ein Teenager, dachte Lee. Er ließ sie wie ein Mädchen bei ihrer ersten Verabredung fühlen. „Heutzutage müssen die Frauen ihre eigenen Drachen töten."

„Heutzutage ...", sein Mund berührte den ihren, „... gibt es weniger Romantik. Wenn wir jetzt im Mittelalter lebten und ich dich im mondhellen Wald treffen würde, würde ich dich nehmen, weil es mein Recht wäre. Ich würde um dich werben, weil ich keine andere Wahl hätte." Seine Stimme verdunkelte sich wie die

Schatten in den sie umgebenden Bäumen. „Lass mich dich jetzt lieben, Lenore, als wenn es das erste Mal wäre."

Oder das letzte Mal, dachte sie niedergeschlagen, als seine Lippen sie bedrängten, bis ihre weicher und nachgiebiger wurden. Wenn er seine Arme um ihre Schultern legte, schaltete sich alle Vernunft bei ihr aus. Fantasie und Gefühl. Hingabe. Der Akt der Liebe bestand aus nichts mehr. Sie legte den Kopf zurück und verstärkte die Umarmung, sie forderte ihn heraus, zu nehmen, was immer er wollte, zu geben, was immer sie wollte.

Dann waren seine Hände auf ihrem Gesicht, zärtlich, so zärtlich, wie sie immer gewesen waren. Hunter liebkoste jede Rundung und Linie, genoss das Samtweiche ihrer Haut. Mit den Lippen schmeckte und trank er ihren Duft. Die Lust, die er so schnell erwecken konnte, floss strömend durch ihren Körper. Sie ließ sich mit ihm auf den Boden sinken.

Er hatte es sich ersehnt, sie so zu lieben, im Freien, unter dem Mond, der die Bäume versilberte und schwarzrote Schatten warf. Er wollte spüren, wie sich ihre Muskeln anspannten und unter der Berührung seiner Hand weich wurden. Was sie ihm hier gab, jetzt gab, war etwas aus seinen eigenen Träumen und dabei viel, viel wirklicher.

Langsam zog er sie aus. Mit den Lippen und ganz zärtlich mit den Händen schenkte er ihr Glück. Das war ihre Nacht, die Nacht, in der er ihr alles von sich gab, in der er alles von ihr forderte.

Mondlicht und Schatten fluteten über sie. Hunters Herz hämmerte in seinen Ohren. Er hörte das Plätschern des Bachs aus der Ferne, und es vermischte sich mit seinen und Lees leisen Seufzern. Der Wald roch nach Nacht. Hunter presste sein Gesicht an Lees Hals.

Sie spürte die stärker werdende Erregung in ihm, die wachsende, sich anspannende Lust, die sie mitreißen ließ. Bereitwillig tauchte sie in den Strudel, den er schuf. Die Luft war sanft wie ein Hauch und mit Farben durchzogen.

Seine Haut war warm an ihrer. Sie ließ sich von ihrer Lust leiten, gab sich ganz hin. Gierig nach mehr, wurden ihre Bewegungen wild. Überdeutlich spürte sie jedes männliche Zittern unter ihren Fingern, jeden angehaltenen Atem, jedes Murmeln ihres Namens.

Silber und Schatten. Lee empfand sie als genauso greifbar, wie sie sie um sich herumflackern sah. Der silberne Streifen der Macht. Der dunkle Schatten der Begierde. Mit ihnen konnte sie Hunter zur Klippe der Lust hinlenken.

Als er stöhnte, außer Atem, lachte sie. Ihr beiderseitiges Begehren war ineinander verwoben, umhüllte sie fester. Sie fühlte es. Sie berauschte sich daran.

Die Luft schien still zu stehen, die Brise innezuhalten. Jeder Laut, der vorher deutlich wahrzunehmen war, schien jetzt zu schweigen. Die Finger, die sich in ihrem Haar verwirrten, krallten sich fast verzweifelt fest. In der absoluten Stille trafen sich ihre Blicke und hielten einander fest, Moment auf Moment.

Ihre Lippen lockten, als sie sich für ihn öffnete.

Sie hätte dort schlafen können, mühelos, nur den nackten Erdboden unter sich, den Himmel über sich und seinen Körper an ihren gepresst. Sie hätte dort schlafen mögen, endlos, wie eine Prinzessin unter einem Zauberbaum, wenn er sie nicht hoch in seine Arme gezogen hätte.

„Du schläfst ein wie ein Kind", murmelte Hunter. „Du solltest im Bett sein. In meinem Bett."

Lee seufzte, zufrieden, dort, wo sie war. „Zu weit."

Mit einem leisen Auflachen küsste er ihre Halsbeuge. „Soll ich dich tragen?"

„Mmm." Sie kuschelte sich an ihn. „Okay."

„Nicht, dass ich ablehnen will, aber du könntest in Verlegenheit geraten, sollte Bonnie zufällig nach unten kommen, während ich dich hineintrage, nackt."

Sie öffnete die Augen, ihre Iris waren dunkelblaue Schlitze

unter ihren Wimpern. Die Wirklichkeit kehrte zurück. „Ich glaube, wir sollten uns anziehen."

„Es wäre ratsam." Sein Blick wanderte über sie, kam wieder zu ihrem Gesicht zurück. „Soll ich dir helfen?" Hunter griff nach dem winzigen Streifen schwarzer Spitze.

„Aber jetzt ist nicht die Zeit, es auszuprobieren." Lee zog ihm ihr Höschen aus der Hand und schlüpfte hinein. „Wie lange waren wir hier draußen?"

„Jahrhunderte."

Sie warf ihm einen Blick zu, direkt bevor ihr Kopf in ihrem Hemd verschwand. Sie war sich nicht völlig sicher, ob er übertrieb. „Das Mindeste, was ich nach diesen zwei Wochen wirklich verdient habe, ist eine richtige Matratze."

Er nahm ihre Hand und presste seinen Mund auf ihre Handfläche. „Du bist eingeladen, meine mit mir zu teilen."

Kurz drückte Lee seine Finger. „Ich glaube nicht, dass das klug wäre."

„Du machst dir Gedanken wegen Sarah."

Es war keine Frage. Lee nahm sich Zeit, vergewisserte sich, dass alle Wolken von Romantik aus ihrem Kopf verschwunden waren, bevor sie sprach. „Ich verstehe nicht viel von Kindern, aber ich könnte mir vorstellen, dass es sie unvorbereitet treffen würde, zu erfahren, dass ich das Bett mit ihrem Vater teile."

„Ich habe vorher noch nie eine Frau mit zu uns nach Hause gebracht", sagte Hunter nach einer Weile des Schweigens.

Lee warf ihm einen fragenden Blick zu, sah aber schnell wieder weg. „Umso mehr Grund."

„Umso mehr Grund für vieles." Ohne ein weiteres Wort zog er sich an, während Lee ihren Gedanken nachhing.

„Du wolltest mich über Sarah ausfragen, aber du hast es nicht getan."

Sie befeuchtete ihre Lippen. „Es ist nicht meine Angelegenheit."

Er drehte sie zu sich um. „Wirklich nicht?"

„Hunter ..."

„Dieses Mal bekommst du die Antwort, ohne gefragt zu haben." Lee wusste, die Seelenruhe war vorbei. „Ich habe eine Frau kennen gelernt, vor fast zwölf Jahren. Damals habe ich als Laura Miles geschrieben und konnte mir also ab und zu einen kleinen Luxus erlauben. Gelegentliches Dinner, hin und wieder Theater. Ich lebte damals in Los Angeles, allein, hatte Spaß an meiner Arbeit und an dem, was sie mir einbrachte. Sie war eine Studentin im letzten Jahr. Köpfchen und Ehrgeiz, das hatte sie im Überfluss, Geld überhaupt nicht. Sie war wild entschlossen, die gefragteste jüngste Anwältin der ganzen Westküste zu werden."

„Hunter, was zwischen dir und einer anderen Frau vor so vielen Jahren geschehen ist, das geht mich nichts an."

„Nicht irgendeine andere Frau. Sarahs Mutter."

Lee nickte. „Also gut, wenn es wichtig für dich ist, es mir zu erzählen, dann höre ich zu."

„Ich mochte sie", fuhr er fort. „Sie war aufgeweckt, reizend und voller Träume. Keiner von uns hat je an etwas Ernsthafteres gedacht. Sie musste noch ihr Jurastudium beenden. Ich musste Geschichten niederschreiben. Doch dann hat das Schicksal unsere Pläne überrollt."

Er zog eine Zigarette heraus, dachte an jene Zeit zurück, erinnerte sich an jede Einzelheit. Sein winziges, voll gestopftes Apartment mit den kaputten Wasserrohren, die zerbeulte Schreibmaschine mit dem stockenden Wagenlauf, das Lachen des Paares nebenan, das durch die dünne Wand zu hören war.

„Eines Nachmittags kam sie vorbei. Ich wusste, irgendetwas stimmte nicht, weil sie eigentlich am Nachmittag Seminare hatte. Sie war viel zu pflichtbewusst, als dass sie einfach geschwänzt hätte. Es war heiß, einer dieser schwülen, drückenden Tage. Die Fenster waren geöffnet, und ich hatte einen kleinen Tischventilator, der die Luft herumwirbelte, ohne sie abzukühlen. Sie war gekommen, um mir mitzuteilen, dass sie schwanger war."

Wenn er sich darauf konzentrierte, konnte er sich noch daran erinnern, wie sie aussah. Er konnte sich an ihren Ton erinnern, als sie es ihm sagte. Verzweiflung, verbunden mit Wut und Anklage.

„Ich sagte, ich mochte sie, und das stimmte. Ich liebte sie nicht. Doch die Wertvorstellungen unserer Eltern sickerten durch. Ich bot ihr an, sie zu heiraten." Jetzt lachte er, nicht humorvoll, aber auch nicht, wie Lee erkannte, verbittert. Es war das Lachen eines Mannes, der den Streich akzeptiert hatte, den das Leben ihm spielte. „Sie weigerte sich, fast wütend über die Lösung, die ich wegen der Schwangerschaft anbot. Sie hatte absolut nicht die Absicht, sich Mann und Kind zuzulegen, wo sie doch an ihrer Karriere zu feilen hatte. Es fällt vielleicht schwer, es zu glauben, aber kalt war sie nicht, einfach nur praktisch. Sie fragte mich, ob ich die Kosten einer Abtreibung übernehme."

Lee spürte, wie sich ihre Magenmuskeln zusammenzogen. „Aber, Sarah ..."

„Das ist noch nicht das Ende der Geschichte." Hunter atmete den Rauch seiner Zigarette ein. „Wir hatten Streit, der nicht ohne Drohungen, Anschuldigungen und Schuldzuweisungen abging. Damals konnte ich ihre Situation nicht verstehen, ich sah nur die Tatsache, dass sie ein Teil von mir in sich trug, das sie loswerden wollte. Wir trennten uns dann, beide überaus wütend, beide verzweifelt genug, um zu wissen, dass jeder von uns Zeit zum Nachdenken brauchte."

Lee wusste nicht, was oder ob sie etwas sagen sollte. „Ihr ward beide jung", begann sie zögernd.

„Ich war vierundzwanzig", verbesserte Hunter sie. „Ich war schon lange kein Junge mehr. Ich war – wir waren – verantwortlich für unsere Handlungen. Zwei Tage konnte ich nicht schlafen. Ich überlegte mir unzählige Antworten und verwarf sie immer wieder. Nur über das eine war ich mir während dieser entsetzlichen Zeit im Klaren: Ich wollte das Kind. Ich kann es nicht erklären, weil ich eigentlich mein Leben, so wie es war, genoss, den Mangel an Verantwortlichkeit, die Möglichkeit, wirklich erfolgreich zu werden. Ich wusste einfach nur, ich wollte das

Kind haben. Ich habe sie angerufen und gebeten, noch einmal mit mir die Situation zu bereden."

„Beim zweiten Mal waren wir beide ruhiger und ängstlicher, als wir es beide jemals zuvor gewesen waren. Ehe kam nicht in Frage, also verwarfen wir den Gedanken. Sie wollte das Kind nicht. Damit mussten wir uns auseinander setzen. Ich wollte es. Das machte die Auseinandersetzung schon komplizierter. Sie brauchte Freiheit, sich zu entfalten, wie sie sagte, und sie brauchte Geld. Schließlich fanden wir eine Lösung für dieses Problem."

Mit trockenem Mund drehte Lee ihm den Kopf zu. „Du hast sie bezahlt."

Er sah, genau wie er erwartet hatte, das Entsetzen in ihren Augen. Als er fortfuhr, war seine Stimme ruhig, aber es kostete ihn eine große Anstrengung. „Ich habe alle Arztrechnungen bezahlt und ihren Lebensunterhalt bis zur Entbindung, und ich gab ihr zehntausend Dollar für meine Tochter."

Betäubt und elend, starrte Lee auf den Boden. „Wie konnte sie ...?"

„Wir beide wollten etwas. In der einzig offenen Möglichkeit holten wir es uns. Ich habe es der jungen Jurastudentin nie verübelt, was sie getan hat. Es war ihre Wahl, und sie hätte eine andere treffen können, ohne mich mit einzubeziehen."

„Ja." Lee versuchte zu verstehen, aber ein Bild schob sich vor ihre Gedanken. Sie sah ein schlankes, dunkelhaariges Mädchen – eine zauberhafte Zehnjährige. „Sie hat gewählt, aber sie hat verloren."

Er hatte vorher nicht gewusst, wie sehr er auf eine solche Antwort gewartet hatte. „Sarah ist meine Tochter, nur meine, vom allerersten Atemzug an. Die Frau, die sie ausgetragen hat, hat mir ein unschätzbares Geschenk gemacht. Als Rückgabe hat sie nur Geld erhalten."

„Weiß Sarah das?"

„Nur, dass ihre Mutter sich entscheiden musste."

„Ich verstehe." Sie stieß einen langen Atemzug aus. „Der

Grund, warum du so sorgsam jede Öffentlichkeit von ihr fernhältst, ist, Spekulationen abzuwehren."

„Einer der Gründe. Der andere ist ganz einfach, dass ich für sie ein so unkompliziertes Leben will, wie es jedes Kind verdient hat."

„Du hättest es mir nicht erzählen müssen." Sie ergriff eine seiner Hände. „Ich bin froh, dass du es getan hast. Es kann nicht leicht für dich gewesen sein, ein Kind allein großzuziehen?"

In ihrem Blick war jetzt nichts als Verständnis. Jeder angespannte Muskel in seinem Körper entspannte sich, als hätte sie ihn gerade liebkost. „Nein, leicht nicht, aber es war immer eine Freude." Er drückte ihre Hand. „Teile sie mit mir, Lenore."

Sie erstarrte. „Ich weiß nicht, was du meinst", flüsterte sie.

„Ich will dich hier haben, bei mir, bei Sarah. Ich will dich hier mit den anderen Kindern haben, die wir zusammen haben können." Er blickte auf den Ring, den er ihr an den Finger gesteckt hatte. Sein Blick kehrte zu ihr zurück. „Heirate mich."

Heiraten? Sie konnte ihn nur ausdruckslos anstarren, während die Panik sich langsam aufbaute. „Du ... du weißt nicht, wonach du fragst."

„Doch", entgegnete er und hielt ihre Hand nur noch fester, als sie sie ihm entziehen wollte. „Ich habe bis jetzt nur einmal eine Frau darum gebeten, und damals habe ich es aus Verpflichtung getan. Ich frage dich, weil du die erste und einzige Frau bist, die ich je geliebt habe. Ich will mein Leben mit dir teilen. Ich will, dass du dein Leben mit mir teilst."

Panik verwandelte sich in Angst. Er bat sie darum, all das aufzugeben, wonach sie gestrebt hatte. Alles zu riskieren. „Unsere Leben sind zu unterschiedlich", brachte sie hervor. „Ich muss zurück. Ich habe meinen Job."

„Einen Job, von dem du genau weißt, dass du nicht dafür geschaffen bist." Sein Ton wurde drängender, und er legte die Hände auf ihre Schultern. „Du weißt es so gut wie ich, dass du geschaffen bist, über mehr zu schreiben, als über Klatsch oder die Trends von morgen."

„Das kann ich sehr wohl." Zitternd entzog sie sich ihm. „Dafür habe ich hart gearbeitet."

„Um deiner Familie etwas zu beweisen. Verdammt, Lenore. Tu etwas für dich selbst. Für dich selbst."

„Es ist für mich", sagte sie verzweifelt. Du liebst ihn, rief eine Stimme in ihr, warum drängst du weg, weg von dem, was du brauchst, was du ersehnst? Lee schüttelte den Kopf, als könnte sie so die Stimme vertreiben. Liebe war nicht genug, Begehren war nicht genug. Sie wusste das. Sie musste sich daran erinnern. „Du willst, dass ich alles aufgebe, jeden Zentimeter der Leiter, die ich in fünf Jahren erklommen habe. Ich habe mir ein Leben in Los Angeles aufgebaut, ich weiß, wer ich bin, wohin ich gehe. Ich kann nicht hier leben und riskieren ..."

„Herauszufinden, wer du wirklich bist?" vollendete er. Verzweiflung würde er sich nicht erlauben. Er konnte kaum seine Wut kontrollieren. „Wenn es nur um mich ginge, würde ich überall hingehen, wohin du willst, überall leben, wo es dir passt, selbst wenn ich wüsste, es wäre ein Fehler. Aber da ist Sarah. Ich kann sie nicht einfach von dem einzigen Zuhause, das sie kennt, wegreißen."

„Wieder willst du alles." Ihre Stimme war kaum hörbar, aber er hatte nie etwas Klareres gehört. „Du willst, dass ich alles riskiere, und das kann ich nicht. Und das werde ich auch nicht."

Er erhob sich, und die Schatten umfingen ihn. „Ich will, dass du alles riskierst", stimmte er ihr zu. „Liebst du mich?" Und indem er fragte, riskierte er alles.

Von Emotionen zerrissen, von Angst gedrängt, starrte sie ihn an. „Ja! Verdammt, Hunter, lass mich allein."

Sie stürmte zurück zum Haus.

12. KAPITEL

"Wenn du schon keine Mittagspause machst, dann nimm wenigstens das." Blanche hielt Lee einen Schokoladenriegel aus ihrem unerschöpflichen Vorrat hin.

„Ich esse, sobald ich den Artikel fertig habe." Lee hielt den Blick auf die Schreibmaschine gerichtet und schlug auf die Tasten, leicht, rhythmisch.

„Lee, du bist seit zwei Tagen zurück, und ich habe dich seitdem, wenn überhaupt, nur an einer Blätterteigpastete knabbern sehen." Und ihr Fotografinnenblick hatte unter dem dezent aufgelegten Make-up die dunklen Schatten unter Lees Augen gesehen. Das muss ein Interview gewesen sein, dachte sie, während das flotte Klick-Klack-Klick der Schreibmaschine weiterging.

„Kein Hunger." Nein, sie war nicht hungriger als sie müde war. Während der letzten achtundvierzig Stunden arbeitete sie ununterbrochen an Hunters Artikel. Er wird perfekt, hatte sie sich versprochen. Er würde poliert werden und ausgefeilt, wie ein schönes Stück Kristall. Und wenn er fertig war, dann war auch sie innerlich fertig mit Hunter, hatte Abstand gewonnen.

An diesem Gedanken hielt sie fest, und doch entglitt er ihr oft einfach.

Wenn sie geblieben wäre ... Wenn sie zurückginge ...

Sie fluchte leise, als ihre Finger sich vertippten. Lee schob den Wagenlauf zurück, um den Fehler zu korrigieren. Sie konnte nicht zurückgehen. Hatte sie das Hunter nicht klargemacht? Sie konnte nicht einfach alles stehen und liegen lassen und davongehen. Doch je länger sie blieb, desto größer wurde die Leere in ihrem Leben. In dem Leben, erinnerte sich Lee unbarmherzig, das sie sich so sorgfältig aufgebaut hatte.

Also würde sie in einer nervösen Art von Raserei arbeiten, bis der Artikel fertig war. Bis, wie sie sich selbst sagte, alles fertig war. Dann war die Zeit reif, den nächsten Schritt zu machen. Lee ließ die Hände in den Schoß fallen und starrte das Blatt Papier vor sich an.

Ohne ein Wort stieß Blanche mit der Hüfte die Tür zu. Dann ließ sie sich ihrer Freundin gegenüber auf den Stuhl fallen, faltete die Hände und wartete einen Moment. „Okay, warum erzählst du mir nicht die Geschichte, die nicht für die Öffentlichkeit bestimmt ist?"

Lee wäre gern in der Lage, die Schultern zu zucken und zu sagen, sie habe nicht die Zeit zu reden. Schließlich stand sie unter Termindruck. Der Artikel musste geschrieben werden, die Zeit war knapp. Sie holte tief Luft und drehte sich in ihrem Stuhl herum. Sie wollte nicht die netten, klugen, kleinen Worte sehen, die sie getippt hatte. Nicht jetzt.

„Blanche, wenn du ein Foto gemacht hast, eins, das viel von deiner Zeit und deiner Geschicklichkeit erfordert, und dann entwickelst du es, und es kommt ganz anders heraus, als du es geplant hast. Was würdest du tun?"

„Ich würde mir das, was herausgekommen ist, ganz besonders gut ansehen", antwortete Blanche ohne zu zögern. „Höchstwahrscheinlich hätte ich es von Anfang an so planen müssen."

„Aber würde es dich nicht drängen, zu deinen ursprünglichen Plänen zurückzugehen? Um ganz bestimmte Ergebnisse zu erzielen, muss man ja sehr, sehr hart gearbeitet haben."

„Vielleicht, vielleicht auch nicht. Es würde davon abhängen, was ich sehen würde, wenn ich das Foto betrachte." Blanche setzte sich zurück und schlug ihre langen, in Jeans steckenden Beine übereinander. „Was ist auf deinem Bild, Lee?"

„Hunter." Sie blickte Blanche gequält an. „Du kennst mich."

„So gut, wie du es zulässt, dass man dich kennen lernt."

Mit einem kurzen Auflachen spielte Lee mit einer Heftklammer. „Bin ich wirklich so schwierig?"

„Ja." Blanche lächelte ein wenig, um ihre schnelle Antwort zu mildern. „Und so interessant. Offensichtlich denkt Hunter Brown genauso."

„Er hat mich gebeten, ihn zu heiraten."

„Heiraten?" Blanche lehnte sich vor. „Mit allem Drumherum: Bis dass der Tod euch scheidet und so?"

„Ja."

„Oh." Blanche lehnte sich zurück. „Schnelle Arbeit." Dann bemerkte sie Lees unglückliche Miene. Nur weil Blanche nicht gleich Orangenblüten roch, wenn das Wort „heiraten" aufkam, war das noch lange kein Grund, so schnippisch zu sein. „Und? Was fühlst du? Hinsichtlich Hunter, meine ich."

Die Heftklammer nahm zwischen Lees Finger skurrile Formen an. „Ich liebe ihn."

„Wirklich?" Blanche lächelte aus dem einfachen Grund, weil es so einfach, so nett klang. „Und das ist alles im Canyon passiert?"

„Ja." Unruhig bewegte Lee die Finger. „Vielleicht ist es auch schon vorher losgegangen, als wir in Flagstaff waren. Ich weiß es nicht mehr."

„Warum bist du nicht glücklich?" Blanche zog die Augen zusammen, genau so, wie sie es immer tat, wenn sie das Licht und den Blickwinkel prüfte. „Wenn der Mann dich liebt, dich wirklich liebt, wenn er mit dir gemeinsam ein Leben aufbauen will, dann solltest du fröhlicher sein."

„Wie können zwei Menschen ein Leben zusammen aufbauen, wenn sie sich schon jeder separat eins aufgebaut haben, und zwar vollkommen unterschiedliche?" fragte Lee. „Das ist nicht nur eine Angelegenheit von mehr Platz im Schrank schaffen oder Möbel anders hinstellen." Das Ende der Heftklammer brach zwischen ihren Fingern ab, als sie sich erhob. „Blanche, er lebt in Arizona, im Canyon. Ich lebe in Los Angeles, in der Millionenstadt."

Blanche hob die Beine und legte die gestiefelten Füße auf Lees glänzende Schreibtischplatte, die Fesseln übereinander. „Du willst mir doch nicht sagen, dass das alles eine Angelegenheit der Geographie sei."

„Es zeigt nur, wie unmöglich das alles ist." Verärgert wirbelte Lee herum. „Wir könnten nicht verschiedener sein. Ich tue alles Schritt für Schritt, Hunter geht in Sätzen und Sprüngen. Verdammt, du solltest sein Haus sehen. Es ist wie aus einem anspruchsvollen Märchen. Seine Schwester ist B. B. Smithers." Bevor Blanche das überhaupt voll registrieren konnte, platzte Lee heraus: „Er hat eine Tochter."

„Eine Tochter?" Blanches Aufmerksamkeit hatte sich so gesteigert, dass sie die Füße von der Schreibplatte nahm. „Hunter Brown hat ein Kind?"

Lee presste ihre Finger gegen die Augen. „Ja, ein zehnjähriges Mädchen. Es ist wichtig, dass davon nichts an die Öffentlichkeit dringt."

„In Ordnung."

Lee brauchte keine Versprechungen von Blanche. Um sich zu beruhigen, holte sie tief Luft. „Sie ist aufgeweckt, entzückend und ganz offensichtlich der Mittelpunkt seines Lebens. Ich habe etwas in ihm gesehen, etwas unglaublich Schönes, das mir aber eine Riesenangst einjagt."

„Warum?"

„Blanche, er hat ein großes Talent, viel, viel Gefühl, und er weiß, was er will."

„Das ängstigt dich?"

„Ich weiß nicht, wozu ich fähig bin. Ich weiß nicht, ob ich wie er alles so ausbalancieren kann."

„Du willst ihn nicht heiraten, weil du glaubst, dich an ihn so verlieren zu können, dass von dir nichts mehr übrig bleibt?"

Lee schüttelte den Kopf und setzte sich wieder. „Es klingt lächerlich. Mein Leben und seins sind einfach meilenweit voneinander entfernt."

Blanche warf einen Blick aus dem Fenster. „Dann kommt er eben nach Los Angeles und hebt die Entfernung auf."

„Nein." Lee schluckte und warf einen Blick auf ihre Schreibmaschine. Der Artikel war eigentlich fertig, aber sie wusste auch, dass er sie nicht in Ruhe lassen würde, dass sie ihn polieren würde, bis von der ursprünglichen Fassung nichts mehr blieb. „Hunter gehört dorthin. Er will dort seine Tochter großziehen. Das verstehe ich."

„Dann ziehst du in den Canyon. Großartige Landschaft."

Warum klang es immer so leicht, so plausibel, wenn es laut ausgesprochen wurde? Die Angst kam zurück, und Lees Stimme wurde entschlossener. „Mein Job ist hier."

„Ich denke, das hängt davon ab, was dir wichtiger ist – oder?" Blanche wusste, Lee brauchte jetzt klare Worte und kein Mitleid. „Du kannst deinen Job und deine Wohnung in Los Angeles behalten und unglücklich sein. Oder du kannst ein paar Chancen ergreifen."

Chancen. Lee fuhr mit einem Finger über die glatte Oberfläche ihres Schreibtisches. „Aber du solltest den Boden testen, bevor du nach vorn trittst." Hunter hatte das gesagt. Sie blickte auf die zerdrückte Heftklammer mitten auf dem fleckenlosen Blatt. „Wie lange hast du den Boden getestet, bevor du den Sprung in den Gefühlsstrudel gemacht hast?"

Es war knapp zwei Wochen später, und Lee hielt sich mitten am Tag in ihrer Wohnung auf. Während der Woche war sie tagsüber so selten zu Hause, dass sie irgendwie erwartete, alles müsse anders aussehen. Alles sah genauso aus wie immer. Auch sie selbst. Und doch war nichts wie immer.

Gekündigt. Sie versuchte das Wort zu verarbeiten, während sie mit der Panik fertig zu werden suchte, die sie die letzten Tage verdrängt hatte. Dort stand ein Veilchen voller Blüten auf dem Tisch vor ihr. Es war gut gepflegt, wie alles in ihrem Lebensbereich gut gepflegt war. Sie goss es, wenn die Erde trocken war, und nährte es, wenn es Dünger brauchte. Während sie die Pflanze anstarrte, wusste Lee, dass sie nie wieder in der Lage sein würde, eine Pflanze samt Wurzeln einfach herauszureißen. Aber war es nicht das, was sie sich selbst angetan hatte?

Gekündigt, dachte sie wieder, und das Wort hallte durch ihren Kopf. Sie hatte tatsächlich ihre Kündigung abgegeben, hatte ganz abrupt ihrer unaufhörlich aufwärts gehenden Karriere den Rücken gekehrt ... Bei den Wurzeln herausgerissen.

Wofür, fragte sie sich selbst, während die Panik sie nicht loslassen wollte. Um irgendeinem verrückten Traum zu folgen, der sich irgendwie vor Jahren in ihrem Kopf festgesetzt hatte? Um ein Buch zu schreiben, das wahrscheinlich nie veröffentlicht werden würde? Um ein lächerliches Risiko einzugehen und sich kopfüber ins Unbekannte zu stürzen?

Weil Hunter gesagt hatte, dass sie gut sei. Weil er ihren Traum genährt hatte, so wie sie das Veilchen genährt hatte. Mehr als das, dachte Lee, er hatte es ihr unmöglich gemacht, nicht mehr an die vielen „Was-wäre-wenns" des Lebens zu denken. Und er war eins davon. Überhaupt das Wichtigste.

Jetzt, wo sie den Schritt gemacht hatte und hier saß, allein in ihrer unmöglich ruhigen Wohnung mitten in der Woche, mitten am Vormittag, wäre Lee am liebsten weggerannt. Draußen waren Menschen, war Lärm, Ablenkung. Hier musste sie dem „Was-wäre-wenn" ins Auge blicken. Hunter war als Erster an der Reihe.

Er hatte nicht versucht, sie zurückzuhalten, als sie am Morgen, nachdem er sie gebeten hatte, ihn zu heiraten, abgefahren war. Er hatte nichts gesagt, als sie sich von Sarah verabschiedet hatte. Überhaupt nichts. Vielleicht hatten sie beide gewusst, dass alles gesagt worden war, was es zu sagen gab. Er hatte sie nur einmal richtig angesehen, und da war sie in ihrem Entschluss schwankend geworden. Dann war sie mit Bonnie in den Wagen gestiegen, der sie zum Flughafen brachte, was einen Schritt näher nach Los Angeles bedeutete.

Seit ihrer Rückkehr hatte er sie nicht angerufen. Habe ich es erwartet? fragte sich Lee. Vielleicht, aber sie hatte gehofft, er würde es nicht tun. Sie wusste nicht, wie viel Zeit sie brauchte, ehe sie wieder seine Stimme hören konnte, ohne schwache Knie zu bekommen.

Sie blickte hinunter und starrte den Gold- und Silberring an ihrer Hand an. Warum hatte sie ihn behalten? Er gehörte ihr nicht. Sie hätte ihn Hunter zurückgeben sollen. Es war leicht, sich einzureden, sie habe in der Verwirrung einfach vergessen, ihn wieder abzunehmen, aber das war nicht die Wahrheit. Als sie gepackt hatte, hatte sie gewusst, dass der Ring noch an ihrem Finger steckte, ebenso als sie aus Hunters Haus gegangen und in den Wagen gestiegen war. Sie hatte es einfach nicht über sich gebracht, ihn abzunehmen.

Sie brauchte Zeit. Es war die Zeit, die sie jetzt hatte. Sie musste wieder etwas beweisen, aber nicht ihren Eltern, nicht Hunter. Da war nur sie selbst. Wenn sie das Buch beenden konnte. Wenn sie wirklich ihr Bestes hineinstecken und es wirklich beenden konnte ...

Lee erhob sich, ging an ihren Schreibtisch, setzte sich vor die Schreibmaschine. Von der leeren Seite starrte ihr Angst entgegen.

Lee hatte Stress bei CELEBRITY gekannt. Die Minuten tickten vorbei, während die Termine näher und näher rückten. Wie oft stand sie unter dem Druck, aus etwas nicht so Faszinierendem etwas Faszinierendes zu machen, und das in einer begrenzten Zeit, das Woche für Woche, Monat für Monat, Jahr für Jahr. Und doch, nachdem sie fast einen Monat von diesem Druck weg war und nur sich hatte und die Geschichte, die sich entwickelte, lernte Lee die volle Bedeutung von Druck kennen. Aber diesmal auch von Freude.

Sie hatte nicht geglaubt – nicht wirklich geglaubt –, dass es ihr möglich sein könnte, Stunde für Stunde vor der Schreibmaschine zu sitzen, um ein Buch zu beenden, das sie vor so langer Zeit aus einer Laune heraus begonnen hatte. Und es war wahr, in den ersten Tagen erlebte sie nur Frustration und Versagen. Ein Ring von Panik hatte sich um ihren Kopf gelegt. Warum hatte sie ihren

Job gekündigt, wo man sie in ihrer Arbeit respektierte, um jetzt derart ins Dunkle hineinzustolpern?

Immer wieder war sie von neuem versucht, alles zur Seite zu legen und an ihren alten Arbeitsplatz zurückzukehren. Aber dann schob sich Hunters Gesicht vor ihr inneres Auge – leicht spöttisch, herausfordernd und irgendwie ermutigend.

„Es erfordert Durchhaltevermögen und Ausdauer. Wenn du nicht mehr kannst und aufhören willst ..." Das hatte er auf dem Campingausflug zu ihr gesagt.

Die Antwort war nein, ebenso grimmig, ebenso entschlossen, wie sie in dem kleinen Zelt reagiert hatte. Vielleicht würde sie scheitern. Sie schloss die Augen und bemühte sich, mit dem Gedanken klarzukommen. Vielleicht würde sie entsetzlich scheitern, aber sie würde nicht aufgeben. Was auch geschah, sie hatte ihre eigene Wahl getroffen, und sie würde damit leben.

Je länger sie arbeitete, desto größeren Symbolwert bekamen die getippten Seiten. Wenn sie das konnte und es gut konnte, dann konnte sie alles. Der Rest ihres Lebens hing davon ab.

Am Ende der zweiten Woche war Lee so eingetaucht in ihre Arbeit, dass sie kaum den Zwölf- oder Vierzehnstundentag bemerkte, den sie einlegte. Sie schaltete den Anrufbeantworter ein und vergaß meist, die Anrufe zu erwidern, wie sie auch zu essen vergaß.

Es war, wie Hunter einmal gesagt hatte. Die Charaktere bildeten sich heraus, trieben sie an, frustrierten und erfreuten sie. Während die Zeit verging, merkte Lee, dass sie die Story beenden wollte, nicht nur um ihrer selbst willen, sondern wegen der Charaktere. Sie wollte, wie sie noch nie vorher gewollt hatte, dass ihre Geschichte gelesen wurde. Erregung und entsetzliche Angst darüber trieben sie an.

Sie spürte einen sonderbaren kleinen Kitzel, als das letzte Wort getippt worden war, eine Euphorie, gemischt mit einer merkwürdigen Niedergeschlagenheit. Sie war fertig. Sie hatte ihr Herz in die Geschichte fließen lassen. Lee wollte feiern. Sie wollte weinen. Es war vorbei. Als sie die Finger gegen ihre müden Augen presste, erkannte sie ganz plötzlich, dass sie nicht einmal wusste, welcher Tag es war.

Noch nie hatte Hunter ein Buch so fieberhaft begonnen. Die Hauptfigur dieser Geschichte war Lenore, obwohl er den Namen in Jennifer verändert hatte. Sie war Lenore, körperlich, gefühlsmäßig, vom elegant frisierten rotgoldenen Haar bis zum nervösen Spiel ihrer Finger. Es war die einzige Art für ihn, sie sich zu erhalten.

Sie gehen zu lassen, hatte ihn mehr gekostet, als sie je wissen würde. Als Lee in den Wagen gestiegen war, hatte er sich eingeredet, sie würde nicht wegbleiben. Sie konnte nicht. Wenn er sich hinsichtlich ihrer Gefühle ihm gegenüber täuschte, dann täuschte er sich in allem hinsichtlich seines Lebens.

Zwei Frauen waren in sein Leben gestürmt. Die erste, Sarahs Mutter, hatte er nicht geliebt, doch sie hatte für ihn alles verändert. Danach war sie davongegangen, nicht fähig, nicht bereit, ihren Ehrgeiz mit einem Leben zu verbinden, das Kinder und Verpflichtung enthielt.

Lee liebte er, und sie hatte wieder alles verändert. Auch sie war davongegangen. Würde sie aus denselben Gründen wegbleiben? War es sein Schicksal, sich an Frauen zu binden, die die Bindung nicht wollten. Er konnte es nicht glauben.

Also hatte er sie gehen lassen, unter seinem ruhigen Äußeren verbarg sich Schmerz und Wut. Sie würde zurückkommen.

Aber ein Monat war vergangen, und sie war nicht gekommen. Er fragte sich, wie lang ein Mann leben konnte, der verkümmerte.

Ruf sie an. Fahr ihr nach. Du warst ein Narr, sie überhaupt fortzulassen. Schleppe sie zurück, wenn erforderlich. Du brauchst sie. Du brauchst ...

Er guckte auf seine ringlose Hand. Es war mehr, viel mehr als ein Stück Metall, was sie mitgenommen hatte. Er hatte ihr einen Talisman gegeben, und sie hatte ihn behalten. Solange sie den hatte, war die Verbindung zu ihr nicht durchtrennt. Hunter war ein Mann, der an schicksalbestimmende Zeichen glaubte.

„Dinner ist fertig." Sarah stand in der Tür, das Haar zu einem Pferdeschwanz zurückgekämmt, das schmale Gesicht voller Mehlspuren.

Er wollte nicht essen. Er wollte weiterschreiben. Solange er an der Geschichte saß, hatte er einen Teil von Lenore in sich. Und wenn er die Geschichte beendete, würde es ihn zerreißen. Aber Sarah lächelte ihn an.

„Fast fertig", ergänzte sie. Barfuß kam sie ins Zimmer. „Ich habe diesen Hackbraten gemacht, aber er sieht mehr wie ein Pfannkuchen aus. Und die Kekse ...", grinsend zuckte sie die Schultern, „... sie sind ziemlich hart, aber wir können Marmelade oder sonst was drauf tun." Sie spürte seine Stimmung, schlang die Arme um seinen Hals und schmiegte ihre Wange an seine. „Ich mag es lieber, wenn du kochst."

„Und wer hat gestern Abend über den Brokkoli die Nase gerümpft?"

„Die sahen wie kleine Bäume aus, die krank sind." Wieder rümpfte sie die Nase, löste sich aber dann mit ernstem Gesicht von ihm. „Du vermisst sie sehr, nicht wahr?"

Bei jedem anderen hätte er ausweichen können. Aber das war Sarah. Sie war zehn. Sie kannte ihn in- und auswendig. „Ja, ich vermisse sie sehr."

Nachdenklich drehte Sarah an ihrem Haar. „Vielleicht solltest du sie heiraten."

„Sie hat mir einen Korb gegeben."

Sie zog die Brauen hoch, nicht so sehr aus Ärger, dass überhaupt jemand zu ihrem Vater Nein sagen konnte, sondern aus Konzentration. Donnas Vater hat kaum noch Haare, dachte sie und berührte Hunter wieder, und bei Kellys Dad hing der Bauch über den Gürtel. Shelleys Mutter hörte nie ein witziges Wort von ihrem Mann. Sarah kannte niemanden, der so nett anzusehen war und mit dem man so großartig zusammenleben konnte, wie ihren Dad. Jeder wollte ihn heiraten. Als sie klein war, hatte sie ihn selbst heiraten wollen. Aber natürlich, jetzt wusste sie, das war nur blödes Zeug.

Ihre Brauen waren immer noch zusammengezogen, als sie ihn anblickte. „Wahrscheinlich mag sie mich nicht."

Er hörte alles so deutlich, als wenn sie ihre Gedanken eben laut ausgesprochen hätte. Er war sehr gerührt und nicht ein wenig beeindruckt. „Sie kann dich nicht ausstehen."

Sie riss die Augen auf, dann hellte das Lachen ihre Miene wieder auf. „Weil ich eine solche Range bin."

„Stimmt. Ich selbst kann dich kaum ausstehen."

Sarah schmollte einen Moment. „Sie sah nicht dumm aus. Aber sie muss es wohl sein, wenn sie dich nicht heiraten will." Wieder schmiegte sie sich an ihn. „Ich mag sie", murmelte Sarah. „Sie war nett, ziemlich nett, aber richtig nett, wenn sie lächelte. Ich glaube, du liebst sie."

„Ja." Er versicherte ihr nicht, dass er Lee anders als sie liebe, dass sie immer sein kleines Mädchen sein werde. Hunter drückte sie nur an sich, und das war genug. „Sie liebt mich auch, aber sie muss ihr eigenes Leben gestalten."

Das verstand Sarah nicht, sie persönlich hielt das auch für dumm. Sie entschied sich aber, es nicht zu sagen. „Ich glaube, mir würde es nichts ausmachen, wenn sie sich doch noch entscheiden würde, dich zu heiraten. Vielleicht ist es ganz nett, jemanden zu haben, der wie eine Mutter ist."

Er zog eine Braue hoch. Sie fragte nie nach ihrer eigenen Mutter. Er nahm an, mit der Intuition eines Kindes wusste sie, dass es darüber nichts zu fragen gab. „Bin ich das nicht?"

„Du bist schon ganz gut", erwiderte sie gnädig. „Aber du verstehst nicht viel von Damenangelegenheiten." Sarah schnüffelte, dann grinste sie. „Hackbraten ist fertig."

„Überfertig, nach dem Geruch zu urteilen."

„Nörgel, nörgel, nörgel." Sie sprang von seinem Schoß. „Ich höre einen Wagen kommen. Du kannst sie zum Dinner einladen, dann werden wir wenigstens alle Plätzchen los."

Ich will keine Gesellschaft, dachte Hunter, während er seiner Tochter nachsah, die aus dem Zimmer sauste. Ein Abend mit Sarah reicht, dann wollte er wieder an die Arbeit zurück. Nachdem er den Computer abgeschaltet hatte, erhob er sich und ging zur Tür. Wahrscheinlich war es eine ihrer Freundinnen, die ihre Eltern überredet hatte, auf dem Rückweg von der Stadt vorbeizuschauen. Er würde sie abwimmeln, so höflich, wie es möglich war, dann würde er sehen, ob noch etwas aus Sarahs Hackbraten zu machen war.

Hunter öffnete die Tür. Sie stand da, ihr Haar hatte das Licht des Spätsommerabends eingefangen. Er war, im wahrsten Sinne des Wortes, sprachlos.

„Hallo, Hunter." Wie ruhig eine Stimme klingen kann, dachte Lee, selbst wenn das Herz hämmert. „Ich hätte dich angerufen, aber deine Nummer steht nicht im Telefonbuch." Als er nichts sagte, spürte Lee, wie ihr die Kehle eng wurde. Irgendwie gelang es ihr, weiterzusprechen. „Darf ich hereinkommen?"

Schweigend trat er zurück. Vielleicht träumte er einfach nur.

Sie hatte ihren ganzen Mut zusammenraffen müssen, um zurückzukommen. Wenn er nicht bald sprach, würden sie sich einfach nur gegenseitig anstarren. Wie ein nervöser Redner, der einen Vortrag über ein Thema halten sollte, über das er nicht genau nachgeforscht hatte, räusperte sich Lee. „Hunter ..."

„Hey, ich glaube, es ist besser, wir geben ganz einfach Santanas die Plätzchen, weil ..." Sarah kam aus der Küche und blieb mitten im Satz stehen. „Oh, hallo."

„Sarah, hallo." Lee gelang es tatsächlich zu lächeln. Hunters Tochter sah so komisch überrascht aus, nicht so kühl und distanziert wie ihr Vater.

Unsicher blickte Sarah von einem Erwachsenen zum anderen. Sie würden bestimmt ein Durcheinander aus allem machen. Tante Bonnie sagte, Menschen, die sich lieben, machen normalerweise ein Durcheinander aus allem, zumindest für eine kleine Weile.

„Dinner ist fertig. Ich habe Hackbraten gemacht. Er ist wahrscheinlich nicht zu schlecht."

Lee verstand die Einladung und klammerte sich daran. Wenigstens würde ihr das mehr Zeit geben, bevor Hunter sie wieder hinauswarf. „Es duftet wunderbar."

„Okay, kommen Sie herein." Drängend streckte Sarah die Hand aus, wartete, bis Lee sie ergriff. „Er sieht nicht besonders gut aus", fuhr sie fort, während sie Lee in die Küche führte. „Aber ich habe alles so gemacht, wie es angegeben ist."

Lee betrachtete den platten Hackbraten und lächelte. „Besser, als ich es könnte."

„Wirklich? Dad und ich wechseln uns ab." Und wenn sie verheiratet sind, rechnete sich Sarah aus, muss ich nur jeden dritten Tag kochen. „Du solltest besser noch einen Teller hinstellen", meinte sie zu ihrem Vater.

Die drei setzten sich, fast, als wäre es die natürlichste Sache der Welt. Sarah servierte und plapperte in einem fort, womit sie den Erwachsenen die Möglichkeit bot, sich mit ihren in Aufruhr geratenen Gefühlen zu beschäftigen. Sie antworteten beide, lächelten und aßen den Hackbraten.

Er will mich nicht mehr.

Warum ist sie gekommen?

Er hat noch nicht einmal mit mir gesprochen.

Was will sie? Sie sieht so entzückend aus. So entzückend.

Was kann ich tun? Er sieht so wunderbar aus. So wunderbar.

Sarah hob die Kasserolle, die den Rest des Hackbratens enthielt. „Das gebe ich Santanas." Wie die meisten Kinder verabscheute sie Restessen – es sei denn, es waren Spaghetti. „Dad muss den Abwasch machen", erklärte sie Lee. „Sie können ihm helfen, wenn Sie wollen." Nachdem sie Santanas Essen in seinen Napf geschüttet hatte, tanzte sie aus dem Raum. „Bis später."

Dann waren sie allein. Lee hatte ihre Hände so fest zusammengepresst, dass sie taub waren. Er sah den Ring, den sie immer noch am Finger trug, und spürte, wie sich in seiner Brust etwas verkrampfte, löste und wieder zusammenzog.

„Du bist wütend", sagte sie mit ruhiger, beherrschter Stimme. „Es tut mir Leid, ich hätte nicht so unangemeldet kommen sollen."

Hunter erhob sich und begann, die Teller zusammenzustellen. „Nein, ich bin nicht wütend." Wut war wahrscheinlich die einzige Gefühlsregung, die er in der letzten halben Stunde nicht gespürt hatte. „Warum bist du gekommen?"

„Ich ..." Hilflos blickte Lee auf ihre Hände. Sie sollte ihm beim Abwasch helfen, sich beschäftigen, natürlich bleiben. Doch sie glaubte nicht, dass ihre Beine sie jetzt halten würden. „Ich habe das Buch fertig geschrieben", sagte sie unvermittelt.

Hunter hielt inne und drehte sich um. Zum ersten Mal, seit er die Tür geöffnet hatte, sah sie diesen Anflug eines Lächelns um seinen Mund. „Glückwunsch."

„Ich wollte, dass du es liest. Ich weiß, ich hätte es schicken können – ich habe deiner Verlegerin eine Kopie geschickt –, aber ..." Sie sah ihn wieder an. „Ich wollte es nicht schicken. Ich wollte es dir geben. Ich musste es."

Hunter stellte die Teller in die Spüle und kam zurück zum Tisch, aber er setzte sich nicht. Er musste stehen. Wenn das der Grund war, warum sie gekommen war, der einzige Grund, dann war er nicht sicher, ob er das ertragen könnte. „Du weißt, ich will ihn lesen. Ich erwarte, dass du mir ein Autogramm auf das erste Exemplar schreibst."

Ihr gelang ein Lächeln. „Darüber bin ich nicht so optimistisch. Aber du hattest Recht. Ich musste es fertig machen. Ich wollte dir danken, dass du mir das gezeigt hast." Das Lächeln verließ ihren Blick. „Ich habe meinen Job gekündigt."

Er hatte sich nicht bewegt, und doch schien es, als wäre es plötzlich ganz still geworden. „Warum?"

„Ich musste versuchen, das Buch zu beenden. Für mich." Wenn er sie doch nur berühren würde, einfach nur ihre Hand, dann würde sie sich nicht so kalt fühlen. „Ich wusste, wenn ich das schaffe, dann schaffe ich alles. Ich musste es mir beweisen, bevor ich ..." Lee brach ab, nicht fähig, alles zu sagen. „Ich habe deine Bücher gelesen, deine früheren, als Laura Miles."

Wenn er sie doch einfach berühren könnte. Doch wenn er es tat, würde er sie nie wieder fortlassen. „Haben sie dir gefallen?"

„Ja. Ich hätte es nie für möglich gehalten, dass der Stil eines Liebesromans und einer Horrorgeschichte gleich sein können. Aber es war so. Atmosphäre, Spannung, Gefühl." Sie holte tief Luft und sah ihn an. „Du verstehst, wie eine Frau fühlt, du verstehst ihre Unsicherheiten. Das zeigt sich in den Büchern." Ihre Blicke trafen sich. „Ich hoffe, du kannst das gleiche Verständnis mir gegenüber aufbringen." Er blickte wieder in sie. Sie konnte es fühlen.

„Es ist viel schwieriger, wenn die eigenen Gefühle mit betroffen sind."

Sie verschränkte ihre Finger, ganz fest. „Sind sie das?"

Er berührte sie nicht, noch nicht, doch sie konnte seine Hand fast auf ihrer Wange spüren. „Brauchst du es? Muss ich dir sagen, dass ich dich liebe?"

„Ja, ich ..."

„Du hast dein Buch beendet, deinen Job gekündigt. Du bist viele Risiken eingegangen, Lenore." Er wartete. „Trotzdem brauchst du immer noch Versicherungen, willst es schwarz auf weiß."

Nein, er würde ihr die Dinge nie leicht machen. Immer Anforderungen, Erwartungen stellen. Er würde sie nie verzärteln. „Du hast mir große Angst eingejagt, als du mich gebeten hast, dich zu heiraten. Ich habe viel darüber nachgedacht, wie ein kleines Kind über den dunklen Keller nachdenkt. Ich weiß nicht, was drin ist – es könnte ein schöner Traum, es könnte ein Albtraum sein. Du verstehst das."

„Ja." Obwohl es keine Frage gewesen war. „Ich verstehe das."

Sie atmete etwas leichter. „Mein Leben in Los Angeles, ich

habe es als Entschuldigung benutzt. Aber tatsächlich hatte ich einfach Angst, in den dunklen Keller zu gehen." Sie streckte ihre Hand aus. "Aber ich möchte es versuchen. Ich möchte mit dir hineingehen."

Er ergriff ihre Hand, und Lee fühlte, wie sich ihre nervöse Anspannung löste. "Es wird kein Traum sein, Lenore, weder ein schöner Traum noch ein Albtraum. Jede Minute davon wird ganz wirklich sein."

Jetzt lachte sie, weil seine Hand in ihrer lag. Sie trat näher und küsste ihn ganz weich. Es war alles so leicht, wie in einen warmen, klaren Strom zu tauchen. Er atmete den Duft ihres Haares ein. Sie war zu ihm gekommen.

Lee schloss die Augen. "Hunter, wenn es für Sarah, ich meine, wenn sie nicht ..."

"Schon geklärt." Er zog sie an sich. "Sarah hat gerade vorhin ein ermunterndes Gespräch mit mir geführt. Ich nehme an, du verstehst etwas von ,Damenangelegenheiten'?"

"Damenangelegenheiten?"

Er schob sie ein wenig weiter zurück, um sie von oben bis unten zu mustern. "Jeder Zentimeter eine Dame. Du bist es, Lenore, für mich und für Sarah."

"Okay." Sie stieß einen langen Atemzug aus. "Sagst du es ihr?"

"Lenore." Er umschmiegte mit den Händen ihr Gesicht und küsste sie auf beide Wangen, ganz zärtlich, mit einer Spur von Lachen dahinter. "Sie weiß es schon."

Lee zog eine Braue hoch. "Die Tochter ihres Vaters."

"Genau." Er packte sie und wirbelte sie in seiner unbeherrschbaren Freude herum. "Die Dame wird es interessant finden, in einem Haus mit wirklichen und eingebildeten Monstern zu leben."

"Die Dame kann damit umgehen – und mit allem anderen, was du dir erträumst."

"Ist das so?" Er warf ihr einen schalkhaften Blick zu –

belustigt, begehrend, wissend. „Dann machen wir schnell den Abwasch, und ich werde sehen, was ich machen kann."

-ENDE-

Nora Roberts

Sommer, Sonne und dein Lächeln
Roman

Aus dem Amerikanischen von
M. R. Heinze

1. KAPITEL

Der Raum war dunkel. Stockdunkel. Doch der Mann namens Sidney war an Dunkelheit gewöhnt. Manchmal zog er sie sogar vor. Es war nicht immer nötig, mit den Augen zu sehen. Seine Finger waren geschickt und erfahren, sein inneres Auge scharf durch jahrelange Übung.

Selbst wenn er nicht arbeitete, saß er manchmal in einem dunklen Raum und ließ lediglich Bilder in seinen Gedanken entstehen. Formen, Stoffe, Farben. Sie kamen manchmal sogar noch klarer, wenn man die Augen schloss und die Gedanken treiben ließ. Sidney umwarb Dunkelheit, Schatten, genau wie er rastlos das Licht umwarb. All das war Teil des Lebens, und Leben, die Abbildung des Lebens, war sein Beruf.

Er betrachtete das Leben mit anderen Augen als die meisten Menschen. Manchmal war es rauer, kälter, als es das nackte Auge sehen konnte – oder sehen wollte. Dann wiederum war es sanfter, lieblicher, als die viel beschäftigte Welt es wahrnahm. Sidney beobachtete, gruppierte die einzelnen Bestandteile, manipulierte Zeit und Form und hielt das alles auf seine Weise fest. Immer auf seine Weise.

Jetzt, in dem dunklen Raum und zu den ruhigen, körperlosen Klängen von Jazz, die aus einer Ecke kamen, arbeitete Sidney mit seinen Händen und seinen Gedanken. Sorgfalt und Zeitgefühl. Er setzte beides bei seiner Arbeit in jeder Hinsicht ein. Langsam und geschmeidig öffnete er die Patrone und schob den noch nicht entwickelten Film auf die Spule. Als der lichtdichte Deckel auf dem Entwicklungstank festgeschraubt war, stellte er mit der freien Hand den Zeitmesser ein und zog an der Kette für das Rotlicht in der Dunkelkammer.

Sidney genoss das Entwickeln der Negative und das Vergrößern der Bilder genauso – manchmal sogar noch mehr – wie das Fotografieren selbst. Dunkelkammerarbeit erforderte Präzision und Detailgenauigkeit. Er brauchte beides in seinem

Leben. Das Vergrößern bot Möglichkeiten für Kreativität und Experimente. Auch das brauchte er. Was er sah und was er beim Sehen fühlte, konnte exakt umgesetzt werden oder für immer ein Rätsel bleiben. Darüber hinaus brauchte er die Befriedigung, selbst etwas zu kreieren, er ganz allein. Er arbeitete stets allein.

Während er jetzt präzise einen Schritt des Entwickelns nach dem anderen tat – Temperatur, Chemikalien, Bewegen, Zeitbemessung –, erzeugte die rote Lampe Helligkeit und Dunkelheit in seinem Gesicht. Hätte Sidney das Bild eines Fotografen bei der Arbeit entwerfen wollen, er hätte kein passenderes Objekt als sich selbst gefunden.

Seine Augen waren dunkel und konzentriert, als er das Unterbrecherbad in den Tank füllte. Auch sein Haar war dunkel und zu lang, gemessen an den Konventionen, um die er sich allerdings nicht kümmerte. Es reichte über seine Ohren und im Nacken über den Halsausschnittsaum seines T-Shirts und hing ihm fast bis zu den Augenbrauen in die Stirn. Er verschwendete kaum einen Gedanken an Stil. Sein Stil war kühl, fast kalt, und ziemlich rau und kantig.

Sein Gesicht war dunkel gebräunt, schmal und hart, von kräftigem Knochenbau. Sein Mund war angespannt, als er sich konzentrierte. Feine Linien breiteten sich von seinen Augenwinkeln aus, eingegraben von dem, was er gesehen und was er dabei gefühlt hatte. Man hätte sagen können, dass er bereits zu viel gesehen und zu viel gefühlt hatte.

Seine Nase war ein wenig schief, eine Folge des Berufsrisikos. Nicht jeder mochte es, wenn er fotografiert wurde. Der kambodschanische Soldat hatte Sidney die Nase gebrochen, aber Sidney hatte ein bezeichnendes Foto von der Zerstörung der Stadt, von der absoluten Vernichtung bekommen. Er hielt das auch jetzt noch für einen gleichwertigen Tausch.

Seine Bewegungen in dem roten Licht waren knapp. Er besaß einen schlanken, athletischen Körper, das Ergebnis von jahrelangen Einsätzen im Feld – oft einem fremden, unfreundlichen

Feld – von unzähligen Meilen zu Fuß und von verpassten Mahlzeiten.

Selbst jetzt, nach seinem letzten Auftrag als Mitarbeiter von INTERNATIONAL VIEW, war Sidney noch schlank und agil. Seine Arbeit war nicht mehr so zehrend wie in seinen Anfangsjahren im Libanon, in Laos oder Mittelamerika, aber sein Verhalten hatte sich nicht verändert. Er arbeitete viele Stunden, wartete manchmal endlos auf den exakt richtigen Schuss, verbrauchte dann wiederum eine Rolle Film innerhalb von Minuten. Wenn sein Stil und seine Art aggressiv waren, so konnte man sagen, dass ihn das am Leben und bei gesundem Verstand erhalten hatte während all der Kriege, die er festgehalten hatte.

Die Preise, die er gewonnen hatte, und die Honorare, die er jetzt verlangte, standen in ihrer Bedeutung hinter dem Bild selbst. Sogar wenn ihn niemand bezahlt, wenn niemand seine Arbeit anerkannt hätte, wäre Sidney in diesem Moment trotzdem in seiner Dunkelkammer gewesen und hätte seinen Film entwickelt. Er war respektiert, erfolgreich und reich. Trotzdem hatte er keinen Assistenten und arbeitete noch immer in derselben Dunkelkammer, die er sich vor zehn Jahren eingerichtet hatte.

Als Sidney seine Negative zum Trocknen aufhängte, hatte er schon eine Vorstellung, welche er vergrößern wollte. Dennoch sah er sie kaum an, sondern ließ sie da hängen, schloss die Tür auf und verließ die Dunkelkammer. Morgen war sein Blick bestimmt frischer. Warten können war ein Vorteil, den er nicht immer besessen hatte. Im Moment wollte er ein Bier. Er musste sich so einiges durch den Kopf gehen lassen.

Er ging direkt in die Küche und nahm sich eine kalte Flasche. Er öffnete den Verschluss und warf ihn in den Mülleimer, den seine einmal die Woche kommende Haushälterin mit einer Plastiktüte versehen hatte. Der Raum war sauber, nicht besonders heiter mit den scharfen Kontrasten von Weiß und Schwarz, aber auch nicht trübe.

Er setzte die Flasche an und ließ die Hälfte des Inhalts durch seine Kehle gluckern. Dann steckte er sich eine Zigarette an, ging mit dem Bier zum Küchentisch, setzte sich auf einen der Stühle und legte die Füße auf die nackte Holzplatte.

Das Küchenfenster gab den Blick auf einen nicht so besonders glamourösen Teil von Los Angeles frei. Hier war alles ein wenig schäbig, rau, derb und hart. Auch das Licht des frühen Abends machte es nicht hübscher. Sidney hätte in eine bessere Gegend der Stadt umziehen können oder hinauf in die Berge, wo nachts die Lichter der Stadt wie in einem Märchen leuchteten. Doch Sidney zog das kleine Apartment vor, von dem man in die nicht so verwöhnten Straßen der Stadt blickte, die für ihren Glanz und Glitzer bekannt war. Er brachte keine Geduld für Glanz und Glitzer auf.

Blanche Mitchell. Die war darauf spezialisiert.

Er konnte nicht abstreiten, dass ihre Porträts von den Reichen, Berühmten und Schönen gut gemacht waren – in ihrer Art sogar ausgezeichnet. In ihren Fotos lagen Mitgefühl, Humor und eine geschmeidige Sinnlichkeit. Er wollte nicht einmal abstreiten, dass es für ihre Art von Arbeit einen Platz in der Branche gab. Es war nur einfach nicht sein Blickwinkel. Blanche Mitchell spiegelte Kultur wider, er stürzte sich direkt auf das Leben.

Ihre Arbeit für das CELEBRITY MAGAZINE war professionell, perfekt und oft auf ganz eigene Weise sezierend gewesen. Die überlebensgroßen Leute, die sie fotografiert hatte, waren nicht selten auf eine Art zurückgestutzt worden, die bewirkte, dass sie menschlich und umgänglich wirkten. Da Blanche selbstständig arbeitete, kamen die Stars, die zukünftigen Stars und die Starmacher, die sie für das Magazin fotografierte, zu ihr. Und im Laufe der Jahre hatte sie einen Ruf und einen Stil entwickelt, der sie zu einer der ihren machte, zu einem Teil des inneren, auserwählten Kreises der Reichen und Berühmten.

Sidney wusste, dass das mit einem Fotografen passieren konnte. Man konnte seinen Themen ähnlich werden, seinen eigenen Studienobjekten. Manchmal wurde das, was man abbilden wollte, ein Teil von einem selbst. Zu sehr ein Teil von einem selbst. Nein, er nahm Blanche Mitchell nicht ihren künstlerischen Standort übel. Sidney hatte lediglich seine Zweifel bezüglich der Zusammenarbeit mit ihr.

Er mochte keine Partnerschaften.

Doch das war die Abmachung. Als LIFE-STYLE mit dem Auftrag an ihn herangetreten war, eine Bilderstudie über Amerika zu liefern, war er fasziniert gewesen. Bildberichte konnten eine starke, bleibende Aussage haben, die aufzurütteln und aufzuschrecken oder zu besänftigen und zu amüsieren vermochte. Als Fotograf hatte er immer genau solche Aussagen angestrebt. LIFE-STYLE wollte ihn, wollte die starken, manchmal prägnanten, manchmal zwiespältigen Gefühle, die seine Bilder ausdrücken konnten. Aber sie wollten auch ein Gegengewicht. Die Sicht einer Frau.

Er war nicht so stur, dass er diesen Standpunkt und die damit verbundenen Möglichkeiten nicht begriffen hätte. Und doch passte es ihm nicht, dass der Auftrag von seiner Einwilligung abhing, den Sommer, seinen Campingbus und die Anerkennung mit einer Prominentenfotografin zu teilen. Und überhaupt – mit einer Frau ... Drei Monate unterwegs sein mit einem weiblichen Wesen, das Zeit darauf verwendete, Schnappschüsse von Rockstars und Persönlichkeiten zu perfektionieren. Für einen Mann, der sich seine professionellen Sporen im kriegszerrissenen Libanon erworben hatte, klang das nicht nach einem Picknick.

Aber er wollte es machen. Er wollte die Chance, einen amerikanischen Sommer von L.A. bis New York einzufangen, wollte die Freude zeigen, das Pathos, den Schweiß, den Jubel und die Enttäuschung. Er wollte zum Wesentlichen vordringen, indem er alles Oberflächliche gnadenlos wegließ.

Er brauchte nur Ja zu sagen und den Sommer mit Blanche Mitchell zu verbringen.

„Denken Sie nicht an die Kamera, Maria. Tanzen Sie!" Blanche fing den vierzigjährigen Superstar des Balletts in ihrem Sucher ein. Sie mochte, was sie sah. Alter? Anzeichen davon, aber die Jahre bedeuteten nichts. Härte, Stil, Eleganz. Ausdauer vor allem Ausdauer. Blanche verstand es, das alles einzufangen und zu verschmelzen.

Maria Natravidova war im Verlauf ihrer phänomenalen fünfundzwanzigjährigen Karriere unzählige Male fotografiert worden. Aber nie, wenn Schweiß an ihren Armen herunterfloss und ihren Bodystock durchnässte. Nie, wenn sich die Anstrengung zeigte. Blanche suchte nicht die Illusionen, mit denen Tänzer lebten, sondern die Erschöpfung und die Schmerzen, die den Preis des Triumphes darstellten.

Sie fing Maria in einem Sprung ein, die Beine parallel zum Boden gestreckt, die Arme weit in perfektem Winkel weggereckt. Schweißtropfen spritzten von ihrem Gesicht und ihren Schultern ... Muskeln zogen sich zusammen und erstarrten. Blanche drückte auf den Auslöser und schwenkte leicht die Kamera, um die Bewegung zu verwischen.

Das war es. Sie wusste es schon, noch während sie den Film zu Ende verschoss.

„Sie lassen mich ganz schön arbeiten", klagte die Tänzerin, als sie sich auf einen Stuhl sinken ließ und ihr schweißüberströmtes Gesicht mit einem Handtuch trocknete.

Blanche machte noch zwei Aufnahmen und senkte dann die Kamera. „Ich hätte Sie in ein Kostüm stecken, Sie von hinten anstrahlen und eine Arabeske halten lassen können. Das würde zeigen, dass Sie schön und anmutig sind. Ich werde aber stattdessen zeigen, dass Sie eine starke Frau sind."

„Und Sie sind eine kluge Frau." Maria ließ seufzend das Handtuch fallen. „Warum sonst komme ich zu Ihnen für die Fotos zu meinem Buch?"

„Weil ich die Beste bin." Blanche durchquerte das Studio und verschwand im Hinterzimmer. Maria arbeitete systematisch einen Krampf aus ihrer Wade. „Weil ich Sie verstehe und bewundere.

Und ..." Blanche brachte ein Tablett mit zwei Gläsern und einem Glaskrug, in dem Eis klirrte, „... und weil ich Orangen für Sie auspresse."

„Sie sind ein Schatz." Lachend griff Maria nach dem ersten Glas. Einen Moment hielt sie es an ihre hohe Stirn, ehe sie einen tiefen Schluck nahm. Ihr dunkles Haar war streng zurückgenommen in einem Stil, den nur ein guter Knochenbau und makellose Haut erlaubten. Sie streckte ihren langen, hageren Körper auf dem Stuhl und betrachtete Blanche über den Rand ihres Glases hinweg.

Maria kannte Blanche seit sieben Jahren, seit die Fotografin bei CELEBRITY mit dem Auftrag begonnen hatte, Fotos der Tänzerin hinter der Bühne zu machen. Die Tänzerin war ein Star gewesen, doch Blanche hatte keine Ehrfurcht gezeigt. Maria erinnerte sich noch an die junge Frau mit dem dicken honigfarbenen Zopf und der Latzhose. Die elegante Primaballerina hatte sich einer fast nachlässig gekleideten jungen Frau mit offenen zinnfarbenen Augen, einem fein geschnittenen Gesicht mit hohen Wangenknochen und einem vollen Mund gegenübergesehen. Zu den Latzhosen hatte sie ausgetretene Laufschuhe und lange baumelnde Ohrringe getragen.

Maria warf einen Blick auf die schäbigen Laufschuhe an Blanches Füßen. Manche Dinge veränderten sich nie. Auf den ersten Blick würde man die gebräunte Blondine in Laufschuhen und Shorts als typisch kalifornisch einstufen. Doch das Aussehen konnte täuschen. Nichts an Blanche Mitchell war typisch.

Blanche akzeptierte den forschenden Blick, während sie trank. „Was sehen Sie, Maria?" Sie wollte es wissen. Meinungen und vorgefasste Meinungen waren Teil ihres Berufs.

„Eine starke, kluge Frau mit Talent und Ehrgeiz." Maria lehnte sich lächelnd auf dem Stuhl zurück. „Beinahe mich selbst."

Blanche lächelte. „Ein gewaltiges Kompliment."

Maria wehrte mit einer weit ausholenden Handbewegung ab. „Es gibt nicht viele Frauen, die ich mag. Mich selbst mag ich und

Sie auch. Ich habe Gerüchte gehört, meine Liebe, über Sie und diesen hübschen jungen Schauspieler."

„Matt Perkins." Blanche hielt nichts von Ausweichen und Vortäuschen. Sie lebte freiwillig in einer Stadt, die sich von Gerüchten und Klatsch ernährte. „Ich habe ihn fotografiert und war mit ihm ein paar Mal zum Dinner aus."

„Nichts Ernstes?"

„Wie Sie schon sagten, er ist hübsch." Blanche lächelte und kaute auf einem Stückchen Eis. „Aber es ist nicht Platz genug in seinem Mercedes für sein Ego und für meines."

„Männer." Maria beugte sich vor und schenkte sich ein zweites Glas ein.

„Jetzt werden Sie tiefgründig."

„Wer wäre berufener?" entgegnete Maria. „Männer." Sie wiederholte das Wort, genoss es. „Ich finde sie lästig, kindisch, albern und unentbehrlich. Geliebt zu werden ... sexuell, verstehen Sie?"

Blanche unterdrückte ein Lächeln. „Ich verstehe."

„Geliebt zu werden, ist aufputschend und ermüdend. Wie Weihnachten. Manchmal komme ich mir vor wie ein Kind, das nicht versteht, warum Weihnachten vorbei ist. Aber es ist immer wieder vorbei. Und man wartet auf das nächste Mal."

Es faszinierte Blanche stets, wie Menschen über Liebe fühlten, wie sie damit umgingen, danach griffen und davor zurückschreckten. „Haben Sie deshalb nie geheiratet, Maria? Warten Sie auf das nächste Mal?"

„Ich bin mit dem Tanz verheiratet. Um einen Mann heiraten zu können, müsste ich mich vom Tanz scheiden lassen. Für eine Frau wie mich gibt es keinen Raum für zwei. Und Sie?" fragte Maria.

Blanche starrte in ihr Glas, nicht länger amüsiert. Sie verstand die Worte nur zu gut. „Kein Raum für zwei", murmelte sie. „Aber ich warte nicht auf das nächste Mal."

„Sie sind jung. Wenn Sie jeden Tag Weihnachten haben könnten, würden Sie darauf verzichten?"

Blanche zuckte die Schultern. „Ich bin zu faul für jeden Tag Weihnachten."

„Trotzdem ist es eine hübsche Vorstellung." Maria stand auf und reckte sich. „Sie haben mich lange genug arbeiten lassen. Ich muss mich duschen und umziehen. Dinner mit meinem Choreographen."

Wieder allein, fuhr Blanche mit ihrem Finger über die Rückseite ihrer Kamera. Sie dachte nicht oft über Liebe und Heirat nach. Das hatte sie schon hinter sich. Sobald eine Fantasie der Wirklichkeit ausgesetzt war, verblasste sie wie ein nicht richtig fixiertes Foto. Feste Beziehungen funktionierten selten, und noch seltener funktionierten sie gut.

Sie dachte an Lee Radcliffe, seit fast einem Jahr mit Hunter Brown verheiratet, dem Lee half, seine Tochter großzuziehen und von dem sie ihr erstes Kind erwartete. Lee war glücklich, aber sie hatte auch einen außergewöhnlichen Mann gefunden, einen, der sie so haben wollte, wie sie war, der sie sogar ermutigte, sich selbst zu erforschen. Blanches eigene Erfahrung hatte sie gelehrt, dass es zweierlei war, was jemand sagte und fühlte.

„Deine Karriere ist für mich genauso wichtig wie für dich." Wie oft hatte Rob das gesagt, bevor sie geheiratet hatten? „Mach deinen Abschluss. Leg dich ins Zeug!"

Also hatten sie geheiratet, jung, energiegeladen, idealistisch. Innerhalb von sechs Monaten war er unglücklich gewesen, weil sie seiner Meinung nach zu viel Zeit in ihre Studien und in ihren Job in einem Fotostudio investierte. Er wollte sein Abendessen warm und seine Socken gewaschen haben. Keine allzugroßen Ansprüche, dachte Blanche. Doch damals waren sie eben zu hoch.

Jeder hatte den anderen gemocht, und beide hatten versucht, sich anzupassen. Beide hatten entdeckt, dass sie unterschiedliche Dinge für sich selbst wollten – unterschiedliche Dinge auch voneinander, Dinge, die keiner von ihnen zu geben vermochte.

Man hätte es eine freundschaftliche Scheidung nennen können – kein Zorn, keine Bitterkeit. Keine Leidenschaft. Eine Unterschrift auf einem juristischen Papier, und der Traum war vorüber gewesen. Es hatte mehr geschmerzt als alles, was Blanche je zuvor erlebt hatte. Der Makel des Fehlschlags hatte sie lange, lange Zeit verfolgt.

Sie wusste, dass Rob wieder geheiratet hatte. Er lebte jetzt mit seiner Frau und ihren zwei Kindern in der Vorstadt. Er hatte bekommen, was er wollte.

Und sie selbst auch, sagte Blanche sich, als sie sich in ihrem Studio umsah. Sie wollte nicht nur eine Fotografin sein, sie war tatsächlich eine. Die Stunden, die sie draußen im Einsatz, in ihrem Studio und in ihrer Dunkelkammer verbrachte, waren für sie so wesentlich wie Schlaf. Und was sie in den sechs Jahren seit dem Ende ihrer Ehe getan hatte, hatte sie ganz allein getan. Sie musste es mit niemandem teilen. Sie musste ihre Zeit mit niemandem teilen. Vielleicht war sie weitgehend wie Maria. Sie war eine Frau, die ihr eigenes Leben führte, ihre eigenen Entscheidungen traf, privat und beruflich. Manche Menschen waren nicht für eine Partnerschaft geschaffen.

Sidney Colby. Blanche legte ihre Füße auf Marias Stuhl. Vielleicht musste sie da eine Konzession machen. Sie bewunderte seine Arbeit. Sogar so sehr, dass sie einen ordentlichen Batzen für sein Foto einer Los Angeles-Straßenszene hingeblättert hatte, und das zu einer Zeit, in der Geld ein großer Sorgenpunkt gewesen war. Sie hatte das Foto studiert und versucht, es zu analysieren und zu erraten, welche Techniken er für Aufnahme und Vergrößerung angewandt hatte. Es war ein trübsinniges Stück Arbeit, so viel Grau, so wenig Licht. Und dennoch hatte Blanche eine gewisse Härte darin erfühlt, keine Hoffnungslosigkeit, sondern Rücksichtslosigkeit. Dennoch waren es zwei Paar Schuhe, seine Arbeit zu bewundern und mit ihm zu arbeiten.

Sie waren in derselben Stadt beheimatet, bewegten sich jedoch in unterschiedlichen Kreisen. Wobei Sidney Colby sich so gut wie in gar keinen Kreisen bewegte. Er blieb für sich. Sie hatte ihn auf ein paar Veranstaltungen gesehen, die mit Fotografie zu tun hatten, war jedoch nie mit ihm bekannt gemacht worden.

Er wäre ein interessantes Objekt, fand sie. Bei genügend Zeit könnte sie diese Abgeschlossenheit und Bodenständigkeit auf Film bannen. Vielleicht bekam sie ihre Chance, wenn sie beide den Auftrag annahmen.

Eine dreimonatige Reise. So viel hatte sie von dem Land zuvor noch nicht gesehen, so viele Fotos hatte sie noch nicht am Stück gemacht. Nachdenklich holte sie einen Schokoriegel aus ihrer Tasche und wickelte ihn aus. Die Idee gefiel ihr, einen Teil von Amerika aufzunehmen, eine Jahreszeit, und die Bilder dann zusammenzustellen.

Blanche genoss es, ihre Porträtfotos zu machen. Ein Gesicht festzuhalten, eine Persönlichkeit – vor allem eine gut bekannte – und herauszufinden, was dahinter lag, war faszinierend. Manche mochten das für begrenzt halten, aber sie fand, dass es endlose Variationen bot. Sie konnte bei dem weiblichen Rockstar die Verletzbarkeit zeigen oder einem coolen, erhabenen Megastar Humor entlocken. Das Unerwartete, das Frische einzufangen – das war für sie der Zweck der Fotografie.

Jetzt wurde ihr die Gelegenheit geboten, auf die gleiche Weise mit einem Land vorzugehen. Die Leute, dachte sie. So viele Leute.

Sie wollte es tun. Und wenn das bedeutete, dass sie die Arbeit, die Entdeckungen und das Vergnügen mit Sidney Colby teilen musste, wollte sie es trotzdem tun. Sie biss in die Schokolade. Was machte es, wenn er im Ruf stand, spröde und verschlossen zu sein? Sie konnte mit jedem drei Monate lang zurechtkommen.

„Schokolade macht Sie fett und hässlich."

Blanche blickte hoch, als Maria wieder in den Raum wirbelte. Der Schweiß war weg. Sie sah jetzt so aus, wie die Leute es von einer Primaballerina erwarteten. Gekleidet in Seide, geschmückt mit Diamanten.

„Sie macht mich glücklich", entgegnete Blanche. „Sie sehen fantastisch aus, Maria."

„Ja." Maria strich mit einer Hand über die Seide, die sich um ihre Hüfte schmiegte. „Aber es ist schließlich mein Job, so auszusehen. Werden Sie noch lange arbeiten?"

„Ich möchte den Film entwickeln. Morgen schicke ich Ihnen einige Testabzüge."

„Und das ist Ihr Abendessen?"

„Nur ein Anfang." Blanche nahm einen gewaltigen Bissen Schokolade. „Ich lasse mir eine Pizza bringen."

„Mit Pepperoni?"

Blanche grinste. „Mit allem."

Maria presste eine Hand auf ihren Magen. „Und ich esse mit meinem Choreographen, dem Tyrannen, was bedeutet, dass ich so gut wie gar nichts essen werde."

„Und ich trinke ein Glas Soda anstelle von Taittinger. Jeder von uns muss seinen Preis bezahlen."

„Wenn mir Ihre Probeabzüge gefallen, schicke ich Ihnen eine Kiste."

„Taittinger?"

„Soda." Lachend fegte Maria hinaus.

Eine Stunde später hängte Blanche ihre Negative zum Trocknen auf. Sie brauchte noch die Probeabzüge, um sich ganz sicher zu sein, aber von mehr als vierzig Aufnahmen würde sie wahrscheinlich nicht mehr als fünf vergrößern.

Als ihr Magen knurrte, sah sie auf die Uhr und bestellte eine Pizza für halb acht. Der Zeitpunkt war gut gewählt, fand sie, als sie die Dunkelkammer verließ. Sie wollte essen und dann die Fotos von Matt durchsehen, die sie für das Layout eines Magazins geschossen hatte. Danach würde sie an dem ausgewählten Bild arbeiten, bis die Negative von Maria trocken waren. Sie begann, in den zwei Dutzend Aktendeckeln auf ihrem Schreibtisch herumzuwühlen – ihre persönliche Methode des Archivierens –, als jemand an die Studiotür klopfte.

„Pizza", flüsterte sie gierig. „Herein! Ich bin am Verhungern." Blanche knallte ihre riesige Segeltuchtasche auf den Schreibtisch und kramte nach ihrem Portemonnaie. „Großartiges Timing. Noch fünf Minuten, und ich wäre womöglich tot umgefallen. Man sollte das Mittagessen nicht ausfallen lassen." Sie warf ein dickes, zerschlissenes Notizbuch, diverse Kosmetika, einen Schlüsselring und fünf Schokoriegel auf den Schreibtisch. „Stellen Sie sie irgendwohin. Ich habe das Geld gleich." Sie grub tiefer in die Tasche. „Wie viel wollen Sie?"

„So viel ich bekommen kann."

„Geht es uns da nicht allen gleich?" Blanche zog ein abgegriffenes Herrenportemonnaie hervor. „Ich wäre ja hungrig genug, um für Sie den Safe zu plündern, aber ..." Sie verstummte, als sie aufblickte und Sidney Colby vor sich stehen sah.

Er warf einen raschen Blick in ihr Gesicht und konzentrierte sich auf ihre Augen. „Wofür wollen Sie mich bezahlen?"

„Pizza." Blanche ließ das Portemonnaie zu dem halben Inhalt ihrer Tasche auf dem Schreibtisch fallen. „Ein Fall von Hungergefühlen und Verwechslung, Sidney Colby." Sie streckte ihm die Hand entgegen, neugierig und zu ihrer Überraschung auch nervös. Er wirkte angsteinflößender, wenn er sich nicht in einer Menschenmenge befand. „Ich kenne Sie", fuhr sie fort, „aber wir sind miteinander noch nicht bekannt gemacht worden."

„Nein." Er ergriff ihre Hand und hielt sie fest, während er ihr Gesicht zum zweiten Mal betrachtete. Stärker, als er erwartet hatte. Er suchte zuallererst immer die Stärken, dann die Schwächen. Und jünger. Obwohl er wusste, dass sie erst achtundzwanzig war, hatte Sidney erwartet, sie würde härter, aggressiver, aufgeputzter aussehen. Stattdessen sah sie aus, als wäre sie gerade vom Strand gekommen.

Ihr T-Shirt saß knapp, aber sie war schlank genug, dass es gut aussah. Ihr Zopf reichte fast bis zu ihrer Taille und ließ Sidney spekulieren, wie ihr Haar wirkte, wenn es lose und frei fiel. Ihre Augen interessierten ihn – grau, fast silbern, und mandelförmig. Das waren Augen, die er gern fotografiert hätte, während der Rest ihres Gesichts im Schatten lag. Sie mochte ein Täschchen mit Kosmetika bei sich haben, aber es sah nicht so aus, als würde sie welche verwenden.

Nicht eitel, wenn es um ihr Äußeres geht, entschied er. Das würde die Sache vereinfachen, falls er sich entschloss, mit ihr zu arbeiten. Er hatte nicht die Geduld zu warten, während eine Frau sich bemalte und pflegte und an sich herumfummelte. Diese hier würde das nicht machen. Und sie musterte ihn, während er sie musterte.

„Störe ich Sie bei der Arbeit?"

„Nein, ich habe gerade eine Pause gemacht. Setzen Sie sich."

Sie waren beide vorsichtig. Er war aus einem Impuls hierhergekommen. Sie war nicht sicher, wie sie mit ihm umgehen sollte. Jeder wollte sich Zeit lassen, bevor sie über das höfliche, unpersönliche Stadium hinausgingen. Blanche blieb hinter ihrem Schreibtisch. Ihr Terrain, auf dem er den ersten Zug machen musste, entschied sie.

Sidney setzte sich nicht sofort. Stattdessen schob er die Hände in die Hosentaschen und sah sich in ihrem Studio um. Es war groß und durch die Fensterreihe gut erleuchtet. In einem Teil gab es kleine Spots und einen blauen Hintergrund, der noch von einem früheren Termin aufgespannt war. In einem anderen Teil standen Reflektoren und Schirme, zusammen mit einer Kamera auf einem Stativ. Er brauchte nicht genauer hinzusehen, um zu erkennen, dass die Ausrüstung erstklassig war. Andererseits machte eine erstklassige Ausrüstung noch keinen erstklassigen Fotografen.

Blanche mochte die Art, wie er dastand, nicht ganz entspannt, sondern bereit, abgesondert. Hätte sie sich jetzt entscheiden müssen, hätte sie ihn allein in dem Schatten fotografiert. Doch Blanche bestand darauf, einen Menschen kennen zu lernen, bevor sie ein Porträt machte.

Wie alt mag er sein, fragte sie sich. Dreiunddreißig, fünfunddreißig. Er war schon für einen Pulitzer-Preis nominiert worden, als sie noch auf dem College war.

„Hübsches Studio", bemerkte er, ehe er sich in den Sessel vor dem Schreibtisch fallen ließ.

„Danke." Sie kippte ihren Stuhl, so dass sie Sidney von einem anderen Blickpunkt aus betrachten konnte. „Sie benützen kein eigenes Studio?"

„Ich arbeite vor Ort." Er holte eine Zigarette hervor. „Wenn ich ein Studio brauche, was selten genug ist, kann ich mir eines leihen oder mieten. Ganz einfach."

Unwillkürlich suchte sie unter dem Chaos auf ihrem Schreibtisch nach einem Aschenbecher. „Sie machen alle Vergrößerungen selbst?"

„Genau."

Blanche nickte. Bei den wenigen Gelegenheiten bei CELEBRITY, wo sie ihren Film jemand anderem hatte anvertrauen müssen, war sie nicht zufrieden gewesen. Das war einer der Hauptgründe gewesen, weshalb sie ihre eigene Firma gegründet hatte. „Ich liebe Dunkelkammerarbeit."

Sie lächelte zum ersten Mal und brachte ihn dazu, die Augen zusammenzuziehen und sich auf ihr Gesicht zu konzentrieren. Was für eine Macht war das, fragte er sich. Ein Verziehen der Lippen zu einem Hauch von Lächeln, leicht und entspannt. Aber ihm war, als versetze ihm jemand einen Stromschlag.

Blanche sprang beim Klopfen an der Tür auf. „Endlich."

Sidney beobachtete sie, während sie den Raum durchquerte. Er hatte nicht gewusst, dass sie so groß war. Einsfünfundsiebzig, schätzte er, und das meiste davon war Bein. Lange, schlanke, gebräunte Beine. Es war nicht leicht, ihr Lächeln zu übersehen, aber es war glattweg unmöglich, diese Beine zu übersehen.

Auch ihr Duft fiel ihm erst auf, als sie an ihm vorbeiging. Träger Sex. Er wusste keine andere Beschreibung. Es war kein blumiger, es war auch kein raffinierter Duft. Er war ursprünglich. Sidney zog an seiner Zigarette und beobachtete, wie sie mit dem Botenjungen lachte.

Fotografen waren für ihre vorgefassten Meinungen bekannt.

Die gehörten zu ihrem Beruf. Er hatte erwartet, Blanche wäre glatt und cool. Er hatte sich fast schon darauf eingestellt, mit so jemandem zusammenzuarbeiten. Jetzt musste er seine Gedanken neu sortieren. Wollte er mit einer Frau arbeiten, die wie die Abenddämmerung duftete und wie ein Strandhäschen aussah?

Sidney wandte sich von ihr ab und öffnete wahllos einen der Aktendeckel. Er erkannte das Objekt – eine Königin der Kinokassen, die sich zwei Oscars und drei Ehemänner einverleibt hatte. Blanche hatte sie in Glanz und Glitzer gewandet. Ein Königsgewand für eine Königin. Aber sie hatte nicht das übliche Foto geschossen.

Die Schauspielerin saß vor einem Tisch, der von Töpfen und Tiegeln mit Lotions und Cremes überquoll, betrachtete ihr eigenes Spiegelbild und lachte. Nicht das gestellte, behutsame Lächeln, das keine Falten erzeugte, sondern ein volles, robustes Lachen, das man beinahe hören konnte. Es lag am Betrachter zu spekulieren, ob sie über ihr Spiegelbild lachte oder über ein Image, das sie im Laufe der Jahre kreiert hatte.

„Gefällt es Ihnen?" Mit einem Karton in der Hand blieb Blanche neben ihm stehen.

„Ja. Hat es ihr auch gefallen?"

Hungrig öffnete Blanche den Deckel und holte das erste Stück heraus. „Sie hat eine Vergrößerung für ihren Verlobten bestellt. Wollen Sie ein Stück?"

Sidney warf einen Blick in den Karton. „Gibt's auch etwas mit weniger drauf?"

„Nein." Blanche suchte in einer Schublade ihres Schreibtischs nach Servietten und fand einen Karton Papiertaschentücher. „Ich bin eine absolute Anhängerin von Maßlosigkeit. Also ..." Mit dem offenen Karton auf dem Schreibtisch zwischen ihnen, lehnte Blanche sich auf ihrem Stuhl zurück und stellte die Beine hoch. Sie fand es an der Zeit, über das erste Abtasten hinauszugehen. „Wollen Sie über den Auftrag sprechen?"

Sidney griff nach einem Stück Pizza und einer Hand voll Papiertaschentücher. „Haben Sie Bier?"

„Soda Diät oder normal." Blanche nahm einen gewaltigen Bissen. „Ich habe keinen Alkohol im Studio. Dann hat man letztlich nämlich nur beschwipste Kunden."

„Lassen wir es diesmal ausfallen." Sie aßen eine Weile schweigend und schätzten einander noch immer ab. „Ich habe viel über diesen Fotoauftrag nachgedacht."

„Es wäre eine Abwechslung für Sie." Als er nur eine Augenbraue hob, zerknüllte Blanche ein Papiertaschentuch und warf es in den Papierkorb. „Ihre Sachen in Übersee – haben hart getroffen. Da war Sensitivität und Mitgefühl, aber in der Hauptsache war es ziemlich grausam."

„Es war eine grausame Zeit. Nicht alles, was ich fotografiere, muss hübsch sein."

Diesmal hob sie eine Augenbraue. Offensichtlich hielt er nicht viel von dem Weg, den sie in ihrer Karriere eingeschlagen hatte. „Nicht alles, was ich fotografiere, muss roh sein. In der Kunst gibt es Raum für Vergnügen."

Er nahm dies mit einem Schulterzucken zur Kenntnis. „Wir würden verschiedene Dinge sehen, wenn wir durch dasselbe Objektiv blickten."

„Das macht jedes Bild einzigartig." Blanche beugte sich vor und nahm noch ein Stück.

„Ich arbeite gern allein."

Sie aß nachdenklich. Wenn er sie ärgern wollte, so war er auf dem richtigen Weg. Wie auch immer, sie wollte den Auftrag, und er war ein Teil davon. „Ich mag es selbst auch so lieber", sagte sie langsam. „Aber manchmal muss man einen Kompromiss schließen. Sie haben schon von Kompromissen gehört, Sidney? Sie geben nach, ich gebe nach. Wir treffen uns irgendwo in der Mitte."

Sie war nicht so lässig, wie sie wirkte. Gut. Das Letzte, was er brauchte, war, mit jemandem loszuziehen, der so weich war, dass er zu schmelzen drohte. Drei Monate, dachte er erneut. Vielleicht. Wenn erst einmal die Grundregeln festgelegt waren. „Ich bestimme die Route", begann er knapp. „Wir starten hier in L.A., in zwei Wochen. Jeder ist für seine eigene Ausrüstung verantwortlich. Sind wir erst einmal unterwegs, geht jeder seiner eigenen Wege. Sie schießen Ihre Fotos, ich schieße meine. Keine Fragen."

Blanche leckte Soße von ihren Fingern. „Hat Ihnen schon jemals jemand eine Frage gestellt, Colby?"

„Der springende Punkt ist, ob ich antworte." Es war so einfach gesagt, wie es gemeint war. „Der Herausgeber will beide Blickwinkel, so soll er sie bekommen. Ab und zu halten wir und mieten eine Dunkelkammer. Ich kontrolliere Ihre Negative."

Blanche zerknüllte noch mehr Papiertaschentücher. „Nein, das werden Sie nicht tun." Ihre Augen waren zu schmalen Schlitzen geworden, einziges äußeres Anzeichen für ihren wachsenden Ärger.

„Ich bin nicht daran interessiert, dass mein Name mit einer Serie von Popkultur-Schnappschüssen in Verbindung gebracht wird."

Um ihre Selbstbeherrschung aufrecht zu erhalten, aß Blanche weiter. Es gab so viele klare und präzise Dinge, die sie ihm sagen wollte. Doch Zornausbrüche kosteten eine Menge Energie. Und gewöhnlich brachten sie nichts ein. „Als Erstes verlange ich, dass in unseren Vertrag hineingeschrieben wird, dass jedes unserer Fotos unsere eigenen Unterzeilen bekommt. Auf diese Weise gerät keiner von uns durch die Arbeiten des anderen in Verlegenheit. Ich bin nicht daran interessiert, dass die Öffentlichkeit denkt, ich hätte keinen Humor. Möchten Sie noch ein Stück?"

„Nein." Sie war nicht weich. Die Haut in ihrer Armbeuge mochte weich wie Butter aussehen, aber die Lady selbst war es nicht. Es ärgerte ihn zwar, dass er so beiläufig beleidigt wurde, aber das war ihm noch lieber als rückgratlose Zustimmung. „Wir werden vom 15. Juni bis nach dem Labor Day – also dem ersten Montag im September – unterwegs sein." Er beobachtete sie dabei, wie sie nach einem dritten Stück Pizza griff. „Seit ich gesehen habe, wie Sie essen, wird jeder für seine eigenen Ausgaben aufkommen."

„Fein. Und sollten Sie auf irgendwelche komischen Gedanken kommen: Ich koche nicht, und ich werde nicht hinter Ihnen aufräumen. Ich werde meinen Anteil am Fahren übernehmen, aber ich fahre nicht mit Ihnen, wenn Sie getrunken haben und sich ans Steuer setzen. Wenn wir eine Dunkelkammer mieten, werden wir ausmachen, wer sie zuerst benützt. Vom 15. Juni bis nach dem Labor Day sind wir Partner. Fifty-fifty. Wenn Sie damit irgendwelche Probleme haben, klären wir das jetzt, bevor wir auf der gepunkteten Linie unterschreiben."

Er dachte darüber nach. Sie hatte eine gute Stimme, glatt, ruhig, beinahe besänftigend. Sie beide mochten auf engstem Raum ganz gut miteinander auskommen – solange sie ihn nicht zu oft anlächelte und er seine Gedanken von ihren Beinen fern hielt. Im Moment sah er das als das geringste seiner Probleme an. Der Auftrag kam an erster Stelle und was er dafür wollte und davon erwartete.

„Haben Sie einen Liebhaber?"

Blanche schaffte es, nicht an ihrer Pizza zu ersticken. „Wenn das ein Angebot ist", erwiderte sie glatt, „muss ich ablehnen. Unhöfliche Männer sind nicht mein Typ."

Innerlich gestand er ihr einen weiteren Treffer zu, äußerlich blieb sein Gesicht ausdruckslos. „Wir werden einander drei Monate auf der Pelle sitzen." Sie hatte ihn herausgefordert, ob sie es erkannte oder nicht. Und ob er es erkannte oder nicht, aber Sidney hatte angenommen. Er beugte sich näher zu ihr heran. „Ich möchte mich nicht mit einem eifersüchtigen Liebhaber herumschlagen, der ständig hinter uns herjagt oder dauernd anruft, während ich zu arbeiten versuche."

Wofür hielt er sie eigentlich? Für einen Trampel, der sein Privatleben nicht im Griff hatte? Sie zwang sich dazu, einen Moment abzuwarten. Vielleicht hatte er in seinen Beziehungen einige unangenehme Erfahrungen gehabt. Sein Problem, entschied Blanche.

„Ich kümmere mich selbst um meine Liebhaber, Sidney." Blanche biss kraftvoll in die Kruste. „Und Sie kümmern sich um Ihre Liebschaften." Sie wischte sich die Finger an dem letzten Papiertaschentuch ab und lächelte. „Tut mir Leid, die Party zu beenden, aber ich muss wieder an die Arbeit."

Er stand auf und ließ seinen Blick über ihre Beine wandern, ehe er ihn auf ihre Augen richtete. Er wollte den Auftrag annehmen. Und dann hatte er drei Monate Zeit, um herauszufinden, wie er über Blanche Mitchell dachte. „Ich melde mich."

„Tun Sie das."

Blanche wartete, bis er den Raum durchquert und die Studiotür hinter sich geschlossen hatte. Mit ungewohnter Energie und einer Geschwindigkeit, die sie normalerweise für ihre Arbeit reservierte, sprang sie auf und schleuderte den leeren Karton gegen die Tür.

2. KAPITEL

Blanche wusste genau, was sie wollte. Sie fing zwar unfairerweise schon etwas vor dem vorgesehenen Start des Projekts „Amerikanischer Sommer" von LIFE-STYLE an, aber sie genoss die Vorstellung, Sidney Colby einen Schritt voraus zu sein. Kleinlich vielleicht, aber sie genoss es wirklich.

Auf jeden Fall bezweifelte sie, dass ein Mann wie er die zeitlose Freude des letzten Schultags schätzen konnte. Wann sonst begann der Sommer tatsächlich, wenn nicht mit diesem einen wilden Ausbruch von Freiheit?

Sie wählte eine Volksschule, weil sie Unschuld suchte. Sie wählte eine Innenstadtschule, weil sie Realismus suchte. Kinder, die aus der Schultür traten und in einer Limousine verschwanden, waren nicht das Bild, das sie zeigen wollte. Diese Schule hier hätte in jeder Stadt irgendwo im Land stehen können. Die Kinder, die gleich zur Tür herausschießen würden, standen für alle Kinder. Leute, die dieses Foto betrachteten, würden unabhängig von ihrem Alter in diesen Kindern etwas von sich selbst sehen.

Blanche ließ sich sehr viel Zeit mit dem Aufstellen, wählte und verwarf ein halbes Dutzend Beobachtungsposten, bevor sie sich für einen entschied. Es war nicht möglich und nicht einmal ratsam, den Schnappschuss zu stellen. Nur ein zufälliges Bild konnte ihr geben, was sie wollte – die Spontaneität und das Tempo.

Als die Klingel ertönte und die Türen aufflogen, bekam sie genau das. Und das war es wert, fast von trappelnden Turnschuhen umgerannt zu werden. Schreiend und kreischend strömten die Kinder in den Sonnenschein hinaus.

Stampede. Das war der Gedanke, der ihr durch den Kopf ging. Blanche duckte sich hastig, schoss von unten nach oben und erwischte die erste Flut von Kindern in einem Winkel, der Schnelligkeit, Menge und totale Verwirrung herüberbrachte.

Vorwärts, vorwärts! Es ist Sommer, und jeder Tag ist ein

Samstag. Der September war Jahre entfernt. Sie konnte es im Gesicht jedes der Kinder lesen.

Sie wandte sich um und schoss die nächste Gruppe Kinder von vorn. In der Ausfertigung würde es so aussehen, als ob sie direkt aus der Seite des Magazins herauspreschten. Aus einem Impuls heraus drehte Blanche ihre Kamera für ein Bild im Hochformat. Und sie bekam es. Ein Junge von acht oder neun sprang die Treppe herunter, die Hände hochgerissen, ein breites Grinsen im Gesicht. Blanche erwischte ihn mitten in der Luft, als sein Kopf und seine Schultern über die sich in alle Winde zerstreuenden Kinder herausragten. Sie hatte den Jungen eingefangen, erfüllt von dem Triumph dieser magischen goldenen Straße der Freiheit, die in alle Richtungen führte.

Obwohl sie absolut sicher war, welches Foto sie für den Auftrag vergrößern würde, fuhr Blanche mit der Arbeit fort. Innerhalb von zehn Minuten war es vorbei.

Zufrieden tauschte sie Objektive und Blickwinkel aus. Die Schule war jetzt leer, und Blanche wollte sie so festhalten. Dabei wollte sie nicht den Eindruck des strahlenden Sonnenlichts und setzte deshalb einen Filter für geringe Kontraste vor. Beim Vergrößern wollte sie dann das Licht im Himmel verringern, indem sie etwas über diesen Teil des Fotopapiers hielt, damit es nicht überbelichtet wurde. Sie wollte das Gefühl der Leere und des Wartens als Kontrast zu dem Leben und der Energie, die soeben aus dem Gebäude geströmt waren. Sie hatte den Film zu Ende fotografiert, ehe sie sich aufrichtete und die Kamera am Riemen baumeln ließ.

Die Schule ist aus, dachte sie mit einem Lächeln. Sie selbst empfand diesen ganz besonderen Drang der Freiheit in sich. Der Sommer hatte soeben begonnen.

Seit sie aus dem festen Mitarbeiterstab von CELEBRITY ausgeschieden war, hatte sich Blanches Arbeitslast nicht verringert. Sie hatte festgestellt, dass sie selbst eine härtere Arbeitgeberin war als das Magazin. Sie liebte ihre Arbeit und widmete ihr den gesamten Tag und die meisten ihrer Abende. Ihr Exmann hatte ihr einmal vorgeworfen, nicht sie besitze die Kamera, sondern die Kamera sie. Das war etwas, das sie weder abstreiten noch rechtfertigen konnte. Nach zwei Tagen Arbeit mit Sidney entdeckte Blanche, dass sie darin nicht allein war.

Sie hatte sich stets für eine gewissenhafte Handwerkerin gehalten. Verglichen mit Sidney war sie schlampig. Er brachte bei seiner Arbeit eine Geduld auf, die sie bewunderte, obwohl sie ihr gleichzeitig auf die Nerven ging. Sie arbeiteten von völlig verschiedenen Perspektiven aus. Blanche schoss eine Szene und brachte ihren persönlichen Blickpunkt ein, ihre Emotionen, ihre Gefühle über das Bild. Sidney suchte die Vieldeutigkeit. Während seine Fotos ein Dutzend verschiedener Reaktionen hervorrufen mochten, blieb seine persönliche Sicht fast immer sein Geheimnis. Genau wie alles an ihm halb im Dunkeln blieb.

Er redete nicht viel, aber Blanche machte es nichts aus, schweigend zu arbeiten. Es war fast so, als würde man allein arbeiten. Seine langen ruhigen Blicke konnten allerdings entnervend sein. Sie wollte nicht wie in einem Sucher seziert werden.

Seit ihrer ersten Begegnung in Blanches Studio waren sie zweimal zusammengekommen, um über die Route und die Themen für den Auftrag zu sprechen. Blanche hatte Sidney nicht einfacher im Umgang gefunden, dafür aber voll engagiert. Das Projekt bedeutete für sie beide so viel, dass sie es möglich machen würden, Blanches Vorschlag zu folgen: sich irgendwo in der Mitte zu treffen.

Nachdem Blanches anfänglicher Ärger auf Sidney abgeklungen war, fand sie, dass sie in den nächsten Monaten Freunde werden könnten – zumindest auf beruflichem Gebiet. Nach zwei Tagen Arbeit mit ihm wusste sie jedoch, dass es nie dazu kommen würde. Sidney rief keine einfachen Emotionen wie Freundschaft hervor. Entweder war er faszinierend, oder er verärgerte. Sie beschloss, sich nicht faszinieren zu lassen.

Blanche hatte genaue Nachforschungen über ihn angestellt, was sie sich selbst gegenüber als reine Routine ausgab. Man trat schließlich nicht mit einem Mann eine Reise an, von dem man praktisch nichts wusste. Doch je mehr sie herausgefunden hatte – das heißt, je mehr sie nicht herausgefunden hatte –, desto größer war ihre Neugierde geworden.

Mit Anfang Zwanzig hatte er geheiratet und war wieder geschieden worden. Und das war es auch schon – keine Anekdoten, keine Gerüchte, nichts Positives und auch nichts Negatives. Er verwischte seine Spuren sehr sorgfältig. Als Fotograf für INTERNATIONAL VIEW hatte er insgesamt fünf Jahre in Übersee verbracht. Nicht im schönen Paris, London oder Madrid, sondern in Laos, Libanon, Kambodscha. Seine Arbeit dort hatte ihm eine Nominierung für den Pulitzer-Preis und den Overseas Press Club Award eingetragen.

Seine Fotos standen zu Studienzwecken und zum Analysieren zur Verfügung, sein Privatleben blieb jedoch undurchsichtig. Er zeigte sich wenig in der Öffentlichkeit. Seine Freunde waren unbeugsam loyal und frustrierend verschwiegen. Wollte sie mehr über Sidney herausfinden, musste Blanche es während ihrer gemeinsamen Arbeit versuchen.

Blanche betrachtete es als gutes Zeichen, dass sie sich darauf geeinigt hatten, an ihrem letzten Tag in L. A. am Strand zu arbeiten. Ohne Streit. Strandszenen würden sich als ständiges Thema durch den Bildbericht ziehen – von Kalifornien bis Cape Cod.

Zuerst gingen sie zusammen über den Sand, wie Freunde oder Liebende, berührten einander nicht, hielten aber gleichen Schritt. Sie sprachen nicht miteinander, doch Blanche hatte schon herausgefunden, dass Sidney sich einfach nicht unterhielt, wenn er nicht dazu in Stimmung war.

Es war knapp zehn, aber die Sonne war schon hell und heiß. Weil es ein Wochentag war, waren die meisten Sonnenanbeter und Wasserratten sehr jung oder sehr alt. Als Blanche anhielt, ging Sidney weiter, ohne dass einer von ihnen ein Wort sagte.

Es war der Kontrast, der ihren Blick eingefangen hatte. Die alte Frau mit dem breiten flatterigen Sonnenhut war in ein langes Strandkleid und einen gehäkelten Schal gehüllt. Sie saß unter einem Schirm und beobachtete ihre Enkelin, die – nur mit einem rosa Rüschenhöschen bekleidet – neben ihr ein Loch in den Sand grub. Sonne überströmte das kleine Mädchen. Schatten schirmte die alte Frau ab.

Blanche musste die Frau eine Genehmigung zur Veröffentlichung unterschreiben lassen. Bat man jemanden, ihn fotografieren zu dürfen, verkrampfte sich der Betreffende unweigerlich, und Blanche vermied das, wo es nur ging. In diesem Fall ging es nicht. Also wartete sie geduldig, bis die Frau sich wieder entspannte.

Ihr Name war Sadie, und die Enkelin hieß auch so. Noch bevor Blanche das erstemal auf den Auslöser drückte, wusste sie, dass sie das Bild „Zwei Sadies" nennen würde. Sie musste nur noch diesen träumerischen, weit entrückten Blick zurück in die Augen der Frau bringen.

Es dauerte zwanzig Minuten. Blanche vergaß, dass ihr unangenehm heiß war, während sie zuhörte, nachdachte und Blickwinkel überlegte. Sie wusste, was sie wollte. Die sorgfältige Abschirmung der alten Frau und das völlige Fehlen jeglicher Abschirmung bei dem Kind und das Band zwischen den beiden, das durch Verwandtschaft und Zeit entstanden war.

In Erinnerungen verloren, vergaß Sadie die Kamera und bemerkte es nicht, als Blanche auf den Auslöser zu drücken begann. Blanche wollte die Schärfe – das war es, was sie gesehen hatte. Beim Vergrößern wollte Blanche erbarmungslos mit den Linien und Falten im Gesicht der Großmutter umgehen, während sie gleichzeitig die Makellosigkeit der Haut des Kleinkindes unterstreichen würde.

Dankbar unterhielt Blanche sich noch ein paar Minuten und notierte sich dann die Adresse der Frau mit dem Versprechen, einen Abzug zu schicken. Sie ging weiter und wartete auf die nächste Szene.

Sidney hatte ebenfalls sein erstes Objekt gefunden, aber er unterhielt sich nicht. Der Mann lag mit dem Gesicht nach unten auf einem ausgebleichten Strandtuch. Er war rot, schwammig und anonym. Ein Geschäftsmann, der sich den Vormittag freinahm, ein Vertreter aus Iowa – es spielte keine Rolle. Anders als Blanche suchte Sidney nicht Persönlichkeit, sondern die Gleichheit derer, die ihre Körper in der Sonne grillten.

Sidney wählte zwei Blickpunkte und schoss sechs Fotos, ohne ein einziges Wort mit dem schnarchenden Sonnenanbeter zu wechseln. Zufrieden wanderte er weiter über den Strand. Drei Meter entfernt streifte Blanche beiläufig ihre Shorts und ihr T-Shirt ab. Der eng anliegende rote Badeanzug war an den Schenkeln aufreizend hoch geschnitten. Ihr Profil war ihm zugewandt, als sie aus ihren Shorts stieg. Es war scharf, gut ausgeprägt, als wäre es von einer geschickten Hand gemeißelt worden.

Sidney zögerte nicht. Er stellte Schärfe und Blende ein, korrigierte den Bildausschnitt um eine Winzigkeit und wartete. In dem Moment, in dem sie nach dem Saum ihres T-Shirts griff, begann er zu schießen.

Sie war so schlicht, so unaffektiert. Er hatte nicht gewusst, dass jemand so total selbstvergessen sein konnte in einer Welt, in der Selbstverliebtheit zur Religion erhoben worden war. Ihr Körper war eine lange schlanke Linie, wurde mehr und mehr enthüllt, als sie das T-Shirt über den Kopf zog. Für einen Moment hob sie ihr Gesicht der Sonne entgegen, hieß die Hitze willkommen.

Etwas kribbelte in seinem Magen. Verlangen. Er erkannte die ersten Anzeichen. Er mochte es nicht.

Es war, sagte er sich selbst, was in seinem Beruf ein entscheidender Moment genannt wurde. Der Fotograf denkt, dann schießt er, während er zusieht, wie eine Szene abläuft. Wenn die visuellen und die emotionalen Elemente zusammentreffen – wie sie das in diesem Fall mit einem Schlag getan hatten –, kam es zum

Erfolg. Es gab keine Wiederholung, keine nochmalige Aufnahme. „Entscheidender Moment" war wörtlich zu nehmen. Alles oder nichts. Wenn es ihn für einen Augenblick aufgerüttelt hatte, bewies das nur, dass er erfolgreich diesen lässigen, lasziven Sex eingefangen hatte.

Vor Jahren hatte er sich selbst darauf trainiert, sich mit seinen Objekten nicht sonderlich gefühlsmäßig einzulassen. Sie konnten einen sonst bei lebendigem Leib auffressen. Blanche Mitchell sah zwar nicht so aus, als würde sie einen Menschen vereinnahmen, aber Sidney ging kein Risiko ein. Er wandte sich von ihr ab und vergaß sie. Fast.

Mehr als vier Stunden später kreuzten sich ihre Wege erneut. Blanche saß in der Sonne neben einem Verkaufsstand und aß einen Hot-dog, der unter Bergen von Senf und Relish begraben war. Auf der einen Seite hatte sie ihre Kameratasche, auf der anderen eine Dose Limo abgestellt. Ihre schmale rote Sonnenbrille warf Sidney sein Spiegelbild zurück.

„Wie ist's gelaufen?" fragte sie mit vollem Mund.

„Gut. Ist da drunter ein Hot-dog?"

„Mmm." Sie schluckte und deutete auf den Strand. „Großartig."

„Ich passe." Sidney bückte sich, griff nach ihrer warm werdenden Limo und nahm einen tiefen Schluck. Es war Orange und sehr süß. „Wie, zum Teufel, können Sie dieses Zeug trinken?"

„Ich brauche eine Menge Zucker. Ich habe ein paar Aufnahmen, mit denen ich recht zufrieden bin." Sie streckte die Hand nach der Dose aus. „Ich möchte Abzüge machen, bevor wir morgen losfahren."

„Meinetwegen, wenn Sie um sieben bereit sind."

Blanche zog die Nase kraus, während sie ihren Hot-dog wegputzte. Lieber hätte sie bis sieben Uhr morgens gearbeitet, als so zeitig aufzustehen. Einer der ersten Punkte, den sie unterwegs ausgleichen mussten, war der Unterschied in ihren biologischen Zeitabläufen. Blanche begriff die Schönheit und Gewaltigkeit der

Aufnahme von einem Sonnenaufgang. Sie bevorzugte nur eben das Geheimnisvolle und die Farben eines Sonnenuntergangs.

„Ich werde bereit sein." Sie stand auf, klopfte sich den Sand ab und zog das T-Shirt über ihren Badeanzug. Sidney hätte ihr sagen können, dass sie ohne das T-Shirt bedeckter aussah. Wie der Saum ihre Schenkel berührte und die Blicke darauf lenkte, das war geradezu kriminell. „Sofern Sie die erste Schicht fahren", fuhr sie fort. „Gegen zehn werde ich dann auch wieder funktionieren."

Er wusste nicht, warum er es tat. Sidney war ein Mann, der jede Bewegung analysierte, jede Oberfläche, Form, Farbe. Er teilte alles in Muster ein und setzte es wieder zusammen. Das war seine Art. Impulse waren nicht seine Art. Dennoch streckte er die Hand aus und umfasste ihren Zopf, ohne über die Handlung oder die Folgen nachzudenken. Er wollte ihn nur einfach berühren.

Sie war überrascht, das sah er. Aber sie zog sich nicht zurück. Und sie zeigte ihm auch nicht dieses halbe Lächeln, das Frauen benützten, wenn ein Mann nicht widerstehen konnte zu berühren, was ihn anzog.

Ihr Haar war weich. Seine Augen hatten es ihm bereits gesagt, aber jetzt bestätigten es seine Finger. Dennoch war es enttäuschend, es nicht lose und frei zu fühlen, es nicht zwischen seinen Fingern spielen zu lassen.

Er verstand sie nicht. Noch nicht. Sie verdiente ihren Lebensunterhalt, indem sie die Elite, die Glamourösen, die Protzer abbildete, und doch schien sie selbst keinen Dünkel zu haben. Ihr einziger Schmuck war ein dünnes Goldkettchen, das bis zum Ansatz ihrer Brüste reichte, daran ein winziger Anhänger. Auch heute trug sie kein Make-up, aber ihr Duft lockte. Sie hätte sich mit ein paar grundlegenden weiblichen Mitteln in eine atemberaubende Erscheinung verwandeln können, schien diese Möglichkeit jedoch zu ignorieren und sich stattdessen auf Schlichtheit zu verlassen. Allein das war schon verblüffend.

Vor Stunden hatte Blanche beschlossen, sich nicht faszinieren zu lassen. Sidney beschloss in diesem Moment, dass er sich nicht überwältigen lassen wollte. Wortlos ließ er ihren Zopf wieder auf ihre Schulter fallen.

„Soll ich Sie zurück in Ihr Apartment oder Ihr Studio bringen?"

Das war alles? Innerhalb von Sekunden hatte er es geschafft, dass sich ihr Innerstes verkrampfte, und jetzt wollte er bloß wissen, wo er sie absetzen sollte. „Ins Studio." Blanche bückte sich und hob ihre Kameratasche auf. Ihre Kehle war trocken, aber sie warf die halb volle Limodose in den Abfall. Bevor sie Sidneys Wagen erreichten, war sie überzeugt davon zu explodieren, wenn sie nicht irgendetwas sagte.

„Genießen Sie dieses coole, entrückte Image, das Sie dermaßen perfektioniert haben, Sidney?"

Er sah sie nicht an, aber er hätte um ein Haar gelächelt. „Es ist bequem."

„Ausgenommen für Leute, die näher als zwei Meter an Sie herankommen." Der Teufel sollte sie holen, wenn sie ihm keine Gemütsregung entlockte. „Vielleicht nehmen Sie die Presseberichte über sich selbst zu ernst", meinte sie. „Sidney ‚Shade' Colby, so geheimnisvoll und faszinierend wie sein Name, so gefährlich und beeindruckend wie seine Fotos."

Diesmal lächelte er und überraschte sie damit. Plötzlich sah er wie jemand aus, mit dem sie Hand in Hand gehen, mit dem sie lachen wollte. „Wo, zum Teufel, haben Sie das gelesen?"

„CELEBRITY", murmelte sie. „April, vor fünf Jahren. Sie haben einen Artikel gebracht über den Verkauf von Fotos in New York. Eines Ihrer Bilder ist bei Sotheby's für siebentausendfünfhundert Dollar weggegangen."

„Tatsächlich?" Sein Blick glitt über ihr Profil. „Sie haben ein besseres Gedächtnis als ich."

Sie blieb stehen und wandte sich ihm zu. „Verdammt, ich habe es gekauft! Es ist eine schwermütige, deprimierende, faszinierende Straßenszene, für die ich keine zehn Cents bezahlt hätte, wenn ich Sie vorher kennen gelernt hätte. Und wenn ich darin nicht so vernarrt wäre, würde ich das Bild rausschmeißen, sobald ich nach Hause komme. Wahrscheinlich werde ich es verkehrt herum hängen müssen, und zwar für die nächsten sechs Monate, bis ich vergesse, dass der Künstler, der es gemacht hat, ein Trottel ist."

Sidney betrachtete sie sachlich. Dann nickte er. „Wenn Sie erst einmal angefangen haben, können Sie ganz schön reden."

Mit einem knappen groben Wort wandte Blanche sich ab und ging erneut auf den Wagen zu. Als sie die Seite des Beifahrers erreichte und die Tür aufriss, hielt Sidney sie zurück. „Da wir in den nächsten drei Monaten praktisch zusammenleben werden, möchten Sie vielleicht auch noch den Rest ausspucken."

Obwohl sie einen beiläufigen Ton anschlagen wollte, kamen die Worte zwischen ihren Zähnen heraus. „Den Rest wovon?"

„Von allem, woran Sie etwas auszusetzen haben."

Sie holte zuerst tief Luft. Sie hasste es, wütend zu sein. Es erschöpfte sie stets völlig. Dennoch überließ sie sich ihren Gefühlen, krampfte die Hände um den oberen Rand der Tür und wandte sich zu Sidney. „Ich mag Sie nicht. So einfach ist das. Und es gibt sonst niemanden, den ich nicht mag."

„Niemanden?"

„Niemanden."

Aus irgendeinem Grund glaubte er ihr. Er nickte und legte seine Hände auf ihre. „Ist mir ohnedies lieber, nicht mit vielen anderen in einen Topf geworfen zu werden. Warum sollten wir einander denn überhaupt mögen?"

„Es würde die Arbeit einfacher machen."

Er dachte darüber nach, während er ihre Hände unter den seinen festhielt. Ihre Handrücken waren weich, seine Handflächen hart. Er mochte den Kontrast, vielleicht sogar zu sehr. „Sie haben alles gern einfach?"

Er ließ es wie eine Beleidigung klingen, und sie straffte sich. Ihre Augen befanden sich mit seinem Mund auf gleicher Höhe, und sie veränderte leicht die Haltung. „Ja. Komplikationen sind nichts weiter als kompliziert, sie kommen einem in die Quere und verderben alles. Ich räume sie lieber beiseite und beschäftige mich mit dem wirklich Wichtigen."

„Wir hatten schon eine wesentliche Komplikation, bevor wir überhaupt angefangen haben."

Sie hätte sich allein darauf konzentrieren können, ihren Blick auf seine Augen gerichtet zu halten, aber das hätte nicht verhindern können, den leichten Druck seiner Hände zu spüren. Und es hätte nicht verhindern können, zu verstehen, was er meinte. Nachdem sie beide von Anfang an peinlichst vermieden hatten, es auch nur zu erwähnen, stürzte Blanche sich jetzt kopfüber darauf.

„Sie sind ein Mann, und ich bin eine Frau."

Er konnte nicht anders, als es zu genießen, wie sie es ihm entgegenfauchte. „Genau. Wir könnten sagen, dass wir beide Fotografen sind, und das wäre ein geschlechtsloser Begriff." Er schenkte ihr ein angedeutetes Lächeln. „Das wäre außerdem auch Mist."

„Kann sein", sagte sie gleichmütig. „Aber ich habe vor, mit dem Problem fertig zu werden, weil dieser Auftrag an erster Stelle kommt. Vielleicht hilft es, dass ich Sie nicht mag."

„Ob man jemanden mag, hat nichts mit Anziehungskraft zu tun."

Sie lächelte ihn leichthin an, obwohl ihr Puls zu hämmern begann. „Ist das ein höfliches Wort für Wollust?"

Sie tanzte nicht um ein Thema herum, wenn sie es erst einmal angeschnitten hatte. Sehr anständig, fand er. „Wie auch immer Sie es nennen, es ist eine der von Ihnen erwähnten Komplikationen. Wir sollten uns das Problem sehr genau ansehen, ehe wir es beiseite räumen."

Als seine Finger sich um ihre Hände anspannten, senkte sie ihren Blick darauf. Sie verstand, was er meinte, aber nicht sein Motiv.

„Sobald wir uns fragen, wie es sein würde, wird es uns beide ablenken", fuhr Sidney fort. Sie blickte wachsam hoch. Er fühlte ihren Puls unter seinen Fingern, aber sie zog sich nicht zurück. Falls sie ... Es hatte keinen Sinn zu spekulieren; es war besser vorzupreschen. „Wir werden herausfinden, wie es ist. Dann werden wir es in unserem Gedächtnis abspeichern, es vergessen und mit unserem Job weitermachen."

Es klang logisch. Blanche misstraute grundsätzlich allem, was so logisch klang. Allerdings hatte er genau richtig gelegen, als er behauptete, es würde sie beide ablenken, wenn sie sich fragten, wie es sein würde. Sie fragte sich das schon seit Tagen. Sein Mund schien die weichste Stelle an ihm zu sein, und doch wirkte er hart, fest und unnachgiebig. Wie würde er sich anfühlen? Wie würde er schmecken?

Sie ließ ihren Blick zu seinem Mund wandern, und er verzog die Lippen. Sie wusste nicht, ob es Belustigung oder Sarkasmus war, aber es half ihr, eine Entscheidung zu treffen.

„Einverstanden." Wie intim konnte ein Kuss sein, wenn eine Autotür sie voneinander trennte?

Sie neigten sich einander zu, langsam, so als erwartete jeder von ihnen, dass der andere sich im letzten Moment zurückzog. Ihre Lippen berührten sich, leicht, leidenschaftslos. Es hätte in diesem Moment damit enden können, dass jeder von ihnen desinteressiert die Schultern zuckte. Es war lediglich das Grundelement eines Kusses. Zwei Lippenpaare tasteten einander ab. Nicht mehr.

Keiner von beiden konnte sagen, wer die Änderung einleitete und ob es berechnet oder zufällig geschah. Sie waren beide neugierige Menschen, und die Neugierde mochte der auslösende Faktor gewesen sein. Vielleicht war es aber auch einfach unvermeidlich. Die Beschaffenheit des Kusses veränderte sich so langsam, dass an ein Aufhören nicht zu denken war und es zu spät für Reue war.

Lippen öffneten sich, luden ein, akzeptierten. Ihre Finger

klammerten sich aneinander, vertieften den Kuss. Blanche wurde gegen die harte Tür gepresst, verlangte nach mehr, während sie mit den Zähnen an seiner Unterlippe knabberte. Sie hatte Recht gehabt. Sein Mund war das Weichste an ihm. Unglaublich weich, unbeschreiblich köstlich, als er ihn heiß auf ihren Mund presste.

Sie war nicht an heftige Stimmungsumschwünge gewöhnt. Sie hatte nie etwas Ähnliches erfahren. Es war ihr unmöglich, sich einfach zurückzulehnen und zu genießen. Aber waren Küsse denn nicht dafür da? Bisher hatte sie daran geglaubt. Dieser Kuss verlangte all ihre Kraft, all ihre Energie. Noch während er andauerte, wusste Blanche, dass sie hinterher ausgelaugt sein würde. Wundervoll und total ausgelaugt. Während sie in der Erregung schwelgte, freute sie sich schon auf den herrlichen Genuss des Nachspürens.

Er hätte es wissen müssen. Verdammt, er hätte wissen müssen, dass sie nicht so lässig und unkompliziert war, wie sie aussah. Hatte er sich nicht schmerzhaft nach ihr gesehnt? Sie zu schmecken, brachte keine Linderung, ganz im Gegenteil. Blanche konnte seine Kontrolle außer Kraft setzen, und Kontrolle war unentbehrlich für seine Kunst, sein Leben, seinen klaren Verstand. Er hatte diese Kontrolle über Jahre von Schweiß, Angst und Erwartungen hinweg entwickelt und perfektioniert. Sidney hatte gelernt, dass die gleiche berechnete Kontrolle, die er in der Dunkelkammer einsetzte, die gleiche sorgfältige Logik, die er für eine Aufnahme brauchte, sich erfolgreich auch auf Frauen anwenden ließ. Erfolgreich und schmerzlos. Einmal von Blanche kosten, und er erkannte, wie zerbrechlich Kontrolle sein konnte.

Um sich selbst und vielleicht auch ihr zu beweisen, dass er damit umgehen konnte, ließ er zu, dass der Kuss tiefer, heißer, feuchter wurde. Gefahr drohte, und vielleicht lockte er sie sogar an.

Sie schmeckte heiß und süß. Sie setzte ihn in Flammen. Er musste sich zurückhalten, sonst hinterließ die Verbrennung eine Narbe. Er hatte genug Narben. Das Leben war nicht so schön wie ein erster Kuss an einem heißen Nachmittag. Er wusste das besser als die meisten anderen.

Sidney zog sich zurück und gab sich damit zufrieden, dass er die Kontrolle nicht verloren hatte. Vielleicht war sein Puls nicht gleichmäßig, vielleicht funktionierte sein Verstand nicht ganz klar, aber er besaß seine Kontrolle noch.

Für Blanche drehte sich alles. Hätte er ihr jetzt eine Frage gestellt, irgendeine, sie hätte keine Antwort gewusst. Sie lehnte sich gegen die Wagentür und wartete darauf, dass ihr Gleichgewicht zurückkehrte. Sie hatte gewusst, dass der Kuss sie auslaugen würde. Sogar jetzt fühlte sie noch ihre Energie schwinden.

Er sah den Blick in ihren Augen, jenen sanften Blick, dem jeder Mann nur schwer widerstehen konnte. Sidney wandte sich ab. „Ich setze Sie am Studio ab."

Während er um den Wagen auf seine Seite ging, ließ Blanche sich auf ihren Sitz fallen. Es im Gedächtnis abspeichern und es vergessen, dachte sie.

Sie versuchte es. Blanche bemühte sich so sehr zu vergessen, was Sidney sie hatte empfinden lassen, dass sie bis drei Uhr nachts arbeitete. Als sie sich endlich in ihr Apartment schleppte, hatte sie den Film von der Schule und dem Strand entwickelt, die Negative ausgesucht, die sie vergrößern wollte, und sie hatte von zweien Abzüge gemacht, die sie mit zu ihren besten Arbeiten zählte.

Jetzt hatte sie vier Stunden, um zu essen, zu packen und zu schlafen. Nachdem sie sich ein gewaltiges Sandwich hergerichtet hatte, holte sie einen Koffer hervor und warf die wichtigsten Sachen hinein. Benommen von Müdigkeit, spülte sie Brot, Fleisch und Käse mit einem großen Schluck Milch hinunter. Nichts davon fühlte sich in ihrem Magen besonders bekömmlich an, weshalb sie ihr halb gegessenes Abendessen auf dem Nachttischchen stehen ließ und sich wieder ans Packen machte.

Sie durchwühlte das oberste Fach ihres Schranks nach der Schachtel mit dem schlichten Pyjama im Herrenschnitt, den ihre

Mutter ihr zu Weihnachten geschenkt hatte. Eindeutig eines der wichtigsten Dinge. Der Pyjama war sexlos. Sie konnte nur hoffen, dass sie sich darin auch sexlos fühlte. An diesem Nachmittag war sie nachhaltig daran erinnert worden, dass sie eine Frau war ...

Sie wollte sich in Sidneys Nähe kein zweites Mal als Frau fühlen. Es war zu gefährlich, und sie vermied gefährliche Situationen. Da sie jedoch nicht der Typ war, der seine Femininität betonte, sollte das kein Problem sein.

Sagte sie sich wenigstens ...

Wenn sie beide erst einmal mit ihrem Auftrag begonnen hatten, würden sie so beschäftigt sein, dass sie es nicht einmal bemerken würden, wenn der andere zwei Köpfe und vier Daumen hätte.

Sagte sie sich wenigstens ...

Was an diesem Nachmittag geschehen war, war lediglich einer jener flüchtigen Momente gewesen, denen ein Fotograf manchmal begegnete, wenn der Augenblick das Handeln bestimmte. Es würde nie wieder geschehen, weil die Umstände nie wieder die gleichen sein würden.

Sagte sie sich wenigstens ...

Und dann hatte sie genug an Sidney Colby gedacht. Es war fast vier Uhr, und die nächsten drei Stunden gehörten ganz ihr, die letzten, die ihr für lange Zeit bleiben würden. Blanche wollte sie auf die Art verbringen, die ihr am liebsten war. Schlafend. Sie zog sich aus, ließ ihre Kleider auf einen Haufen fallen, kroch ins Bett und vergaß, das Licht auszumachen.

Auf der anderen Seite der Stadt lag Sidney in der Dunkelheit. Er hatte noch nicht geschlafen, obwohl er schon vor Stunden gepackt hatte. Seine Tasche und seine Ausrüstung waren säuberlich neben der Tür aufgebaut. Er war gut organisiert, vorbereitet und hellwach.

Er hatte schon früher Schlaf versäumt. Dieser Umstand beunruhigte ihn nicht, der Grund dafür aber schon. Blanche Mitchell. Obwohl es ihm im Lauf des Abends gelungen war, sie auf die Seite zu schieben, in den Hintergrund, in einen Winkel seines Gehirns zu verbannen, hatte er sie nicht ganz aus seinem Schädel hinausbekommen.

Er konnte Punkt für Punkt alles, was an diesem Nachmittag zwischen ihnen passiert war, analysieren, aber das hätte einen wesentlichen Punkt nicht geändert. Er war verletzbar gewesen. Vielleicht nur für einen Moment, einen Herzschlag, aber er war verletzbar gewesen. Und das konnte er sich nicht leisten. Das würde er auch kein zweites Mal zulassen.

Blanche Mitchell war eine jener Komplikationen, die sie angeblich vermeiden wollte. Er dagegen war daran gewöhnt. Er hatte nie irgendwelche Probleme gehabt, mit Komplikationen fertig zu werden. Blanche würde da keine Ausnahme machen.

Sagte er sich wenigstens ...

In den nächsten drei Monaten waren sie beide tief in ein Unternehmen verstrickt, das ihre ganze Zeit und Energie in Anspruch nehmen würde. Wenn er arbeitete, konnte er sehr gut seine ganze Konzentration auf einen Punkt richten und alles andere ignorieren. Das war kein Problem.

Sagte er sich wenigstens ...

Aber er konnte nicht schlafen. Der Druck in seinem Magen hatte nichts mit dem Abendessen zu tun, das unberührt auf seinem Teller kalt geworden war.

3. KAPITEL

Pünktlich um sieben Uhr am anderen Morgen hatte ihre Reise begonnen. Sidney hatte Blanche abgeholt. Noch halb im Schlaf, hatte sie ihr Gepäck in den Campingbus gestellt.

Da Sidney die ersten Stunden fahren wollte, hatte sie sich auf den Beifahrersitz gehockt und war prompt eingeschlafen.

Sidney hatte eine Route ausgesucht, die leicht abgeändert werden konnte, und keinen Zeitplan gemacht. Ihr einziger Termin war der Labor Day, an dem sie an der Ostküste sein sollten. Er stellte das Radio leise ein und fand flotte Countrymusic, während er in einem gleichmäßigen Tempo den Highway unter die Räder nahm. Neben ihm schlief Blanche.

Wenn das ihre Routine war, dachte er, würden sie keine Probleme haben. Solange sie schlief, konnten sie einander nicht auf die Nerven gehen. Oder gegenseitig Leidenschaft wecken. Selbst jetzt fragte er sich noch, weshalb ihm Gedanken an sie während der Nacht die Ruhe geraubt hatten. Was hatte sie an sich, das ihm Sorgen bereitete? Er wusste es nicht, und das allein bereitete ihm Sorgen.

Nach seiner Entscheidung, den Auftrag anzunehmen, hatte er es sich zur Aufgabe gemacht, mehr über sie herauszufinden. Sidney mochte sein Privatleben abschirmen, aber es fehlte ihm nicht an Kontakten. Er hatte von ihrer Arbeit für CELEBRITY gewusst, auch von ihrer kreativeren und persönlicheren Arbeit für Magazine wie VANITY und IN TOUCH. Sie hatte sich im Lauf der Jahre mit ihren ungewöhnlichen, oftmals radikalen Fotos der Berühmten zu einer Kultfotografin entwickelt.

Was er nicht gewusst hatte, war, dass sie die Tochter eines Malers und einer Dichterin war, beide exzentrische und halbwegs erfolgreiche Einwohner von Carmel. Bevor Blanche zwanzig war, hatte sie einen Finanzberater geheiratet und hatte sich drei Jahre später wieder von ihm scheiden lassen. Sie verabredete sich mit Männern mit einer geradezu einstudierten Lässigkeit, und sie hatte vage Pläne über den Ankauf eines Strandhauses in Malibu. Sie war beliebt, respektiert und in jeder Hinsicht zuverlässig. Sie war oft langsam, wenn sie etwas tat – aus einer Kombination ihres Verlangens nach Perfektion und ihrer Überzeugung heraus, dass Eile eine Verschwendung von Energie war.

Er hatte bei seinen Nachforschungen nichts Überraschendes gefunden, aber auch keinen Anhaltspunkt für die Anziehung, die sie auf ihn ausübte. Doch ein erfolgreicher Fotograf war geduldig. Manchmal war es nötig, immer wieder auf ein Objekt zurückzukommen, bis man seine eigenen Gefühle ihm gegenüber verstand.

Als sie die Grenze nach Nevada überquerten, zündete Sidney eine Zigarette an und kurbelte sein Fenster herunter. Blanche bewegte sich, murmelte etwas und tastete nach ihrer Tasche.

„Guten Morgen." Sidney warf ihr einen kurzen Seitenblick zu.

„Mmm-hmm." Blanche wühlte in ihrer Tasche herum und holte erleichtert den Schokoriegel heraus, riss die Verpackung mit zwei raschen Bewegungen auf und warf das Papier in ihre Tasche. Normalerweise räumte sie die Tasche immer aus, kurz bevor sie überquoll.

„Essen Sie immer etwas Süßes zum Frühstück?"

„Da ist Koffein drin." Sie nahm einen riesigen Bissen und seufzte. „Ich bevorzuge es auf diese Weise." Langsam streckte sie Oberkörper, Schultern und Arme in einer langen, wellenförmigen Bewegung, die vollkommen willkürlich war. Das war ein eindeutiger Hinweis auf den Grund ihrer Anziehungskraft, dachte Sidney ironisch. „Wo sind wir denn?"

„Nevada." Er blies Zigarettenrauch aus der Nase, der sich zum Fenster hinaus verflüchtigte. „Gerade eben."

Blanche schlug ihre Beine unter, während sie an ihrem Schokoriegel knabberte. „Ich müsste bald mit meiner Schicht dran sein."

„Ich sage es schon."

„Okay." Sie war zufrieden, Beifahrerin zu sein, solange er den Fahrer spielen wollte. Sie warf jedoch einen bedeutungsvollen Blick auf das Radio. Countrymusic war nicht ihr Stil. „Der Fahrer sucht die Musik aus."

Er nickte. „Wenn Sie die Schokolade hinunterspülen wollen, hinten in einer Thermosflasche ist Saft."

„Ja?" Immer daran interessiert, ihren Magen zu füllen, rappelte Blanche sich auf und schob sich nach hinten.

Sie hatte dem Campingbus an diesem Morgen nicht viel Aufmerksamkeit geschenkt, abgesehen von einem verschwommenen Blick, der ihr gezeigt hatte, dass er schwarz und gut in Schuss war. An den Seiten gab es gepolsterte Bänke, die man als Betten benutzen konnte, wenn man nicht zu wählerisch war. Blanche fand, dass der graue Teppich wahrscheinlich bequemer zum Liegen war.

Sidneys Ausrüstung war säuberlich verstaut, während ihre schlampig in einer Ecke lag. In glänzenden Hängeschränkchen waren ein paar wichtige Dinge verstaut. Kaffee, eine Kochplatte, ein kleiner Teekessel. Praktische Dinge, wenn sie auf einen Campingplatz mit elektrischen Anschlüssen kamen. In der Zwischenzeit begnügte sie sich mit der Isolierkanne mit Saft.

„Möchten Sie welchen?"

Er sah im Rückspiegel, wie sie da stand, die Beine gespreizt, um Gleichgewicht zu halten, mit einer Hand an den Schrank gestützt. „Ja."

Blanche nahm zwei große Plastikbecher und die Kanne und kletterte zurück auf ihren Sitz. „Alle Bequemlichkeiten wie zu Hause", kommentierte sie mit einem Kopfnicken nach hinten. „Reisen Sie viel mit dem Wagen?"

„Wenn es nötig ist." Er hörte das Eis gegen das Plastik klicken und streckte die Hand aus. „Ich fliege nicht gern. Man verliert die Gelegenheit, unterwegs zu fotografieren." Nachdem er seine Zigarette aus dem Fenster geschnippt hatte, trank er seinen Saft.

„Wenn es ein Auftrag im Umkreis von ungefähr fünfhundert Meilen ist, fahre ich."

„Ich hasse es zu fliegen." Blanche lehnte sich zurück gegen Rücksitz und Tür. „Ich muss ständig nach New York fliegen, weil jemand, den ich fotografieren soll, nicht zu mir kommen kann oder will. Ich nehme eine Packung Beruhigungstabletten mit, einen Vorrat an Schokoriegeln, ein Hufeisen und ein sozial bedeutungsvolles, erzieherisches Buch. Damit habe ich mich nach allen Seiten abgesichert."

„Mit den Beruhigungstabletten und dem Hufeisen vielleicht."

„Die Schokolade ist für meine Nerven. Ich esse gern, wenn ich unter Anspannung stehe. Das Buch ist ein Pluspunkt bei meinen Verhandlungen." Sie schüttelte ihren Becher, dass das Eis klickte. „Das ist, als würde ich sagen: Sieh her, ich tue hier etwas Wertvolles. Mach das nicht kaputt, indem du das Flugzeug abstürzen lässt. Außerdem lässt mich das Buch normalerweise innerhalb von zwanzig Minuten einschlafen."

Sidney hob einen Mundwinkel, was Blanche als hoffnungsvolles Vorzeichen für die vielen tausend Meilen auslegte, die noch vor ihnen lagen. „Das erklärt alles."

„Ich habe eine Phobie davor, in zehntausend Metern Höhe in einer schweren Metallröhre mit zweihundert Fremden zu fliegen, von denen es viele mögen, die intimsten Details ihres Lebens der Person neben sich zu erzählen." Grinsend stützte sie ihre Füße gegen das Armaturenbrett. „Da fahre ich lieber quer durch das Land mit einem grimmigen Fotografen, der es sich zur Aufgabe gemacht hat, mir so wenig wie möglich zu erzählen."

Sidney warf ihr einen Seitenblick zu und fand, dass es nichts schaden könnte, das Spiel weiterzuspielen, solange sie beide die Regeln kannten. „Sie haben mich nichts gefragt."

„Na schön, fangen wir mit etwas Grundsätzlichem an. Woher kommt Ihr zweiter Name Shade?"

Er fuhr langsamer und bog auf einen Parkplatz ein. „Shadrach."

Ihre Augen weiteten sich anerkennend. „Wie Meshach und Abednego aus dem Buch Daniels?"

„Stimmt. Meine Mutter beschloss, jedem ihrer Sprösslinge einen ungewöhnlichen zweiten Namen zu geben. Ich habe eine Schwester namens Cassiopeia."

„Noch ungewöhnlicher als mein zweiter Name. Blanche ‚Bryan' Mitchell."

„Wieso Bryan?"

„Meine Eltern wollten zeigen, dass sie nicht sexistisch eingestellt waren."

In dem Moment, in dem der Campingbus auf dem Parkplatz anhielt, sprang Blanche ins Freie, streckte sich und beugte sich dann zum Boden, bis ihre Handflächen den Asphalt berührten – sehr zum Interesse des Mannes, der gerade in den Pontiac neben ihr stieg. Mit dem seine Konzentration störenden Ausblick brauchte er fast eine halbe Minute, um den Schlüssel ins Zündschloss zu schieben.

„Himmel, werde ich steif!" Sie streckte sich, stellte sich auf die Zehen, ließ sich wieder nach vorn fallen. „Sehen Sie nur, da drüben ist eine Snackbar. Ich hole mir Pommes frites. Wollen Sie auch welche?"

„Es ist zehn Uhr vormittags."

„Fast halb elf", korrigierte sie. „Außerdem essen die Leute Würstchen zum Frühstück. Wo liegt da der Unterschied?"

Er war sicher, dass es einen gab, war jedoch nicht zu einer Diskussion aufgelegt. „Gehen Sie schon vor. Ich möchte eine Zeitung kaufen."

„Fein." Blanche überlegte es sich, kletterte noch einmal in den Wagen und griff nach ihrer Kamera. „Wir treffen uns wieder hier in zehn Minuten."

Blanches Absichten waren gut, aber sie brauchte fast zwanzig Minuten. Schon als sie sich der Snackbar näherte, entzündete die Warteschlange vor dem Fast Food ihre Vorstellungskraft.

Etwa zehn Personen hatten sich angestellt, bekleidet mit weiten Bermudas, zerknitterten Sommerkleidern und langen Baumwollhosen. Ein kurvenreicher Teenager hatte eine knallenge Ledershorts an, die wie aufgemalt wirkte. Eine Frau, die sechste in der Schlange, fächelte sich mit einem breitkrempigen Hut mit flatterndem Hutband Luft zu.

Sie alle waren irgendwohin unterwegs, im Augenblick hatten sie alle dasselbe Ziel: essen. Und keiner kümmerte sich um den anderen. Jeder war für sich allein. Blanche konnte nicht widerstehen. Sie ging die Warteschlange rauf und auf der einen Seite runter, bis sie ihren Blickwinkel gefunden hatte.

Sie schoss die Leute von hinten, so dass die Schlange verlängert und losgelöst wirkte und das Schild der Snackbar viel versprechend über ihr hing. Der Mann hinter der Essenausgabe war nicht mehr als ein vager Schatten, der da sein konnte oder auch nicht. Sie hatte schon mehr als die vereinbarten zehn Minuten aufgebraucht, ehe sie sich selbst anstellte.

Sidney lehnte am Campingbus und las Zeitung, als sie zurückkam. Er hatte schon drei wohl überlegte Aufnahmen des Parkplatzes gemacht, wobei er sich auf eine Reihe von Wagen mit Kennzeichen aus fünf verschiedenen Staaten konzentriert hatte. Als er hochblickte, hatte Blanche ihre Kamera über die Schulter gehängt, einen Riesen-Schokoshake in der einen, eine Riesenportion Pommes frites in Ketchup gebadet in der anderen Hand.

„Tut mir Leid." Sie fischte im Gehen Fritten aus dem Karton. „Ich habe ein paar gute Aufnahmen von der Schlange vor der Snackbar bekommen. Die Hälfte des Sommers besteht aus Hetzen und Warten, nicht wahr?"

„Können Sie mit dem ganzen Zeug steuern?"

„Sicher." Sie schwang sich auf den Fahrersitz. „Ich bin daran gewöhnt." Sie balancierte den Shake zwischen ihren Schenkeln, stellte die Fritten genau davor und streckte die Hand nach den Schlüsseln aus.

Sidney blickte auf das Frühstück hinunter, das zwischen glatten, sehr braunen Beinen eingeklemmt war. „Wollen Sie noch immer teilen?"

Blanche verdrehte den Kopf, um nach hinten zu sehen, während sie rückwärts fuhr. „Nein." Sie kurbelte am Lenkrad und steuerte die Ausfahrt an. „Sie hatten Ihre Chance." Während sie mit einer Hand geschickt steuerte, fischte sie mit der anderen nach den Pommes frites.

„Wenn Sie solches Zeug essen, sollten Sie Akne bis zum Bauchnabel hinunter haben."

„Märchen", verkündete sie und zischte an einem langsameren Pkw vorbei. Nach einer kurzen Suche kam ein altes Lied von Simon und Garfunkel aus dem Radio. „Das ist Musik", erklärte sie ihm. „Ich mag Songs, die in mir ein Bild erzeugen. Countrymusic dreht sich doch nur um Schmerzen und Betrug und Saufen."

„Und Leben."

Blanche griff nach ihrem Shake und sog am Strohhalm. „Vielleicht. Ich schätze, zu viel Realität ermüdet mich. Ihre Arbeit dagegen hängt davon ab."

Sie zog die Augenbrauen zusammen und entspannte sich dann bewusst. In gewisser Weise hatte er Recht. „Meine Arbeit bietet freie Wahl. Warum haben Sie diesen Auftrag angenommen, Sidney?" fragte sie plötzlich. „Sommer in Amerika illustriert Vergnügen. Das ist nicht Ihr Stil."

„Es bedeutet auch Schweiß, Ernte, die von zu viel Sonne verdorrt, und überstrapazierte Nerven." Er steckte sich wieder eine Zigarette an. „Schon mehr mein Stil?"

„Das haben Sie gesagt, nicht ich." Sie ließ die Schokolade in ihrem Mund kreisen. „Wenn Sie so viel rauchen, werden Sie sterben."

„Früher oder später." Sidney schlug wieder die Zeitung auf und beendete die Unterhaltung.

Wer zum Teufel ist er? fragte Blanche sich, während sie die

Geschwindigkeit bei sechzig Meilen in der Stunde einpendelte. Welche Faktoren in seinem Leben hatten sowohl den Zyniker als auch das Genie in ihm entwickelt? Er hatte Sinn für Humor – sie hatte es ein- oder zweimal bemerkt. Aber er schien sich davon nur ein gewisses Maß zuzugestehen und nicht mehr.

Leidenschaft? Sie konnte aus erster Hand bezeugen, dass in ihm ein Pulverfass schlummerte. Was konnte dieses Pulverfass zünden? Wenn sie sich bei Sidney Colby in einer Sache ganz sicher war, dann darin, dass er sich unter strengster Kontrolle hielt. Die Leidenschaft, die Macht, die Wut – wie immer man es bezeichnen wollte – floss in seine Arbeit ein, aber nicht – dessen war sie sicher – in sein Privatleben. Zumindest nicht oft.

Sie hatte ihm die Wahrheit gesagt, als sie behauptete, es gebe niemanden, den sie nicht mochte, außer ihm. Das ging Hand in Hand mit ihrer Kunst – sie blickte in eine Person hinein und fand Qualitäten, nicht alle bewundernswert, nicht alle liebenswert, aber etwas, immer etwas, das sie verstehen konnte. Sie musste das auch mit Sidney machen, um ihrer selbst willen. Und weil sie ihn unbedingt fotografieren wollte. Aber damit würde sie erst viel später herausrücken.

„Sidney, ich möchte Sie etwas anderes fragen."

Er blickte nicht von der Zeitung auf. „Hmm?"

„Welcher ist Ihr Lieblingsfilm?"

Halb verärgert über die Unterbrechung, halb verwirrt über die Frage, blickte er auf und fragte sich wieder einmal, wie ihr Haar aussehen mochte, wenn es aus diesem dicken, unordentlichen Zopf entlassen wurde. „Was?"

„Ihr Lieblingsfilm", wiederholte sie. „Ich brauche einen Anhaltspunkt, einen Ansatz."

„Wofür?"

„Um herauszufinden, warum ich Sie interessant, attraktiv und nicht liebenswert finde."

„Sie sind eine seltsame Frau, Blanche ‚Bryan'."

„Nein, eigentlich gar nicht, obwohl es mein gutes Recht

wäre." Sie unterbrach sich einen Moment, während sie die Spur wechselte. „Kommen Sie schon, Sidney, es ist eine lange Reise. Kommen wir einander doch in Kleinigkeiten entgegen. Nennen Sie mir einen Film."

„,To Have and Have Not'."

„Bogarts und Bacalls erster gemeinsamer Film." Es brachte sie dazu, ihn auf die Art anzulächeln, die er schon als gefährlich eingestuft hatte. „Gut. Hätten Sie irgendeinen obskuren französischen Film genannt, hätte ich etwas anderes finden müssen. Warum dieser?"

Er legte die Zeitung beiseite. Also wollte sie Spielchen spielen. Harmlos, entschied er. Und sie hatten noch einen langen Tag vor sich. „Anziehungskraft auf der Leinwand, dichte Handlung und eine Kameraarbeit, die Bogart als perfekten Helden erscheinen lässt und Bacall als die einzige Frau, die an ihn heranreicht."

Sie nickte zufrieden. Er war sich also nicht zu schade, Helden zu genießen, Fantasien und brodelnde Beziehungen. Das mochte nur ein kleiner Punkt sein, aber sie könnte ihn dafür mögen. „Filme faszinieren mich genau wie die Leute, die sie machen. Ich glaube, das war einer der Gründe, warum ich die Gelegenheit ergriffen habe, für CELEBRITY zu arbeiten. Ich kann nicht mehr zählen, wie viele Schauspieler ich fotografiert habe, aber wenn ich sie auf der Leinwand sehe, bin ich noch immer fasziniert."

Er wusste, dass es gefährlich war, Fragen zu stellen, nicht wegen der Antworten, sondern wegen der Fragen, die einem im Gegenzug gestellt wurden. Dennoch wollte er etwas erfahren. „Fotografieren Sie deshalb die schönen Leute? Weil Sie dem Glamour nahe kommen wollen?"

Weil sie es für eine faire Frage hielt, beschloss Blanche, sich nicht zu ärgern. Außerdem brachte es sie dazu, über etwas nachzudenken, das sich fast ungeplant entwickelt hatte. „Vielleicht hatte ich anfangs so etwas im Sinn. Man sieht sie jedoch sehr schnell als gewöhnliche Menschen mit außergewöhnlichen

Berufen. Ich liebe es, diesen Funken zu finden, der sie zu den wenigen Auserwählten macht."

„Trotzdem werden Sie in den nächsten drei Monaten das Alltägliche fotografieren. Warum?"

„Weil in jedem von uns ein Funke ist. Ich möchte ihn auch in einem Farmer in Iowa finden."

Da hatte er also seine Antwort. „Sie sind eine Idealistin, Blanche."

„Ja." Sie warf ihm einen offen interessierten Blick zu. „Sollte ich mich dafür schämen?"

Es gefiel ihm nicht, wie ihn die ruhige, vernünftige Frage berührte. Er selbst hatte auch einmal Ideale gehabt, und er wusste, wie sehr es schmerzte, wenn sie einem brutal weggenommen wurden. „Nicht dafür schämen", sagte er nach einem Moment. „Sie sollten vorsichtig sein."

Sie fuhren stundenlang. Im Laufe des Nachmittags tauschten sie die Plätze, und Blanche blätterte in Sidneys Zeitung. Nach gegenseitiger Absprache verließen sie den Freeway und begannen, über Nebenstraßen zu fahren. Es spielte sich so ein, dass sie die meiste Zeit schwiegen und sich nur gelegentlich unterhielten. Am frühen Abend überquerten sie die Grenze nach Idaho.

„Skifahren und Kartoffeln", bemerkte Blanche. „Das ist alles, was mir bei Idaho einfällt." Fröstelnd kurbelte sie ihr Fenster hoch. Der Sommer kam im Norden langsamer, besonders wenn die Sonne tief stand. Durch die Scheibe blickte sie in das dunkler werdende Zwielicht hinaus.

Hunderte von Schafen, die wie auf viele Meilen verteilte graue oder weiße Wollbündel aussahen, grasten träge auf dem harten Gras neben der Straße.

Blanche war eine Frau der Stadt, der Freeways und Bürogebäude. Es mochte Sidney überraschen, dass sie noch nie so weit nördlich gewesen war, auch nicht so weit östlich, ausgenommen per Flugzeug.

Die Unmengen ruhiger Schafe faszinierten sie. Sie griff gerade nach ihrer Kamera, als Sidney fluchte und in die Bremsen stieg. Blanche landete mit einem Aufschrei auf dem Fußboden.

„Was sollte das denn?"

Er sah mit einem Blick, dass sie nicht verletzt war, nicht einmal verärgert, sondern einfach neugierig. Er dachte nicht daran, sich zu entschuldigen. „Verdammte Schafe auf der Straße."

Blanche zog sich hoch und spähte durch die Windschutzscheibe. Drei Schafe standen unbekümmert quer über die Straße aufgereiht. Eines von ihnen drehte den Kopf, blickte zu dem Campingbus hoch und sah wieder weg.

„Sie sehen aus, als würden sie auf einen Bus warten", fand sie und packte Sidney am Handgelenk, bevor er auf die Hupe drücken konnte. „Nein, warten Sie. Ich habe noch nie eines angefasst."

Bevor Sidney etwas dazu sagen konnte, war sie aus dem Campingbus ausgestiegen und ging auf die Schafe zu. Eines scheute ein paar Zentimeter zurück, als sie sich ihm näherte, aber im Großen und Ganzen kümmerten sich die Tiere überhaupt nicht um sie. Sidneys Ärger schwand, als Blanche sich vorbeugte und eines berührte. Er dachte, dass eine andere Frau so angetan blicken würde, wenn sie einen Zobel bei einem Pelzhändler streichelte. Erfreut, zögernd und seltsam erotisch. Und das Licht war gut. Er nahm seine Kamera und wählte einen Filter. „Wie fühlen sie sich an?"

„Weich – nicht so weich, wie ich dachte. Lebendig. Gar nicht wie ein Schafwollmantel." Noch immer vorgebeugt, eine Hand auf dem Schaf, blickte Blanche hoch. Es überraschte sie, in eine Kamera zu sehen. „Wofür soll das stehen?"

„Entdeckung." Er hatte schon zwei Aufnahmen gemacht, wollte jedoch noch mehr. „Entdeckung hat viel mit Sommer zu tun. Wie riechen die Tiere?"

Fasziniert beugte Blanche sich tiefer über das Schaf. Sidney hielt sie fest, als ihr Gesicht fast in der Wolle vergraben war.

„Nach Schaf", rief sie lachend und richtete sich auf. „Wollen Sie mit dem Schaf spielen, und ich fotografiere Sie?"

„Vielleicht das nächste Mal."

Sie sah aus, als gehörte sie dorthin, auf diese endlose verlassene Straße, inmitten menschenleeren Landes, und es verwirrte ihn. Er hatte gedacht, sie passe mitten nach L. A., ins Zentrum des Glanzes und der Illusionen.

„Stimmt etwas nicht?" Sie wusste, dass er an sie dachte, nur an sie, wenn er sie so ansah. Sie wünschte, sie könnte es einen Schritt weiterführen, und war dennoch seltsam erleichtert, dass sie es nicht konnte.

„Sie passen sich gut an."

Ihr Lächeln kam zögernd. „So ist es einfacher. Ich habe Ihnen gesagt, dass ich keine Komplikationen mag."

Er wandte sich wieder dem Campingbus zu und fand, dass er zu viel an sie dachte. „Wollen mal sehen, ob wir diese Schafe dazu bringen, sich zu bewegen."

„Aber, Sidney, Sie können die Tiere nicht einfach am Straßenrand zurücklassen." Sie lief zu dem Wagen zurück. „Sie werden sofort wieder auf die Fahrbahn trotten, wo sie überfahren werden können."

Er warf ihr einen Blick zu, der klar ausdrückte, wie wenig ihn das interessierte. „Was erwarten Sie denn von mir? Soll ich sie zusammentreiben?"

„Das Mindeste, was wir tun können, ist, sie wieder über den Zaun zu bringen." Als hätte er bereits aus vollem Herzen zugestimmt, drehte Blanche sich um und ging zu den Schafen zurück. Er beobachtete sie dabei, wie sie sich bückte, eines hochhob und fast vornüber kippte. Die beiden anderen blökten und liefen davon.

„Schwerer, als sie aussehen", brachte sie hervor und taumelte auf den Zaun entlang der Straße zu, während das Schaf in ihren Armen blökte, strampelte und sich entwinden wollte. Es war nicht einfach, aber nach einem Test von Willensstärke und Kraft ließ sie das Schaf auf der anderen Seite des Zauns herab. Mit einer Hand wischte sie sich den Schweiß von der Stirn und wandte sich mit finsterem Gesicht an Sidney. „Nun, helfen Sie mir oder nicht?"

Das Spektakel hatte ihm gefallen, aber er lächelte nicht, als er sich gegen den Wagen lehnte. „Wahrscheinlich finden sie das Loch im Zaun und sind in zehn Minuten wieder auf der Straße."

„Vielleicht", stieß Blanche zwischen zusammengebissenen Zähnen hervor und ging auf das zweite Schaf zu. „Aber dann habe ich getan, was getan werden konnte."

„Idealistin", sagte er.

Die Hände in die Hüften gestützt, wirbelte sie herum. „Zyniker!"

„Hauptsache, wir verstehen uns." Sidney straffte sich. „Ich helfe Ihnen."

Die beiden anderen ließen sich nicht so einfach übertölpeln wie das erste. Es kostete Sidney mehrere anstrengende Minuten, um Nummer zwei zu fangen, wobei Blanche Hirtenhund spielte. Zweimal verlor er seine Konzentration und seine Beute, weil ihn ihr plötzliches heiseres Lachen ablenkte.

„Zwei erledigt, eines ausständig", verkündete er, als er das Schaf auf der Weide freiließ.

„Das da sieht aber dickköpfig drein." Retter und Objekt der Rettung musterten einander von gegenüberliegenden Straßenrändern aus. „Unruhige Augen", murmelte Blanche. „Ich glaube, er ist der Anführer."

„Sie."

„Wie auch immer. Hören Sie, geben Sie sich nonchalant. Sie nähern sich von der einen Seite, ich von der anderen. Wenn wir es dann in der Mitte haben – zack!"

Sidney warf ihr einen vorsichtigen Blick zu. „Zack?"

„Folgen Sie einfach meinem Beispiel." Sie hakte die Daumen in ihre Gesäßtaschen und schlenderte pfeifend über die Straße.

„Blanche, Sie versuchen, ein Schaf zu überlisten."

Sie warf ihm einen gelassenen Blick über die Schulter zu. „Vielleicht schaffen wir es zu zweit."

Er war sich nicht sicher, ob sie scherzte. Zuerst wollte er in den Campingbus zurückkehren und warten, bis sie damit fertig war, sich zum Narren zu machen. Andererseits hatten sie schon genug Zeit verschwendet. Sidney schlug einen Bogen auf der linken Seite, während Blanche das Gleiche auf der rechten Seite tat. Das Schaf beäugte sie beide, drehte den Kopf von einer Seite zur anderen.

„Jetzt!" rief Blanche und schnellte los.

Ohne über die Absurdität nachzudenken, machte Sidney von der anderen Seite einen Satz. Das Schaf tänzelte anmutig davon. Vom eigenen Schwung mitgerissen, prallten Sidney und Blanche aufeinander und rollten zusammen über den weichen Boden neben der Straße. Sidney verspürte den Luftstrom, als sie aufeinander prallten, und das sanfte Nachgeben ihres Körpers, als sie miteinander herumrollten.

Alle Luft aus den Lungen gepresst, lag Blanche auf dem Rücken, halb unter Sidney begraben. Sein Körper war sehr hart und sehr männlich. Blanche mochte keine Atemluft haben, aber noch hatte sie ihren klaren Verstand. Sie wusste, wenn sie beide so liegen blieben, würde es kompliziert werden. Sie holte tief Luft und starrte in sein Gesicht unmittelbar über dem ihren.

Sein Blick war nachdenklich, abschätzend und nicht besonders freundlich. Sidney würde kein freundlicher Liebhaber sein, das wusste Blanche instinktiv. Es stand in seinen Augen – in diesen dunklen, tief liegenden Augen. Er war eindeutig ein Mann, mit dem man eine persönliche Beziehung am besten vermied. Er würde sie rasch und vollständig überwältigen, und dann gab es keine Umkehr. Sie musste sich selbst daran erinnern, dass sie einfache Beziehungen vorzog, während ihr Herz bereits in einem kräftigen, gleichmäßigen Rhythmus schlug.

„Verfehlt", brachte sie hervor, versuchte jedoch nicht auszuweichen.

„Ja." Sie hatte ein umwerfendes Gesicht, klare Linien und weiche Haut. Sidney konnte sich fast selbst davon überzeugen, dass sein Interesse nur rein beruflich sei. Sie musste sich wundervoll fotografieren lassen, aus jedem Blickwinkel, mit jedem Licht.

Er konnte sie wie eine Königin oder wie eine Bäuerin aussehen lassen, aber sie würde immer wie eine Frau aussehen, die ein Mann begehrte. Die träge Sexualität, die er in ihr fühlte, würde in dem Foto rüberkommen.

Alleine dadurch, dass er sie ansah, fielen ihm Ideen zu einem halben Dutzend Hintergründe ein, vor denen er sie gerne fotografiert hätte. Und er konnte sich Dutzende von Arten ausmalen, in denen er sie lieben wollte. Hier war schon die erste, auf dem kühlen Gras am Straßenrand, während hinter ihnen die Sonne versank und alles still war.

Sie sah die Entscheidung in seinen Augen. Und sie hätte nur wegzurutschen brauchen, nur mit einem einzigen Wort oder einer abwehrenden Bewegung zu protestieren. Aber sie tat es nicht. Ihr Verstand drängte sie dazu. Später würde Blanche sich fragen, warum sie nicht darauf gehört hatte. Doch jetzt, während die Luft kühler und der Himmel dunkler wurde, wollte sie die Erfahrung. Sie konnte sich nicht eingestehen, dass sie Sidney wollte.

Als er seinen Mund auf ihre Lippen senkte, war nichts von dem leichten Ausprobieren des ersten Mals vorhanden. Jetzt kannte er sie bereits und wollte die volle Wirkung ihrer Leidenschaft. Ihre Lippen trafen sich begierig, als wollte einer den anderen ins Delirium treiben.

Blanches Körper erhitzte sich so schnell, und das Gras darunter schien wie Eis zu schimmern. Sie wunderte sich, dass es nicht schmolz. Es war ein Schock, der sie in Verwirrung stürzte. Mit einem leisen Stöhnen tief in der Kehle verlangte sie nach mehr. Seine Finger schoben sich in ihr Haar, in ihren Zopf, als wollte oder wagte er es noch nicht, sie zu berühren. Sie bewegte sich unter ihm, nicht um sich zurückzuziehen, sondern um vorzudringen. Halte mich, schien sie zu verlangen. Gib mir mehr! Er jedoch liebte auch weiterhin nur ihren Mund. Überwältigend.

Sie konnte seinen Atem hören, er strich durch das Gras neben ihrem Ohr und reizte sie. Sidney würde nur wenig von sich geben. Sie fühlte es in der Verspannung seines Körpers. Er würde sich zurückhalten. Während sein Mund ihren Selbstschutz nach und nach beiseite fegte, blieb er ganz bei sich. Vorsichtig strich Blanche mit ihren Händen über seinen Rücken. Sie würde ihn verführen.

Sidney war nicht an den Drang gewöhnt, zu geben oder an die Sehnsucht danach. Blanche entlockte ihm das Verlangen, sich zu vereinigen, das er bereits vor Jahren unterdrückt zu haben glaubte. An ihr schien nichts falsch zu sein – ihr Mund war warm und begierig und schmeckte nach Großzügigkeit. Ihr Körper war weich und beweglich und verführerisch. Ihr Duft umwehte ihn, erotisch, unkompliziert. Als sie seinen Namen flüsterte, schien es keine verborgenen Bedeutungen zu geben. Er konnte sich nicht mehr erinnern, wann er das letzte Mal wie jetzt uneingeschränkt und grenzenlos hatte geben wollen.

Er hielt sich zurück. Falschheit konnte gut versteckt sein, das wusste er. Aber er verlor sich bei Blanche. Obwohl Sidney sich dessen voll bewusst war, konnte er es nicht aufhalten. Sie fesselte ihn an sich mit einer Schlichtheit, die sich nicht verhindern ließ. Er hätte darüber fluchen können, hätte sie und sich selbst verwünschen können, aber seine Gedanken begannen zu verschwimmen. Sein Körper pulsierte.

Sie fühlten beide den Boden erzittern, kamen jedoch nicht auf die Idee, es könnte etwas anderes sein als ihre Leidenschaft. Sie hörten den Lärm, das lauter und lauter werdende Donnern, und jeder von ihnen dachte, es nur in seinem Kopf zu hören. Dann wurden sie von einem Windstoß erfasst, und der Fahrer des Trucks gab ein langes, ohrenbetäubendes Hupsignal. Es reichte aus, um sie beide mit einem Ruck wieder zur Vernunft zu bringen. Blanche verspürte zum ersten Mal echte Panik, als sie sich aufraffte.

„Wir sollten uns lieber um das Schaf kümmern und weiterfahren." Sie verwünschte die Atemlosigkeit in ihrer Stimme. Es liegt nur an der kalten Luft, dachte sie verzweifelt. Das war alles. „Es ist schon fast dunkel."

Sidney hatte nicht bemerkt, wie weit die Dämmerung fortgeschritten war. Er hatte nicht auf seine Umgebung geachtet – etwas, das er sonst nie zuließ. Er hatte vergessen, dass sie sich neben der Straße im Gras gewälzt hatten wie zwei hirnlose Teenager. Er fühlte Ärger aufkeimen, unterdrückte ihn jedoch. Dieses eine Mal hatte er beinahe die Kontrolle verloren. Das würde kein zweites Mal passieren.

Blanche fing das Schaf auf der anderen Straßenseite, wo es in der Überzeugung graste, dass die beiden Menschen das Interesse verloren hatten. Es blökte in überraschtem Protest, als Blanche es hochhob. Leise fluchend ging Sidney ihr entgegen, nahm ihr das Schaf ab und verfrachtete es ohne weitere Umstände auf die Weide.

„Zufrieden?" fragte er.

Sie erkannte seinen Ärger, mochte er ihn auch noch so zügeln. Auch in ihr kochte Ärger hoch. Sie hatte ihren Anteil an Frust abbekommen. Ihr Körper pulsierte, ihre Knie waren weich. Der Zorn half ihr, es zu vergessen.

„Nein", entgegnete sie kurz angebunden. „Und Sie auch nicht. Ich finde, das war ein Beweis dafür, dass wir besser auf klare Distanz gehen sollten."

Er packte sie am Arm, als sie an ihm vorbeistürmen wollte. „Ich habe Sie zu nichts gezwungen, Blanche."

„Ich Sie auch nicht", erinnerte sie ihn. „Ich bin für meine Handlungen selbst verantwortlich, Sidney." Sie blickte auf seine um ihren Arm gelegte Hand hinunter. „Und für meine Fehler. Wenn Sie die Schuld abwälzen wollen, ist das Ihre Angelegenheit."

Seine Finger spannten sich an ihrem Arm an, kurz nur, aber lang genug, dass ihre Augen sich vor Überraschung über die Stärke und Tiefe seines Zorns weiteten. Nein, sie war nicht an heftige Stimmungsumschwünge gewöhnt, weder an ihre eigenen noch an die, die sie bei anderen hervorrief.

Langsam und mit sichtlicher Anstrengung lockerte Sidney den Griff. Sie hatte genau den Punkt getroffen. Er konnte nicht gegen Ehrlichkeit ankämpfen.

„Nein", sagte er wesentlich ruhiger. „Ich übernehme meinen Anteil, Blanche. Es wird einfacher für uns beide sein, wenn wir auf diese klare Distanz achten."

Sie nickte gefasster. Ihre Lippen verzogen sich zu einem kleinen Lächeln. „Okay." Halte die Stimmung leicht, mahnte sie sich selbst, um unser beider willen. „Es wäre von Anfang an leichter gewesen, wenn Sie fett und hässlich wären."

Er grinste, bevor es ihm bewusst wurde. „Sie auch."

„Nun, da ich nicht annehme, dass einer von uns etwas gegen dieses gewisse Problem unternehmen will, müssen wir es einfach vermeiden. Einverstanden?" Sie streckte ihm die Hand entgegen.

„Einverstanden."

Ihre Hände schoben sich ineinander. Ein Fehler. Keiner von ihnen hatte sich von dem Schock erholt. Und die flüchtige Berührung unterstrich ihn noch. Blanche verschränkte die Hände hinter ihrem Rücken. Sidney schob seine Hände in die Hosentaschen.

„Also ..." begann Blanche und hatte keine Ahnung, was sie sagen sollte.

„Suchen wir uns einen Platz zum Essen, bevor wir auf einen Campingplatz fahren. Morgen müssen wir früh los."

Sie rümpfte darüber die Nase, ging jedoch auf ihre Seite des Campingbusses. „Ich bin am Verhungern", verkündete sie und tat so, als habe sie alles unter Kontrolle, indem sie die Füße gegen das Armaturenbrett stemmte. „Meinen Sie, wir finden bald was Anständiges zum Essen, oder soll ich mich mit einem Schokoriegel stärken?"

„Etwa zehn Meilen vor uns liegt eine Stadt." Sidney zündete den Wagen. Seine Hand war ruhig, sagte er sich selbst. Oder fast ruhig. „Die müssen irgendein Restaurant haben. Wahrscheinlich machen sie großartige Lammkoteletts."

Blanche betrachtete die neben ihnen grasenden Schafe und schoss Sidney aus schmalen Augen einen Blick zu. „Das war abscheulich."

„Ja, und es wird Sie von Ihrem Magen ablenken, bis wir etwas zu essen kriegen."

Sie holperten zurück auf die Straße und fuhren schweigend weiter. Sie hatten eine Anhöhe überwunden, aber beide wussten, dass sie noch Berge vor sich hatten, über die sie sich hinwegquälen mussten. Steile, steinige Berge.

4. KAPITEL

Fahrten durch große Städte und saubere Vorstädte verbrauchten rollenweise Film. Es gab Sommergärten, heiße Schweiß treibende Verkehrsstaus, junge Mädchen in dünnen Kleidern, hemdlose Männer und Babys, die in Kinderwagen über Bürgersteige und durch Einkaufszentren geschoben wurden.

Die Route durch Idaho und Utah war gewunden, lief jedoch gleichmäßig zügig ab.

Sie hatten schon Hunderte von Fotos aufgenommen, von denen nur ein Bruchteil vergrößert und ein noch kleinerer Teil auch veröffentlicht werden würde. Irgendwann einmal kam es Blanche in den Sinn, dass sie wesentlich mehr Fotos gemacht als Worte miteinander gewechselt hatten.

Sie fuhren täglich bis zu acht Stunden und hielten unterwegs, wann immer es nötig oder lohnenswert für ihre Arbeit war. Und sie arbeiteten so viel, wie sie fuhren. Von jeweils vierundzwanzig Stunden waren sie im Schnitt zwanzig zusammen. Aber sie kamen einander nicht näher. Dabei hätte jeder von ihnen es wahrscheinlich leicht mit einer freundlichen Geste oder ein paar beiläufigen Worten erreichen können. Doch beide vermieden sie es.

Als sie am Ende der ersten Woche die Grenze nach Arizona überschritten, fand Blanche bereits, dass es ziemlich unbequem wurde, so zu arbeiten.

Es war heiß. Die Sonne war erbarmungslos. Die Klimaanlage des Campingbusses half, aber man bekam schon einen trockenen Mund, wenn man bloß auf die endlose Wüste und das verdorrte Wüstengras hinausblickte. Blanche hatte einen Riesenbecher mit Limo und Eis gefüllt. Sidney trank Eistee aus Flaschen, während er fuhr.

„Waren Sie jemals in Arizona?"

Sidney warf seine leere Flasche in den Plastikeimer, den sie für Abfälle benutzten. „Nein."

Blanche schob den einen Turnschuh mit der Spitze des anderen vom Fuß. „Sie haben ‚Outcast' in Sedona gedreht. Das war vielleicht ein harter Western für denkende Menschen", überlegte sie laut und bekam keine Antwort. „Ich war drei Tage lang da und habe Fotos von den Dreharbeiten für CELEBRITY gemacht." Nachdem sie ihre Sonnenblende richtig eingestellt hatte, lehnte sie sich wieder zurück. „Ich hatte das Glück, mein Flugzeug zu verpassen. Dadurch hatte ich noch einen Tag. Ich habe ihn im Oak Creek Canyon verbracht. Das habe ich nie vergessen – die Farben, die Felsformationen."

Es war die längste Rede, die sie seit Tagen gehalten hatte. Sidney steuerte den Wagen um eine Kurve und wartete auf den Rest.

Na schön, dachte sie, sie würde mehr als ein Wort aus ihm herausbekommen, und wenn sie ein Brecheisen benützen musste. „Eine Freundin von mir hat sich dort niedergelassen. Lee hat früher für CELEBRITY gearbeitet. Jetzt ist sie Romanautorin, und ihr erstes Buch wird im Herbst herauskommen. Sie hat letztes Jahr Hunter Brown geheiratet."

„Den Schriftsteller?"

Zwei Wörter, dachte sie selbstzufrieden. „Ja. Haben Sie sein Zeug gelesen?"

Diesmal nickte Sidney nur und zog eine Zigarette aus seiner Tasche. Blanche fing an, Mitgefühl für Zahnärzte zu entwickeln, die einen Patienten dazu bringen mussten, seinen Mund weit zu öffnen.

„Ich habe alles gelesen, was er geschrieben hat, aber ich ärgere mich jedes Mal über mich selbst, weil ich mir von seinen Büchern Albträume verschaffen lasse."

„Gute Horrorromane sollen einen dazu bringen, dass man um drei Uhr nachts aufwacht und sich fragt, ob man die Türen fest verschlossen hat."

Diesmal grinste sie. „Das klingt, als hätte Hunter es gesagt. Sie werden ihn mögen."

Sidney zuckte bloß die Schultern. Er hatte bereits dem Zwischenaufenthalt in Sedona zugestimmt, war jedoch nicht daran interessiert, schmeichelnde, kommerzielle Fotos von dem König des Okkulten und seiner Familie zu machen. Es würde ihm jedoch die Pause verschaffen, die er brauchte. Wenn er Blanche für einen oder zwei Tage bei ihren Freunden absetzen konnte, hatte er genug Zeit, um wieder in Form zu kommen.

Seit der Abfahrt von Los Angeles hatte er keinen einzigen einfachen Moment gehabt. Jeder Tag, der verstrich, spannte seine Nerven noch stärker an und versetzte seine Libido in Aufruhr. Er hatte es versucht, aber er konnte nicht vergessen, dass Blanche da war, nachts, in Reichweite, von ihm nur durch die Breite des Campingbusses und die Dunkelheit getrennt.

Ja, er konnte einen Tag fern von ihr gebrauchen, von ihr und von dieser natürlichen, einfachen Sexualität, deren sie sich nicht einmal bewusst zu sein schien.

„Sie haben Ihre Freunde eine Weile nicht gesehen?" fragte er.

„Seit Monaten." Blanche entspannte sich und fühlte sich wohler, nachdem sie jetzt eine fast normale Unterhaltung begonnen hatten. „Lee ist eine gute Freundin. Sie fehlt mir. Sie bekommt ein Baby ungefähr gleichzeitig mit dem Erscheinen ihres Buches."

Die Veränderung in ihrer Stimme brachte ihn dazu, ihr einen Blick zuzuwerfen. Sie hatte jetzt etwas Sanfteres an sich. Beinahe etwas Wehmütiges.

„Vor einem Jahr waren wir beide noch bei CELEBRITY, und jetzt ..." Sie wandte sich ihm zu, aber die Sonnenbrille verdeckte ihre Augen. „Es ist seltsam sich vorzustellen, dass Lee sich mit einer Familie niedergelassen hat. Sie war immer ehrgeiziger als ich. Es hat sie immer wahnsinnig gemacht, dass ich bei allem einen solchen Mangel an Intensität entwickle."

„Tun Sie das?"

„So ziemlich bei allem", murmelte sie. Nicht bei dir, fügte sie in Gedanken hinzu. Dich scheine ich nicht leicht nehmen zu können. „Es ist einfacher, sich zu entspannen und zu leben", fuhr sie fort, „anstatt sich zu sorgen, wie man im nächsten Monat leben wird."

„Manche Leute müssen sich sorgen, ob sie nächsten Monat überhaupt noch leben werden."

„Glauben Sie, dass sich durch Sorgen irgendetwas ändert?" Blanche vergaß ihren Plan, Kontakt herzustellen, vergaß den Umstand, dass sie Sidney zu irgendeinem Kompromiss hatte bewegen wollen. Er hatte mehr gesehen als sie, von der Welt, vom Leben. Sie musste zugeben, dass er mehr gesehen hatte, als sie sehen wollte. Aber was empfand er dabei?

„Sich seiner bewusst zu sein, kann die Dinge ändern. Auf sich selbst aufzupassen, ist ein Vorzug, den einige von uns nicht haben."

Einige von uns. Die Formulierung fiel ihr auf, aber sie entschied, nicht darauf einzugehen. Wenn er Narben hatte, war es sein gutes Recht, sie bedeckt zu halten, bis sie etwas mehr verblasst waren.

„Jeder macht sich von Zeit zu Zeit Sorgen", erklärte sie. „Ich bin nur nicht sehr gut darin. Ich glaube, das kommt von meinen Eltern. Sie sind ..." Sie verstummte und lachte. Jetzt fiel ihm auf, dass er sie seit Tagen nicht lachen gehört hatte und dass es ihm gefehlt hatte. „Ich glaube, man könnte sie Bohemiens nennen. Wir haben in einem kleinen Haus in Carmel gelebt, das sich ständig in unterschiedlichen Stadien des Verfalls befunden hat. Mein Vater kam gelegentlich auf die Idee, eine Wand herauszunehmen oder ein Fenster einzusetzen, und dann mitten in dem Projekt hatte er eine Inspiration und kehrte an seine Leinwand zurück und ließ alles andere liegen und stehen."

Sie lehnte sich zurück, war sich nicht länger dessen bewusst, dass sie das Sprechen und Sidney das Zuhören übernommen hatte. „Meine Mutter kochte gern. Das Problem dabei war, dass man nie wusste, in welcher Stimmung sie sich befand. Den einen Tag gab es gegrillte Klapperschlange, den nächsten Cheeseburger.

Und wenn man es am wenigsten erwartete, gab es Gänsehalseintopf."

„Gänsehalseintopf?"

„Ich habe oft bei den Nachbarn gegessen." Die Erinnerung brachte ihren Appetit zurück. Sie holte zwei Schokoriegel hervor und bot Sidney einen an. „Was ist mit Ihren Eltern?"

Er wickelte gedankenverloren den Riegel aus, während er sein Tempo dem Wagen der State Police in der benachbarten Spur anpasste. „Sie haben sich in Florida zur Ruhe gesetzt. Mein Vater angelt, und meine Mutter betreibt einen Heimwerkerladen. Nicht so farbenfroh wie Ihre Eltern, fürchte ich."

„Farbenfroh." Sie dachte darüber nach und stimmte zu. „Mir war nie bewusst, dass sie ungewöhnlich waren, bis ich auf das College kam und erkannte, dass die meisten Kinder erwachsene und vernünftige Eltern hatten. Mir war auch nie klar, wie sehr sie mich beeinflusst hatten, bis Rob mich auf ein paar Dinge aufmerksam machte, zum Beispiel darauf, dass die meisten Menschen es vorziehen, abends um sechs zu essen, anstatt um zehn herum Popcorn oder Erdnussbutter zu organisieren."

„Rob?"

Sie warf ihm einen schnellen Blick zu und starrte dann geradeaus. Sidney hörte zu genau zu, fand sie. Dadurch sagte man leicht mehr, als man eigentlich wollte. „Mein Exmann." Sie wusste, dass sie das ‚Ex' nicht mehr als Makel betrachten sollte. Heutzutage war es beinahe schon ein Statussymbol. Für Blanche war es ein Symbol, dass sie nicht alles getan hatte, das notwendig gewesen war, um ein Versprechen zu erfüllen.

„Schmerzt es noch?" Er hatte es gefragt, bevor er sich zurückhalten konnte. Sie brachte ihn dazu, Trost anbieten zu wollen, nachdem er sich darauf trainiert hatte, sich nicht in anderer Leute Leben, anderer Leute Probleme verwickeln zu lassen.

„Nein, das ist schon Jahre her." Nach einem knappen Schulterzucken knabberte sie an ihrem Schokoriegel. Schmerzt es noch? dachte sie. Nein, nicht schmerzen, aber sie würde in diesem

Punkt wohl immer ein wenig empfindlich bleiben. „Es tut mir nur Leid, dass es nicht geklappt hat."

„Bedauern ist eine noch größere Zeitverschwendung als Sorgen."

„Vielleicht. Sie waren auch einmal verheiratet."

„Das stimmt." Sein Ton hätte nicht abweisender sein können.

„Tabuzone?"

„Ich halte nichts davon, die Vergangenheit wiederzukäuen."

Diese Wunde war mit Narbenhaut bedeckt. Blanche fragte sich, ob es Sidney sehr störte, oder ob er es wirklich weggesteckt hatte. In jedem Fall ging es sie weder etwas, noch würde es das Gespräch in Gang halten.

„Wann haben Sie beschlossen, Fotograf zu werden?" Das war ein sicheres Thema, fand sie. Da sollte es eigentlich keine wunden Punkte geben.

„Als ich fünf war und die neue Kamera meines Vaters in die Hände bekam. Nachdem er den Film entwickeln ließ, entdeckte er drei Nahaufnahmen von unserem Hund. Man hat mir erzählt, er habe nicht gewusst, ob er mich beglückwünschen oder Ausgangssperre geben sollte, als sich herausstellte, dass sie besser waren als alle seine Schnappschüsse."

Blanche grinste. „Was hat er getan?"

„Er hat mir eine eigene Kamera gekauft."

„Da hatten Sie einen großen Vorsprung vor mir", bemerkte sie. „Ich hatte bis zur High School kein Interesse an Kameras. Irgendwie bin ich darüber gestolpert. Bis dahin wollte ich ein Star sein."

„Eine Schauspielerin?"

„Nein." Sie grinste wieder. „Ein Star. Irgendeine Art von Star, solange ich nur einen Rolls, ein Paillettenkleid und einen großen protzigen Diamanten hatte."

Er musste grinsen. Sie schien das Talent zu besitzen, es aus ihm herauszulocken. „Ein bescheidenes Kind."

„Nein, materialistisch." Sie bot ihm ihren Drink an, aber er schüttelte den Kopf. „Diese Phase fiel mit der Zurück-zur-Erde-Periode meiner Eltern zusammen. Ich schätze, das war meine Art, gegen Menschen zu rebellieren, gegen die man praktisch gar nicht rebellieren konnte."

Er betrachtete ihre ringlose Hand und ihre ausgebleichte Jeans. „Schätze, Sie haben diese Phase hinter sich."

„Ich war nicht dafür geschaffen, ein Star zu sein. Wie auch immer, die brauchten jemanden, der das Footballteam fotografierte." Blanche aß das letzte Stück Schokoriegel und fragte sich, wann sie für das Mittagessen halten konnten. „Ich habe mich freiwillig gemeldet, weil ich ein Auge auf einen der Spieler geworfen hatte." Sie trank ihre Limo aus und warf den Becher zu Sidneys Flasche. „Nach dem ersten Tag verliebte ich mich in die Kamera und vergaß den Verteidiger."

„Sein Verlust."

Blanche sah ihn wegen des beiläufigen Kompliments überrascht an. „Das war nett, dass Sie das gesagt haben, Colby. Ich hätte nicht gedacht, dass so was in Ihnen steckt."

Er konnte nicht ganz das Lächeln unterdrücken. „Gewöhnen Sie sich bloß nicht daran."

„Der Himmel bewahre!" Aber sie war viel erfreuter, als seine dahingesagten Worte es rechtfertigten. „Wie auch immer, meine Eltern waren begeistert, als ich mich zu einer leidenschaftlichen Fotografin entwickelte. Sie hatten mit der Todesangst gelebt, ich könnte keine kreative Ader besitzen und eine erfolgreiche Geschäftsfrau anstelle einer Künstlerin werden."

„Und nun sind Sie beides."

Sie dachte einen Moment darüber nach. Seltsam, wie leicht sie einen Aspekt ihrer Arbeit vergessen konnte, wenn sie sich so sehr auf den anderen konzentrierte. „Wahrscheinlich haben Sie Recht. Erwähnen Sie es aber nie bei Mom und Dad."

„Sie werden es von mir nicht erfahren."

Sie erblickten beide gleichzeitig das Schild, das Bauarbeiten ankündigte. Ob sie sich dessen bewusst waren oder auch nicht, ihre Gedanken nahmen den gleichen Weg. Blanche griff bereits nach ihrer Kamera, als Sidney bremste und von der Straße herunterfuhr. Vor ihnen schuftete und schwitzte ein Trupp Straßenarbeiter unter Arizonas hoch stehender Sonne.

Sidney ging ein Stück weg, um sich einen Blickpunkt zu suchen, der das Team und die Maschinen im Kampf gegen die Erosion der Straße zeigte. In einem Kampf, der auf Straßen quer durch das Land jeden Sommer geführt werden würde, solange Straßen existierten. Blanche nahm sich automatisch einen Mann zum Zielobjekt.

Er war kahlköpfig und hatte ein gelbes Tuch über seine empfindliche Kopfhaut gebunden. Sein Gesicht und sein Hals waren gerötet und feucht, sein Bauch hing über den Gürtel seiner Arbeitshose. Er trug ein schlichtes weißes T-Shirt, geradezu jungfräulich im Vergleich zu den farbenfrohen, mit Sprüchen und Bildern versehenen, die seine Kollegen um ihn herum gewählt hatten.

Um nahe an ihn heranzukommen, musste sie mit ihm sprechen und sich mit den Kommentaren und dem Grinsen der restlichen Mannschaft abfinden. Sie schaffte es mit einem Geschick und einem Charme, über den sich ein PR-Fachmann die Hände gerieben hätte. Blanche glaubte fest daran, dass sich die Beziehung zwischen dem Fotografen und dem Objekt letztlich im fertigen Bild zeigte. Darum musste sie erst einmal auf ihre Weise eine Beziehung herstellen.

Sidney blieb auf Distanz. Er sah die Männer als Team – das sonnenverbrannte, gesichtslose Team, das überall im Land an Straßen arbeitete und das bereits seit Jahrzehnten getan hatte. Er wollte keine Beziehung zu irgendjemand von ihnen, nichts, das etwas von dem, was er sah – wie sie da gebeugt standen und arbeiteten –, beschönigen würde.

Er machte eine aussagekräftige Aufnahme von Schmutz, Staub und Schweiß. Blanche erfuhr, dass der Vorarbeiter Al hieß und seit zweiundzwanzig Jahren im Straßenbau arbeitete.

Es dauerte eine Weile, bis sie seine Befangenheit überwunden hatte, aber als sie ihn erst einmal dazu gebracht hatte zu schildern, was der elende Winter seiner Straße angetan hatte, klickte es. Schweiß tröpfelte über seine Schläfe. Als er ihn sich mit seinem fleischigen Arm wegwischte, hatte sie ihr Foto.

Der spontane Aufenthalt hatte dreißig Minuten gekostet. Als sie in den Campingbus zurückkletterten, schwitzten sie genauso heftig wie die Arbeiter.

„Gehen Sie mit Fremden immer so persönlich um?" fragte Sidney, als er den Motor und die Klimaanlage einschaltete.

„Sicher, wenn ich ihr Foto haben will." Blanche öffnete die Kühltasche und holte eine der kalten Dosen heraus, die sie darin verstaut hatte, und noch eine Flasche Eistee für Sidney. „Haben Sie gekriegt, was Sie wollten?"

„Ja, hab ich."

Er hatte ihr bei der Arbeit zugesehen. Normalerweise gingen sie getrennte Wege, aber diesmal war er nahe genug gewesen, um zu sehen, wie sie an ihren Job heranging. Sie hatte den Straßenarbeiter mit mehr Respekt und Freundlichkeit behandelt, als die meisten Fotografen ihren Hundert-Dollar-pro-Stunde-Models entgegenbrachten. Und sie hatte es nicht bloß wegen des Fotos gemacht, obwohl Sidney nicht sicher war, ob ihr das bewusst war. Sie war an dem Mann interessiert gewesen, wer er war, was er war und warum.

Einmal vor langer Zeit hatte auch Sidney diese Neugierde besessen. Jetzt erstickte er sie. Wissen verstrickte einen. Aber er machte die Erfahrung, dass es nicht leicht war, seine Neugierde zu ersticken, wenn es um Blanche ging. Sie hatte ihm bereits mehr erzählt, als er überhaupt gefragt hätte. Nicht mehr, als er wissen wollte, sondern mehr, als er gefragt hätte. Das war noch immer nicht genug.

Er hatte sich selbst verschlossen, aber jetzt war sie dabei, ihn wieder zu öffnen.

Er hatte es zugelassen, dass Emotionen seine Logik und seine

Wahrnehmung durcheinander brachten. In Kambodscha hatten ihn ein süßes Gesicht und ein wundervolles Lächeln gegen Verrat blind gemacht. Sidneys Finger spannten sich am Lenkrad an, ohne dass er es bemerkte. Damals hatte er seine Lektion über Vertrauen gelernt ... Vertrauen war bloß die Kehrseite von Verrat.

„Wo sind Sie jetzt mit Ihren Gedanken?" fragte Blanche ruhig. In seine Augen war plötzlich ein Ausdruck getreten, den sie nicht verstand und von dem sie nicht wusste, ob sie ihn verstehen wollte.

Er wandte den Kopf. Für einen Moment war sie in dem Aufruhr gefangen, in dem finsteren Ort, an den er sich nur zu gut erinnerte und von dem sie nichts wusste. Dann war es vorbei. Seine Augen blickten wieder distanziert und ruhig. Seine Finger am Lenkrad lockerten sich.

„Wir halten in Page", sagte er knapp. „Wir machen ein paar Aufnahmen von den Booten und Touristen auf dem Lake Powell, bevor wir zum Canyon weiterfahren."

„In Ordnung."

Er hatte nicht an sie gedacht. Blanche konnte sich damit trösten. Sie hoffte, dass dieser Ausdruck in seinen Augen niemals ihr gelten würde. Und sie war entschlossen, früher oder später die Ursache für diesen Ausdruck herauszufinden.

Blanche hätte ein paar gute technische Fotos von dem Damm machen können. Doch als sie durch die winzige Stadt Page in Richtung Stausee fuhren, sah sie die hohen goldenen Bögen hinter wabernder heißer Luft schimmern. Es entlockte ihr ein Lächeln. Cheeseburger und Pommes frites waren nicht bloß eine Köstlichkeit des Sommers. Sie waren zu einer Lebensart geworden. Essen für alle Jahreszeiten. Sie konnte dem Reklamezeichen des vertrauten Gebäudes nicht widerstehen, das abseits der Stadt errichtet worden war, fast wie eine Fata Morgana mitten in der Wüste.

Sie kurbelte ihr Fenster herunter und wartete auf den

richtigen Blickwinkel. „Ich muss etwas essen", sagte sie, während sie das Gebäude aufs Korn nahm. „Ich muss ganz einfach." Sie ließ den Verschluss klicken.

Resigniert schwenkte Sidney auf den Parkplatz ein. „Holen Sie sich was zum Mitnehmen", befahl er, als Blanche ins Freie hüpfte. „Ich möchte zum Bootshafen hinunter."

Sie schwang die Umhängetasche über ihre Schulter und verschwand im Fast Food. Sidney hatte gar keine Gelegenheit, ungeduldig zu werden, bis sie schon wieder mit zwei weißen Tüten herauskam. „Billig, schnell und wundervoll", erklärte sie, während sie auf ihren Sitz glitt. „Ich weiß nicht, wie ich durchs Leben kommen sollte, wenn ich nicht jederzeit einen Cheeseburger haben könnte."

Sie holte einen eingewickelten Burger heraus und reichte ihn Sidney.

„Ich habe Salz extra mitgebracht", sagte sie, während sie die Pommes frites kostete. „Mhmm, ich bin am Verhungern."

„Sie wären es nicht, wenn Sie zum Frühstück mehr als einen Schokoriegel essen würden."

„Ich bin gern wach, wenn ich esse", murmelte sie, mit dem Auswickeln ihres Burgers beschäftigt.

Sidney wickelte seinen aus. Er hatte sie nicht gebeten, ihm etwas mitzubringen. Er hatte schon erfahren, dass es für sie typisch war, sorglos fürsorglich zu sein. Vielleicht war „natürlich" ein besseres Wort. Aber es war nicht typisch für ihn, von einem so schlichten Geschenk wie einem Stück Fleisch in einem Milchbrötchen gerührt zu sein. Er griff in eine der Tüten und holte eine Serviette heraus. „Die werden Sie brauchen."

Blanche lächelte, nahm die Serviette, schlug ihre Beine unter und begann zu schlingen. Amüsiert fuhr Sidney lässig zum Strand.

Sie mieteten ein Boot, das Blanche ein Tuckerboot nannte. Es war schmal, offen und ungefähr so groß wie ein Kanu. Aber es würde sie und ihre Ausrüstung auf den See hinaustragen.

Blanche mochte den kleinen Pier mit seinen Imbissständen und Läden mit ihrer Auswahl an Sonnenöl und Badekleidung. Die Saison war in vollem Schwung. Leute schlenderten in Shorts und T-Shirts an den Geschäften vorbei, mit Hüten und Sonnenbrillen. Blanche entdeckte ein Teenagerpärchen, braun gebrannt und glänzend, auf einer Bank, an tropfenden Eistüten leckend. Weil die beiden so ineinander versunken waren, konnte Blanche ein paar heimliche Aufnahmen schießen, bevor der Papierkram wegen der Bootsmiete erledigt war.

Eiscreme und Sonnenöl. Es war eine einfache, fröhliche Art, den Sommer zu betrachten. Zufrieden verstaute sie die Kamera in der Tasche und ging zu Sidney zurück.

„Können Sie ein Boot steuern?"

Er warf ihr einen nachsichtigen Blick zu, als sie zu der Anlegestelle hinuntergingen. „Ich werde es schaffen."

Eine Frau in einem makellos sauberen weißen T-Shirt und Shorts wies sie ein, zeigte ihnen die Schwimmwesten und erklärte den Motor, ehe sie ihnen eine Hochglanzkarte des Sees übergab. Blanche ließ sich im Bug nieder und stellte sich auf das bevorstehende Vergnügen ein.

„Das Hübsche daran ist", rief sie über den Lärm des Motors, „dass alles hier so unerwartet ist." Sie machte mit einem Arm einen weiten Bogen, um auf die gewaltige blaue Wasserfläche zu zeigen.

Rötliche Felsen und blanke Steinwände umschlossen den See, der sich friedlich da erstreckte, wo Menschenhand ihn geschaffen hatte. Die Kombination war für sie faszinierend. Bei einer anderen Gelegenheit hätte sie vielleicht eine Studie über die Harmonie und Kraft gemacht, die aus einer funktionierenden Beziehung zwischen menschlicher Einfallskraft und Natur entstehen konnte.

Es war nicht nötig, alle technischen Details über den Damm und die Arbeitskraft zu wissen, die ihn geschaffen hatte. Es reichte, dass der Damm existierte, dass sie beide hier waren –

durch Wasser pflügten, wo einst nur Wüste war, Gischt hochspritzte, wo einst nur Sand gewesen war.

Sidney entdeckte einen schönen Kabinenkreuzer und steuerte ihn an. Im Moment wollte er das Boot führen und Blanche die Kameraarbeit überlassen. Es war schon lange her, dass er einen heißen Nachmittag auf dem Wasser verbracht hatte. Seine Muskeln begannen sich zu entspannen, während seine Aufnahmefähigkeit größer wurde.

Er musste unbedingt einige Fotos von den Felsen machen. Ihre Zeichnung war unglaublich, sogar in der Wasserspiegelung. Ihre Farben gegen den blauen See ließ sie surreal aussehen. Er wollte die Vergrößerungen scharf und spröde halten, um den Gegensatz zu betonen. Er fuhr ein Stück näher an den Kabinenkreuzer heran, während er die Aufnahme für später plante.

Blanche holte ihre Kamera ohne festen Plan hervor. Sie hoffte auf eine Gruppe von Leuten, möglichst gegen die Sonne eingeölt. Vielleicht Kinder, schwindelig von Wind und Wasser. Während Sidney steuerte, warf sie einen Blick zum Heck und hob hastig die Kamera. Es war zu schön, um wahr zu sein.

Im Heck stand ein Köter – Blanche fiel keine andere Bezeichnung für den zerzausten Hund ein. Seine großen Ohren wurden vom Fahrtwind nach hinten geweht, seine Zunge hing ihm aus der Schnauze, während er in das Wasser hinunterstarrte. Über seinem braunen Fell war eine grell orangefarbene Schwimmweste befestigt.

„Fahren Sie noch einmal einen Bogen!" rief sie Sidney zu.

Sie wartete ungeduldig darauf, dass sie erneut in die richtige Position kam. Es waren Leute auf dem Boot, mindestens fünf, aber sie interessierten Blanche nicht mehr. Nur der Hund, dachte sie, während sie an ihrer Unterlippe nagte und wartete. Sie wollte nur den Hund mit der Schwimmweste, wie er sich über Bord beugte und in das Wasser hinunterstarrte.

Hinter dem Boot ragten Felsen auf. Blanche musste sich schnell entscheiden, ob sie sie in das Bild einarbeiten oder sie ausgrenzen sollte. Hätte sie doch bloß mehr Zeit zum Nachdenken gehabt ... Sie entschied sich gegen das Dramatische und für das Vergnügen. Sidney hatte den schlanken kleinen Kreuzer dreimal umrundet, bevor sie zufrieden war.

„Wundervoll!" Lachend senkte Blanche ihre Kamera. „Allein dieses eine Bild lohnt schon die ganze Reise."

Sidney schwenkte nach rechts. „Sehen wir doch nach, was wir anderswo entdecken."

Sie arbeiteten zwei Stunden, wobei sie nach Ablauf der ersten Stunde die Plätze tauschten. Bis zur Taille nackt wegen der Hitze, kniete Sidney im Bug und richtete seine Kamera auf ein Ausflugsboot. Die Felswand erhob sich im Hintergrund, das Wasser schimmerte kühl und blau. Entlang der Reling waren die Menschen nicht mehr als ein bunter Streifen. Genau das wollte er. Die Anonymität von Ausflugstouren und die Macht, die sie auf die Massen ausübten.

Während Sidney arbeitete, drosselte Blanche die Geschwindigkeit und achtete auf alles in ihrer Umgebung. Nach einem Blick auf seinen schlanken, gebräunten Oberkörper hatte sie entschieden, dass es für sie klüger wäre, sich auf die Szenerie zu konzentrieren. Sie hätte sonst die kleine Bucht und die Felsinsel, die sich darüber wölbte, übersehen können.

„Sehen Sie nur." Ohne zu zögern, steuerte sie darauf zu und stellte den Motor ab, bis das treibende Boot zum Stillstand kam. „Kommen Sie, wir schwimmen." Bevor er etwas dazu sagen konnte, war sie schon in das knöcheltiefe Wasser gesprungen und befestigte die Bootsleine mit Steinen.

In T-Shirts und Shorts lief Blanche hinunter zu der Bucht und versank bis über den Kopf im Wasser. Lachend kam sie wieder an die Oberfläche. Sidney stand auf der Insel über ihr. „Herrlich", rief sie. „Kommen Sie, Sidney, wir haben uns seit dem Start noch keine einzige Stunde für Vergnügen freigenommen."

Da hatte sie Recht. Er hatte darauf geachtet. Nicht, dass er sich nicht auch hätte entspannen müssen, aber er hatte es für das

Beste gehalten, es nicht in Blanches Nähe zu tun. Während er jetzt beobachtete, wie sie geschmeidig in dem von Felsen beschatteten Wasser auf der Stelle trat, wusste er, dass es ein Fehler war. Doch er hatte sich eingeredet, dass es logisch sei, sich nicht mehr gegen etwas zu wehren, das zwischen ihnen passieren würde. Er ging zum Wasser hinunter.

„Es ist, als würde man ein Geschenk öffnen", fand sie, rollte sich auf den Rücken und ließ sich kurz treiben. „Ich hatte keine Ahnung, dass ich langsam geröstet wurde, bis ich ins Wasser getaucht bin." Mit einem wohligen Seufzer glitt sie unter die Oberfläche und kam wieder hoch. Wasser floss von ihrem Gesicht. „Als ich Kind war, gab es ein paar Meilen von unserem Haus entfernt einen Teich. Im Sommer habe ich da praktisch gelebt."

Das Wasser war verführerisch. Als Sidney sich hineinsinken ließ, fühlte er, wie die Hitze aus ihm wich, nicht jedoch die Spannung. Früher oder später, das wusste er, musste er dafür ein Ventil finden.

„Wir haben uns viel besser gehalten, als ich angenommen habe." Träge ließ sie das Wasser durch ihre Finger spielen. „Ich kann es gar nicht erwarten, nach Sedona zu kommen und mit dem Entwickeln anzufangen." Sie warf ihren tropfenden Zopf nach hinten. „Und in einem richtigen Bett zu schlafen."

„Sie scheinen mit dem Schlafen keine Schwierigkeiten zu haben." Gleich zu Beginn hatte er festgestellt, dass sie überall, jederzeit und innerhalb von Sekunden nach Schließen der Augen sofort einschlafen konnte.

„Oh, es ist nicht das Schlafen, es ist das Aufwachen." Und nur einen Meter von ihm entfernt aufzuwachen, einen Morgen nach dem anderen – den dunklen Schatten seines Bartwuchses auf dem Gesicht zu sehen, gefährlich attraktiv, zu sehen, wie sich seine Muskeln spannten, wenn er sich streckte, gefährlich stark. Nein, sie konnte nicht abstreiten, dass ihr diese Form der Unterbringung gelegentlich einen schmerzlichen Stich versetzte.

„Wissen Sie", begann sie beiläufig, „unser Budget würde zwei Motelzimmer so ungefähr einmal die Woche erlauben – nichts besonders Tolles vielleicht. Aber eine richtige Matratze und eine eigene Dusche. Auf manchen Campingplätzen, auf denen wir gehalten haben, war die angepriesene Vergünstigung von heißem Wasser wohl nur ironisch gemeint."

Er musste lächeln. Es hatte ihm auch keinen Spaß gemacht, sich nach einem langen Tag auf der Straße mit lauwarmem Wasser zufrieden zu geben. Es gab aber keinen Grund, es ihr zu leicht zu machen. „Halten Sie ein wenig Unbequemlichkeit nicht aus, Blanche?"

Sie streckte sich wieder auf ihrem Rücken aus und bespritzte Sidney absichtlich mit Wasser. „Ach, die Unbequemlichkeit macht mir nichts aus", sagte sie sanft. „Ich mag es nur lieber, wenn ich mich ihr freiwillig aussetze. Und ich gebe gern zu, dass ich das Wochenende lieber im BEVERLY WILSHIRE HOTEL verbringen würde, als irgendwo in der Wildnis zwei Holzstöcke aneinander zu reiben." Sie schloss die Augen und ließ sich treiben. „Sie nicht auch?"

„Ja." Nach diesem Eingeständnis packte er ihren Zopf und drückte ihren Kopf unter Wasser. Es überraschte sie, freute sie jedoch auch, selbst als sie spuckend hochkam. Also war er gelegentlich zu einer leichtfertigen Handlung fähig. Das war auch etwas, wofür sie ihn mögen könnte.

„Ich bin Expertin für Spiele im Wasser", warnte sie ihn, während sie wieder auf der Stelle trat.

„Wasser passt zu Ihnen." Wann hatte er sich entspannt? Er konnte sich an den Moment nicht mehr erinnern, in dem ihn die Spannung verlassen hatte. Blanche hatte etwas an sich ... War es Trägheit? Nein, das war es nicht. Sie arbeitete genauso hart wie er, wenn auch auf ihre eigene Art. „Unbekümmertheit" war ein besseres Wort, fand er. Sie war eine unbekümmerte Frau, die mit sich selbst und ihrer jeweiligen Umgebung zufrieden war.

„Wasser sieht auch an Ihnen ganz gut aus." Blanche kniff die

Augen zusammen und betrachtete ihn – etwas, das sie seit Tagen vermieden hatte. Es zu vermeiden half ihr, die Gefühle nicht aufkommen zu lassen, die er in ihr auslöste. Viele davon waren nicht angenehm, und Sidney hatte Recht gehabt: Sie war eine Frau, die das Angenehme mochte. Doch während jetzt das Wasser um sie herum kühl plätscherte und die einzigen Geräusche von Booten stammten, die in der Ferne vorbeituckerten, wollte sie sich an ihm freuen.

Sein Haar lag nass und zerzaust um sein Gesicht, das sie noch nie so entspannt gesehen hatte. Im Moment schien es in seinen Augen keine Geheimnisse zu geben. Er war fast zu schlank, aber er hatte Muskeln an den Unterarmen und am Rücken. Sie wusste bereits, wie stark seine Hände waren. Sie lächelte ihn an, weil sie nicht sicher war, wie viele ruhige Momente sie miteinander teilen würden.

„Sie lassen nicht genug von sich heraus, Sidney."

„Nein?"

„Nein. Wissen Sie ..." Sie ließ sich wieder treiben, weil Wassertreten zu viel Anstrengung kostete. „Ich glaube, tief, wirklich tief in Ihnen verbirgt sich ein netter Mensch."

„Nein, da ist keiner."

Doch sie hörte den Humor in seiner Stimme. „Oh, der ist irgendwo da drinnen vergraben. Wenn Sie es mir erlauben, von Ihnen ein Porträt zu machen, finde ich ihn."

Er mochte es, wie sie im Wasser trieb, dabei wurde absolut keine Energie verschwendet. Sie lag da und vertraute auf die Tragkraft. Er war fast sicher, dass sie innerhalb von fünf Minuten einschlafen würde, wenn sie ruhig auf dem Wasser liegen blieb. „Würden Sie ihn finden?" murmelte er. „Ich glaube, wir beide können darauf verzichten."

Sie öffnete wieder die Augen, musste jedoch gegen die Sonne blinzeln, um ihn zu sehen. „Vielleicht können Sie darauf verzichten, aber ich habe schon beschlossen, Ihr Porträt zu machen – sobald ich Sie besser kennen gelernt habe."

Er umschloss leicht ihren Knöchel mit seinen Fingern. „Sie brauchen aber für beides meine Mitarbeit."

„Die werde ich bekommen." Der Kontakt besaß mehr Macht, als sie verkraften konnte. Sie hatte sich schon verspannt, bevor sie es verhindern konnte. Und ihm war es genauso ergangen, wie sie nach endlos langen zehn Sekunden erkannte. Beiläufig ließ sie ihre Beine sinken. „Das Wasser wird kühl." Sie schwamm mit geschmeidigen Bewegungen und jagendem Herzen zum Boot.

Sidney wartete einen Moment. Ganz gleich, welche Richtung er mit ihr einschlug, es landete immer wieder am selben Punkt. Er wollte sie, war jedoch nicht sicher, ob er mit den Folgen fertig würde, wenn er diesem Verlangen nachgab. Und was noch schlimmer war: Blanche war gefährlich nahe daran, seine Freundin zu werden. Das würde für keinen von ihnen die Sache leichter machen.

Langsam schwamm er aus der Bucht und in Richtung Boot, aber Blanche war nicht da. Verwirrt sah er sich um und wollte sie schon rufen, als er sie hoch oben auf dem Felsen sah.

Sie hatte ihren Zopf gelöst und bürstete ihr Haar in der Sonne. Die Beine hatte sie untergeschlagen, das Gesicht der Sonne entgegengehoben. Ihre dünne Sommerbekleidung klebte klatschnass an jeder Kurve. Es machte ihr offenbar nichts aus. Es war die Sonne, die sie suchte, die Hitze, genau wie sie vor wenigen Minuten das kühle Wasser gesucht hatte.

Sidney griff in seine Kameratasche und setzte ein Teleobjektiv ein. Er wollte, dass Blanche das Bildformat füllte. Zum zweiten Mal versetzte ihm ihre lässige Sexualität einen vernichtenden Stoß. Er war ein Profi, ermahnte Sidney sich, während er die Tiefenschärfe einstellte. Er schoss ein Objekt, das war alles.

Doch als sie den Kopf wandte und ihre Augen durch das Objektiv den seinen begegneten, fühlte er die Leidenschaft sieden, seine eigene und ihre. Sie hielten einander einen Moment fest, trennten sich, blieben jedoch unwiderruflich miteinander verbunden. Er machte das Foto, und noch während er es tat, wusste Sidney, dass er viel mehr als nur ein Objekt aufnahm.

Etwas gefasster stand Blanche auf und suchte sich ihren Weg über den Felsen hinunter. Sie musste sich daran erinnern, alles ganz harmlos zu halten, etwas, das ihr stets leicht gefallen war. „Sie haben von mir keine Veröffentlichungsgenehmigung bekommen, Colby", erinnerte sie ihn, als sie ihre Bürste in ihre große Tasche fallen ließ.

Er streckte die Hand aus und berührte ihr Haar. Es war feucht und hing voll und schwer bis zu ihrer Taille. Seine Finger schoben sich hinein, ihre Augen trafen sich, ließen einander nicht los. „Ich will dich."

Sie fühlte, wie ihre Knie weich wurden, und Hitze entstand in ihrer Magengrube und breitete sich bis in ihre Fingerspitzen aus. Er ist ein harter Mann, ermahnte Blanche sich. Er würde nicht geben, sondern nehmen. Letztlich hätte sie aber beides von ihm gebraucht.

„Das reicht mir nicht", sagte sie fest. „Menschen wollen ständig etwas – einen neuen Wagen, einen Farbfernseher. Ich brauche mehr als das."

Sie stieg an ihm vorbei ins Boot. Ohne ein weiteres Wort stieg Sidney zu, und sie trieben von der Bucht weg. Während das Boot beschleunigte, fragten sich beide, ob er mehr geben konnte, als er angeboten hatte.

5. KAPITEL

Blanche hatte all die Jahre den Oak Creek Canyon romantisch verklärt, seit sie das erste Mal da gewesen war. Als sie ihn jetzt wieder sah, war sie nicht enttäuscht. Er besaß die volle Kraft und alle Farben, an die sie sich erinnerte.

Camper hausten an den verschiedensten Stellen, wie sie wusste. Sie waren Zeit und Film wert. Amateure und ernsthafte Angler am Fluss, mit ihren angespannten Gesichtern und bunten Ködern. Abendliche Lagerfeuer mit gerösteten Marshmallows. Kaffee in Zinnbechern. Ja, es würde den Aufenthalt lohnen.

Sie wollten drei Tage bleiben, arbeiten, entwickeln und vergrößern. Blanche wartete schon ungeduldig darauf. Doch sie hatten sich darauf geeinigt, bevor sie in die Stadt fuhren, um sich um die Details zu kümmern, im Canyon bei Lee und ihrer Familie anzuhalten.

„Nach der Wegbeschreibung sollte eine kleine Sandstraße direkt hinter einer Handelsstation nach rechts abzweigen."

Sidney hielt danach Ausschau. Auch er sehnte sich schon danach, mit der Arbeit anzufangen. Manche der Aufnahmen, die er gemacht hatte, drängten ihn, sie zum Leben zu erwecken. Er brauchte die Konzentration und die Ruhe der Dunkelkammer und die Einsamkeit darin. Er musste seine Kreativität fließen lassen und die Ergebnisse in seinen Händen halten.

Das Foto von Blanche, wie sie auf der Felsinsel saß. Er wollte nicht darüber nachdenken, aber er wusste, dass es die erste Spule sein würde, die er entwickelte.

Wichtig war, dass er die Zeit und den Abstand haben würde, die er sich selbst versprochen hatte. Sobald er Blanche bei ihren Freunden abgesetzt hatte – und er war sicher, dass sie Blanche bei sich haben wollten –, konnte er nach Sedona fahren, eine Dunkelkammer und ein Motelzimmer für sich mieten. Nachdem er mit ihr vierundzwanzig Stunden am Tag gelebt hatte, brauchte er einfach ein paar Tage ohne sie, um sein inneres Gleichgewicht zurückzubekommen.

Jeder von ihnen konnte arbeiten, woran er gerade Lust hatte – in der Stadt, im Canyon, in der Umgebung. Das verschaffte ihm Raum. Für die Dunkelkammer wollte er einen Zeitplan erstellen. Mit etwas Glück würden sie in den nächsten Tagen nur wenig voneinander sehen.

„Da ist es", sagte Blanche, obwohl er schon die schmale Straße gesehen hatte und langsamer gefahren war. Sie betrachtete die steile, von Bäumen begrenzte Straße und schüttelte den Kopf. „Lieber Himmel, ich hätte mir Lee nie hier vorgestellt. Hier ist es so wild und rau, und sie ist ... nun ja, elegant."

Er hatte ein paar elegante Frauen in seinem Leben gekannt. Er hatte mit einer zusammengelebt. Sidney betrachtete das Gelände. „Was sucht sie dann hier?"

„Sie hat sich verliebt", sagte Blanche einfach und beugte sich vor. „Da ist das Haus. Großartig."

Glas und Stil. Das war ihr erster Gedanke. Es war nicht das noble Stadthaus, das sie sich für Lee ausgemalt hätte, aber Blanche konnte sehen, dass es zu ihrer Freundin passte. Überall blühten Blumen, hellrote und orangefarbene Blüten, die sie nicht kannte. Das Gras war dicht, die Bäume stark belaubt.

In der Einfahrt standen zwei Wagen, ein staubiger Jeep neuesten Modells und ein schimmernder cremefarbener Sedan. Als sie hinter dem Jeep hielten, jagte ein riesiger silbergrauer Hund um die Ecke des Hauses. Sidney fluchte in purer Verblüffung.

„Das muss Santanas sein." Blanche lachte, musterte den Hund jedoch gründlich und hielt ihre Tür fest geschlossen.

Fasziniert beobachtete Sidney, wie sich die Muskeln spannten, während der Hund sich bewegte. Aber der Schwanz wippte, die Zunge hing heraus. Ein Schmusetier, entschied er. „Sieht wie ein Wolf aus."

„Ja." Sie blickte weiterhin aus dem Seitenfenster, während der

Hund neben dem Campingbus auf und ab lief. „Lee behauptet, dass er freundlich ist."

„Fein. Du steigst zuerst aus."

Blanche schoss ihm einen Blick zu, den er mit einem lässigen Lächeln erwiderte. Sie stieß den Atem aus und öffnete die Tür. „Braver Hund", erzählte sie ihm, während sie ausstieg, eine Hand am Türgriff. „Braver Santanas."

„Irgendwo habe ich gelesen, dass Brown Wölfe züchtet", sagte Sidney sorglos, während er auf der anderen Seite ausstieg.

„Niedlich", murmelte Blanche und bot ihre Hand vorsichtig dem Hund zum Schnüffeln an.

Das tat er auch, und offenbar mochte er sie, weil er sie mit einem Sprung umrannte. Sidney war schon um den Wagen, bevor Blanche überhaupt Luft holen konnte. Angst und Wut hatten ihn vorangetrieben, aber was immer er vorhatte zu tun, wurde aufgehalten von einem hohen Pfiff.

„Santanas!" Ein Mädchen fegte mit fliegenden Zöpfen um die Hausecke. „Hör damit sofort auf! Du darfst doch niemanden umrennen!" Der ertappte Riesenhund ließ sich flach auf seinen Bauch fallen und brachte es irgendwie zustande, unschuldig dreinzublicken.

„Es tut ihm Leid." Das Mädchen betrachtete den Mann, der angespannt über dem Hund stand, und die atemlose Frau, die neben ihm auf dem Rücken lag. „Er freut sich nur, wenn Besuch kommt. Sind Sie Bryan?"

Blanche schaffte ein Nicken, während der Hund seinen Kopf auf ihren Arm legte und zu ihr aufblickte.

„Bryan ist ein komischer Name. Ich dachte, Sie würden auch komisch aussehen, aber das tun Sie nicht. Ich bin Sarah."

„Hallo, Sarah." Wieder zu Atem kommend, blickte Blanche zu Sidney hoch. „Das ist Sidney Shade Colby."

„Shade? Ist das ein richtiger Name?" fragte Sarah.

„Ja." Sidney blickte auf das Mädchen hinunter. Er wollte mit ihr schimpfen, weil sie nicht auf ihren Hund aufgepasst hatte, konnte es jedoch nicht. Sie hatte dunkle, ernste Augen, die in ihm den Wunsch weckten, sich vor ihr hinzukauern. Eine Herzensbrecherin. Noch zehn Jahre, dann würde sie alle brechen.

„Ihr Name klingt wie aus einem Buch von meinem Dad. Wahrscheinlich ist er okay." Grinsend blickte sie auf Blanche hinunter und scharrte mit ihren Tennisschuhen im Sand. Sie und ihr Hund wirkten verlegen. „Tut mir wirklich Leid, dass Santanas Sie umgerannt hat. Sie haben sich doch nicht wehgetan?"

Da sich erst jetzt jemand die Mühe machte, danach zu fragen, musste Blanche überlegen. „Nein."

„Also, vielleicht sagen Sie meinem Dad nichts davon." Sarah zeigte in einem raschen Lächeln ihre Zahnspangen. „Er wird böse, wenn Santanas seine Manieren vergisst."

Santanas wischte mit einer gewaltigen rosigen Zunge über Blanches Schulter.

„Es ist nichts passiert", entschied sie.

„Großartig. Wir sagen Bescheid, dass Sie hier sind." Sie jagte davon. Der Hund rappelte sich hoch und hetzte hinter ihr her, ohne Blanche noch eines Blickes zu würdigen.

„Nun, sieht nicht so aus, als würde Lee ein langweiliges Leben führen", kommentierte Blanche.

Sidney half ihr auf die Beine. Er hatte Angst gehabt. Zum ersten Mal seit Jahren hatte er wirklich Angst gehabt, und das nur, weil der Schmusehund eines kleinen Mädchens seine Partnerin umgerannt hatte.

„Alles in Ordnung mit dir?"

„Ja." Sie begann, mit raschen Bewegungen den Staub von ihrer Jeans zu klopfen. Sidney fuhr mit seinen Händen an ihren Armen hoch und ließ sie erstarren.

„Ganz sicher?"

„Ja, ich ..." Sie verstummte, als ihre Gedanken unzusammenhängend wurden. Er durfte sie nicht so ansehen, dachte sie. Als ob ihm wirklich an ihr gelegen wäre. Sie wünschte sich, er würde sie immer und immer wieder so ansehen. Seine Finger berührten kaum ihre Arme. Sie wünschte sich, er würde sie immer und immer wieder so berühren.

„Es geht mir gut", brachte sie endlich hervor. Aber es war kaum mehr als ein Flüstern, und ihr Blick konnte sich nicht von seinen Augen lösen.

Er behielt seine Hände an ihren Armen. „Dieser Hund muss mindestens hundertzwanzig Pfund gewogen haben."

„Er wollte mir nichts antun." Warum, so fragte sie sich vage, sprachen sie über einen Hund, wenn nur sie beide wichtig waren?

„Tut mir Leid." Sein Daumen strich über ihre Armbeuge, wo die Haut tatsächlich so weich war, wie er sich das einmal ausgemalt hatte. Ihr Puls hämmerte wie eine Maschine. „Ich hätte als Erster aussteigen sollen, anstatt Unfug zu machen." Wenn sie verletzt worden wäre ... Er wollte sie jetzt küssen, jetzt sofort, so lange er nur an sie dachte und nicht an die Gründe, weshalb er sie nicht küssen sollte.

„Macht nichts", murmelte sie und entdeckte, dass ihre Hände auf seinen Schultern lagen. Ihre Körper waren einander nahe, berührten sich ganz leicht. Wer hatte sich bewegt? „Macht nichts", sagte sie noch einmal, halb zu sich selbst, während sie sich näher an ihn lehnte. Ihre Lippen verharrten, zögerten, berührten einander dann kaum. Vom Haus her ertönte tiefes, hektisches Bellen. Mit einem leichten Ruck lösten sie sich voneinander.

„Blanche!" Lee ließ hinter sich die Tür zufallen, als sie auf die Veranda heraustrat. Erst nachdem sie den Namen gerufen hatte, bemerkte sie, wie eindringlich die beiden Menschen in ihrer Einfahrt ineinander versunken waren.

Mit einem kurzen Schaudern tat Blanche noch einen Schritt zurück, ehe sie sich umdrehte. Zu viele Gefühle – das war alles, was sie denken konnte. Zu viele Gefühle, zu schnell.

„Lee!" Blanche lief ihr entgegen – oder lief vielleicht davon –, sie war sich nicht sicher. In diesem Moment wusste sie nur, dass sie jemanden brauchte. Dankbar fühlte sie sich von Lees Armen umschlungen. „Oh Himmel, ist das schön, dich zu sehen!"

Die Begrüßung fiel eine Spur zu überschwänglich aus. Lee warf einen langen Blick über Blanches Schulter auf den Mann, der ein paar Schritte entfernt stand. Ihr erster Eindruck war, dass er so bleiben wollte. Abgerückt. Worauf hatte Blanche sich da bloß eingelassen? Sie presste ihre Freundin heftig an sich.

„Ich muss dich ansehen", verlangte Blanche und lachte, nachdem die Spannung nachgelassen hatte. Das elegante Gesicht, die sorgfältig gestylten Haare – das war gleich geblieben. Aber Lee selbst war es nicht. Blanche fühlte es schon, bevor sie auf die Rundung unter Lees Sommerkleid herunterblickte. „Du bist glücklich." Blanche packte Lees Hände. „Man sieht es. Kein Bedauern?"

„Kein Bedauern." Lee unterzog sie einer langen, eingehenden Musterung. Blanche sah noch genauso aus, fand sie. Gesund, unbekümmert, zauberhaft in einer Art, die einzig und allein ihr vorbehalten schien. Unverändert, abgesehen von dem Ausdruck in ihren Augen, der auf Schwierigkeiten in ihrem Leben hindeutete. „Und du?"

„Alles läuft gut. Du hast mir gefehlt, aber jetzt fühle ich mich besser, wo ich hier bin."

Lachend legte Lee den Arm um Blanches Taille. Wenn es Schwierigkeiten gab, würde sie die Ursache herausfinden. Blanche schaffte es nie, irgendetwas lange zu verbergen. „Komm ins Haus. Sarah und Hunter machen Eistee." Sie warf einen bezeichnenden Blick in Sidneys Richtung und fühlte, wie Blanche sich anspannte. Nur ein wenig, aber Lee fühlte es und wusste, dass sie bereits die Ursache gefunden hatte.

Blanche räusperte sich. „Sidney."

Er kam auf sie zu, und Lee fand, dass er sich wie ein Mann bewegte, der gewohnt war, das Terrain zu sondieren.

„Lee Radcliffe – Lee Radcliffe Brown", verbesserte Blanche sich und entspannte sich ein wenig. „Sidney Colby. Du erinnerst dich daran, wie ich das Geld, das ich für ein neues Auto gespart hatte, für eines seiner Fotos ausgab."

„Ja, ich sagte dir, du wärst verrückt." Lee streckte lächelnd die Hand aus, aber ihre Stimme klang kühl. „Freut mich, Sie kennen zu lernen. Blanche hat Ihre Arbeit immer bewundert."

„Aber Sie haben es nicht", erwiderte er mit mehr Interesse und Respekt, als er eigentlich empfinden wollte.

„Ich finde den Stil oft sehr schroff, aber immer zwingend", sagte Lee schlicht. „Blanche ist die Expertin, nicht ich."

„Dann sollte sie Ihnen erklären, dass wir keine Fotos für Experten machen."

Lee nickte. Sein Händedruck war fest gewesen – nicht sanft, aber auch absolut nicht schmerzhaft. Sie musste wohl ihr Urteil revidieren. „Kommen Sie ins Haus, Mr. Colby."

Er hatte Blanche lediglich absetzen und weiterfahren wollen, aber jetzt nahm er die Einladung an. Es konnte nicht schaden, fand er, sich ein wenig abzukühlen, bevor er in die Stadt fuhr. Er folgte den Frauen nach drinnen.

„Dad, wenn du nicht mehr Zucker hineintust, schmeckt er schrecklich."

Als sie die Küche betraten, sahen sie Sarah, die Hände in die Hüften gestützt, wie sie ihren Vater dabei beobachtete, wie er rings um einen Krug den verschütteten Tee aufwischte.

„Nicht jedermann schüttet Zucker in sich hinein wie du."

„Ich schon." Blanche grinste, als Hunter sich umdrehte. Sie fand seine Arbeiten brillant, hatte ihn schon oft verwünscht, wenn sie seinetwegen nicht schlafen konnte. Er sah wie ein Mann aus, über den eine der Brontë-Schwestern hätte schreiben können – stark, dunkel, schwerblütig. Doch darüber hinaus war er der Mann, der ihre beste Freundin liebte. Blanche breitete für ihn die Arme aus.

„Schön, dich wiederzusehen." Hunter drückte sie fest an sich und lachte in sich hinein, als er fühlte, wie sie an ihm vorbei nach dem Teller mit Keksen tastete, den Sarah hingestellt hatte. „Wieso nimmst du nicht zu?"

„Ich versuche es ja", behauptete Blanche und biss in ein Schokoplätzchen. „Mhmm, noch warm. Hunter, das ist Sidney Shade Colby."

Hunter legte das Geschirrtuch beiseite. „Ich habe Ihre Arbeiten verfolgt", sagte er zu Sidney, als sie sich die Hände schüttelten. „Sehr überzeugend."

„Mit dem Wort würde ich Ihre Arbeit beschreiben."

„Dein letztes Buch hat mich so in Angst und Schrecken versetzt, dass ich wochenlang nicht in die Waschküche im Keller gegangen bin", warf Blanche Hunter vor. „Ich hatte schon fast nichts mehr anzuziehen."

Hunter grinste zufrieden. „Danke."

Sie sah sich in der sonnigen Küche um. „Ich habe eigentlich in eurem Haus Spinnweben und knarrende Dielenbretter erwartet."

„Enttäuscht?" fragte Lee.

„Erleichtert."

Lachend setzte Lee sich an den Küchentisch, Sarah zu ihrer Linken, Blanche ihr gegenüber. „Und wie läuft das Projekt?"

„Gut." Aber Lee bemerkte, dass Blanche Sidney nicht ansah, während sie sprach. „Vielleicht sogar großartig. Wir werden mehr wissen, wenn wir die Filme entwickelt haben. Wir haben mit einer der ortsansässigen Zeitungen vereinbart, dass wir eine Dunkelkammer benutzen können. Wir müssen nur nach Sedona fahren, uns melden und uns ein Zimmer nehmen. Morgen geht es an die Arbeit."

„Zimmer?" Lee stellte das Glas ab, das Hunter ihr reichte. „Aber du bleibst hier."

„Lee." Blanche lächelte Hunter kurz zu, als er ihr den Teller mit den Keksen anbot. „Ich wollte dich wiedersehen, nicht mich bei dir einquartieren. Ich weiß, dass ihr beide, du und Hunter, an neuen Büchern arbeitet. Sidney und ich werden bis zu den Ohren in Entwickler baden."

„Was soll denn das für ein Besuch sein, wenn du in Sedona bist?" entgegnete Lee. „Verdammt, Blanche, du hast mir gefehlt.

Du wohnst hier." Sie legte eine Hand auf ihren rundlichen Bauch. „Schwangere Frauen müssen verwöhnt werden."

„Du solltest hier bleiben", warf Sidney ein, bevor Blanche etwas sagen konnte. „Das könnte für eine ganze Weile die letzte Chance für etwas freie Zeit sein."

„Wir haben eine Menge Arbeit", erinnerte Blanche ihn.

„Von hier aus ist es nur eine kurze Fahrt in die Stadt. Das spielt also keine Rolle. Wir müssen ohnedies einen Wagen mieten, damit wir beide beweglich sind."

Hunter betrachtete den Mann auf der anderen Seite des Raums. Gespannt, dachte er. Angespannt. Nicht der Typ Mann, den er für die sorglose, gemächliche Blanche ausgesucht hätte, aber es war nicht seine Sache, das zu beurteilen. Es war seine Sache – und sein Talent – zu beobachten. Was zwischen den beiden war, konnte man leicht sehen. Genauso offensichtlich war, wie sehr sie zögerten, das zu akzeptieren. Ruhig griff er nach seinem Tee und trank.

„Die Einladung gilt für euch beide."

Sidney sah mit einer automatischen höflichen Ablehnung auf den Lippen zu ihm hinüber. Sein Blick und Hunters Blick trafen sich. Sie waren beide angespannte, verinnerlichte Männer. Vielleicht verstanden sie einander deshalb so schnell.

Ich habe das alles schon durchgemacht, schien Hunter ihm mit einem angedeuteten Lächeln zu sagen. Du kannst schnell laufen, aber nicht vor dir weglaufen.

Sidney gewahrte etwas von dem Verstehen und auch die Herausforderung. Er wandte sich Blanche zu und sah, dass sie ihn mit einem langen, kühlen Blick betrachtete.

„Ich bleibe gern hier", hörte Sidney sich selbst sagen. Er ging an den Tisch und setzte sich.

Lee betrachtete die Vergrößerungen in ihrer präzisen, abwägenden Art. Blanche lief auf der Terrasse auf und ab, war nahe am Explodieren vor Anspannung.

„Nun?" fragte sie. „Was hältst du davon?"
„Ich habe sie noch nicht zu Ende angesehen."
Blanche öffnete den Mund und schloss ihn wieder. Es sah ihr nicht ähnlich, wegen ihrer Arbeit nervös zu sein. Sie wusste, dass ihre Vergrößerungen gut waren. Hatte sie nicht in jede einzelne ihren Schweiß und ihr Herz gelegt?

Mehr als gut, sagte sie sich selbst, während sie einen Schokoriegel aus ihrer Tasche zerrte. Diese Vergrößerungen gehörten zu ihren besten Arbeiten. Vielleicht hatte der Wettbewerb mit Sidney sie dazu getrieben. Vielleicht war es der Wunsch gewesen, ein wenig satte Selbstzufriedenheit zu verspüren nach einigen seiner Bemerkungen über ihren besonderen Arbeitsstil. Blanche akzeptierte nicht gern, dass sie primitiv genug war, um zu kleinlichem Konkurrenzdenken Zuflucht zu nehmen, aber sie musste sich eingestehen, dass das jetzt der Fall war. Und sie wollte gewinnen.

Sie und Sidney hatten seit Tagen in demselben Haus gewohnt, in derselben Dunkelkammer gearbeitet, und doch hatten sie es geschafft, so gut wie nichts voneinander zu sehen. Ein sauberer Trick, dachte Blanche bedauernd. Vielleicht hatte es so gut geklappt, weil sie beide das gleiche Spielchen gespielt hatten. Verstecken, aber nicht suchen. Morgen würden sie wieder auf der Straße unterwegs sein.

Blanche sehnte sich danach aufzubrechen, obwohl sie gleichzeitig Angst davor hatte. Und dabei war sie keine widersprüchliche Persönlichkeit, wie sie sich geradezu heftig ermahnte. Sie war grundsätzlich völlig geradlinig und ... ja, doch, sie war liebenswert. Das war einfach ihre Natur. Warum war sie dann nicht mit Sidney zusammen?

„Also."

Blanche wirbelte herum, sobald sie Lees Stimme hörte. „Also?" wiederholte sie abwartend.

„Ich habe deine Arbeit stets bewundert, Blanche. Du weißt das." Lee verschränkte die Hände auf dem Tisch.

„Aber?" drängte Blanche.

„Aber das sind die Besten." Lee lächelte. „Das sind die allerbesten Fotos, die du je gemacht hast."

Blanche stieß den angehaltenen Atem aus und ging zu dem Tisch. Nerven? Ja, sie hatte welche, auch wenn sie sich nicht darum kümmern wollte. „Warum?"

„Ich bin sicher, es gibt eine Menge technischer Gründe – das Licht und die Verteilung der Schatten und der Bildausschnitt."

Ungeduldig schüttelte Blanche den Kopf. „Warum?"

Lee wählte ein Foto aus. „Dieses hier von der alten Frau und dem kleinen Mädchen am Strand. Vielleicht liegt es an meinem Zustand", sagte sie nachdenklich und betrachtete es erneut, „aber ich denke dabei an das Kind, das ich haben werde. Es erinnert mich auch daran, dass ich alt sein werde, aber nicht zu alt, um zu träumen. Dieses Bild ist so kraftvoll in der Aussage, weil es so grundlegend einfach ist, so geradeheraus und so unglaublich voll von Emotionen. Und dieses hier ..." Sie wühlte in den Vergrößerungen und holte das Bild des Straßenarbeiters hervor. „Schweiß, Entschlossenheit, Ehrlichkeit. Wenn man in dieses Gesicht sieht, weiß man, dass der Mann an harte Arbeit glaubt und seine Rechnungen pünktlich bezahlt. Und hier, diese Teenager. Ich sehe Jugend, kurz vor diesen unvermeidlichen Veränderungen des Erwachsenwerdens. Und dieser Hund." Lee lachte, als sie ihn betrachtete. „Beim ersten Ansehen kam er mir nur niedlich und lustig vor, aber er sieht so stolz drein, so ... also ... menschlich. Man könnte fast glauben, das Boot gehörte ihm." Während Blanche schwieg, ordnete Lee die Bilder wieder. „Ich könnte jedes Einzelne mit dir durchgehen, aber der Punkt ist, dass jedes eine Geschichte erzählt. Es ist nur eine Szene, ein winziger Teil der Zeit, aber die Geschichte ist da. Die Gefühle sind da. Ist das nicht Sinn und Zweck der Sache?"

„Ja." Blanche lächelte, während ihre Schultern sich entspannten. „Das ist Sinn und Zweck."

„Wenn Sidneys Bilder nur halb so gut sind, bekommt ihr einen wunderbaren Bildbericht zusammen."

„Sie werden es sein. Ich habe ein paar von seinen Negativen in der Dunkelkammer gesehen. Sie sind unglaublich."

Lee hob eine Augenbraue und sah zu, wie Blanche die Schokolade verschlang. „Stört dich das?"

„Was? Oh, nein, nein, natürlich nicht. Seine Arbeit ist seine Arbeit ... und in diesem Fall wird sie auch Teil meiner Arbeit sein. Ich hätte nie einer Zusammenarbeit mit ihm zugestimmt, würde ich ihn nicht bewundern."

„Aber?" Diesmal drängte Lee mit einer hochgezogenen Augenbraue und einem leichten Lächeln.

„Ich weiß nicht, Lee, er ist so – so perfekt."

„Wirklich?"

„Er fummelt nie herum", klagte Blanche. „Er weiß immer genau, was er will. Wenn er morgens aufwacht, ist er völlig klar. Er verpasst nie eine Abzweigung. Er macht sogar anständigen Kaffee."

„Dafür muss man ihn ganz einfach verabscheuen", sagte Lee.

„Es ist frustrierend, das ist alles."

„Das ist Liebe oft. Du bist in ihn verliebt, nicht wahr?"

„Nein." Blanche starrte Lee ehrlich überrascht an. „Gütiger Himmel, es fällt mir schon schwer, ihn überhaupt zu mögen."

„Blanche, du bist meine Freundin. Andernfalls würde es Neugierde genannt werden, was ich als Sorge bezeichne."

„Was bedeutet, dass du mich ausfragen wirst."

„Genau. Ich habe gesehen, wie ihr zwei auf Zehenspitzen umeinander herumschleicht, als hättet ihr Angst, einander zu streifen, weil es sonst auf der Stelle eine Verbrennung gäbe."

„So ungefähr."

Lee berührte Blanches Hand. „Blanche, erzähl es mir."

Ausflüchte waren unmöglich. Blanche blickte auf ihre miteinander verschlungenen Hände und seufzte. „Ich fühle mich zu ihm hingezogen", gab sie zögernd zu. „Er ist anders als alle, die ich je kennen gelernt habe, hauptsächlich weil er nicht der Typ Mann ist, mit dem ich normalerweise zusammenkommen würde. Er ist sehr verschlossen, sehr ernst. Ich habe gern Spaß. Einfach Spaß."

„Beziehungen müssen auf mehr als Spaß gegründet sein."

„Ich suche keine Beziehung." In diesem Punkt war sie ganz klar. „Ich verabrede mich, damit ich tanzen gehen kann oder auf eine Party, Musik hören oder einen Film sehen. Mehr nicht. Am allerwenigsten will ich die Spannungen und die Mühe, die eine Beziehung kostet."

„Wenn man dich nicht kennen würde, könnte man behaupten, das sei eine reichlich oberflächliche Einstellung."

„Vielleicht ist es das. Vielleicht bin ich oberflächlich."

Lee sagte nichts, sondern tippte nur mit einem Finger auf die Vergrößerungen.

„Das ist meine Arbeit", setzte Blanche an und gab auf. Eine Menge Leute würden ihre Worte für bare Münze nehmen, nicht Lee. „Ich will keine Beziehung", wiederholte sie, allerdings ruhiger. „Lee, ich habe schon einmal eine gehabt, und ich war lausig schlecht darin."

„Zu einer Beziehung gehören zwei", wies Lee sie zurecht. „Gibst du dir noch immer die ganze Schuld?"

„Die meiste Schuld traf auf mich zu. Ich war nicht gut als Ehefrau."

„Als eine ganz bestimmte Art von Ehefrau", verbesserte Lee.

„Ich schätze, im Lexikon gibt es nicht so viele Definitionen von diesem Begriff."

Lee hob lediglich eine Augenbraue. „Sarah hat eine Freundin, deren Mutter wundervoll ist. Sie hat nicht nur ein sauberes, sondern auch ein interessantes Haus. Sie kocht Marmelade, führt das Protokoll im Elternrat und leitet eine Pfadfinderinnentruppe. Die Frau kann aus einem Stück Buntpapier und Klebstoff ein Kunstwerk machen. Sie ist hübsch und bleibt es, indem sie dreimal die Woche in einen Gymnastikkurs geht. Ich bewundere sie sehr, aber hätte Hunter diese Dinge von mir gewollt, hätte ich jetzt nicht seinen Ring an meinem Finger."

„Hunter ist etwas Besonderes", murmelte Blanche.

„Da kann ich dir nicht widersprechen. Und du weißt, warum ich das zwischen uns beinahe ruiniert hätte: weil ich Angst hatte, ich könnte im Aufbauen und Erhalten einer Beziehung versagen."

„Es hat nichts mit Angst haben zu tun." Blanche zuckte die Schultern. „Es geht mehr darum, dass ich nicht die Energie dafür habe."

„Erinnere dich daran, mit wem du sprichst", sagte Lee milde.

Mit einem halben Lachen schüttelte Blanche den Kopf. „Na gut, vielleicht hat es etwas mit Vorsicht zu tun. Beziehung ist ein schwergewichtiges Wort. Affäre ist leichter", sagte sie nachdenklich. „Aber eine Affäre mit einem Mann wie Sidney muss gewaltige Auswirkungen haben." Das klingt so kühl, dachte Blanche. Wann hatte sie angefangen, in dermaßen logischen Begriffen zu denken? „Er ist kein einfacher Mann, Lee. Er hat seine eigenen Dämonen und seine eigene Art, mit ihnen umzugehen. Ich weiß nicht, ob er sie mit mir teilen würde und ob ich das überhaupt wollte."

„Er bemüht sich, kalt zu sein", bemerkte Lee. „Aber ich habe ihn mit Sarah gesehen. Ich muss zugeben, dass mich die grundlegende Freundlichkeit in ihm überrascht hat, aber sie ist vorhanden."

„Sie ist vorhanden", stimmte Blanche zu. „Es ist nur schwer, zu ihr vorzustoßen."

„Dinner ist fertig!" Sarah riss die Fliegengittertür auf und ließ sie gegen die Wand knallen. „Sidney und ich haben Spaghetti gemacht, und sie sind großartig."

Das waren die Spaghetti tatsächlich. Blanche beobachtete Sidney während des Essens. Genau wie Lee hatte sie seine problemlose Beziehung zu Sarah bemerkt. Das war mehr als Toleranz, fand sie, während sie beobachtete, wie er mit dem kleinen Mädchen lachte. Das war Zuneigung. Es wäre ihr nicht in den Sinn gekommen, dass Sidney seine Zuneigung so rasch und mit so wenig Beschränkungen verschenken konnte.

Vielleicht sollte ich zwölf Jahre alt sein und Zöpfe haben, dachte sie und schüttelte den Kopf über ihre eigenen Gedanken. Sie wollte nicht Sidneys Zuneigung. Seinen Respekt, ja.

Erst nach dem Abendessen erkannte sie, dass sie sich getäuscht hatte. Sie wollte wesentlich mehr.

Es war der letzte gemütliche Abend, bevor die Gruppe sich trennte. Auf der vorderen Veranda betrachteten sie den Himmel, an dem die ersten Sterne erschienen, und lauschten den Geräuschen der Nacht.

Lee und Hunter saßen auf der Schaukel auf der Veranda, Sarah zwischen ihnen. Sidney hatte es sich gleich daneben auf einem Stuhl bequem gemacht, entspannt, ein wenig müde und geistig befriedigt nach seinen langen Stunden in der Dunkelkammer. Während er dasaß und mit den Browns plauderte, erkannte er, dass er diesen Besuch genauso sehr wie Blanche gebraucht hatte, vielleicht sogar noch mehr.

Er hatte eine einfache Kindheit gehabt. Bis zu diesen letzten Tagen hatte er fast vergessen, wie einfach und wie solide sie gewesen war. Die Dinge, die mit ihm als Erwachsener passiert waren, hatten einen Großteil von seinen Erinnerungen verschüttet. Ohne dass es ihm bewusst wurde, holte Sidney einiges davon wieder in die Gegenwart zurück.

Blanche saß auf der ersten Stufe, gegen einen Pfosten zurückgelehnt. Je nach Stimmung beteiligte sie sich an der Unterhaltung oder hielt sich heraus. Es wurde nichts Wichtiges gesagt, und die Schlichtheit der Unterhaltung machte die Atmosphäre wunderbar angenehm. Ein Nachtfalter flatterte gegen die Lampe auf der Veranda, Grillen zirpten, und ein Lufthauch raschelte in den Blättern der umstehenden Bäume. Die Geräusche erzeugten ihre eigene besänftigende Unterhaltung.

Sie mochte es, wie Hunter seinen Arm über die Rückenlehne der Schaukel gelegt hatte. Obwohl er zu Sidney sprach, strichen seine Finger leicht über das Haar seiner Frau. Der Kopf seiner Tochter ruhte an seiner Brust, aber von Zeit zu Zeit legte sie eine Hand auf Lees Bauch, als wollte sie prüfen, ob es eine Bewegung gab. Obwohl Blanche die Szene nicht arrangiert hatte, entstand sie einfach vor ihren Augen. Unfähig zu widerstehen, schlüpfte sie ins Haus.

Als sie kurz darauf zurückkehrte, hatte sie ihre Kamera, ihr Stativ und die Fotoleuchte bei sich.

„Oh Mann." Sarah warf einen Blick auf sie und richtete sich kerzengerade auf. „Blanche will uns fotografieren."

„Nicht posieren", sagte Blanche lächelnd zu ihr. „Redet einfach weiter", fuhr sie fort, bevor irgendjemand protestieren konnte. „Tut so, als wäre ich gar nicht hier. Es ist so perfekt", murmelte sie zu sich selbst, während sie ihre Geräte aufbaute. „Wieso habe ich das nicht sofort gesehen?"

„Lass mich dir helfen."

Blanche blickte überrascht zu Sidney auf und wollte schon ablehnen, hielt jedoch die Worte zurück. Es war das erste Mal, dass er versuchte, mit ihr zusammenzuarbeiten. Ob die Geste nun ihr galt oder der Zuneigung, die er für ihre Freunde entwickelt hatte, sie würde ihn nicht zurückweisen. Stattdessen reichte sie ihm lächelnd ihren Belichtungsmesser.

„Gibst du mir die Werte, ja?"

Sie arbeiteten zusammen, als hätten sie das schon seit Jahren getan. Wieder eine Überraschung für sie beide. Blanche richtete ihre Leuchte aus, und Sidney nannte ihr die Belichtungswerte. Zufrieden überprüfte Blanche den Blickwinkel und den Bildausschnitt im Sucher, trat zurück und ließ Sidney ihren Platz einnehmen.

„Perfekt." Wenn sie einen behaglichen Sommerabend gesucht und eine Familie, die mit dem Abend und mit sich selbst zufrieden war, hätte sie es nicht besser machen können. Sidney wich zurück und lehnte sich gegen die Hauswand. Ohne darüber nachzudenken, half er auch weiterhin, indem er das Trio auf der Schaukel ablenkte.

„Was wünschst du dir, Sarah?" begann er, als Blanche sich wieder hinter ihre Kamera stellte. „Ein Brüderchen oder ein Schwesterchen?"

Während sie überlegte, vergaß Sarah, davon gefesselt zu sein, dass sie fotografiert wurde. „Na ja ..." Ihre Hand wanderte wieder zu Lees Bauch. Lees Hand schloss sich spontan um ihre Finger. Blanche drückte auf den Auslöser. „Vielleicht ein Brüderchen", entschied Sarah. „Meine Cousine sagt, eine kleine Schwester kann fürchterlich sein."

Während Sarah sprach, lehnte Lee den Kopf zurück, nur leicht, bis er auf Hunters Arm ruhte. Seine Finger strichen erneut über ihr Haar. Blanche fühlte die Emotion in sich hochsteigen und ihren Blick sich verschleiern.

Habe ich mir das immer schon gewünscht? fragte sie sich, während sie weiterschoss. Die Nähe, die Zufriedenheit, die mit Bindung und Vertrautheit kamen? Warum hatte diese Erkenntnis mit ihrer aufwühlenden Wirkung bis jetzt gewartet, wo ihre Gefühle gegenüber Sidney ohnedies schon verworren und viel zu kompliziert waren? Sie blinzelte, bis ihre Augen wieder klar waren, und öffnete den Verschluss, als Lee gerade den Kopf wandte und über etwas lachte, das Hunter sagte.

Beziehung, dachte sie, als das Sehnen in ihr hochstieg. Nicht die einfachen, sorglosen Freundschaften, die sie sich selbst erlaubt hatte, sondern eine solide, fordernde, teilende Beziehung. Genau das sah sie durch den Sucher. Genau das, entdeckte sie, brauchte sie für sich selbst. Als sie sich von der Kamera aufrichtete, war Sidney neben ihr.

„Stimmt was nicht?"

Sie schüttelte den Kopf und schaltete das Licht aus. „Perfekt", verkündete sie mit einer Lässigkeit, die sie viel Kraft kostete. Sie schenkte der Familie auf der Schaukel ein Lächeln. „Ich schicke euch eine Vergrößerung, sobald wir wieder irgendwo anhalten und entwickeln."

Sie zitterte. Sidney war nahe genug, um es zu sehen. Er wandte sich ab und kümmerte sich um die Kamera und das Stativ. „Ich nehme das für dich."

Sie drehte sich um und wollte Nein sagen, aber er trug die Sachen schon ins Haus. „Ich packe besser mein Zeug zusammen", sagte sie zu Hunter und Lee. „Sidney bricht gern zu unzivilisierten Zeiten auf."

Als sie hineinging, lehnte Lee den Kopf wieder gegen Hunters Arm. „Es wird gut mit ihnen gehen", sagte er. „Es wird gut mit ihr gehen."

Lee blickte zu der Tür. „Vielleicht."

Sidney trug Blanches Ausrüstung in ihr Schlafzimmer und wartete. Sobald sie mit der Leuchte hereinkam, wandte er sich ihr zu. „Was stimmt nicht?"

Blanche öffnete den Koffer und packte das Stativ und die Leuchte weg. „Nichts. Warum?"

„Du hast gezittert." Ungeduldig ergriff Sidney ihren Arm und drehte sie herum. „Du zitterst noch immer."

„Ich bin müde." Auf gewisse Weise stimmte das. Sie war ihrer Emotionen müde, die sich ihr aufdrängten.

„Spiel keine Spielchen mit mir, Blanche. Darin bin ich besser als du."

Himmel, ob er eine Ahnung hatte, wie sehr sie sich in diesem Moment wünschte, festgehalten zu werden? Konnte er auch nur annähernd verstehen, was sie alles dafür gegeben hätte, wenn er sie jetzt in die Arme genommen hätte? „Dräng mich nicht, Sidney."

Sie hätte wissen müssen, dass er nicht auf sie hören würde. Mit einer Hand berührte er ihr Kinn und hielt ihr Gesicht ruhig. Die Augen, die viel mehr sahen, als ihm zustand, blickten in ihre Augen. „Sag es mir."

„Nein." Sie sprach es ruhig aus. Wäre sie wütend gewesen, beleidigt, kalt, hätte er gegraben, bis er alles aus ihr herausgebracht hätte. Aber so konnte er nicht gegen sie kämpfen.

„Na schön." Er trat zurück und schob seine Hände in die Hosentaschen. Er hatte draußen auf der Veranda etwas gefühlt, etwas, das ihn bedrängt hatte, sich ihm angeboten hatte. Hätte Blanche bloß eine Geste gemacht, auch nur die allerkleinste Geste, hätte er ihr in diesem Moment vielleicht mehr gegeben, als einer von ihnen beiden sich vorstellen konnte. „Vielleicht solltest du ein wenig schlafen. Wir brechen um sieben auf."

„Okay." Sie wandte sich ab, um ihre restliche Ausrüstung wegzupacken. „Ich werde bereit sein."

6. KAPITEL

Weizenfelder. Blanche fand ihre vorgefasste Meinung nicht zerstört, als sie durch den Mittleren Westen fuhren, sondern bekräftigt. Kansas bestand aus Weizenfeldern, unendlich vielen Weizenfeldern.

Was immer Blanche auch bei der Durchquerung des Staates sah, die endlosen, sich wiegenden goldenen Ähren nahmen sie zuallererst gefangen. Farbe, Oberfläche, Gestalt und Form. Emotion. Es gab auch Ansiedlungen, natürlich, Städte mit modernen Gebäuden und vornehmen Häusern, aber dies zu sehen – weite Kornfelder gegen den Himmel – war für Blanche der Inbegriff von Amerika.

Manche mochten die endlose Ausbreitung sonnengereiften, sich wiegenden Korns eintönig finden. Nicht so Blanche. Das war eine neue Erfahrung für eine Stadtbewohnerin. Es gab keine herausragenden Berge, keine schimmernden Wolkenkratzer, keine geschwungenen Freeways, um die Konturen einer Landschaft zu unterbrechen. Hier war Weite genauso beeindruckend wie das Gebiet von Arizona, nur üppiger und irgendwie ruhiger. Sie konnte es betrachten und sich wundern.

In den Weizenfeldern und den weiten Flächen von Mais sah Blanche das Herz und den Schweiß des Landes. Es war nicht immer eine idyllische Szene. Es gab Insekten, Schmutz, lehmige Maschinen. Die Menschen arbeiteten hier mit ihren Händen, mit ihren Rücken.

In den Städten sah sie das Tempo und die Energie. Auf den Farmen sah sie einen Zeitplan, der einen leitenden Angestellten eines Unternehmens schlappmachen ließe. Jahr um Jahr gab sich der Farmer dem Land und wartete darauf, dass das Land ihm zurückgab.

Mit dem richtigen Blickwinkel und dem passenden Licht konnte sie ein Weizenfeld fotografieren und es endlos erscheinen lassen, machtvoll. Mit abendlichen Schatten konnte sie ein Gefühl von heiterer Ruhe und Beständigkeit erzeugen. Im Grunde war es nur Gras, nur Halme, die wuchsen, geschnitten, bearbeitet, genutzt wurden. Doch das Korn besaß ein eigenes Leben und eine eigene Schönheit. Blanche wollte es so zeigen, wie sie es sah.

Sidney sah die harte, unausweichliche und gegenseitige Abhängigkeit des Menschen von der Natur. Der Pflanzer, Bewahrer und Schnitter von Weizen war unwiderruflich an das Land gebunden. Es war gleichzeitig seine Freiheit und sein Gefängnis. Der Mann, der im Sonnenschein von Kansas auf seinem Traktor fuhr, schweißnass, hager von Jahren voll Arbeit, war von dem Land genauso abhängig wie das Land von ihm. Ohne den Menschen würde der Weizen zwar wild wachsen und gedeihen, dann jedoch verwelken und absterben. Es war dieses Band, das Sidney erfühlte, und das Band wollte er festhalten.

Vielleicht zum ersten Mal seit ihrem Aufbruch von Los Angeles fotografierten er und Blanche nicht als getrennte Personen. Sie mochten es noch nicht erkannt haben, aber ihre Gefühle, ihre Intuition und ihre Sehnsüchte zogen sie beide näher zu demselben Ziel.

Einer brachte den anderen zum Nachdenken. Wie sah sie diese Szene? Was empfand er bei diesem Motiv? Während sie zuvor ihre Fotos voneinander getrennt gesehen hatten, begannen sie nun behutsam, unbewusst zwei Dinge zu tun, die das Endergebnis verbessern würden: konkurrieren und konsultieren.

Sie hatten einen Tag und eine Nacht zur Feier des Unabhängigkeitstages am 4. Juli in Dodge City verbracht, einer ehemaligen Wildweststadt. Blanche dachte an Wyatt Earp, an Doc Holliday und die Desperados, die einst durch die Stadt geritten waren, doch sie war von dem Straßenumzug angelockt worden, der in jeder x-beliebigen Stadt in den USA hätte stattfinden können.

Es war hier gewesen, bei all dem Prunk und dem Gepränge, dass sie Sidney um seine Meinung über den richtigen Blickwinkel bei der Aufnahme eines Pferdes mit seinem Reiter fragte, und er wiederum hatte ihren Rat befolgt, als er eine kleine goldbetresste Majorette fotografierte.

Der Schritt, den sie damit taten, war ihnen beiden durch die Hast der Arbeit entgangen. Aber sie hatten Seite an Seite am Randstein gestanden, als die Parade mit schmetternder Musik und wirbelnden Taktstöcken vorbeimarschierte. Ihre Bilder waren unterschiedlich gewesen. Sidney hatte nach dem Gesamteindruck von Festtagsparaden gesucht, während Blanche individuelle Reaktionen wollte. Aber sie hatten Seite an Seite gestanden.

Blanches Gefühle für Sidney waren komplexer, persönlicher geworden. Wann die Veränderung begonnen hatte und wie, konnte sie nicht sagen. Doch weil ihre Arbeit meistens ein direktes Ergebnis ihrer Gefühle war, reflektierten ihre Fotos sowohl die Komplexität als auch die Intimität. Sie beide mochten von demselben Weizenfeld eine völlig andere Sicht haben, aber Blanche war entschlossen, dass am Ende, wenn die Fotos von ihnen aneinander gereiht wurden, ihre Aufnahmen die gleiche Wirkung erzielen würden wie seine.

Sie war nie ein aggressiver Mensch gewesen. Das war einfach nicht ihr Stil. Doch Sidney hatte aus ihr den Drang geweckt sich zu messen – als Fotograf und als Frau. Wenn sie gezwungen war, wochenlang auf engstem Raum mit einem Mann zu reisen, der sie beruflich aufgerüttelt und ihre weiblichen Sehnsüchte geweckt hatte, musste sie sich direkt mit ihm auseinander setzen – auf beiden Ebenen. Direkt, entschied sie, aber auf ihre eigene Art und zu dem von ihr gewählten Zeitpunkt. Als die Tage vorbeigingen, fragte Blanche sich, ob es wohl möglich wäre, beides zu haben, Erfolg und Sidney, ohne etwas Lebenswichtiges zu verlieren.

Sie war so verdammt ruhig! Es machte ihn wahnsinnig. Jeder Tag, jede Stunde, die sie zusammen verbrachten, trieb Sidney näher zur Verzweiflung. Er war nicht daran gewöhnt, jemanden so heftig zu wollen. Es bereitete ihm kein Vergnügen herauszufinden, dass er dazu in der Lage war und dass er nichts dagegen tun konnte. Blanche brachte ihn dazu, sich nach ihr zu sehnen und Selbstverleugnung zu üben. Manchmal glaubte er fast, dass sie es absichtlich tat. Aber er hatte nie jemanden kennen gelernt, der weniger zu derartigen Spielchen neigte als Blanche. Bestimmt dachte sie gar nicht daran – und falls sie es doch tat, hielt sie es garantiert für zu mühevoll, um sich groß darum zu kümmern.

Auch jetzt, während sie durch die Abenddämmerung von Kansas fuhren, war sie neben ihm auf dem Sitz ausgestreckt und fest eingeschlafen. Es war eine der seltenen Gelegenheiten, dass sie ihr Haar frei fallen ließ. Voll, wellig und üppig, schimmerte es in dem abnehmenden Licht wie dunkles Gold. Die Sonne hatte ihrer Haut alle Farbe geschenkt, die sie brauchte. Ihr Körper war entspannt, gelöst wie ihr Haar. Sidney fragte sich, ob er jemals fähig sein würde, seinen Geist und seinen Körper so beneidenswert zu entspannen. War es das, was ihn lockte, was ihn antrieb? Fühlte er sich einfach gedrängt, diesen Energiefunken zu finden, den sie auf Befehl ein- und ausschalten konnte? Den er zum Leben erwecken wollte. Für sich selbst.

Versuchung. Je länger er sich zurückhielt, desto heftiger wurde sie. Blanche zu bekommen. Sie zu erforschen. Sie in sich aufzunehmen. Wenn er das tat – er gebrauchte nicht mehr das Wort „falls" –, was würde ihn das kosten? Nichts gab es umsonst.

Einmal, dachte er, als sie im Schlaf seufzte. Nur einmal. Auf seine Art. Vielleicht würde der Preis hoch sein, aber er würde nicht derjenige sein, der bezahlte. Seine Gefühle waren trainiert und diszipliniert, sie konnten nicht berührt werden. Es gab keine Frau, die ihm Schmerz zufügen könnte.

Sein Körper und sein Geist spannten sich an, als Blanche langsam erwachte. Benommen und zufrieden mit dieser Benommenheit gähnte sie. Der Geruch von Rauch und Tabak hing in der Luft. Aus dem Radio kam leiser, sanfter Jazz. Die Fenster waren halb offen, so dass sie bei der Veränderung ihrer Haltung von einem Windstoß schneller geweckt wurde, als ihr angenehm war.

Es war jetzt vollständig dunkel. Überrascht streckte Blanche sich und blickte aus dem Fenster auf den halb von Wolken verdeckten Mond. „Es ist spät", sagte sie mit einem zweiten Gähnen. Das Erste, was ihr einfiel, sobald ihre Gedanken sich vom Schlaf klärten, war, dass sie nichts gegessen hatten. Sie presste eine Hand auf ihren Magen. „Abendessen?"

Er sah sie lange genug an, um zu beobachten, wie sie ihr Haar aus dem Gesicht schüttelte. Es fiel sanft über ihre Schultern und auf ihren Rücken. Während er beobachtete, musste er den Drang unterdrücken, ihr Haar zu berühren. „Ich möchte noch heute Abend über die Grenze."

Sie hörte es in seiner Stimme – die Spannung, die Verärgerung. Blanche wusste nicht, wodurch es ausgelöst worden war, und wollte es im Moment auch gar nicht wissen. Stattdessen hob sie eine Augenbraue. Wenn er es eilig hatte, nach Oklahoma zu kommen, und gewillt war, dafür bis in die Nacht hinein zu fahren, war das seine Sache. Sie hatte einen der Schränke hinten im Campingbus für solche Situationen mit einigen unentbehrlichen Dingen ausgestattet.

Es war fast drei Uhr nachts. Sidney hatte bereits die Erfahrung gemacht, dass in diesen frühen Morgenstunden der Verstand am hilflosesten war. Der Campingbus war dunkel und still, auf einem kleinen Campingplatz gleich hinter der Grenze von Oklahoma abgestellt.

Während der ersten Monate nach seiner Rückkehr aus Kambodscha hatte Sidney den Traum regelmäßig gehabt. Im Laufe der Jahre war er dann immer seltener gekommen. Oft konnte Sidney sich selbst wecken und gegen den Traum ankämpfen, bevor er voll einsetzte. Aber jetzt, auf diesem winzigen Campingplatz in Oklahoma, war er machtlos.

Er wusste, dass er träumte. In dem Moment, wo die Gestalten begannen, Form anzunehmen, begriff Sidney, dass es nicht wirklich war – dass es nicht mehr länger wirklich war. Das hielt jedoch nicht die Panik oder den Schmerz auf. Der Sidney Colby im Traum würde genau das alles durchexerzieren, was er vor vielen Jahren durchlitten hatte und zu dem gleichen Ende gelangen. Und in dem Traum gab es keine weichen Linien, keine Nebelschleier, die die Wirkung milderten.

Er sah es genau so, wie es passiert war, bei kräftigem Sonnenschein:

Sidney kam aus dem Hotel und trat zusammen mit Dave, seinem Assistenten, auf die Straße. Zwischen ihnen trugen sie ihr gesamtes Gepäck und die Ausrüstung. Sie kehrten heim. Nach vier Monaten harter, oftmals gefährlicher Arbeit in einer zerrissenen Stadt, verwüstet und rauchend, kehrten sie heim. Sidney dachte, dass sie jetzt Schluss machten – aber er hatte schon früher Schluss machen wollen. Jeder zusätzliche Tag vergrößerte das Risiko, nicht mehr rauszukommen. Doch es hatte immer noch ein Foto gegeben, das sie machen mussten. Und es hatte Sung Lee gegeben.

Sie war so jung, so begeistert, so klug gewesen. Als Kontaktperson in der Stadt war sie unschätzbar gewesen. Und privat war sie für Sidney genauso unschätzbar gewesen. Nach einer rauen, hässlichen Scheidung von seiner Frau, die mehr Glamour und weniger Realität wollte, hatte Sidney den langen, fordernden Auftrag gebraucht. Und er hatte Sung Lee gebraucht.

Sie war hingebungsvoll und süß und stellte keine Forderungen. Als er mit ihr ins Bett ging, hatte Sidney endlich den Rest der Welt abblocken und sich entspannen können. Das einzige Bedauern, das in seiner Heimkehr lag, war, dass Sung Lee ihr Land nicht verlassen wollte.

Als sie auf die Straße traten, dachte Sidney an sie. Sie hatten sich schon am Vorabend voneinander verabschiedet, aber er dachte an sie. Hätte er es nicht getan, würde er etwas geahnt haben? Das hatte er sich in den folgenden Monaten Hunderte Male gefragt.

Die Stadt war ruhig, aber es war nicht friedlich. Die in der

Luft liegende Spannung konnte jederzeit ausbrechen. Wer immer die Stadt verlassen wollte, tat es in Eile. Morgen oder übermorgen konnten die Tore bereits geschlossen sein. Sidney sah sich noch ein letztes Mal um, als sie auf ihren Wagen zugingen. Ein letztes Foto, dachte er, von der Ruhe vor dem Sturm.

Ein paar sorglose Worte zu Dave, und er war allein, stand am Randstein und zog seine Kamera aus der Tasche. Er lachte, als Dave fluchte und sich auf dem Weg zu dem Wagen mit dem Gepäck abmühte. Nur noch ein letztes Foto. Wenn er das nächste Mal seine Kamera hob, um auf den Auslöser zu drücken, sollte das auf amerikanischem Boden sein.

„Hey, Colby!" Jung, grinsend, stand Dave neben dem Wagen. Er sah wie ein Collegestudent auf Frühjahrsferien aus. „Wie wäre es mit einem Foto eines zukünftigen preisgekrönten Fotografen auf seinem Weg raus aus Kambodscha?"

Lachend hob Sidney seine Kamera und erfasste seinen Assistenten im Sucher. Er erinnerte sich genau, wie Dave ausgesehen hatte. Blond, sonnengebräunt, mit einem schiefen Schneidezahn und einem ausgebleichten USC-T-Shirt.

Er machte die Aufnahme. Dave drehte den Schlüssel im Schloss.

„Auf nach Hause!" rief sein Assistent in dem Augenblick, bevor der Wagen explodierte.

„Sidney, Sidney!" Mit hämmerndem Herzen schüttelte Blanche ihn. „Sidney, wach auf! Es ist nur ein Traum!" Er packte sie, hart genug, dass es blaue Flecken geben würde, aber sie sprach weiter auf ihn ein. „Sidney, ich bin es, Blanche. Du hast nur geträumt. Nur geträumt. Wir sind in Oklahoma, in deinem Campingbus. Sidney!" Sie legte ihre Hände an sein Gesicht und fühlte, wie kalt und feucht die Haut war. „Nur ein Traum", sagte sie ruhig. „Versuch dich zu entspannen. Ich bin ja da."

Er atmete zu schnell. Sidney fühlte, wie er nach Luft rang, und zwang sich zur Ruhe. Himmel, war ihm kalt! Er fühlte die Wärme von Blanches Haut unter seinen Händen, hörte ihre Stimme, ruhig, leise, besänftigend. Mit einem Fluch ließ er sich wieder fallen und wartete darauf, dass das Zittern aufhörte.

„Ich bringe dir Wasser."

„Scotch."

„Nun gut." Das Mondlicht war hell genug. Sie fand einen Plastikbecher und die Flasche und schenkte ein. Hinter sich hörte sie das Zischen seines Feuerzeugs und das Knistern, als Papier und Tabak Feuer fingen. Als Blanche sich umdrehte, saß er auf der Pritsche, den Rücken gegen die Seitenwand des Campingbusses gelehnt. Sie hatte keine Erfahrung mit dem Trauma, das Sidney verfolgte, aber sie wusste, wie man Nerven beruhigte. Sie reichte ihm den Drink und setzte sich neben ihn, ohne zu fragen. Sie wartete, bis er den ersten Schluck genommen hatte.

„Besser?"

Er nahm noch einen Schluck, einen größeren. „Ja."

Sie berührte seinen Arm nur leicht, aber der Kontakt war hergestellt. „Erzähl es mir."

Er wollte nicht darüber sprechen, nicht mit irgendjemandem, nicht mit ihr. Noch während sich die Ablehnung in seinem Kopf formte, verstärkte sie den Griff an seinem Arm.

„ Los. Wir werden uns beide besser fühlen, wenn du es tust, Sidney ..." Sie musste erneut warten, diesmal darauf, dass er sich umwandte und sie ansah. Ihr Herzschlag war jetzt ruhiger, und wie ihre Finger so an seinem Handgelenk lagen, auch der seine. Aber auf seiner Haut lag noch immer ein dünner Schweißfilm. „Nichts wird besser oder vergeht, wenn du es zurückhältst."

Er hatte es jahrelang zurückgehalten. Es war nie verschwunden. Vielleicht würde es das auch nie. Möglicherweise lag es an dem ruhigen Verständnis in ihrer Stimme oder an der späten Stunde, jedenfalls ertappte er sich beim Reden.

Er erzählte ihr von Kambodscha, und obwohl seine Stimme flach klang, sah sie es genau wie er. Dieses Land, reif für die Explosion, zerbröckelnd, zornig. Lange, monotone Tage, von Momenten des Schreckens unterbrochen. Er erzählte ihr, wie er widerstrebend einen Assistenten angenommen und dann gelernt hatte, den jungen, frisch vom College kommenden Mann zu mögen und zu schätzen. Und Sung Lee.

„Wir trafen sie in einer Bar, in der sich die meisten Journalisten aufhielten. Erst viel später ging mir auf, wie passend das Zusammentreffen war. Sie war zwanzig, schön, traurig. Fast drei Monate lang gab sie uns Tipps, die sie angeblich von einer Cousine erhielt, die in der Botschaft arbeitete."

„Warst du in sie verliebt?"

„Nein." Er zog an seiner Zigarette, bis nur noch der Filter übrig war. „Aber sie bedeutete mir etwas. Ich wollte ihr helfen. Und ich vertraute ihr."

Er ließ seine Zigarette in einen Aschenbecher fallen und konzentrierte sich auf seinen Drink. Die Panik war verschwunden. Er hatte es nie für möglich gehalten, darüber ruhig zu sprechen, ruhig denken zu können. „Die Lage verschärfte sich, und das Magazin beschloss, seine Leute abzuziehen. Wir wollten nach Hause. Wir kamen aus dem Hotel, und ich blieb stehen, um noch ein paar Aufnahmen zu machen. Wie ein Tourist." Er fluchte und trank den Rest von seinem Scotch. „Dave war als Erster am Wagen, in dem eine Bombe versteckt war."

„Wie schrecklich." Sie rückte näher zu ihm.

„Er war dreiundzwanzig. Hatte ein Foto von dem Mädchen bei sich, das er heiraten wollte."

„Es tut mir Leid." Sie lehnte den Kopf gegen seine Schulter, schlang den Arm um ihn. „Es tut mir so Leid."

Er wappnete sich gegen die Flut von Mitgefühl. Er war nicht dafür bereit. „Ich versuchte, Sung Lee zu finden. Sie war fort, ihr Apartment war leer. Es stellte sich heraus, dass ich ihr Auftrag gewesen war. Die Gruppe, für die sie arbeitete, hatte Informationen durchsickern lassen, damit ich nachlässig wurde und ihr vertraute. Sie wollten eine Erklärung abgeben, indem sie einen wichtigen amerikanischen Reporter in die Luft jagten. Sie haben mich verfehlt. Ein Assistent auf seinem ersten Überseeauftrag erzeugte nicht genug Aufsehen durch seinen Tod. Der Junge starb für nichts."

„Du gibst dir die Schuld. Das darfst du nicht."

„Er war noch ein Kind. Ich hätte auf ihn aufpassen müssen."

„Wie?" Sie drehte sich so, dass sie einander ansehen konnten. Seine Augen waren dunkel, kalte Wut und Frustration spiegelten sich in ihnen. Sie würde nie den Ausdruck seiner Augen in diesem Moment vergessen. „Wie?" wiederholte sie. „Wärst du nicht stehen geblieben, um diese Fotos zu machen, wärst du mit ihm zusammen in den Wagen gestiegen. Er wäre trotzdem tot."

„Ja." Plötzlich müde, strich Sidney sich mit den Händen über das Gesicht. Die Spannung war abgeflaut, nicht jedoch die Bitterkeit. Vielleicht war er der Bitterkeit überdrüssig.

„Sidney ..."

Diesmal hatte sie seine Hand in der ihren gefangen. „Du hast getan, was du tun musstest."

Er wollte nicht, dass sie ihn reinwusch, aber sie spülte seine Schuld weg. Er hatte so viel gesehen – zu viel – von der dunklen Seite der menschlichen Natur. Sie bot ihm das Licht. Es lockte ihn, und es erschreckte ihn.

„Ich werde die Dinge nie so sehen wie du", murmelte er. Nach kurzem Zögern verschlang er seine Finger mit den ihren. „Ich werde nie so tolerant sein."

Verwirrt runzelte sie die Stirn, während sie einander ansahen. „Nein, das wirst du wirklich nicht sein. Ich glaube auch nicht, dass du es sein musst."

„Ich habe keine Geduld und nur sehr wenig Mitgefühl."

Sah er sich denn seine eigenen Fotos nicht an? Sah er in ihnen nicht die sorgfältig abgeschirmten Gefühle? Aber sie sagte nichts, sondern ließ ihn behaupten, was immer er für nötig fand.

„Ich habe aufgehört, an Vertrautheit zu glauben, an echte Vertrautheit und Beständigkeit zwischen zwei Menschen. Schon vor langer Zeit. Aber ich glaube an Ehrlichkeit."

Sie hätte sich vor ihm zurückziehen sollen. Etwas in seiner Stimme warnte sie, aber sie blieb, wo sie war. Ihre Körper waren einander nahe. Sie fühlte seinen stetigen Herzschlag, während der ihre zu rasen begann. „Ich glaube, dass Beständigkeit bei manchen Menschen funktioniert." War das ihre Stimme, fragte sie sich. So ruhig, so praktisch. „Ich habe nur aufgehört, für mich selbst danach zu suchen."

Hatte er das nicht hören wollen? Sidney blickte auf ihre miteinander verschlungenen Hände hinunter und fragte sich, wieso ihre Worte ihn nicht befriedigten. „Dann ist es also klar, dass keiner von uns irgendwelche Versprechungen will oder braucht."

Blanche öffnete den Mund und staunte, dass sie widersprechen wollte. Sie schluckte. „Keine Versprechungen", brachte sie hervor. Sie musste nachdenken, brauchte Abstand, um das zu schaffen. Sie lächelte bewusst. „Ich glaube, wir beide könnten Schlaf brauchen."

Er verstärkte den Griff an ihrer Hand, als sie sich von ihm lösen wollte. Ehrlichkeit, hatte er gesagt. Obwohl ihm die Worte nicht leicht fielen, hatte er gesagt, was er meinte. Er sah sie eine Weile an. Das Mondlicht übergoss ihr Gesicht und warf einen Schatten auf ihre Augen. Ihre Hand in seiner war ruhig. Ihr Puls war es nicht.

„Ich brauche dich, Blanche."

Es gab so viele Dinge, die er hätte sagen können, und auf alle hätte sie eine Antwort gehabt. Begehren ... nein, Begehren war nicht genug. Das hatte sie ihm schon erklärt. Forderungen konnte man zurückweisen oder abtun.

Brauchen. Brauchen war tiefer, wärmer, stärker. Brauchen war genug.

Er bewegte sich nicht. Er wartete. Während sie ihn ansah, erkannte Blanche, dass er es ihr überließ, ob sie den nächsten Schritt auf ihn zu oder von ihm weg machte. Die Möglichkeit zu wählen. Er war ein Mann, der selbst wählen wollte, aber auch fähig war, es anderen zuzugestehen. Wie konnte er wissen, dass sie keine Möglichkeit zu wählen mehr hatte, nicht von dem Moment an, wo er gesprochen hatte.

Langsam entzog sie ihm die Hand. Genauso langsam hob sie beide Hände an sein Gesicht und senkte ihren Mund auf den seinen. Mit offenen Augen teilten sie einen langen, ruhigen Kuss, der gleichzeitig anbot und nahm.

Sie bot sich an, mit ihren Händen leicht auf seiner Haut. Sie nahm, mit ihrem Mund warm und bestimmt. Sidney akzeptierte. Und gab. Und dann vergaßen sie beide die Regeln.

Ihre Lider senkten sich flatternd, ihre Lippen öffneten sich. Ohne zu überlegen zog Sidney sie an sich, bis ihre Körper sich aneinander drängten. Sie widerstrebte ihm nicht, sondern folgte ihm, als er von der Pritsche auf den Teppich glitt.

Das hatte sie gewollt – den Triumph und die Schwäche, von ihm berührt zu werden. Sie hatte die Freude erleben wollen, sich selbst gehen zu lassen, ihren Sehnsüchten die Freiheit zu schenken. Mit seinem verlangenden Mund an ihren Lippen brauchte sie nicht nachzudenken, brauchte sie nicht zurückzuhalten, was sie ihm so verzweifelt hatte schenken wollen. Nur ihm.

Nimm mehr. Die Forderungen ihres Körpers beeinflussten das Denken. Nimm alles. Sie fühlte, wie Sidney den weiten Ausschnitt ihres Nachthemdes herunterzog, bis ihre Schulter nackt und seinem Mund ausgeliefert war. Noch mehr. Sie strich mit den Händen seinen Rücken hinauf, der warm war von der Nachtluft, die durch die Fenster hereinstrich.

Sidney war kein unkomplizierter Liebhaber. Aber hatte sie das nicht gewusst? Er kannte keine Geduld. Hatte er ihr das nicht gesagt? Sie hatte es vorher gewusst, aber jetzt spürte sie, dass sie bei Sidney nie zum Entspannen kommen würde. Er trieb sie voran, schnell, gründlich. Während sie all das erfuhr, hatte sie keine Zeit, Empfindungen zu genießen. Und die verschiedensten Empfindungen stürmten auf sie ein.

Vielleicht war es ihr Stöhnen, das ihn verharren ließ, obwohl er zur Eile angetrieben wurde. Sie war so schlank, so glatt. Das Mondlicht strömte herein, so dass er sehen konnte, wo ihre Sonnenbräune in blassere, verletzbarere Haut überging. Früher hätte er sich von Verletzbarkeit abgewandt, da er die Gefahren kannte. Jetzt zog sie ihn an. Verletzbarkeit und Sanftheit. Ihr Duft war da, haftete an der Unterseite ihrer Brust, wo er ihn nicht nur riechen, sondern auch schmecken konnte. Sexy, verlockend, zart. Der Duft war genau wie sie, und Sidney war verloren.

Er fühlte, wie seine Kontrolle nachgab, wie sie ihm entglitt. Gnadenlos holte er sie sich wieder. Sie mochten sich in dieser Nacht einmal lieben oder auch hundert Mal, aber er würde die Kontrolle behalten. Genau wie jetzt, dachte er, als sie sich ihm entgegenbog. Wie er sich selbst versprochen hatte, die Kontrolle immer zu behalten. Er wollte Blanche antreiben, aber er wollte sich nicht, konnte sich nicht von ihr treiben lassen.

Er zog das Nachthemd weiter herunter und erforschte erbarmungslos jeden Zentimeter von ihr. Er wollte für keinen von ihnen Erbarmen zeigen. Blanche konnte schon nicht mehr denken, und er wusste es. Ihre Haut war heiß und wurde durch die Hitze irgendwie weicher, ihr Duft verstärkte sich. Er konnte seine hungrigen Küsse mit weit offenem Mund überallhin wandern lassen, wohin er nur wollte.

Ihre Hände waren frei. Energie und Leidenschaft tobten gleichzeitig in ihr. Sie taumelte über den ersten Gipfel, atemlos und stark. Jetzt konnte sie berühren, jetzt konnte sie ihn in Raserei versetzen, ihn aufreizen, ihn schwach machen. Sie bewegte sich rasch und forderte, während er Hingabe erwartet hatte. Es passierte zu plötzlich, zu hektisch, als dass er sich dagegen hätte wehren können. Sogar während sie auf den nächsten Gipfel zujagte, fühlte sie die Veränderung in ihm.

Er konnte es nicht aufhalten. Sie erlaubte ihm nicht, nur zu nehmen, ohne zu geben. Seine Gedanken verschwammen. Obwohl er versuchte, sie zu klären, darum kämpfte, sich selbst zurückzuhalten, verführte sie ihn. Nicht seinen Körper. Den hätte er ihr rückhaltlos gegeben. Sie verführte seinen Verstand, bis er völlig von ihr erfüllt war. Süße durchströmte ihn. Sauber, heiß, stark.

7. KAPITEL

Sie waren beide sehr vorsichtig. Weder Blanche noch Sidney wollten etwas sagen, das der andere missverstehen könnte. Sie hatten sich geliebt, und für jeden von ihnen war es intensiver, bedeutungsvoller gewesen als alles, was sie je zuvor erfahren hatten. Sie hatten Regeln aufgestellt, und für jeden von ihnen war die Notwendigkeit, sich daran zu halten, bestimmend.

Was zwischen ihnen geschehen war, hatte sie beide mehr als nur ein wenig überwältigt und wachsamer gemacht als je zuvor.

Für eine Frau wie Blanche, die gewöhnt war zu sagen, was sie wollte, und zu tun, was ihr gefiel, war es nicht einfach, vierundzwanzig Stunden am Tag wie auf rohen Eiern zu gehen. Aber sie beide hatten sich ganz klar festgelegt, bevor sie sich liebten, ermahnte sie sich. Keine Komplikationen, keine Bindungen. Keine Versprechungen. Beide hatten sie einmal in der wichtigsten aller Beziehungen versagt, der Ehe. Warum sollte einer von ihnen einen erneuten Fehlschlag riskieren?

Sie reisten durch Oklahoma und widmeten einen ganzen Tag einem Kleinstadt-Rodeo. Blanche hatte nichts so sehr genossen seit den Feiern zum 4. Juli, die sie in Kansas gesehen hatten. Sie genoss es, den heißen Wettbewerb zu beobachten, den Kampf Mann gegen Tier und Mann gegen Mann und die Uhr. Dann fuhren sie weiter.

Blanche hatte von so genannten Ein-Pferd-Städten gehört, aber auf nichts passte diese Bezeichnung besser als auf die Ansammlung von Häusern direkt hinter der Grenze zwischen Oklahoma und Texas. Alles wirkte staubig und von der Hitze ausgebleicht. Selbst die Gebäude sahen müde aus. Vielleicht war der Staat durch Öl und Wachstum reich geworden, aber diese kleine Ecke hatte es verschlafen.

Gewohnheitsmäßig nahm Blanche ihre Kamera mit, als sie aus

dem Campingbus stieg, um ihre Beine zu strecken. Während sie um den Bus herumging, gaffte der dünne junge Tankwart sie an. Sidney sah den Jungen starren und Blanche lächeln, bevor er in den kleinen, von Ventilatoren gekühlten Laden hinter den Zapfsäulen ging.

Blanche fand einen winzigen eingezäunten Garten auf der anderen Straßenseite. Eine Frau in einem baumwollenen Hauskleid und einer ausgebleichten Schürze begoss den einzigen farbenfrohen Fleck, ein Beet mit Stiefmütterchen entlang des Hauses. Das Gras war gelb, von der Sonne verbrannt, aber die Blumen waren saftig und üppig. Vielleicht waren sie alles, was die Frau brauchte, um zufrieden zu sein. Der Zaun brauchte dringend einen Anstrich, und die Fliegengittertür des Hauses hatte mehrere kleine Löcher, aber die Blumen waren ein leuchtender, fröhlicher Kontrast. Die Frau lächelte, während sie sie begoss.

Dankbar hob Blanche die Kamera, in die sie einen Farbfilm eingelegt hatte. Sie wollte das sonnengebleichte Holz des Hauses und den verdorrten Rasen einfangen, beides als Gegensatz zu diesem Beet der Hoffnung.

Unzufrieden veränderte sie erneut ihren Standpunkt. Das Licht war gut, die Farben perfekt, aber das Bild war falsch. Warum? Sie trat zurück, nahm noch einmal alles in sich auf und stellte sich die einzig wichtige Frage. Was fühle ich?

Dann hatte sie es. Die Frau war nicht nötig, nur die Illusion von ihr. Ihre Hand mit der Gießkanne, nicht mehr. Sie konnte irgendeine Frau sein, irgendwo, die Blumen brauchte, um ihr Heim zu vervollständigen. Es waren die Blumen und die Hoffnung, die sie symbolisierten, die wichtig waren, und das war es, was Blanche letztlich aufnahm.

Sidney kam mit einer Papiertüte aus dem Laden heraus. Er sah, wie Blanche auf der anderen Straßenseite mit Blickwinkeln experimentierte. Er hatte nichts dagegen zu warten, stellte die Tüte in den Campingbus, holte die erste kalte Dose heraus, ehe er sich an den Tankwart wandte, um das Benzin zu bezahlen. Der Tankwart war so damit beschäftigt, Blanche zu beobachten, dass er kaum den Tankverschluss aufsetzen konnte.

„Hübscher Campingbus", bemerkte er, aber Sidney glaubte nicht, dass er ihn auch nur eines Blickes gewürdigt hatte.

„Danke." Er ließ seinen eigenen Blick dem des Jungen folgen, bis er auf Blanche gerichtet war. Er musste lächeln. Sie war schon eine große Ablenkung in diesem Hauch von Stoff, den sie Shorts nannte. Diese Beine, dachte er. Sie schienen an der Taille zu beginnen und nicht aufzuhören. Jetzt wusste er, wie empfindsam sie sein konnten – in der Kniekehle, gleich oberhalb des Knöchels, an der warmen glatten Haut am Ansatz des Schenkels.

„Fahren Sie und Ihre Frau noch weit?"

„Hmm?" Sidney hatte den Tankwart nicht mehr beachtet, so fasziniert war er von Blanche.

„Sie und die Gattin", wiederholte der Junge und zählte das Wechselgeld. „Fahren Sie weit?"

„Dallas", murmelte Sidney. „Sie ist nicht ..." Er wollte den Fehler des Jungen über ihre Beziehung korrigieren, stockte jedoch. Die Gattin. Es war ein altmodisches Wort und irgendwie ansprechend. Es spielte kaum eine Rolle, ob ein Junge in einer Grenzstadt glaubte, Blanche würde zu ihm gehören. „Danke", sagte er abwesend, stopfte das Wechselgeld in seine Tasche und ging zu ihr.

„Gutes Timing", erklärte sie ihm, als sie ihm entgegenkam. Sie trafen sich in der Mitte der Straße.

„Etwas gefunden?"

„Blumen." Sie lächelte und vergaß die gnadenlose Sonne. Wenn sie tief genug einatmete, konnte sie die Blumen über dem Staub riechen. „Blumen, wo sie eigentlich nicht hingehörten. Ich glaube, es ist ..." Der Rest der Worte blieb ihr in der Kehle stecken, als er die Hand ausstreckte und ihr Haar berührte.

Er berührte sie sonst nie, nicht einmal auf eine völlig beiläufige Weise. Es sei denn, sie liebten sich, und dann geschah es nie beiläufig. Es gab nie ein leichtes Aneinanderstreichen von Händen, nie einen sanften Druck. Nichts. Bis jetzt, mitten auf der Straße zwischen einem verdorrten Garten und einer schmutzigen Tankstelle.

„Du bist so schön. Manchmal überwältigt es mich."

Was konnte sie sagen? Er sprach nie sanfte Worte aus. Jetzt waren sie wie eine zärtliche Berührung. Seine Augen waren so dunkel, als er die Finger an ihre Wange legte. Sie hatte keine Ahnung, was er sah, während er sie betrachtete, was er fühlte. Sie hätte niemals gefragt. Vielleicht gab er ihr zum ersten Mal die Gelegenheit, aber sie konnte nicht sprechen, konnte ihn nur anstarren.

Er hätte ihr vielleicht gesagt, dass er Ehrlichkeit sah, Freundlichkeit, Stärke. Er hätte ihr vielleicht gesagt, dass er Verlangen verspürte, das weit über die Grenzen hinausging, die er zwischen sich und dem Rest der Welt errichtet hatte. Hätte Blanche ihn gefragt, hätte er ihr vielleicht gesagt, dass sie in seinem Leben eine Veränderung bewirkte, die er nun nicht mehr aufhalten konnte.

Zum ersten Mal beugte er sich zu ihr herunter und küsste sie mit untypischer Zärtlichkeit. Der Moment erforderte es, obwohl er nicht sicher war, warum. Die Sonne war heiß und sengend, die Straße staubig, und der Geruch von Benzin war durchdringend. Aber der Moment erforderte Zärtlichkeit von ihm. Er gab sie und war überrascht, dass er es in sich hatte, etwas anzubieten.

„Ich fahre", murmelte er, als er seine Hand in die ihre schob. „Es ist ein weiter Weg nach Dallas."

Seine Gefühle hatten sich verändert. Nicht für die Stadt, in die sie fuhren, sondern für die Frau neben ihm. Dallas hatte sich verändert, seit er hier gelebt hatte, aber Sidney wusste aus Erfahrung, dass die Stadt sich ständig zu verändern schien. Obwohl er nur kurz hier gelebt hatte, war scheinbar täglich ein neues Gebäude über Nacht gewachsen. Hotels, Bürogebäude schossen hoch, wo immer sie Platz fanden, und es schien unerschöpflich viel Platz in Dallas zu geben. Die Architektur neigte sich dem Futuristischen zu Glas, Spiralen, Spitztürmen. Aber man brauchte nie lange zu suchen, um diese einzigartige Atmosphäre des Südwestens zu finden. Männer trugen Cowboyhüte genauso lässig wie dreiteilige Anzüge.

Sie hatten sich auf ein Innenstadthotel geeinigt, weil man von dort aus zu Fuß die Dunkelkammer erreichen konnte, die sie für zwei Tage gemietet hatten. Während der eine mit der Kamera unterwegs war, stand dem Anderen die Ausrüstung zum Entwickeln und Vergrößern zur Verfügung. Dann wollten sie sich abwechseln.

Blanche blickte beinahe ehrfürchtig an dem Hotel hoch, vor dem sie vorfuhren. Fließendes Warmwasser, Daunenkissen. Room Service. Sie stieg aus und begann, ihren Anteil an Gepäck und Ausrüstung auszuladen.

„Ich kann es kaum erwarten", sagte sie, während sie noch einen Koffer ins Freie hob und Schweiß über ihren Rücken laufen fühlte. „Ich werde in der Badewanne versinken. Ich werde vielleicht sogar darin schlafen."

Sidney holte sein Stativ aus dem Wagen, dann das ihre. „Willst du deine eigene?"

„Meine eigene?" Sie schlang den Riemen der ersten Kameratasche über ihre Schulter.

„Wanne."

Sie blickte auf und begegnete seinem ruhigen, fragenden Blick. Er nahm wohl kaum an, dass sie ein Hotelzimmer miteinander teilten, wie sie den Campingbus geteilt hatten. Sie mochten ein Liebespaar sein, aber das Fehlen von Bindung zwischen ihnen war noch immer sehr, sehr deutlich. Ja, sie waren übereingekommen, dass es keine Versprechungen geben würde, aber vielleicht war es Zeit, dass sie den ersten Schritt tat. Sie lächelte.

„Kommt darauf an."

„Worauf?"

„Ob du einverstanden bist, mir den Rücken zu waschen."

Er schenkte ihr eines seiner seltenen, spontanen Lächeln, als er den Rest ihres Gepäcks ergriff. „Klingt vernünftig."

Fünfzehn Minuten später ließ Blanche ihre Koffer in ihrem Hotelzimmer fallen. Genauso nachlässig warf sie ihre Schuhe dazu. Sie machte sich nicht die Mühe, zum Fenster zu gehen und nach draußen zu sehen. Das hatte Zeit bis später. Es gab einen anderen vitalen Aspekt des Zimmers, der sofortige Aufmerksamkeit erforderte. Sie ließ sich der Länge nach auf das Bett fallen.

„Himmlisch", seufzte sie und schloss wohlig die Augen. „Absolut himmlisch."

„Stimmt was nicht mit deiner Pritsche im Campingbus?" Sidney verstaute seine Ausrüstung in einer Ecke, bevor er die Vorhänge aufzog.

„Überhaupt nicht. Aber es liegen Welten zwischen einer Pritsche und einem Bett." Sie rollte sich auf den Rücken und streckte sich diagonal auf der Überdecke aus. „Siehst du? So was kann man einfach nicht auf einer Pritsche machen."

Er warf ihr einen nachsichtigen Blick zu, während er seinen Koffer öffnete. „Und du wirst es auch nicht auf einem Bett machen können, wenn du es mit mir teilst."

Wie wahr, dachte sie, während sie zusah, wie er methodisch auspackte. Sie warf ihrem eigenen Koffer einen abwesenden Blick zu. Er konnte warten. Mit der gleichen Begeisterung, mit der sie sich hatte fallen lassen, sprang Blanche wieder auf. „Ein heißes Bad", sagte sie und verschwand im Badezimmer.

Sidney legte sein Rasierzeug auf die Kommode, als er das Wasser laufen hörte. Er hielt einen Moment inne und lauschte. Blanche begann schon zu summen. Die Verbindung dieser Geräusche war seltsam intim – die leise Stimme einer Frau, das Plätschern von Wasser. Merkwürdig, dass ihn etwas so Schlichtes zum Brennen brachte.

Vielleicht war es ein Fehler gewesen, nur ein Zimmer zu

nehmen. Das war nicht das Gleiche wie der Campingbus. Hier hätten sie die Wahl gehabt, eine Chance auf Abgeschiedenheit und Abstand. Noch bevor der Tag vorüber war, würden Blanches Sachen überall im Zimmer verstreut sein. Es sah ihm nicht ähnlich, Unordnung zuzulassen. Dennoch hatte er es getan.

Er blickte auf und sah sich selbst im Spiegel, ein dunkler Mann mit einem schlanken Körper und einem schmalen Gesicht. Augen ein wenig zu hart, Mund ein wenig zu empfindsam. Er war zu sehr an sein eigenes Spiegelbild gewöhnt, um sich zu fragen, was Blanche sah, wenn sie ihn betrachtete. Er sah einen Mann, der ein wenig müde wirkte und eine Rasur brauchte. Und er wollte sich nicht fragen obwohl er sich selbst betrachtete wie ein Künstler sein Objekt – ob er einen Mann sah, der bereits einen unwiderruflichen Schritt in Richtung Veränderung getan hatte.

Sidney betrachtete sein Gesicht, das vor dem Hintergrund des Hotelzimmers reflektiert wurde. Gleich neben der Tür standen Blanches Sachen und ihre Schuhe. Flüchtig fragte er sich, falls er jetzt seine Kamera nahm und sein Spiegelbild und das des Zimmers und der Koffer hinter ihm aufnahm, was für ein Foto er dann bekommen würde. Und ob er fähig sein würde, es zu verstehen. Er schüttelte die Stimmung ab, durchquerte den Raum und betrat das Bad.

Sie wandte ihm den Kopf zu, aber das war alles. Obwohl ihr der Atem stockte, als er hereinkam, verhielt Blanche sich still. Diese Art von Intimität war neu und machte sie verletzbar. Es war dumm, aber sie wünschte sich eine Schaumschicht, um etwas Geheimnisvolles an sich zu haben.

Sidney lehnte sich gegen das Waschbecken und betrachtete sie. Falls sie vorhatte sich zu waschen, ließ sie sich damit Zeit. Das kleine Seifenstück lag eingewickelt in der Schale, während sie nackt in der Wanne lag. Ihm wurde bewusst, dass er sie zum ersten Mal richtig bei Licht nackt sah. Ihr Körper war eine einzige lange ansprechende Linie. Das Bad war klein und von Dampf vernebelt. Er wollte sie. Sidney fragte sich, ob ein Mann an Verlangen sterben konnte.

„Wie ist das Wasser?" fragte er sie.

„Heiß." Blanche ermahnte sich, entspannt und natürlich zu sein. Das Wasser, das sie besänftigt hatte, fing an, sie jetzt zu erregen.

„Gut." Ruhig begann er sich auszuziehen.

Blanche hatte nie gesehen, wie er sich auszog. Sie hatten sich stets an ihre unausgesprochenen strengen Regeln gehalten. Wenn sie campierten, zog sich jeder von ihnen in den Duschen um. Seit sie zum Liebespaar geworden waren, waren sie am Ende des Tages dem Drang erlegen, sich selbst und einander in dem dunklen Campingbus auszuziehen, während sie sich bereits liebten. Jetzt konnte sie zum ersten Mal zusehen, wie ihr Liebhaber lässig seinen Körper vor ihr entblößte.

Sie wusste, wie er aussah. Ihre Hände hatten es erfühlt. Aber es war eine ganz andere Erfahrung, die Formen und Umrisse zu sehen. Athletisch, dachte sie, in der Art eines Läufers. Eines Hürdenläufers. Das passte wohl noch besser. Sidney wartete stets auf die nächste Hürde und war bereit, sie zu überspringen.

Er legte seine Kleider ordentlich auf das Waschbecken, sagte jedoch nichts, als er über ihre Kleider steigen musste, die Blanche einfach hatte fallen lassen.

„Du hast etwas davon gesagt, dass ich dir den Rücken waschen soll", bemerkte er, während er sich hinter ihr in die Wanne gleiten ließ. Dann fluchte er etwas über die Temperatur des Wassers. „Kochst du gern beim Baden ein paar Lagen Haut weg?"

Sie lachte, entspannte sich und rückte sich zurecht, um sich ihm anzupassen. Als sein Körper sich an ihrem rieb und Haut über Haut glitt, fand sie, dass kleine Wannen schon etwas für sich hatten. Zufrieden schmiegte sie sich an ihn, was ihn zuerst überraschte, dann freute.

„Wir sind beide etwas lang geraten", sagte sie, während sie

ihre Beine neu ordnete. „Aber es hilft, dass wir beide schlank sind."

„Iss ruhig weiter." Er gab dem Verlangen nach, einen Kuss auf ihren Kopf zu drücken. „Früher oder später muss es ansetzen."

„Hat es noch nie." Sie strich mit ihrer Hand an seinem Schenkel hoch, vom Knie beginnend. Es war ein Leichtes, lässiges Streicheln, bei dem sich sein Innerstes zusammenzog.

Sidney griff nach der Seife und wickelte sie aus. „Willst du morgen in der Dunkelkammer die erste Schicht, Blanche?" wollte er wissen.

„Mhmm." Sie beugte sich vor und streckte sich, während er die schäumende Seife über ihren Rücken gleiten ließ.

„Du kannst sie von acht bis zwölf haben."

Sie wollte gegen die frühe Stunde protestieren, gab dann aber nach. Manche Dinge änderten sich nie. „Was wirst du ..." Die Frage ging in ein Seufzen über, als er mit der Seife um ihre Taille herum und zu ihrem Hals hinauf strich. „Ich lasse mich gern verwöhnen."

Ihre Stimme war schläfrig, doch dann fuhr er mit einem seifigen Finger über ihre Brustspitze und fühlte das rasche Schaudern. Er strich mit der Seife in ständigem Kreisen über sie, tiefer, noch tiefer, bis jeder Gedanke an Entspannen vorbei war. Abrupt drehte sie sich um, so dass er unter ihr gefangen war, ihren Mund auf den seinen gepresst. Ihre Hände streichelten ihn, trieben ihn an den Abgrund, bevor er eine Chance hatte, sich dagegen zu wappnen.

„Blanche ..."

„Ich liebe es, dich zu berühren." Sie glitt tiefer, bis ihr Mund über seine Brust streichen konnte, Haut und Wasser schmeckte. Sie knabberte, lauschte auf das Hämmern seines Herzens, rieb dann ihre Wange an seiner feuchten Haut, nur um zu fühlen, nur um zu erforschen. Sie fühlte, wie er bebte und einen Moment still lag. Wann hatte er sich das letzte Mal lieben lassen, fragte sie sich. Vielleicht ließ sie ihm diesmal keine andere Wahl.

„Sidney." Sie ließ die Hände wandern, um ihm Lust zu schenken. „Komm mit mir ins Bett." Bevor er antworten konnte, erhob sie sich. Während das Wasser von ihr strömte, lächelte sie auf ihn herunter und zog langsam die Klammern aus ihrem Haar. Als es frei fiel, schüttelte sie es nach hinten, dann griff sie nach einem Handtuch.

Sie wartete, bis er aus der Wanne gestiegen war, dann nahm sie ein anderes Handtuch und rieb ihn damit ab. Er erhob keinen Einwand, aber sie fühlte, wie er eine emotionale Abwehr aufbaute. Nicht dieses Mal, dachte sie. Dieses Mal sollte es anders sein.

Während sie ihn abtrocknete, beobachtete sie seine Augen. Sie konnte seine Gedanken nicht lesen, sie konnte nicht wissen, was er hinter dem offensichtlichen Verlangen noch an Gefühlen verbarg. Für jetzt war es genug. Sie ergriff seine Hand und ging zum Bett.

Diesmal würde sie ihn lieben. Ganz gleich wie stark, wie drängend das Begehren war, sie wollte ihm zeigen, was er sie fühlen ließ. Langsam, ihre Arme bereits um ihn geschlungen, ließ sie sich auf das Bett sinken. Als die Matratze nachgab, fand ihr Mund den seinen.

Das Verlangen brannte in ihm. Doch diesmal war Sidney unfähig zu fordern, unfähig, das Tempo zu bestimmen. Sie verwöhnte ihn. Ihre Lippen liebkosten ihn auf eine langsame, sinnliche Weise. Er erfuhr, dass mit ihr die Leidenschaft nach und nach gesteigert werden konnte, bis es nichts anderes mehr gab. Sie dufteten beide nach dem gemeinsamen Bad, nach der Seife, mit der er sie eingeschäumt hatte. Sie atmete diesen Duft genießerisch ein, während sie ihn langsam zum Wahnsinn trieb.

Es war Genuss genug, Sidney in dem Sonnenschein des späten Nachmittags zu sehen. Keine Dunkelheit jetzt, keine Schatten. Sie hatte nicht einmal gewusst, dass sie Liebe bei Licht, frei und ohne Schranken, mochte. Seine Schultern waren noch feucht. Sie sah den Wasserfilm auf ihnen, konnte ihn schmecken. Als ihre Lippen sich trafen, konnte sie den Ausdruck seiner Augen beobachten und dort das Verlangen sehen, das widerspiegelte, was in ihr pulsierte. Darin waren sie gleich, sagte sie sich. Darin, wenn schon in sonst nichts, verstanden sie einander.

Und als er sie berührte, als sie sah, wie sein Blick dem Pfad seiner Hand folgte, erbebte sie. Verlangen, seines und ihres, prallten aufeinander, ließen sie erschauern.

Sidney holte sie näher an sich, brauchte sie. Dich, dachte er benommen, als ihre Körper verschmolzen und ihre Gedanken sich miteinander verbanden.

8. KAPITEL

In Malibu waren sie am Strand getrennter Wege gegangen. In Galveston waren sie nach zwei Stunden Arbeit Hand in Hand an der Küste entlanggeschlendert. Eine Kleinigkeit für viele Leute, überlegte Blanche, jedoch nicht für sie beide.

Jedes Mal, wenn sie sich liebten, schien es dabei mehr zu geben. Sie wusste nicht, was es war, aber sie stellte es nicht in Frage. Es war Sidney, mit dem sie zusammensein wollte, mit dem sie lachen, mit dem sie sprechen wollte. Mit ihm wollte sie die Fotografie teilen, mit ihm neue Erfahrungen machen. Täglich entdeckte sie etwas Neues, etwas anderes an dem Land und seinen Leuten. Sie entdeckte es zusammen mit Sidney. Vielleicht war das die ganze Antwort, die sie brauchte.

Sie waren im lauten, rauen New Orleans gewesen. Schwitzende Trompeter auf der Bourbon Street, Händler, die sich auf dem Farmers Market Kühlung zufächelten, Künstler und Touristen auf dem Jackson Square.

Von da aus reisten sie nördlich nach Mississippi für einen Hauch von Juli im tiefen Süden. Hitze und Feuchtigkeit. Große kühle Drinks und kostbarer Schatten. Das Leben war anders hier. In den Städten schwitzten Männer in weißen Hemden und mit gelockerten Krawatten. In den ländlichen Gegenden arbeiteten Farmer unter der drückenden Sonne. Aber sie bewegten sich langsamer als die Farmer im Norden oder Westen. Vielleicht kam es von den Temperaturen über vierzig Grad, vielleicht war es auch nur die Lebensweise.

Kinder nahmen ihr Privileg für sich in Anspruch und trugen so gut wie gar nichts am Leib. Ihre Körper waren gebräunt und feucht und staubig. In einem Stadtpark machte Blanche eine Nahaufnahme von einem grinsenden Jungen mit mahagonifarbener Haut, der sich in einem Brunnen abkühlte.

Die Kamera hatte ihn nicht eingeschüchtert. Als Blanche ihn

anpeilte, lachte er und kreischte, während das Wasser über ihn strömte, weiß und kühl.

In einer Kleinstadt nordwestlich von Jackson stolperten sie über ein Baseballspiel der Jugendliga. Es war kein besonderes Spielfeld, und die Zuschauertribüne sah aus, als würde sie nicht mehr als fünfzig Leute gleichzeitig aufnehmen, aber Blanche und Sidney fuhren von der Straße und parkten zwischen einem Pickup und einem rostigen Pkw.

„Das ist großartig." Blanche griff nach ihrer Kameratasche.

„Du riechst doch nur die Hotdogs."

„Das auch", stimmte sie bereitwillig zu. „Aber das hier ist der Sommer. Vielleicht gehen wir in New York zu einem Spiel der Yankees, aber hier und heute bekommen wir bessere Bilder." Sie hakte sich bei ihm unter, bevor er zu weit weggehen konnte. „Ich behalte mir die Beurteilung der Hotdogs vor."

Sidney machte einen langen, weiten Rundblick. Die Leute hatten sich überall verteilt, saßen auf dem Gras, auf Klappstühlen, auf den Zuschauerbänken. Sie jubelten, beschwerten sich, tratschten und schütteten kalte Drinks in sich hinein. Er war ziemlich sicher, dass hier alle einander beim Namen oder vom Sehen kannten. Er beobachtete einen alten Mann mit einer Baseballmütze, der lässig eine Prise Tabak ausspuckte, ehe er den Schiedsrichter beschimpfte.

„Ich werde ein wenig herumwandern", entschied Sidney, weil er einen Platz auf den Zuschauerbänken für den Moment zu einengend fand.

„Okay." Blanche hatte sich ebenfalls umgesehen und fand, dass die Zuschauerbänke der Punkt waren, auf den sich ihre Aufmerksamkeit richten musste.

Sie trennten sich, und Sidney näherte sich dem alten Mann, der bereits seine Aufmerksamkeit erregt hatte. Blanche ging zu den Bänken, von denen sie und die Zuschauer einen guten Blick auf das Spiel hatten.

Die Spieler trugen weiße Hosen, schon staubig und mit Grasflecken, dazu hellrote oder blaue Hemden mit den aufgestickten Namen der Teams. Viele Spieler waren zu klein für die Kleidung, und die Handschuhe wirkten riesengroß. Manche trugen Noppenschuhe, andere Turnschuhe. Einige ließen wie wahre Profis Baseballhandschuhe aus ihren Gesäßtaschen baumeln.

Es waren die Mützen, fand Blanche, die etwas über die Persönlichkeit der Einzelnen aussagten. Der eine trug sie fest sitzend oder nach hinten geschoben, der andere verwegen ins Gesicht gezogen. Sie wollte eine Aufnahme der Action, etwas, das die Farbe und die Persönlichkeiten mit dem Sport an sich zusammenbrachte. Solange sich nichts für sie anbot, begnügte Blanche sich damit, einen Schnappschuss von einem der Spieler zu machen, der sich die Zeit damit vertrieb, mit seinem Kaugummi Blasen zu machen.

Sie rutschte auf der Tribüne eine Stufe höher und versuchte es mit ihrem Teleobjektiv. Besser, fand sie, und freute sich darüber, dass der Spieler ein Gesicht voller Sommersprossen hatte. Über ihr ließ jemand seinen Kaugummi schnalzen und pfiff, während der Schiedsrichter für einen Schlag entschied.

Blanche senkte ihre Kamera und ließ sich von dem Spiel fesseln. Wenn sie die Atmosphäre darstellen wollte, musste sie sie zuerst fühlen. Es war mehr als das Spiel, fand sie. Es war das Gefühl der Gemeinschaft. Als die Spieler mit den Schlägern aufmarschierten, riefen die Leute in der Menge sie beim Namen und machten beiläufige Bemerkungen, die von persönlicher Bekanntschaft zeugten.

Eltern waren zu dem Spiel von der Arbeit gekommen, Großeltern hatten auf ein frühes Abendessen verzichtet, und Nachbarn zogen das Spiel einem Abend mit Fernsehen vor. Sie hatten ihre Favoriten und scheuten sich nicht, für sie Stimmung zu machen.

Die nächste Spielerin interessierte Blanche hauptsächlich, weil sie ein ausnehmend hübsches Mädchen von etwa zwölf Jahren war. Auf den ersten Blick hätte Blanche sie viel eher an eine Ballettstange als auf ein Spielfeld gestellt. Als das Mädchen jedoch den Schläger packte und in Position ging, hob Blanche ihre Kamera. Das war sehenswert.

Blanche fing sie beim ersten Schwung eines Schlages ein. Obwohl die Menge stöhnte, war Blanche von dem Fluss der Bewegung begeistert. Sie mochte nur ein Spiel der Jugendliga in einer halbwegs vergessenen Stadt in Mississippi fotografieren, aber sie dachte an ihre Studioarbeit mit der Primaballerina. Die Spielerin ging in Position für den nächsten Schlag, und Blanche ging in Position für das nächste Foto. Sie wurde ungeduldig, als sie zwei Bälle abwarten musste.

„Niedrig und draußen", hörte sie jemanden neben sich murmeln. Sie konnte nur daran denken, dass sie das Bild verlor, wenn das Mädchen jetzt ging.

Dann kam der Ball, zu schnell für Blanche, um seine Platzierung zu beurteilen, aber das Mädchen tat einen festen Schlag und jagte los, und unter Einsatz des Filmtransportmotors folgte Blanche ihr auf ihrem Lauf um das Feld. Als sie die Runde vollendete, zielte Blanche auf ihr Gesicht. Ja, Maria würde diesen Gesichtsausdruck verstehen, dachte Blanche. Anspannung, Entschlossenheit und purer Wille zu siegen. Blanche fing sie ein, wie sie in einer Staubwolke ihr Ziel erreichte.

„Wundervoll!" Sie senkte so begeistert die Kamera, dass sie nicht einmal merkte, dass sie laut gesprochen hatte. „Einfach wundervoll!"

„Ja, das ist unser Mädchen."

Abwesend blickte Blanche zu dem Paar neben ihr. Die Frau war in ihrem Alter, vielleicht ein oder zwei Jahre älter. Sie strahlte. Der Mann neben ihr grinste mit einem Kaugummi im Mund.

Vielleicht hatte sie nicht richtig gehört. Die beiden waren so jung. „Sie ist Ihre Tochter?"

„Unsere Älteste." Die Frau schob ihre Hand in die ihres Mannes. Blanche sah die beiden schlichten Eheringe. „Hier laufen noch drei von uns herum, aber die interessieren sich mehr für den Imbissstand als für das Spiel."

„Nicht unsere Carey." Der Vater blickte zu seiner Tochter hinüber. „Sie ist voll dabei."

„Sie haben hoffentlich nichts dagegen, dass ich sie fotografiere."

„Nein." Die Frau lächelte erneut. „Wohnen Sie in der Stadt?"

Das war eine höfliche Art herauszufinden, wer sie war. Blanche zweifelte nicht daran, dass die Frau jeden im Umkreis von zehn Meilen kannte. „Nein, ich bin auf Reisen. Ich bin freischaffende Fotografin, im Auftrag von LIFE-STYLE unterwegs. Vielleicht haben Sie schon von dem Magazin gehört."

„Sicher." Der Mann deutete mit einem Kopfnicken auf seine Frau, während er den Blick auf das Spiel gerichtet hielt. „Sie kauft es jeden Monat."

Blanche holte eine Veröffentlichungsgenehmigung aus ihrer Tasche und erklärte ihr Interesse daran, Careys Foto zu benützen. Obwohl sie sich kurz hielt und leise sprach, verbreitete sich die Nachricht auf der Tribüne. Blanche musste Fragen beantworten und mit der Neugierde fertig werden. Um alles auf die einfachste Weise zu lösen, kletterte sie von der Tribüne, wechselte zu einem Weitwinkelobjektiv und machte ein Gruppenbild. Keine schlechte Studie, fand sie, aber sie wollte nicht die nächste Stunde damit verbringen, dass Leute für sie posierten. Um den Baseballfans Gelegenheit zu geben, ihre Aufmerksamkeit wieder auf das Spiel zu lenken, wanderte sie zu dem Imbissstand.

„Glück gehabt?"

Sie drehte den Kopf und sah Sidney, der sich zu ihr gesellte. „Ja. Und du?"

Er nickte und lehnte sich gegen die Theke des Standes. Es gab keine Erleichterung von der Hitze, obwohl die Sonne sich senkte. Die Nacht versprach, genauso schwül zu werden wie der Tag. Sidney bestellte zwei große Drinks und zwei Hotdogs.

„Weißt du, was ich jetzt möchte?" fragte sie und begann, ihren Hot Dog unter Relish zu begraben.

„Eine Schaufel?"

Sie ignorierte ihn und häufte Senf obenauf. „Ein langes kühles Bad in einem gewaltigen Pool und danach eine eisgekühlte Margarita."

„Erst einmal musst du dich mit dem Fahrersitz des Campingbusses zufrieden geben. Du bist dran."

Sie zuckte die Schultern. Ein Job war ein Job. „Hast du vorhin dieses Mädchen gesehen?" Sie gingen über die unebene Wiese zu dem Bus.

„Das Kind, das wie ein Geschoss gerannt ist?"

„Ja. Ich saß neben den Eltern auf der Tribüne. Sie haben vier Kinder."

„Und?"

„Vier Kinder", wiederholte sie. „Und ich würde schwören, die Frau war nicht älter als dreißig. Wie machen die Leute das?"

„Frag mich das später, und ich zeige es dir."

Lachend rammte sie ihm den Ellbogen in die Seite. „Das habe ich nicht gemeint – obwohl mir die Idee gefällt. Was ich meine, da ist dieses Paar – jung, attraktiv. Man merkt, dass sie einander sogar mögen."

„Erstaunlich."

„Sei nicht zynisch", befahl sie, als sie die Tür des Campingbusses öffnete. „Eine Menge Paare mögen einander nicht, besonders mit vier Kindern, einer Hypothek und zehn oder zwölf Ehejahren auf dem Buckel."

„Und wer ist jetzt zynisch?"

Sie setzte zum Sprechen an und runzelte stattdessen die Stirn. „Ich bin es wahrscheinlich", überlegte sie und startete den Motor. „Vielleicht habe ich mir eine Welt ausgesucht, die meinen Blickwinkel verzerrt hat, aber wenn ich ein glücklich verheiratetes Paar mit etlichen vorweisbaren Erfolgen sehe, bin ich beeindruckt."

„Es ist auch beeindruckend." Sorgfältig verstaute er seine Kameratasche unter dem Armaturenbrett. „Und nun fahr los!"

9. KAPITEL

Sie nahmen eine Scheibe von Tennessee mit – Nashville, Chattanooga –, fingen die östliche Ecke von Arkansas ein – Berge und Legenden – und fuhren durch Twains Missouri nach Kentucky hinauf. Dort fanden sie Tabakblätter, Berglorbeer, Fort Knox und die Mammoth Cave, doch wenn Blanche an Kentucky dachte, dachte sie an Pferde. Kentucky, das waren schlanke, schimmernde Vollblüter, die auf saftigem Gras weideten. Sie dachte an langbeinige Fohlen, die über weite Wiesen liefen, und kraftvolle Rennpferde auf der Strecke von Churchill Downs.

Als sie den Staat Richtung Louisville durchquerten, sah sie viel mehr. Saubere Vorstadthäuser umgaben die größeren und die kleineren Städte, wie sie das in jedem Staat des ganzen Landes taten. Farmen erstreckten sich über viele Morgen – Tabak, Pferde, Getreide. Großstädte ragten auf mit ihren geschäftigen Bürogebäuden und ihren viel befahrenen Straßen. So viel glich dem Westen und dem Süden, und doch war so viel ganz anders.

„Daniel Boone und die Cherokees", murmelte Blanche, als sie wieder einen langen, monotonen Highway befuhren.

„Was?" Sidney blickte von der Landkarte auf, die er gerade überprüfte. Wenn Blanche fuhr, schadete es nicht, die Richtung im Auge zu behalten.

„Daniel Boone und die Cherokees", wiederholte Blanche. Sie beschleunigte, um ein Wohnmobil zu überholen, das am Heck mit Fahrrädern und an der Front mit Angelruten zusätzlich beladen war. Wohin fahren sie, fragte sie sich. Woher kommen sie? „Mir kam der Gedanke, dass es vielleicht die Geschichte eines Ortes ist, die ihn von anderen unterscheidet. Vielleicht ist es auch das Klima oder die Topographie."

Sidney betrachtete wieder die Landkarte und überschlug die Zeit und die Entfernung. Er schenkte dem hinter ihnen dahinrol-

lenden Wohnmobil nicht mehr als einen flüchtigen Gedanken.
„Ja."

Blanche lächelte genervt. Eins und eins ergab für Sidney immer zwei. „Aber die Menschen sind grundsätzlich gleich, findest du nicht? Wenn du einen Querschnitt durch das Land nimmst und eine Umfrage veranstaltest, würdest du herausfinden, dass die meisten Menschen das Gleiche wollen. Ein Dach über dem Kopf, einen guten Job, ein paar Wochen Urlaub im Jahr."

„Blumen im Garten?"

„Na schön, ja." Sie zuckte sorglos die Schultern. „Ich glaube, die Wünsche der meisten Menschen sind reichlich einfach. Italienische Schuhe und eine Reise nach Barbados kommen vielleicht noch dazu, aber die grundsätzlichen Dinge berühren doch jedermann. Gesunde Kinder, Ersparnisse, ein Steak auf dem Grill."

„Du hast so eine Art, die Dinge zu vereinfachen, Blanche."

„Vielleicht, aber ich sehe auch keinen Grund, sie zu komplizieren."

Interessiert legte er die Landkarte weg und wandte sich ihr zu. Vielleicht hatte er vermieden, tiefer in sie vorzudringen aus Angst, was er entdecken könnte. Aber jetzt, hinter seiner Sonnenbrille, waren seine Augen direkt. Genau wie seine Frage. „Was willst du?"

„Ich ..." Sie zögerte einen Moment und runzelte die Stirn, während sie den Campingbus um eine lange Kurve zog. „Ich weiß nicht, was du meinst."

Er glaubte, dass sie es wusste, aber letztlich machte sie doch immer wieder Ausflüchte. „Ein Dach über dem Kopf, ein guter Job? Sind das für dich die wichtigsten Dinge?"

Vor zwei Monaten hätte sie vielleicht die Schultern gezuckt und zugestimmt. Ihr Job kam an erster Stelle und gab ihr alles, was sie brauchte. So hatte sie es geplant, so hatte sie es gewollt. Jetzt war sie sich dessen nicht mehr sicher. Seit sie Los Angeles verlassen hatte, hatte sie zu viel gesehen, zu viel gefühlt. „Ich habe diese Dinge", sagte sie ausweichend. „Natürlich will ich sie."

„Und?"

Sie rutschte unbehaglich auf ihrem Sitz. Sie hatte nicht gewollt, dass sich ihre müßigen Spekulationen über den Sinn des Lebens gegen sie richteten. „Ich würde eine Reise nach Barbados nicht ablehnen."

Er lächelte nicht, wie sie das gehofft hatte, sondern betrachtete sie weiterhin hinter dem Schutz der dunklen Gläser. „Du vereinfachst noch immer."

„Ich bin ein einfacher Mensch."

Ihre Hände lagen leicht und sicher am Lenkrad, ihr Haar war zu dem üblichen Zopf geflochten. Sie trug kein Make-up, eine ausgebleichte abgeschnittene Jeans und ein zwei Nummern zu großes T-Shirt. „Nein", entschied er nach einem Moment. „Du bist kein einfacher Mensch. Du tust nur so."

Sofort vorsichtig, schüttelte sie den Kopf. Seit ihrem Ausbruch in Mississippi hatte Blanche es geschafft, einen kühlen Kopf und sich selbst davor zu bewahren, zu intensiv nachzudenken. „Du bist ein komplizierter Mensch, Sidney, und du siehst Komplikationen, wo keine sind."

Sie wünschte sich, sie könnte seine Augen sehen. Sie wünschte sich, sie könnte die Gedanken hinter ihnen sehen.

„Ich weiß, was ich sehe, wenn ich dich betrachte, und das ist nicht einfach."

Sie zuckte sorglos die Schultern, aber ihr Körper hatte begonnen, sich zu verkrampfen. „Ich bin leicht zu durchschauen."

Er korrigierte sie mit einem kurzen präzisen Wort, das er ruhig aussprach. Blanche blinzelte einmal und richtete dann ihre ganze Aufmerksamkeit auf die Straße. „Nun, ich stecke sicher nicht voller Geheimnisse."

Tatsächlich nicht? Sidney beobachtete, wie die dünnen Goldringe an ihren Ohren baumelten. „Ich frage mich, was du denkst, wenn du neben mir liegst, nachdem wir uns geliebt haben – in diesen Minuten nach der Leidenschaft und vor dem Schlaf. Ich frage mich das oft."

Sie fragte sich das auch. „Nachdem wir uns geliebt haben", erwiderte sie mit einer leidlich sicheren Stimme, „habe ich Schwierigkeiten, überhaupt zu denken."

Diesmal lächelte er. „Du bist immer weich und schläfrig", murmelte er und brachte sie zum Beben. „Und ich frage mich, was ich zu hören bekäme, wenn du deine Gedanken laut aussprächest."

Dass ich mich in dich verlieben könnte. Dass uns jeder Tag zusammen einen Tag näher an das Ende heranbringt. Dass ich mir nicht vorstellen kann, wie mein Leben sein wird, wenn ich dich nicht habe, um dich zu berühren, um mit dir zu sprechen. Das waren ihre Gedanken, aber sie sagte nichts.

Sie hat ihre Geheimnisse, dachte Sidney. Genau wie er. „Eines Tages, bevor das alles vorbei ist, wirst du sie mir sagen."

Er drängte sie in eine Ecke ... Blanche fühlte es, wusste aber nicht, warum. „Habe ich dir nicht schon genug gesagt?"

„Nein." Er gab dem Wunsch nach, der ihn immer häufiger heimsuchte, und berührte ihre Wange. „Bei weitem nicht."

Sie versuchte zu lächeln, musste sich jedoch räuspern, um zu sprechen. „Das ist eine gefährliche Unterhaltung, wenn ich mit sechzig Meilen in der Stunde auf einem Interstate Highway fahre."

„Das ist eine gefährliche Unterhaltung in jedem Fall." Langsam zog er seine Hand zurück. „Ich will dich, Blanche. Ich kann dich nicht ansehen, ohne dich zu wollen."

Sie verfiel in Schweigen, nicht weil er Dinge sagte, die sie nicht hören wollte, sondern weil sie nicht mehr wusste, wie sie damit fertig werden sollte – und mit ihm. Hätte sie gesprochen, hätte sie vielleicht zu viel gesagt und das Band zerrissen, das begonnen hatte, sich zwischen ihnen zu formen. Sie konnte es ihm nicht sagen, aber es war ein Band, das sie wollte.

Er wartete darauf, dass sie sprach, sehnte sich danach, dass sie etwas sagte, nachdem er die Grenze so gut wie überschritten hatte, die sie zu Beginn gezogen hatten. Risiko. Er war eines eingegangen. Konnte sie das nicht erkennen? Sehnsucht. Er sehnte sich nach ihr. Konnte sie das nicht fühlen? Doch sie schwieg, und der Schritt nach vorn wurde zu einem Schritt zurück.

„Deine Ausfahrt kommt gleich", sagte er, griff nach der Karte und faltete sie sorgfältig. Blanche wechselte die Spur, verlangsamte das Tempo und verließ den Highway.

Kentucky hatte Blanche an Pferde denken lassen. Pferde führten sie beide nach Louisville und von Louisville nach Churchill Downs. Das Derby war schon lange vorbei, aber es gab Rennen, und es gab Menschenmengen. Wenn sie in ihre Betrachtung über den Sommer in Amerika auch die Menschen einbeziehen wollten, die einen Nachmittag bei Rennen und Wetten verbrachten, wohin sonst sollten sie fahren?

Sobald Blanche die Rennstrecke erblickte, sah sie Dutzende von Motiven. Kathedralartige Gewölbe und saubere weiße Gebäude verliehen der Hektik eine ruhige Eleganz. Die Rennbahn war der Mittelpunkt, ein langes Oval aus festgepacktem Sand. Um sie herum erhoben sich Tribünen, Blanche wanderte herum und fragte sich, was für eine Art von Mensch hierher – oder auf irgendeine andere Rennstrecke – kommen würde, um zwei Dollar oder zweihundert auf ein Rennen zu setzen, das nur Minuten dauerte. Wieder fand sie Vielfalt.

Da war der Mann mit geröteten Armen und verschwitztem T-Shirt, der sich eifrig über einen Wettschein beugte, und ein anderer in lässig eleganter Anzughose, der an irgendetwas Kühlem in einem Kelchglas nippte. Sie sah Frauen in unaufdringlich teuren Kleidern mit Feldstechern in den Händen und Familien, die ihre Kinder zum Sport der Könige ausführten. Da war ein Mann mit grauem Hut und Tätowierungen auf beiden Armen und ein Junge, der auf den Schultern seines Vaters lachte.

Sommer, Sonne und dein Lächeln

Sie und Sidney waren bei Baseballspielen, Tennismatches und Rennen überall im Land gewesen. Stets sah sie Gesichter in der Menge, die nichts miteinander gemeinsam hatten als das Spiel. Die Spiele waren erfunden und in Industrien verwandelt worden. Das war ein interessanter Aspekt der menschlichen Natur. Aber Menschen hielten die Spiele am Leben, sie wollten unterhalten werden, sie wollten am Wettkampf teilnehmen.

Sie entdeckte einen Mann, der gegen die Brüstung lehnte und ein Rennen verfolgte, als hinge sein Leben vom Ausgang ab. Sein Körper war angespannt, sein Gesicht feucht. Sie erwischte ihn im Profil.

Bei einem raschen Rundblick entdeckte sie eine Frau in einem blassrosa Kleid und mit Sommerhut, die das Rennen beiläufig verfolgte, distanziert wie eine Kaiserin bei einem Wettbewerb im Kolosseum. Blanche hielt sie im Bild fest, während die Menge beim Zieleinlauf tobte.

Sidney lehnte mit einer Hüfte an der Brüstung, er schoss die Pferde in verschiedenen Positionen rings um die Rennstrecke und schloss mit dem letzten Satz über die Ziellinie ab. Davor hatte er die Tafel mit den Quoten aufgenommen, auf der Zahlen aufblitzten und lockten. Jetzt wartete er darauf, bis die Ergebnisse angezeigt wurden, und richtete seine Kamera erneut darauf.

Bevor die Rennen vorüber waren, erblickte Sidney Blanche an dem Zwei-Dollar-Schalter. Mit ihrer um den Hals hängenden Kamera und ihrem Wettschein in der Hand kehrte sie zu den Tribünen zurück.

„Hast du denn gar keine Willenskraft?" fragte er sie.

„Nein." Sie fand einen Automaten und bot Sidney einen Schokoriegel an, der in der Hitze bereits weich wurde. „Außerdem, im nächsten Rennen gibt es ein Pferd namens ‚Shade'." Als Sidney die Augenbrauen hob, grinste sie. „Wie konnte ich da widerstehen?"

Er wollte ihr sagen, dass sie albern war. Er wollte ihr sagen, dass sie unerträglich süß war. Stattdessen zog er ihre Sonnenbrille über ihre Nase herunter, bis er ihre Augen sehen konnte. „Welche Nummer hat das Pferd?"

„Sieben."

Sidney warf einen Blick auf die Tafel mit den Quoten und schüttelte den Kopf. „Fünfunddreißig zu eins. Wie hast du gewettet?"

„Auf Sieg natürlich."

Er ergriff sie am Arm und führte sie wieder zur Brüstung. „Deinen zwei Dollar kannst du Lebewohl winken, Hitzkopf."

„Oder ich kann siebzig gewinnen." Blanche schob ihre Brille wieder an ihren Platz. „Dann führe ich dich zum Dinner aus. Wenn ich verliere", fuhr sie fort, während die Pferde in die Startboxen geführt wurden, „habe ich immer noch eine Kreditkarte. Ich kann dich trotzdem zum Dinner ausführen."

„Abgemacht", erklärte Sidney, als die Glocke erklang.

Blanche beobachtete, wie die Pferde losjagten. Sie waren fast schon an der ersten Kurve, als sie Nummer sieben an dritter Stelle von hinten entdeckte. Sie blickte auf und sah Sidney den Kopf schütteln.

„Gib ihn noch nicht auf."

„Wenn du auf einen Außenseiter setzt, Liebste, musst du bereit sein zu verlieren."

Ein wenig verlegen über seinen beiläufigen Gebrauch des Kosewortes, wandte sie sich wieder dem Rennen zu. Sidney sprach sie selten mit ihrem Namen an, noch seltener mit einer dieser reizend intimen Bezeichnungen. Ein Außenseiter, stellte sie im Stillen fest. Aber sie war absolut nicht sicher, ob sie bereit war zu verlieren, wie sie das hätte sein sollen. „Er holt auf", sagte sie hastig, als Nummer sieben drei Pferde mit langen, harten Sätzen überholte. Selbstvergessen beugte sie sich über die Brüstung und lachte. „Schau es dir an! Er holt auf."

Sie hob ihre Kamera und benützte das Teleobjektiv wie einen Feldstecher. „Himmel, ist das Pferd schön", murmelte sie. „Ich wusste nicht, dass es so schön ist."

Während sie das Pferd beobachtete, vergaß sie das Rennen, den Wettbewerb. Es war schön. Sie sah den Jockey tief gebeugt reiten, ein verwischter Farbfleck mit einem eigenen Stil, aber es war das Pferd mit seinen angespannten Muskeln und den trommelnden Beinen, das sie faszinierte. Es wollte gewinnen, sie konnte es fühlen. Ganz gleich, wie viele Rennen es verloren hatte, wie oft es schwitzend in die Ställe zurückgeführt worden war, es wollte gewinnen.

Hoffnung. Sie fühlte es, hörte jedoch nicht mehr den Aufschrei der Menge um sie herum. Das Pferd, das sich anstrengte, um die Anführer des Feldes zu überholen, hatte die Hoffnung nicht verloren. Es glaubte, dass es gewinnen konnte, und wenn man nur fest genug glaubte ... In einem letzten Spurt ging es an dem führenden Pferd vorbei und überquerte die Ziellinie wie ein Champion.

„Hol mich der Teufel", murmelte Sidney. Er bemerkte plötzlich, dass er seinen Arm um Blanches Schultern gelegt hatte, während sie zusahen, wie der Sieger seine Siegesrunde mit langen, gleichmäßigen Bewegungen drehte.

„Schön." Ihre Stimme war leise und belegt.

„Hey." Sidney hob ihr Kinn an, als er die Tränen in ihrer Stimme hörte. „Es war nur eine Zwei-Dollar-Wette."

Sie schüttelte den Kopf. „Das Pferd hat es geschafft. Es wollte gewinnen, und es hat einfach nicht aufgegeben, bis es gewonnen hat."

Sidney fuhr behutsam mit einem Finger über ihre Nase. „Hast du schon einmal etwas von einem Glückstreffer gehört?"

„Ja." Schon etwas gefasster, nahm sie seine Hand in ihre Hände. „Und das hier hatte nichts damit zu tun."

Für einen Moment betrachtete er sie, senkte dann mit einem Kopfschütteln seinen Mund auf den ihren, leicht, süß. „Und das von einer Frau, die behauptet, einfach zu sein."

Und glücklich, dachte sie, während ihre Finger sich mit den seinen verschlangen. Lächerlich glücklich. „Holen wir meinen Gewinn ab."

„Es hat da ein Gerücht gegeben", begann er, während sie sich ihren Weg über die Tribüne bahnten, „dass du mich zum Dinner einlädst."

„Ja, davon habe ich auch gehört."

Blanche war eine Frau, die Wort hielt. An diesem Abend, als die Blitze eines Sommergewitters über den Himmel zuckten und der Donner grollte, betraten sie ein ruhiges, gedämpft erleuchtetes Restaurant.

„Leinenservietten", murmelte Blanche Sidney zu, während sie an einen Tisch geführt wurden.

Er lachte an ihrem Ohr, als er ihr den Stuhl zurechtrückte. „Du lässt dich leicht beeindrucken."

„Wie wahr", stimmte sie zu, „aber ich habe seit Juni keine Leinenserviette mehr gesehen." Sie nahm ihre Serviette von dem Teller und ließ sie durch ihre Hände gleiten. Das Leinen war glatt und schwer. „Hier drinnen gibt es keinen Vinylstuhl und keine Kunststofflampe. Es wird auch keine kleinen Plastikbehälter mit Ketchup geben." Augenzwinkernd klopfte sie mit einem Finger gegen den Teller und ließ ihn erklingen. „Versuch das mit Pappe."

Sidney beobachtete, wie sie als Nächstes das Wasserglas ausprobierte. „Und das sagt die Königin des Fast Food?"

„Eine beständige Diät mit Hamburgern ist in Ordnung, aber ich mag auch mal Abwechslung. Nehmen wir Champagner", entschied sie, als der Kellner an den Tisch kam. Sie warf einen Blick auf die Karte, traf ihre Wahl und wandte sich wieder an Sidney.

„Du hast soeben deinen Gewinn für eine Flasche zum Fenster hinausgeworfen."

„Wie gewonnen, so zerronnen." Sie stützte ihr Kinn auf ihre Hände und lächelte ihn an. „Habe ich schon gesagt, dass du bei Kerzenschein wunderbar aussiehst?"

„Nein." Amüsiert beugte auch er sich vor. „Sollte das nicht ich sagen?"

„Vielleicht, aber du hattest es offenbar nicht eilig, damit

herauszurücken. Außerdem habe ich dich eingeladen. Allerdings ..." Sie warf ihm einen trägen Blick zu. „Falls du irgendetwas Schmeichelhaftes sagen willst, wäre ich bestimmt nicht beleidigt."

Lässig fuhr sie mit einem Finger über seinen Handrücken, worauf er sich fragte, wieso sich auch nur ein einziger Mann über die Segnungen der Emanzipation der Frau beschwerte. Es war bestimmt nichts Schlimmes, mit Trank und Speis versorgt zu werden. Es würde auch nicht schlimm sein, sich zu entspannen und sich verführen zu lassen. Desgleichen, fand Sidney, als er ihre Hand an seine Lippen hob, konnte man nichts gegen Partnerschaft einwenden.

„Ich könnte sagen, dass du immer zauberhaft aussiehst, aber heute Abend ..." Er ließ seinen Blick über ihr Gesicht wandern. „Heute Abend raubst du mir den Atem."

Für einen Moment verlegen, ließ sie ihre Hand in der seinen liegen. Wie konnte er so etwas so ruhig, so unerwartet sagen? Und wie konnte sie, die an lässige, folgenlose Komplimente von Männern gewöhnt war, mit einem fertig werden, das so ernsthaft wirkte? Vorsichtig, warnte sie sich. Sehr vorsichtig.

„Wenn das so ist, muss ich öfters Lippenstift benutzen."

Mit einem raschen Lächeln küsste er erneut ihre Finger. „Du hast vergessen, welchen aufzulegen."

„Oh." Sprachlos starrte Blanche ihn an.

„Madam?" Der Weinkellner hielt ihr die Champagnerflasche hin, Etikett nach oben.

„Ja." Sie atmete ruhig aus. „Ja, sehr gut."

Während sie Sidney unverwandt ansah, hörte sie, wie der Korken dem Druck nachgab und der Champagner in ihr Glas sprudelte. Sie nippte, schloss die Augen, um zu genießen. Dann nickte sie und wartete, bis der Kellner beide Gläser gefüllt hatte. Gefasster hob Blanche ihr Glas und lächelte Sidney zu.

„Worauf?"

„Auf einen Sommer", sagte er und ließ die Gläser klingen. „Auf einen faszinierenden Sommer."

Ihre Lippen lächelten, und ihre Augen reflektierten das Lächeln, während sie nippte. „Ich hatte eigentlich erwartet, dass es schrecklich langweilig sein würde, mit dir zu arbeiten."

„Tatsächlich." Sidney ließ den Champagner einen Moment auf seiner Zunge ruhen. „Und ich habe erwartet, dass du eine richtige Nervensä..."

„Wie auch immer", unterbrach sie ihn trocken. „Ich war froh, dass mein Vorurteil sich nicht bestätigt hat." Sie wartete einen Moment. „Und deines?"

„Meines hat sich bestätigt", sagte er leichthin und lachte, als sie die Augen schmal zusammenzog. „Aber ich hätte dich bei weitem nicht so genossen, wäre es anders gewesen."

„Dein anderes Kompliment hat mir besser gefallen", murmelte sie und griff nach der Speisekarte. „Aber da du mit Komplimenten sehr knauserig umgehst, muss ich wohl nehmen, was ich bekomme."

„Ich sage nur, was ich meine."

„Ich weiß." Sie schob ihren Stuhl zurück, während sie die Speisekarte überflog. „Aber ich ... oh, sieh nur, sie haben Schokoladenmousse."

„Die meisten Leute fangen mit der Vorspeise an."

„Ich arbeite lieber verkehrt herum. Dann kann ich abschätzen, wie viel ich essen will, und habe immer noch Platz für Dessert."

„Ich kann mir nicht vorstellen, dass du irgendetwas mit Schokolade ablehnst."

„Recht hast du."

„Ich verstehe allerdings immer noch nicht, wie du dermaßen in dich hineinschaufeln kannst, ohne fett zu werden."

„Ich habe einfach Glück." Sie lächelte ihn über die offene Speisekarte hinweg an. „Hast du denn keine Schwächen, Sidney?"

„Doch." Er sah sie an, bis sie erneut verlegen wurde. „Ein paar." Und eine dieser Schwächen, dachte er, während er ihre Augen beobachtete, wird immer akuter.

„Möchten Sie jetzt bestellen?"

Zerstreut blickte Blanche zu dem höflichen Kellner auf. „Wie bitte?"

„Möchten Sie jetzt bestellen?" wiederholte er. „Oder wollen Sie noch etwas warten?"

„Die Lady nimmt Schokoladenmousse", sagte Sidney ruhig.

„Ja, Sir." Ungerührt notierte es der Kellner. „Ist das alles?"

„Noch lange nicht", erklärte Sidney und griff erneut nach seinem Glas. Lachend arbeitete Blanche sich durch die Speisekarte.

„Ich bin voll bis oben hin", entschied Blanche über eine Stunde später, während sie durch den hart peitschenden Regen fuhren. „Absolut voll."

Sidney fuhr über eine gelbe Ampel. „Dir beim Essen zuzusehen, ist ein erstaunlicher Zeitvertreib."

„Wir sind hier, um uns zu unterhalten", sagte sie leicht. In ihren Sitz zurückgekuschelt, mit Champagner, der sich in ihrem Kopf drehte, und Donner, der an einem übellaunigen Himmel grollte, wäre sie mit ihm überall hingefahren. „Es war süß von dir, dass du mir einen Bissen von deinem Käsekuchen abgegeben hast."

„Die Hälfte", verbesserte Sidney sie. Bewusst fuhr er an dem Campingplatz vorbei, den sie am Nachmittag ausgesucht hatten. Die Wischer erzeugten schnelle zischende Geräusche an der Windschutzscheibe. „Aber es war gern geschehen."

„Es war herrlich." Sie stieß einen ruhigen, schläfrigen Seufzer aus. „Ich liebe es, verwöhnt zu werden. Der heutige Abend wird mir über einen weiteren Monat von Fast-Food-Ketten und Abendessen mit altbackenen Doughnuts hinweghelfen." Zufrieden blickte sie auf die dunklen, nassen Straßen und die Pfützen am Straßenrand hinaus. Sie mochte Regen, besonders nachts, wenn er alles zum Glänzen brachte. Vom Hinsehen versank sie in Träumen und schrak erst hoch, als Sidney auf den Parkplatz eines kleinen Motels fuhr.

„Kein Campingplatz heute Nacht", sagte er, bevor sie fragen konnte. „Warte hier, während ich ein Zimmer besorge."

Er war schon aus dem Wagen und jagte durch den Regen. Kein Campingplatz, dachte sie und blickte über ihre Schulter auf die beiden schmalen Pritschen zu beiden Seiten des Campingbusses. Keine dürftigen behelfsmäßigen Betten und tröpfelnde Duschen.

Lächelnd sprang sie auf und begann, seine und ihre Ausrüstung zusammenzusuchen. Auf die Koffer verschwendete sie keinen Gedanken.

„Champagner, Leinenservietten und jetzt ein Bett." Sie lachte, als Sidney klatschnass in den Wagen kletterte. „Ich werde restlos verwöhnt."

Er wollte sie verwöhnen. Es war nicht logisch, lediglich eine Tatsache. Heute Nacht, und wenn es auch nur für diese Nacht war, wollte er sie verwöhnen. „Das Zimmer liegt nach hinten hinaus." Während Blanche die Ausrüstung nach vorne zog, fuhr er langsam um das Gebäude herum und las die Nummern an der Reihe der Türen ab. „Hier." Er hängte die Kamerataschen über seine Schulter. „Warte einen Moment." Sie hatte nach einer weiteren Tasche und nach ihrer Handtasche gegriffen, bis er die Tür von außen öffnete. Zu ihrem Erstaunen fand sie sich auf seinen Armen wieder.

„Sidney!" Doch der Regen klatschte ihr ins Gesicht und ließ sie nach Atem ringen, während Sidney mit ihr im Arm über den Parkplatz zu einer Außentür hetzte.

„Das Mindeste, was ich tun konnte, nachdem du für das Dinner bezahlt hast", erklärte er, während er den übergroßen Schlüssel ins Schloss schob. Blanche lachte, als er mit der Tür kämpfte, wobei er sie, die Kamerataschen und die Stative hielt.

Er stieß die Tür mit seinem Fuß zu und presste seinen Mund auf Blanches Lippen. Noch immer lachend, klammerte Blanche sich an ihn.

„Jetzt sind wir beide nass", murmelte sie und fuhr mit ihren Fingern durch seine Haare.

„Wir werden im Bett trocknen." Bevor sie seine Absichten erkannte, fiel Blanche durch die Luft und landete federnd auf der Matratze.

„Wie romantisch", sagte sie trocken, aber ihr Körper blieb locker. Sie lag da, lächelnd, weil Sidney einem seiner seltenen unbekümmerten Impulse nachgegeben hatte und sie das genießen wollte.

Das Kleid klebte an ihr, ihr Haar lag auf dem Bett ausgefächert. Sidney hatte gesehen, wie sie sich für das Dinner umgezogen hatte, und wusste, dass sie ein dünnes Shirt trug, an den Schenkeln hoch und über ihren Brüsten tief geschnitten, und dünne, hauchdünne Strümpfe. Er hätte sie jetzt lieben können, stundenlang lieben können – es wäre nicht genug gewesen. Er wusste, wie entspannt, wie nachgiebig ihr Körper sein konnte. Wie voll von Feuer, Stärke, Lebenskraft. Er hätte alles begehren, alles haben können – es wäre nicht genug gewesen.

Er war Experte darin, den Moment einzufangen, die Emotionen, die Botschaft. Er ließ seine eigenen Gefühle brodeln, während er nach seiner Kameratasche griff.

„Was machst du da?"

Als sie sich aufsetzen wollte, drehte Sidney sich wieder zu ihr. „Bleib einen Moment so."

Fasziniert und vorsichtig beobachtete sie, wie er die Kamera einstellte. „Nicht, ich ..."

„Leg dich einfach zurück wie vorhin", unterbrach er sie. „Entspannt und ganz zufrieden mit dir selbst."

Seine Absicht war jetzt offensichtlich. Blanche hob eine Augenbraue. Besessenheit, dachte sie amüsiert. Die Kamera war eine Besessenheit für sie beide. „Sidney, ich bin Fotografin, nicht Model."

„Tu mir den Gefallen." Sanft drückte er sie zurück auf das Bett.

„Ich habe zu viel Champagner in meinem Kreislauf, um mit

dir zu streiten." Sie lächelte zu ihm hoch, als er die Kamera über ihr Gesicht hielt. „Du kannst spielen, wenn du willst, oder ernsthafte Fotos machen, wenn du musst, solange ich nichts tun muss."

Sie tat nichts anderes als zu lächeln, und er begann zu pulsieren. So oft hatte er die Kamera als Barriere zwischen ihm und seinem Objekt benützt, bei anderen Gelegenheiten als Ventil für seine Emotion, eine Emotion, die er auf keine andere Art freisetzen wollte. Jetzt war keines von beidem der Fall. Sein Gefühl hatte ihn bereits überwältigt, und Barrieren waren nicht möglich.

Er schoss mehrere Bilder von ihr, war jedoch nicht zufrieden.

„Das ist es nicht." Er war so professionell, dass Blanche es nicht als Abwehr, sondern als seine Art ansah. Doch als er zu ihr kam, sie in sitzende Position zog und den Reißverschluss ihres Kleides öffnete, blieb ihr der Mund offen stehen.

„Sidney!"

„Es ist dieser träge Sex", murmelte er, während er das Kleid über ihre eine Schulter herunterschob. „Diese unglaublichen Wellen der Sinnlichkeit, die überhaupt keine Mühe erfordern, sondern einfach da sind. Es ist die Art, wie deine Augen blicken." Als seine Augen sich wieder auf die ihren richteten, vergaß sie den Scherz, den sie gerade hatte machen wollen. „Wie deine Augen blicken, wenn ich dich berühre – genau so." Langsam strich er mit einer Hand über ihre nackte Schulter. „Wie sie blicken, wenn ich dich küsse – genau so." Er küsste sie, ließ sich dabei Zeit, während sie aufhörte zu denken und nur empfand. „Genau so", flüsterte er, entschlossener als je zuvor, diesen Moment einzufangen, ihn greifbar zu machen, so dass er ihn in seinen Händen halten und sehen konnte. „Ganz genau so", sagte er erneut, trat einen Schritt zurück, dann einen zweiten. „Genau so, wie du aussiehst, bevor wir uns lieben. Genau, wie du hinterher aussiehst."

Hilflos erregt starrte Blanche in die Linse, als er die Kamera hob. Er fing sie ein, wie eine Beute im Fadenkreuz eines Zielfernrohrs, leer von Gedanken, angefüllt mit Empfindungen. Gleichzeitig fing er sich selbst ein.

Für einen Moment war ihr Herz in ihren Augen. Der Kameraverschluss öffnete sich, schloss sich und fing es ein. Wenn er das Foto vergrößerte, dachte er, während er behutsam die Kamera wegstellte, würde er dann sehen, was sie fühlte? Würde er dann seiner eigenen Gefühle sicher sein?

Jetzt saß sie auf dem Bett, ihr Kleid in Unordnung, ihr Haar zerzaust, ihre Augen verschleiert. Geheimnisse, dachte Sidney erneut. Sie beide hatten welche. War es möglich, dass er einen Teil der Geheimnisse von ihnen beiden auf den Film in seiner Kamera gebannt hatte?

Als er Blanche jetzt anblickte, sah er eine Frau, die erregt war, eine Frau, die erregte. Er sah Leidenschaft und Nachgiebigkeit und Aufnahmebereitschaft. Er sah eine Frau, die er besser kennen gelernt hatte als sonst irgendjemanden. Dennoch sah er auch eine Frau, in deren Innerstes er erst noch eindringen musste – weil er bisher vermieden hatte, in ihr Innerstes einzudringen.

Er ging stumm zu ihr. Ihre Haut war feucht, aber warm, wie er es erwartet hatte. Viele kleine Regentropfen hingen in ihren Haaren. Er berührte einen, und der Tropfen verschwand. Ihre Arme hoben sich. Während draußen das Gewitter tobte, brachte er Blanche und sich selbst an einen Ort, an dem man keine Antworten brauchte.

10. KAPITEL

*W*enn sie mehr Zeit hätten ...
Als der August vorbeizugleiten begann, war das der Gedanke, der Blanche immer wieder durch den Kopf ging. Mit mehr Zeit hätten sie sich an jeder Station länger aufhalten können. Mit mehr Zeit hätten sie mehr Staaten durchqueren können, mehr Städte, mehr Gemeinden. Es gab so viel zu sehen, so viel aufzunehmen, aber die Zeit neigte sich ihrem Ende zu.

In weniger als einem Monat würde die Schule, die sie leer und wartend im Nachmittagslicht fotografiert hatte, wieder gefüllt sein. Blätter, die jetzt saftig und grün waren, würden diese leuchtenden Farben annehmen, bevor sie abfielen. Sie selbst würde zurück in Los Angeles sein, zurück in ihrem Studio, zurück in dem Alltag, den sie sich eingerichtet hatte. Zum ersten Mal in all den Jahren hatte das Wort „allein" einen hohlen Klang.

Wie war das geschehen? Sidney Colby war ihr Partner geworden, ihr Liebhaber, ihr Freund. Er war – obwohl das Eingeständnis erschreckend war – zum wichtigsten Menschen in ihrem Leben geworden. Irgendwie war sie von ihm abhängig, von seiner Meinung, seiner Gesellschaft, von den Nächten, in denen sie sich nur miteinander beschäftigten.

Sie konnte es sich vorstellen, wie es sein würde, wenn sie nach Los Angeles zurückkehrten und getrennte Wege gingen. Getrennte Teile der Stadt, dachte sie, getrennte Leben, getrennte Ausblicke.

Die Nähe, die sich so langsam, fast schmerzhaft zwischen ihnen entwickelt hatte, würde sich auflösen. Hatten sie das nicht beide von Anfang an angestrebt? Sie waren darin übereingekommen, genau wie sie übereingekommen waren, zusammenzuarbeiten. Wenn ihre eigenen Gefühle sich geändert hatten, war sie dafür verantwortlich und musste mit ihnen fertig werden.

Während der Kilometerzähler weiterlief, während sie den nächsten Staat hinter sich ließen, fragte sie sich, wie sie es anstellen sollte.

Sidney hatte seine eigenen Gedanken, mit denen er sich herumschlagen musste. Als sie in Maryland ankamen, hatten sie den Osten der USA erreicht. Der Atlantik war nahe, so nahe wie das Ende des Sommers. Es war das Ende, das ihn störte. Das Wort bedeutete nicht länger mehr: „Auftrag abgeschlossen", sondern „vorbei". Er begann zu erkennen, dass er absolut nicht bereit war, diesen Schlussstrich zu ziehen. Es gab dafür vernünftige Begründungen, die er alle ausprobierte.

Sie hatten zu viel verpasst. Wenn sie sich auf der Rückfahrt Zeit ließen, anstatt sich an ihren ursprünglichen Plan zu halten, schnurgerade durch das Land zu fahren, könnten sie einen Umweg machen, um all die Orte aufzusuchen, die sie auf der Herfahrt ausgeklammert hatten. Das machte Sinn. Sie könnten eine Woche in New England bleiben, zwei Wochen nach dem Labor Day. Nach den langen Tagen im Campingbus und der intensiven Arbeit, die sie beide geleistet hatten, verdienten sie etwas Urlaub. Das war vernünftig.

Sie sollten langsam zurückfahren und sich nicht abhetzen. Wenn sie nicht darauf achteten, schnell voranzukommen, wie viele Fotos würden dabei noch herausspringen? Wenn auch nur ein einziges Foto etwas Besonderes wurde, hätte es sich schon gelohnt. Das war professionell.

Wenn sie nach Los Angeles zurückkehrten, könnte Blanche vielleicht zu ihm ziehen, sein Apartment mit ihm teilen, wie sie den Campingbus geteilt hatten. Das war unmöglich. Oder?

Sie wollte ihre Beziehung nicht komplizieren. Hatte sie das nicht gesagt? Er wollte nicht die Verantwortung, die die Bindung an eine Person mit sich brachte. Hatte er sich nicht klar ausgedrückt? Vielleicht brauchte er mittlerweile ihre Gesellschaft auf einer gewissen Ebene. Und es stimmte schon, er hatte es schätzen gelernt, wie sie alles betrachtete und den Spaß und die Schönheit in den Dingen sah. Das wog jedoch nicht Versprechungen, Bindungen und Komplikationen auf.

Mit etwas Zeit und etwas Abstand musste die Sehnsucht verblassen. Er war sich nur dessen sicher, dass er diesen Punkt so lange wie möglich hinausschieben wollte.

Blanche entdeckte ein Cabrio – rot, todschick. Die Fahrerin hatte einen Arm über die Lehne des weißen Ledersitzes gelegt, während ihr blondes Haar im Wind flatterte. Blanche packte ihre Kamera und beugte sich aus dem offenen Fenster. Halb auf dem Sitz kniend, halb kauernd, regulierte sie die Tiefenschärfe.

Sie wollte von hinten schießen und den Wagen in einen verwischten Farbfleck verwandeln. Sie wollte aber auch nicht den arroganten Winkel des Arms der Fahrerin verlieren oder die lässige Art, in der ihr Haar nach hinten wehte. Sie wusste auch schon, dass sie den schlichten grauen Highway und die anderen Wagen in der Dunkelkammer weglassen würde. Nur das rote Cabrio, dachte sie, während sie ihre Kamera einstellte.

„Versuch, genau den Abstand zu halten", rief sie Sidney zu. Sie machte eine Aufnahme, war nicht zufrieden, beugte sich noch weiter hinaus. Obwohl Sidney schimpfte, schoss Blanche noch eine Aufnahme, ehe sie sich lachend wieder auf ihren Sitz fallen ließ.

Er wusste, dass er genauso war. Hatte man die Kamera erst einmal vor das suchende Auge gedrückt, hielt man sie für eine Art Schutzschild. Nichts konnte einem passieren – man war einfach nicht mehr Teil des Geschehens. Obwohl er es besser wusste, war es ihm doch oft genug so ergangen, selbst nach seinem ersten Einsatz in Übersee. Vielleicht war es dieses Verstehen, dass seine Stimme sanft klang, obwohl er wütend war.

„Bist du noch bei Verstand, dich so weit aus dem Fenster eines fahrenden Wagens zu lehnen?"

„Ich konnte nicht widerstehen. Nichts kommt einem Cabrio auf einem offenen Highway im August gleich. Ich spiele immer mit der Idee, mir selbst eins zu kaufen."

„Warum tust du es nicht?"

„Einen neuen Wagen zu kaufen, ist harte Arbeit." Sie blickte auf die grünen und weißen Straßenschilder, wie sie das so oft in diesem Sommer getan hatte. Es gab Städte, Straßen und Routen, von denen sie nie gehört hatte. „Ich kann es kaum glauben, dass wir in Maryland sind. Wir sind so weit gekommen, und doch ... ich weiß nicht ... irgendwie kommt es mir nicht so vor wie zwei Monate."

„Zwei Jahre?"

Sie lachte. „Manchmal. Bei anderen Gelegenheiten wirkt es wie Tage. Nicht genug Zeit", sagte sie. „Nie genug." Sidney ließ sich keine Zeit für Überlegungen, ehe er den ersten Schritt tat. „Wir mussten viel auslassen."

„Ich weiß."

„Wir sind durch Kansas gefahren, aber nicht durch Nebraska, durch Mississippi, aber nicht durch North und South Carolina. Wir waren nicht in Michigan oder Wisconsin", bemerkte er.

„Auch nicht in Florida, Washington State, North und South Dakota." Sie zuckte die Schultern und versuchte, nicht daran zu denken, was sie hinter sich gelassen hatten. Nur das Heute, mahnte Blanche sich. Nimm nur das Heute.

„Ich habe mir überlegt, ob wir das alles auf der Rückfahrt einbauen sollen."

„Auf der Rückfahrt?" Blanche wandte sich ihm zu, als er nach einer Zigarette griff.

„Wir wären dann auf eigene Faust unterwegs." Der Zigarettenanzünder glühte rot an der Spitze der Zigarette. „Ich denke, wir könnten uns beide so ungefähr einen Monat nehmen, um den Job abzuschließen."

Mehr Zeit. Blanche verspürte das rasche Aufkeimen von Hoffnung und unterdrückte es sofort unbarmherzig. Er wollte den Job auf seine Art zu Ende bringen. Es war seine Art, erinnerte sie sich selbst, alles gründlich zu machen. Aber spielte der Grund wirklich eine Rolle? Sie hätten dann mehr Zeit. Ja, erkannte sie, während sie aus dem Seitenfenster starrte. Der Grund spielte eine viel zu große Rolle.

„Der Job ist in New England erledigt", sagte sie leichthin. „Der Sommer ist vorüber, und es geht wieder an die normale Arbeit. Meine Arbeit im Studio wird zwar noch für einen Monat zurückgestellt bleiben, aber ..." Sie fühlte, wie sie weich zu werden anfing, obwohl er gar nichts sagte, nichts tat, um sie zu überreden. „Ich hätte nichts gegen ein paar Umwege auf der Rückfahrt."

Sidney hielt seine Hände locker am Steuer, seine Stimme klang beiläufig. „Wir denken noch darüber nach", sagte er und ließ das Thema vorerst fallen.

Des Highways müde, wichen sie auf Seitenstraßen aus. Blanche machte Aufnahmen von Kindern, die sich gegenseitig mit Gartenschläuchen abspritzten, von Wäsche, die im Wind trocknete, von einem alten Paar, das auf einer offenen Veranda in Schaukelstühlen saß. Sidney machte seine Fotos von schwitzenden Arbeitern, die Teer auf Dächern auftrugen, von Pfirsichpflückern und – überraschenderweise – von zwei zehnjährigen Geschäftsleuten, die Limonade in ihrem Vorgarten feilboten.

Gerührt nahm Blanche den Pappbecher, den Sidney ihr reichte. „Das ist süß."

„Du hast noch nicht gekostet", bemerkte er und kletterte auf den Beifahrersitz. „Um die Unkosten niedrig zu halten, sind sie mit Zucker sehr sparsam umgegangen."

„Ich habe dich gemeint." Impulsiv beugte sie sich zu ihm hinüber und küsste ihn, leicht, wohlig. „Du kannst ein sehr süßer Mann sein."

Wie immer rührte sie ihn, und er konnte es nicht verhindern. „Ich kann dir eine Liste von Leuten geben, die dir widersprechen würden."

„Was wissen die schon?" Mit einem Lächeln berührte sie

erneut seinen Mund mit ihren Lippen. Sie fuhr die saubere, schattige Straße entlang und betrachtete wohlgefällig die gemähten Wiesen, die Blumengärten und die in den Höfen bellenden Hunde. „Ich mag die Vorstädte", sagte sie lässig. „Jedenfalls zum Ansehen. Ich habe nie in einer gelebt. Sie sind so ordentlich." Mit einem Seufzer bog sie an der Ecke rechts ab. „Hätte ich hier ein Haus, würde ich wahrscheinlich vergessen, den Rasen zu düngen, und würde mit Unkraut und Löwenzahn dastehen. Meine Nachbarn würden eine Petition unterschreiben, und am Schluss müsste ich mein Haus verkaufen und in eine Eigentumswohnung ziehen."

„Und so endet Blanche Bryan Mitchells Karriere als Vorstadtbewohnerin."

Sie schnitt ihm eine Grimasse. „Manche Leute sind eben nicht für Lattenzäune gemacht."

„Wie wahr."

Sie wartete, aber er sagte nichts, das ihr das Gefühl gab, unzulänglich zu sein. Sie lachte begeistert, ergriff seine Hand und drückte sie. „Du bist gut für mich, Sidney. Das bist du wirklich."

Er wollte ihre Hand nicht loslassen und gab sie nur zögernd frei. Er war gut für sie! Sie sagte es so leicht und lachte dabei. Dass sie das tat, zeigte ihm, dass sie keine Ahnung hatte, was ihm diese Worte bedeuteten. Vielleicht war es an der Zeit, dass er es ihr sagte. „Blanche ..."

„Was ist das?" fragte sie plötzlich und fuhr an den Straßenrand. Erregt ließ sie den Wagen ein Stück weiterrollen, bis sie das farbenfrohe Plakat lesen konnte, das an einer Telegraphenstange befestigt war. „Nightingales Wanderjahrmarkt". Sie zog die Handbremse an und kletterte fast über Sidney, um besser sehen zu können. „Voltara, die elektrische Frau." Mit einem Jauchzer drückte sie sich näher an Sidney. „Großartig, einfach großartig! Sampson, der tanzende Elefant. Madame Zoltar, Wahrsagerin. Sidney, sieh nur, sie sind den letzten Abend in der Stadt. Das dürfen wir nicht verpassen. Was ist schon ein Sommer ohne

Jahrmarkt? Aufregende Karussellfahrten, Geschicklichkeitsspiele und Glücksspiele."

„Und Dr. Wren, der Feuerschlucker."

Es war leicht, seinen trockenen Tonfall zu ignorieren. „Schicksal." Sie kletterte auf ihren eigenen Sitz zurück. „Es muss Schicksal sein, dass wir in diese Straße eingebogen sind. Wir hätten das sonst verpasst."

Sidney blickte zu dem Schild zurück, als Blanche losfuhr. „Man stelle sich vor", murmelte er. „Da hätten wir diese ganze Strecke von Küste zu Küste zurückgelegt, ohne einen einzigen tanzenden Elefanten gesehen zu haben."

Eine halbe Stunde später lehnte Sidney auf seinem Sitz, rauchte gelassen, die Füße gegen das Armaturenbrett gestützt. Genervt zog Blanche den Campingbus um die nächste Ecke.

„Ich habe mich nicht verfahren."

Sidney blies träge den Rauch aus. „Ich habe kein Wort gesagt."

„Ich weiß, was du denkst."

„Den Satz sagt Madame Zoltar."

„Und du kannst aufhören, so selbstgefällig vor dich hin zu grinsen."

„Tue ich das?"

„Du siehst immer selbstgefällig drein, wenn ich mich verfahre."

„Du hast gesagt, du hättest dich nicht verfahren."

Blanche biss die Zähne zusammen und schoss ihm einen vernichtenden Blick zu. „Warum nimmst du nicht einfach diese Karte und sagst mir, wo wir sind?"

„Ich wollte sie vor zehn Minuten nehmen, und du hast mich angefaucht."

Blanche stieß den Atem aus. „Das lag an der Art, wie du die Karte genommen hast. Du hast gegrient, und ich konnte förmlich deine Gedanken hören, wie du ..."

„Du brichst schon wieder in Madame Zoltars Territorium ein."

„Verdammt, Sidney!" Aber sie musste ein Lachen unterdrücken, während sie die endlose, unbeleuchtete Landstraße entlang fuhr. „Es macht mir nichts aus, wenn ich mich zum Narren mache, aber ich hasse es, wenn jemand darüber die Augenbraue hochzieht."

„Habe ich das getan?"

„Du weißt, dass du es getan hast. Also, wenn du jetzt bitte einfach ..." In dem Moment erhaschte sie das erste Schimmern von flackernden roten, blauen, grünen Lichtern. Ein Riesenrad, dachte sie. Das musste es sein. Blecherne Musikfetzen trieben durch die sommerliche Abenddämmerung. Eine Jahrmarktsorgel. Jetzt war es Blanche, die selbstgefällig dreinsah. „Ich wusste, dass ich es finde."

„Ich habe nie daran gezweifelt."

Ihr wäre bestimmt etwas Vernichtendes eingefallen, aber die in der frühen Abenddämmerung leuchtenden Lichter und die ulkig pfeifende Musik lenkten sie ab. „Es ist Jahre her", murmelte sie. „Es ist wirklich Jahre her, seit ich so etwas gesehen habe. Ich muss auf den Feuerschlucker achten."

„Und auf dein Portemonnaie."

Sie schüttelte den Kopf, während sie von der Straße auf das holperige Feld bog, auf dem die Autos parkten. „Zyniker."

„Realist." Er wartete, bis sie den Campingbus neben einen Pickup neuesten Datums gesteuert hatte. „Verschließ den Wagen." Sidney griff nach seiner Tasche und wartete vor dem Bus, bis Blanche ihre Tasche hatte. „Wohin zuerst?"

Sie dachte an rosa Zuckerwatte, hielt sich jedoch zurück. „Warum wandern wir nicht zuerst ein wenig herum? Vielleicht machen wir jetzt schon ein paar Aufnahmen, aber in der Dunkelheit haben sie dann noch mehr Wirkung."

Ohne Dunkelheit und ohne hell leuchtende, bunte Lichter sah der Jahrmarkt zu sehr so aus, wie er wirklich war, ein wenig matt, mehr als nur ein wenig schäbig. Seine Illusionen ließen sich jetzt zu leicht demaskieren, und Blanche war nicht deshalb hergekommen. Jahrmärkte hatten, genau wie Santa Claus, ein Recht auf ihren geheimnisvollen Zauber. Wenn in einer Stunde die Sonne vollständig hinter diesen rollenden blau gefärbten Hügeln im Westen untergegangen sein würde, war der Jahrmarkt in seinem Element. Dann fiel auch die abblätternde Farbe nicht mehr auf.

„Sieh nur, da ist Voltara." Blanche packte Sidney am Arm und drehte ihn so herum, dass er ein lebensgroßes Poster sehen konnte, das ihre üppigen Kurven und spärliche Bekleidung zeigte, während sie auf etwas festgeschnallt war, das wie ein selbst gebastelter elektrischer Stuhl aussah.

Sidney betrachtete den gemalten Flitter über einem großzügigen Dekollete. „Das Ansehen könnte sich sogar lohnen."

Mit einem abfälligen Schnauben zog Blanche ihn zu dem Riesenrad. „Machen wir eine Fahrt. Von da oben können wir die ganze Anlage überblicken."

Sidney holte einen Geldschein aus seiner Brieftasche. „Das ist der einzige Grund, warum du fahren willst."

„Mach dich nicht lächerlich." Sie gingen hin und warteten, während der Helfer ein Paar aussteigen ließ. „Es ist eine gute Methode, um einen Überblick zu gewinnen und dabei gleichzeitig zu sitzen", begann sie, als sie den frei gewordenen Sitz einnahm. „Es bietet einen ausgezeichneten Blickpunkt für ein paar Luftaufnahmen, und ..." Sie schob ihre Hand in die seine, als sie mit dem langsamen Aufstieg begannen. „Es ist der allerbeste Platz, um auf einem Jahrmarkt zu schmusen."

Als er lachte, schlang sie die Arme um ihn und brachte ihn mit ihren Lippen zum Verstummen. Sie erreichten den höchsten Punkt, an dem der Abendwind klar vorbeistrich, hingen dort einen Moment – oder zwei – nur ineinander versunken. Beim Abstieg erhöhte sich die Geschwindigkeit und ließ Blanches Magen erbeben und ihre Gedanken verschwimmen. Dieses

Gefühl glich dem, wenn Sidney sie hielt, wenn er sie liebte. Sie hielten einander während zweier Umdrehungen eng umschlungen.

Während er Blanche dicht an sich gepresst hielt, überfielen ihn die seltsamsten Gedanken. Es war schon Jahre her, dass er ein weibliches Wesen auf einem Riesenrad im Arm gehalten hatte. High School? Er konnte sich kaum noch erinnern. Jetzt erkannte er, dass er sich seine Jugend hatte entgehen lassen, weil ihm während jener Zeit so viele andere Dinge wichtiger erschienen waren. Er hatte sie sich freiwillig entgehen lassen, und obwohl er sie nicht ganz zurückverlangen wollte und es auch nicht konnte, zeigte ihm vielleicht Blanche, wie er Teile davon wieder einfangen konnte.

„Das gefällt mir", murmelte sie. Die Sonne ging in einer letzten großartigen Explosion unter, Musikfetzen trieben herauf, Stimmen verebbten und schwanden, als das Rad sich erneut drehte. Blanche konnte hinunterblicken und gerade so weit von dem Geschehen abgerückt sein, um es zu genießen, gerade so weit davon getrennt sein, dass sie es verstand. „Eine Fahrt auf dem Riesenrad sollte einmal im Jahr vorgesehen sein, genau wie eine routinemäßige Untersuchung beim Arzt."

Den Kopf gegen Sidneys Schulter gelehnt, betrachtete sie die Szenerie unter sich, den Mittelgang, die Stände, die Buden für die Geschicklichkeitsspiele. Sie wollte alles aus der Nähe sehen. Sie roch Popcorn, gegrilltes Fleisch, das aufdringliche Aftershave des Angestellten, als die Gondel an ihm vorbeiglitt. Sie bekam einen Gesamtüberblick. Das war Leben, ein Seitenblick darauf. Das war die kleine Nische des Lebens, wo Kinder noch Wunder sehen und Erwachsene sich für eine Weile etwas vormachen konnten.

Sie griff nach ihrer Kamera und richtete sie zwischen den Gondeln und Drähten hindurch auf den Angestellten. Er wirkte ein wenig gelangweilt, als er den Sicherheitsriegel für ein Paar hob und ihn für das nächste senkte. Bloß ein Job für ihn, dachte

Blanche, ein kleiner Nervenkitzel für die anderen. Sie lehnte sich zurück und war zufrieden, sich einfach fahren zu lassen.

Als es dunkel war, gingen Blanche und Sidney an die Arbeit. Menschen scharten sich um das Glücksrad und legten einen Dollar für eine Chance auf mehr hin. Teenager spielten sich vor ihren Mädchen oder ihren Eltern auf, indem sie mit Bällen nach übereinander getürmten Flaschen warfen. Kleine Kinder beugten sich über das Seil und warfen Tischtennisbälle nach Fischgläsern in der Hoffnung, einen Goldfisch zu gewinnen, dessen Lebenserwartung reichlich kurz war. Junge Mädchen quietschten auf dem sich schnell drehenden Kraken, während Jungen die Plakate entlang des Mittelgangs begafften.

Blanche machte einen wirkungsvollen Schnappschuss von einer Frau, die ein Baby auf ihrer Hüfte trug, während ein Dreijähriger sie gnadenlos weiterzog. Sidney machte eine Aufnahme von einem Trio von Jungen in Muskelshirts, die ein Stück abseits standen und ihr Bestes taten, um cool und selbstbewusst zu wirken.

Sie aßen Pizza mit Gummikrusten, während sie zusammen mit der übrigen Menge zusahen, wie Dr. Wren, Feuerschlucker, aus seinem Zelt trat und eine kurze, aufreizende Demonstration seiner Kunst bot. Genau wie der zehnjährige Junge, der neben ihr zusah, war Blanche begeistert.

Mit der Übereinkunft, einander in dreißig Minuten wieder am Anfang des Mittelgangs zu treffen, trennten sie sich. Vertieft in das Geschehen um sie herum, begann Blanche zu wandern. Sie konnte Voltara nicht widerstehen und schlich sich in einen Teil der Vorführung, um die etwas überdrüssig dreinblickende Frau mit dem grell geschminkten Gesicht auf einen Stuhl geschnallt zu sehen, der sie angeblich unter zweitausend Volt setzte.

Sie machte es ganz gut, fand Blanche, als Voltara die Augen schloss und mit einem königlichen Nicken das Zeichen gab, den Hebel zu senken. Die Spezialeffekte waren nicht gerade Spitzenklasse, aber sie funktionierten. Blaues Licht züngelte an dem Stuhl hoch und um Voltaras Kopf und tauchte ihre Haut in die Farbe von sommerlichem Wetterleuchten. Für fünfzig Cent bekam das Publikum etwas für sein Geld, entschied Blanche, als sie wieder ins Freie trat.

Interessiert wanderte sie vom Mittelgang hinten herum, wo die Schausteller ihre Wohnwagen parkten. Hier gab es keine bunten Lichter. Keine hübschen Illusionen, dachte sie, während sie die kleine Karawane betrachtete. Heute Nacht würden sie ihre Ausrüstung zusammenpacken, die Plakate abnehmen und weiterfahren.

Helles Mondlicht fiel auf einen Wohnwagen und enthüllte die Kratzer und Dellen. Die Vorhänge waren an den kleinen Fenstern zugezogen, und auf der Außenwand stand in verblassenden Buchstaben NIGHTINGALES.

Blanche fand es anrührend und kauerte sich für eine Aufnahme hin.

„Haben Sie sich verlaufen, kleine Lady?"

Überrascht sprang Blanche auf und stieß beinahe mit einem gedrungenen, untersetzten Mann in T-Shirt und Arbeitshose zusammen. Wenn er für den Jahrmarkt arbeitete, dachte Blanche hastig, hatte er eine lange Pause gemacht. Wenn er hergekommen war, um sich umzusehen, hatten die Lichter und die Darbietungen nicht sein Interesse geweckt. Der Geruch von Bier, warm und schal, haftete ihm an.

„Nein." Sie lächelte vorsichtig und hielt sicherheitshalber Abstand zu ihm. Furcht hatte nichts damit zu tun. Die Bewegung war automatisch gekommen. Lichter und Menschen waren nur wenige Meter entfernt. Und sie dachte, dass er ihr vielleicht einen neuen Blickpunkt für ihre Fotos verschaffen konnte. „Arbeiten Sie hier?"

„Eine Frau sollte nicht allein in der Dunkelheit herumlaufen. Es sei denn, sie sucht etwas Bestimmtes."

Nein, Furcht war nicht ihre erste Reaktion gewesen und war

es auch jetzt nicht. Ärger war es. Und er zeigte sich jetzt auch in ihren Augen, ehe sie sich abwandte. „Entschuldigen Sie."

Aber da hatte er sie am Arm, und jetzt wurde ihr bewusst, dass die Lichter doch wesentlich weiter entfernt waren, als ihr lieb sein konnte. Frechheit siegt, sagte sie sich. „Hören Sie, meine Leute warten auf mich."

„Sie sind recht groß, wie?" Seine Finger waren sehr fest, auch wenn seine Standfestigkeit es nicht war. Er wankte leicht, als er Blanche musterte. „Macht mir nichts aus, eine Frau Auge in Auge anzusehen. Trinken wir was."

„Ein anderes Mal." Blanche legte ihre Hand an seinen Arm, um ihn wegzuschieben, und fand ihn hart wie Beton. Da erst setzte die Furcht ein. „Ich bin hier nach hinten gekommen, um ein paar Fotos zu machen", sagte sie so ruhig, wie sie konnte. „Mein Partner wartet auf mich." Sie stieß erneut gegen den Arm. „Sie tun mir weh."

„Ich hab' noch mehr Bier in meinem Truck", murmelte er, während er sie weiter von den Lichtern wegzerrte.

„Nein." Ihre Stimme wurde mit der ersten Welle von Panik lauter. „Ich will kein Bier."

Er blieb einen Moment schwankend stehen. Als Blanche einen Blick in seine Augen warf, erkannte sie, dass er so betrunken war, wie ein Mann überhaupt sein konnte, wenn er sich noch auf den Beinen zu halten vermochte. Angst schnürte ihr heiß die Kehle zu. „Vielleicht willst du etwas anderes." Er ließ den Blick über ihre dünne Sommerbluse und die kurzen Shorts gleiten. „Gewöhnlich will eine Frau etwas ganz Bestimmtes, wenn sie halb nackt rumläuft."

Ihre Angst klang ab, als kalter Zorn sie überkam. Blanche starrte ihn wütend an. Er grinste.

„Du Schwachkopf", zischte sie, genau in dem Moment, wo sie ihr Knie hochbrachte, hart. Er stieß keuchend den Atem aus und ließ die Hand sinken. Blanche wartete nicht ab, bis er sich nach vorne krümmte. Sie rannte.

Aus vollem Lauf prallte sie mit Sidney zusammen.

„Du kommst zehn Minuten zu spät", begann er. „Aber ich habe dich noch nie so schnell bewegen sehen."

„Ich war nur ... ich musste ..." Atemlos verstummte sie und lehnte sich gegen ihn. Solide, zuverlässig, sicher. Sie hätte so bleiben können, bis die Sonne wieder aufging.

„Was ist los?" Er spürte die Spannung, noch bevor er Blanche von sich schob und in ihr Gesicht blickte. „Was ist passiert?"

„Eigentlich gar nichts." Ärgerlich über sich selbst, strich Blanche das Haar aus dem Gesicht. „Ich bin nur mit einem Blödmann zusammengetroffen, der mir einen Drink spendieren wollte, ganz gleich, ob ich wollte oder nicht."

Seine Finger spannten sich an ihren Armen an, und sie zuckte zusammen, als er genau die Stelle traf, die bereits schmerzte. „Wo?"

„Es war nichts", sagte sie erneut und war wütend auf sich selbst, weil sie sich nicht die Zeit genommen hatte, sich erst zu fassen, ehe sie mit ihm zusammentraf. „Ich bin hinten herum gegangen, um einen Blick auf die Wohnwagen zu werfen."

„Allein?" Er schüttelte sie einmal. „Wie idiotisch kann man sein? Weißt du denn nicht, dass es auf Jahrmärkten nicht nur Zuckerwatte und bunte Lichter gibt? Hat er dir wehgetan?"

Es war nicht Sorge, die sie in seiner Stimme hörte, sondern Zorn. Ihr Rücken drückte sich durch. „Nein, aber du tust es."

Sidney ignorierte ihre Worte und zog sie durch die Menschenmenge zum Parkplatz. „Wenn du endlich aufhören würdest, alles durch eine rosarote Brille zu betrachten, würdest du wesentlich klarer sehen. Hast du überhaupt eine Vorstellung, was hätte passieren können?"

„Ich kann auf mich selbst aufpassen. Ich habe auf mich selbst aufgepasst." Als sie den Campingbus erreichten, riss sie sich von Sidney los. „Ich betrachte das Leben so, wie es mir passt. Ich habe es nicht nötig, mir von dir eine Predigt anzuhören, Sidney."

„Und ob du es nötig hast." Er riss ihr die Schlüssel aus der Hand und schloss den Bus auf. „Es ist hirnlos, allein in der Dunkelheit an so einem Ort herumzulaufen", murmelte er, während er auf den Fahrersitz kletterte.

„Du klingst bemerkenswert ähnlich wie der Idiot, den ich da hinten im Gras liegen ließ mit seinen Händen zwischen seinen Beinen."

Er schoss ihr einen Blick zu. Später, wenn er sich beruhigt hatte, mochte er es bewundern, wie sie mit einem aufdringlichen Betrunkenen fertig geworden war. Aber im Moment konnte er nicht hinter ihre Sorglosigkeit sehen. Bei aller Selbstständigkeit, eine Frau war nun einmal verletzbar. „Ich hätte dich nicht allein losziehen lassen dürfen."

„Also, jetzt mal langsam." Sie wirbelte auf ihrem Sitz zu ihm herum. „Du lässt mich gar nichts tun, Colby. Falls du es dir in den Kopf gesetzt hast, dass du mein Aufpasser oder so was Ähnliches bist, dann schlag es dir ganz schnell wieder aus dem Kopf. Ich habe mich nur mir gegenüber zu verantworten. Ausschließlich mir gegenüber."

„Für die nächsten paar Wochen hast du dich auch mir gegenüber zu verantworten."

Sie versuchte, ihre Gereiztheit zu zügeln, aber es war unmöglich. „Ich arbeite vielleicht mit dir", sagte sie und betonte jedes Wort. „Ich schlafe vielleicht auch mit dir. Aber ich habe mich dir gegenüber nicht zu verantworten. Nicht jetzt. Niemals."

Sidney drückte den Zigarettenanzünder ein. „Das werden wir ja noch sehen."

„Erinnere dich bloß an den Vertrag." Vor Wut zitternd, wandte sie sich ab. „Wir sind Partner bei diesem Auftrag, fifty-fifty."

Er sagte ihr, was sie mit dem Vertrag machen konnte. Blanche verschränkte die Arme, schloss die Augen und zwang sich selbst in den Schlaf.

Sidney fuhr stundenlang. Blanche mochte schlafen, aber zu

viel tobte in ihm, als dass er die gleiche Entspannung hätte finden können. Also fuhr er ostwärts weiter auf den Atlantik zu.

Sie hatte Recht gehabt, als sie behauptete, dass sie ihm keine Rechenschaft schuldig war. Das war eine der ersten Regeln, die sie beide festgelegt hatten. Er war dieser Regeln verdammt überdrüssig. Sie war eine selbstständige Frau. Er war mit ihr genauso wenig verstrickt wie sie mit ihm. Sie waren zwei intelligente, unabhängige Menschen, die es auch so haben wollten.

Aber er hatte sie beschützen wollen. Abgesehen von allem anderen, hatte er sie beschützen wollen. War sie so begriffsstutzig, um es nicht zu sehen, dass er nicht auf sie wütend gewesen war, sondern auf sich selbst, weil er nicht zur Stelle gewesen war, als sie ihn gebraucht hatte?

Sie hat es mir gegeben, dachte Sidney grimmig, während er sich mit der Hand über die brennenden Augen fuhr. Sie hatte ihn sehr klar, sehr präzise auf seinen Platz verwiesen. Und sein Platz war, daran erinnerte er sich selbst, ganz gleich, wie intim sie auch miteinander geworden waren, noch immer auf Armeslänge entfernt. Das war für sie beide das Beste.

Durch das offene Fenster konnte er das Meer riechen. Sie hatten das Land durchquert. Sie hatten mehr Grenzen überschritten, als ihm lieb war. Aber sie waren noch weit davon entfernt, die letzte Grenze zu überschreiten.

Was empfand er für Blanche? Er hatte sich diese Frage immer und immer wieder gestellt, aber er hatte es stets geschafft, die Antwort abzublocken. Wollte er sie wirklich hören? Aber es war drei Uhr nachts, die Stunde, die er nur zu gut kannte. Abwehr brach leicht um drei Uhr nachts zusammen. Die Wahrheit schlich sich leicht ein.

Er liebte sie. Es war zu spät, einen Schritt zurück zu machen und „Nein, danke!" zu sagen. Er liebte sie auf eine Weise, die ihm völlig fremd war. Selbstlos. Grenzlos.

Zurückblickend konnte er beinahe den Punkt festlegen, an

dem es passiert war, obwohl er es damals anders bezeichnet hatte. Als er in Arizona auf der Felseninsel in dem künstlichen See gestanden hatte, hatte er sie begehrt, mehr begehrt als irgendetwas oder irgendjemanden jemals zuvor. Als er aus dem Albtraum erwacht war und sie neben sich gefunden hatte, warm und solide, hatte er sie gebraucht, wiederum mehr als irgendetwas anderes oder irgendjemand anderen.

Doch als er über die staubige Straße an der Grenze von Oklahoma geblickt und sie vor einem traurigen kleinen Haus mit einem Beet voller Stiefmütterchen stehen gesehen hatte, da hatte er sich verliebt.

Sie waren jetzt weit von Oklahoma entfernt, weit von diesem Moment entfernt. Liebe war gewachsen, hatte ihn überwältigt. Damals hatte er damit nicht umgehen können. Jetzt hatte er keine Ahnung, was er damit machen sollte.

Er fuhr auf das Meer zu, wo die Luft feucht war. Als er den Campingbus zwischen zwei flache Dünen steuerte, konnte er so gerade das Wasser sehen, ein Schatten mit Geräuschen in der Ferne. Während er auf das Wasser hinausblickte, während er lauschte, schlief er ein.

Blanche wachte auf, als sie die Seemöwen hörte. Steif, desorientiert, öffnete sie die Augen. Sie sah den Ozean, blau und still in dem frühen Licht, das noch nicht ganz Morgendämmerung war. Am Horizont war der Himmel rosig und heiter. Neblig. Langsam erwachend, beobachtete sie, wie die Möwen in weitem Bogen über die Küste glitten und sich wieder über die See hinausschwangen.

Sidney schlief neben ihr, leicht auf dem Sitz gedreht, so dass sein Kopf an der Tür ruhte. Er war stundenlang gefahren, erkannte sie. Aber was hatte ihn angetrieben?

Sie dachte an ihren Streit mit einer Art müder Nachsicht.

Ruhig glitt sie aus dem Campingbus. Sie wollte den Geruch des Meeres in sich aufnehmen.

War es erst zwei Monate her, dass sie an der Küste des Pazifiks gestanden hatten? War das hier wirklich so anders? Sie schlüpfte aus ihren Schuhen und fühlte den Sand kühl und rau unter ihren Füßen. Sidney war durch die Nacht gefahren, um hierher zu kommen, überlegte sie. Um hierher zu kommen, einen Schritt näher an das Ende heran. Sie brauchten jetzt nur noch an der Küste hinaufzufahren, ihren Weg durch New England zu winden. Ein kurzer Aufenthalt in New York für Fotos und Arbeit in einer Dunkelkammer und dann zum Cape Cod, wo für sie beide der Sommer enden würde.

Am besten wäre, dachte sie, wenn sie dort auseinander gingen. Die gemeinsame Rückfahrt und das Wiedersehen mit Orten, die sie gemeinsam als Team entdeckt hatten, konnte nicht leicht zu handhaben sein. Vielleicht sollte sie, wenn es soweit war, eine Entschuldigung finden und nach Los Angeles zurückfliegen. Es war wohl am besten, überlegte sie, wenn nach diesem Sommer jeder sein eigenes Leben wieder aufnahm.

Der Kreis schloss sich. Von der Spannung und dem Ärger am Anfang über die vorsichtige Freundschaft zur heftigen Leidenschaft und wieder zurück zur Spannung.

Blanche bückte sich und hob eine Muschel auf, die klein genug war, um ganz in ihre Handfläche zu passen.

Spannung zerbrach Dinge, oder etwa nicht? Durch Druck konnte etwas Ganzes in kleine Stücke brechen. Dann war das verloren, was man besessen hatte. Sie wollte das nicht für Sidney. Seufzend blickte sie auf den Ozean hinaus, wo das Wasser grün, dann blau war. Der Nebel hob sich.

Nein, das wollte sie nicht für ihn. Wenn sie sich voneinander abwandten, sollten sie das tun, was sie getan hatten, bevor sie sich einander zugewandt hatten. Als vollwertige, selbst bestimmende Menschen, die unabhängig für sich standen.

Sie behielt die Muschel in der Hand, als sie zu dem Campingbus zurückging. Die Erschöpfung war jetzt verflogen. Als sie Sidney neben dem Bus stehen sah, wie er sie beobachtete, die Haare vom Wind zerzaust, das Gesicht überschattet, die Augen schwer, krampfte sich ihr Herz zusammen.

Der Bruch kommt noch früh genug, sagte sie sich. Im Moment sollte es keinen Druck geben.

Lächelnd ging sie zu ihm. Sie nahm seine Hand und drückte die Muschel hinein. „Du kannst das Meer darin hören."

Er sagte nichts, sondern legte den Arm um sie und hielt sie fest. Gemeinsam sahen sie zu, wie die Sonne langsam im Osten aufging.

11. KAPITEL

An einer Straßenecke in Chelsea, New York City, lösten fünf unternehmungslustige Kids die Bolzen an einem Feuerhydranten und ließen das Wasser herausschießen. Blanche gefiel es, wie sie unter dem Wasserstrom hinwegtauchten, mit durchweichten Turnschuhen, klatschnassen Haaren. Blanche brauchte nicht lange darüber nachzudenken, was sie bei dieser Szene fühlte. Als sie die Kamera hob und einstellte, war ihr überwiegendes Gefühl Neid, purer und schlichter Neid.

Diese Kinder hatten sich nicht nur abgekühlt und waren herrlich nass, wohingegen sie schlaff von Hitze war, sondern sie hatten auch keine einzige Sorge auf der ganzen Welt. Sie brauchten sich nicht den Kopf darüber zu zerbrechen, ob ihr Leben in der richtigen Richtung verlief oder überhaupt in irgendeiner Richtung. Es war ihr Vorrecht, während dieser letzten atemlosen Wochen des Sommers zu genießen – ihre Jugend, ihre Freiheit und eine kühle Dusche des Wassers der City.

Wenn sie neidisch war, so gab es andere, die genauso empfanden. Blanche machte die beste Aufnahme von einem Passanten, einem zufälligen Augenzeugen dieser Szene. Der nicht mehr junge Bote in dem verschwitzten blauen Hemd und den staubigen Arbeitsschuhen blickte über seine Schulter, als eines der Kinder seine Arme hob, um einen Wasserstrahl einzufangen. Auf dem einen Gesicht zeichnete sich Vergnügen ab, pur und überschäumend. Auf dem anderen mischte sich Belustigung mit Bedauern über etwas, das sich nicht wiederbringen ließ.

Blanche ging durch Straßen voll von übellaunigem Verkehr, über Bürgersteige, die einem Hitze wie Beleidigungen entgegenschleuderten. New York überstand den Sommer nicht immer mit einem fröhlichen Lächeln und einem charmanten Winken.

Sidney war in der gemieteten Dunkelkammer, während Blanche zuerst die Arbeit im Freien aufgenommen hatte. Sie schob es hinaus, gestand sie sich ein, während sie einem Straßenverkäufer und seinem Angebot an bunten Plastiksonnenbrillen auswich. Sie schob die letzte Runde in der Dunkelkammer hinaus, die sie vor ihrer Rückkehr nach Kalifornien haben würde. Nach diesem kurzen Aufenthalt in New York würden sie nach Norden für das letzte Wochenende des Sommers auf Cape Cod fahren.

Sie und Sidney gingen jetzt wieder fast unerträglich vorsichtig miteinander um. Seit dem Morgen, an dem sie am Strand erwacht waren, hatte Blanche einen Schritt zurück gemacht. Ganz bewusst, wie sie zugab. Sie hatte nur zu deutlich festgestellt, dass Sidney ihr wehtun konnte. Vielleicht stimmte es, dass sie sich selbst überhaupt nicht abgeschirmt hatte. Blanche wollte nicht abstreiten, dass sie irgendwann ihre Entschlossenheit aufgegeben hatte, einen gewissen Abstand einzuhalten. Es war aber noch nicht zu spät, sich so weit zurückzuziehen, dass sie nicht verletzt wurde. Sie musste akzeptieren, dass der Sommer fast vorbei war, und zusammen mit ihm endete ihre Beziehung zu Sidney.

Mit diesen Gedanken ging sie langsam und im Zickzack zurück zu der gemieteten Dunkelkammer.

Sidney hatte bereits zehn Streifen Probeabzüge gemacht. Er legte einen Streifen unter den Vergrößerungsapparat und begann, methodisch auszuwählen und auszusortieren. Wie stets war er mit seiner Arbeit gnadenloser und kritischer als mit der von irgendjemandem sonst. Er wusste, dass Blanche bald zurückkommen würde, so dass er mit dem Vergrößern bis morgen warten musste. Dennoch wollte er ein Bild jetzt für sich selbst betrachten.

Er erinnerte sich an das kleine Motelzimmer, das sie in jener regnerischen Nacht gleich außerhalb von Louisville genommen hatten. Er erinnerte sich daran, wie er sich damals gefühlt hatte – an sie gebunden und ein wenig wagemutig. Diese Nacht war ihm zur quälenden Erinnerung geworden, seitdem er und Blanche wieder Mauern um sich selbst errichteten. In jener Nacht hatte es zwischen ihnen keine Grenzen gegeben.

Er fand den Abzug, den er suchte, und hielt das Vergrößerungsglas darüber. Blanche saß auf dem Bett, Regentropfen hingen in ihrem Haar, ihr Kleid am Ausschnitt so verrutscht, dass ihre Schultern entblößt waren. Weich, leidenschaftlich, zögernd. All das war da in der Art, wie sie sich hielt, in der Art, wie sie in die Kamera blickte. Aber ihre Augen ...

Frustriert zog er seine eigenen Augen zusammen. Was war in ihren Augen? Er wollte das Bild jetzt vergrößern, wollte es so stark vergrößern, dass er sehen und betrachten und verstehen konnte.

Sie hielt sich jetzt zurück. Jeden Tag konnte er es fühlen, konnte er es spüren. Jeden Tag ein wenig mehr Abstand. Aber was war in jener regnerischen Nacht in ihren Augen gewesen? Er musste es wissen. Bevor er das nicht wusste, konnte er keinen Schritt tun, weder auf sie zu noch von ihr weg.

Als es an der Tür klopfte, fluchte er. Er wollte noch eine Stunde. In einer Stunde würde er den Abzug und vielleicht auch seine Antwort haben. Er wollte einfach das Klopfen ignorieren.

„Sidney, komm schon. Zeit zum Wechseln."

„Komm in einer Stunde wieder."

„In einer Stunde!" Blanche hämmerte erneut gegen die Tür. „Hör mal, ich schmelze hier draußen. Außerdem habe ich dir schon zwanzig Minuten mehr zugestanden."

In dem Moment, wo er die Tür aufriss, fühlte Blanche die Wellen der Ungeduld. Weil sie nicht in der Stimmung war, sich damit auseinander zu setzen, hob sie bloß eine Augenbraue und schob sich an ihm vorbei. Wenn er schlecht gelaunt sein wollte, fein. Er sollte nur seine schlechte Laune mit nach draußen nehmen. Lässig stellte sie ihre Kamera und einen Pappbecher mit Limonade und Eis ab.

„Na, wie ist es gelaufen?"

„Ich bin noch nicht fertig."

Mit einem Schulterzucken begann sie, die Patronen mit unentwickeltem Film aufzureihen, die sie in ihrer Tasche mit sich getragen hatte. „Du hast morgen noch Zeit."

Er wollte nicht bis morgen warten, nicht einmal eine Minute, wie er jetzt herausfand. „Wenn du mir noch die Zeit zugestehst, die ich brauche, kann ich auf morgen verzichten."

Blanche begann, Wasser in eine flache Plastikwanne einlaufen zu lassen. „Tut mir Leid, Sidney, aber da draußen ist mir die Puste ausgegangen. Wenn ich jetzt nicht hier drinnen anfange, wäre es das Beste, ich würde ins Hotel zurückgehen und den Rest des Nachmittags verschlafen. Dann würde ich in Rückstand kommen. Was ist denn so wichtig?"

Er schob die Hände in die Hosentaschen. „Nichts. Ich möchte einfach fertig werden."

„Und ich muss anfangen", murmelte sie abweisend, während sie die Temperatur des Wassers überprüfte.

Er sah ihr einen Moment zu, wie sie fachkundig alles aufbaute und die Flaschen mit Chemikalien nach ihren Wünschen ordnete. Kleine Löckchen kräuselten sich feucht von der Schwüle um ihr Gesicht. Noch während sie alles für die Arbeit aufbaute, schlüpfte sie aus ihren Schuhen. Er fühlte eine Woge von Liebe, von Verlangen, von Verwirrung, und er streckte die Hand aus, um ihre Schulter zu berühren. „Blanche ..."

„Hmm?"

Er wollte näher treten, hielt sich jedoch zurück. „Wann wirst du fertig sein?"

Ein Hauch von Belustigung und Ärger schwang in ihrer Stimme mit. „Sidney, hörst du endlich auf, mich zu drängen?"

„Ich will dich abholen."

Sie unterbrach sich und warf einen Blick über ihre Schulter. „Warum?"

„Weil ich nicht will, dass du in der Dunkelheit da draußen allein herumläufst."

„Um Himmels willen." Genervt drehte sie sich ganz um. „Hast du eine Ahnung, wie oft ich allein in New York war? Sehe ich dumm aus?"

„Nein."

Etwas in der Art, wie er es sagte, ließ sie die Augen zusammenziehen. „Hör mal ..."

„Ich will dich abholen", wiederholte er und berührte diesmal ihre Wange. „Tu mir den Gefallen."

Sie stieß den Atem aus, versuchte ärgerlich zu sein und hob letztlich ihre Hand zu der seinen. „Acht, halb neun."

„Okay. Auf dem Rückweg können wir eine Kleinigkeit essen."

„Das ist etwas, worauf wir uns einigen können." Sie lächelte und senkte die Hand, bevor sie dem Wunsch nachgeben konnte, sie um sein Gesicht zu schmiegen. „Und jetzt geh und mach ein paar Fotos, ja? Ich muss mit der Arbeit anfangen."

Er nahm seine Kameratasche und ging zur Tür. „Nach halb neun bezahlst du das Dinner."

Blanche schloss die Tür hinter ihm mit einem entschiedenen Klicken.

Blanche verlor nicht die Zeit aus den Augen, während sie arbeitete. Zeit war zu wesentlich. In der Dunkelheit ging ihr die Arbeit gut von der Hand. Dann, in dem roten Licht, behielt sie den Rhythmus bei. Als ein Satz Negative entwickelt und zum Trocknen aufgehängt war, ging sie an den nächsten, danach an den dritten. Als sie zuletzt die Deckenlampe einschalten konnte, drückte sie den Rücken durch, streckte die Schultern und entspannte sich.

Ein flüchtiger Blick zeigte ihr, dass sie den Drink vergessen hatte, den sie sich unterwegs gekauft hatte. Gleichmütig nahm sie einen Schluck von der lauwarmen, abgestandenen Limo.

Die Arbeit befriedigte sie – die Präzision, die dafür erforderlich war. Jetzt schweiften ihre Gedanken bereits zu den Vergrößerungen hin. Erst dann würde sie kreativ voll befriedigt sein. Sie hatte Zeit, stellte sie mit einem raschen Blick auf ihre Uhr fest, und konnte sich eine Weile mit den Negativen beschäftigen, bevor Sidney zurückkam. Dann allerdings würde es ihr so ergehen wie vorhin ihm – irgend etwas würde halb fertig liegen bleiben. Doch erst einmal ging sie ein wenig neugierig an seine Probeabzüge.

Beeindruckend, entschied sie, aber weniger hatte sie gar nicht erwartet. Vielleicht würde sie ihn sogar um eine Vergrößerung bitten von dem alten Mann mit der Baseballmütze. Nicht Sidneys üblicher Stil, überlegte sie, während sie sich über den Streifen beugte. Es war so selten, dass er sich auf eine Person konzentrierte und die Emotionen frei fließen ließ. Der Mann, der dieses Foto geschossen hatte, hatte ihr einmal erzählt, er habe kein Mitgefühl. Blanche schüttelte den Kopf, während sie die Probeabzüge überflog. Glaubte Sidney das wirklich, oder wollte er nur, dass der Rest der Welt es glaubte?

Dann sah sie sich selbst und hielt erstaunt und verwundert inne. Natürlich erinnerte sie sich daran, wie Sidney dieses Foto arrangiert hatte, zuerst amüsant, dann erregend, während er Blickwinkel und Entfernung verändert hatte. Die Art, wie er sie berührt hatte ... Das war etwas, das sie nicht vergessen würde. Also sollte es sie nicht überraschen, davon den Beweis zu sehen. Dennoch war es für sie mehr als überraschend.

Mit leicht zitternden Händen griff Blanche nach einer Lupe und hielt sie über das kleine Viereck. Sie wirkte ... nachgiebig. Sie hörte, wie sie nervös schluckte, als sie tiefer blickte. Sie wirkte ... weich. Es konnte ihre Einbildung, wahrscheinlicher aber das Geschick des Fotografen sein. Sie wirkte ... verliebt.

Langsam legte Blanche die Lupe weg und richtete sich auf. Das Geschick des Fotografen, wiederholte sie und kämpfte darum, es zu glauben. Ein Trick des Blickwinkels, von Licht und Schatten. Was ein Fotograf auf Film bannte, war nicht immer die Wahrheit. Oft war es Illusion, oft dieser verschwommene Schleier zwischen Wahrheit und Illusion.

Eine Frau wusste, wann sie liebte. Das sagte Blanche sich selbst. Eine Frau wusste, wann sie ihr Herz verschenkt hatte. Es war nicht etwas, das passieren konnte, ohne dass man es fühlte.

Sie schloss für einen Moment die Augen und lauschte auf die Stille. Gab es etwas, das sie nicht gefühlt hatte, wenn es um Sidney ging? Wie lange wollte sie noch so tun, als könnten Leidenschaft, Sehnen und Verlangen getrennt voneinander existieren? Liebe hatte sie miteinander verbunden. Liebe hatte sie zu etwas Solidem und Starkem und Unleugbarem zusammengefügt.

Sie wandte sich zu den aufgehängten Negativen um. Es gab da eines, das sie bisher hatte ignorieren können. Da war ein winziges Stückchen Film, das sie impulsiv aufgenommen und dann vergessen hatte, weil sie vor der Antwort, die sie darin finden konnte, Angst bekommen hatte. Jetzt, da sie die Antwort schon hatte, starrte Blanche darauf.

Es war ein Negativ, also waren Sidneys Haare hell, sein Gesicht war dunkel. Der kleine Abschnitt des Flusses in der Ecke war weiß, wie die Ruder in seinen Händen. Aber sie sah ihn deutlich.

Seine Augen waren zu intensiv, obwohl sein Körper entspannt wirkte. Würde er seinem Geist jemals wirkliche Ruhe gönnen? Sein Gesicht war hart, schmal, die einzige greifbare Empfindsamkeit um seinen Mund herum. Er war ein Mann mit wenig Geduld für Fehler – seine eigenen und die von anderen. Er war ein Mann mit einem ausgeprägten Empfinden für das Wichtige. Und er war ein Mann, der seine eigenen Emotionen zügeln und vor anderen verleugnen konnte. Was er gab, wann er gab, das richtete sich nach seinen Regeln.

Sie wusste und verstand es und liebte ihn trotzdem.

Sie hatte schon früher geliebt, und die Liebe hatte damals mehr Sinn ergeben. Zumindest hatte es so geschienen. Dennoch hatte letztlich Liebe nicht genügt. Was wusste sie schon darüber, wie man Liebe zum Funktionieren brachte? Wenn sie schon einmal gescheitert war, konnte sie dann wirklich glauben, bei einem Mann wie Sidney Erfolg zu haben?

Sie liebte jetzt, und sie sagte sich, dass sie klug genug sei, stark genug, um ihn fortzulassen.

Regel Nummer eins, rief Blanche sich ins Gedächtnis, während sie die Dunkelkammer aufräumte. Keine Komplikationen. Sie ließ es wie eine Litanei immer wieder durch ihren Kopf laufen, bis Sidney an die Tür klopfte. Als sie ihm öffnete, glaubte sie beinahe daran.

Sie hatten die letzte Station erreicht, den letzten Tag. Der Sommer war nicht, wie sich so mancher wünschen mochte, endlos. Vielleicht blieb das Wetter noch ein paar Wochen lang mild. Blumen mochten auch weiterhin beharrlich blühen, doch wie Blanche den letzten Schultag als Anfang des Sommers betrachtet hatte, so betrachtete sie das Wochenende des Labor Days als seinen Abschluss.

Gebackene Muscheln, Strandpartys, Freudenfeuer. Heiße Strände und kühles Wasser. Das war Cape Cod. Volleyballspiele im Sand und plärrende tragbare Radios. Teenager perfektionierten die Sonnenbräune, die sie in den ersten Wochen der Schule herumzeigen würden. Familien stürzten sich noch ein letztes Mal hektisch ins Wasser, bevor der Herbst das Ende signalisierte. In den Gärten rauchten die Grills. Noch hatte Baseball die Nase vorn, bevor Football sich behaupten konnte. Als wüsste der Sommer, dass seine Zeit begrenzt war, verströmte er Hitze.

Blanche störte es nicht. Sie wollte, dass dieses letzte Wochenende alles war, was der Sommer bieten konnte – heiß, dunstig, sengend. Sie wollte, dass ihr letztes Wochenende mit Sidney das alles reflektierte. Liebe konnte mit Leidenschaft getarnt werden. Blanche konnte sich treiben lassen. Lange feuchtheiße Tage führten zu langen feuchtheißen Nächten, und Blanche klammerte sich an ihnen fest.

Wenn ihre Leidenschaft etwas hektisch, ihr Verlangen etwas verzweifelt war, konnte sie es auf die Hitze schieben. Während Blanche aggressiver wurde, wurde Sidney sanfter.

Er hatte die Veränderung bemerkt. Obwohl er nichts gesagt hatte, war es ihm an dem Abend aufgefallen, an dem er sie von der

Dunkelkammer abgeholt hatte. Vielleicht weil sie sonst nur selten nervös war, glaubte Blanche, ihre Nervosität gut verbergen zu können. Sidney konnte jedoch förmlich sehen, wie ihre Nerven jedes Mal zuckten, wenn er sie ansah.

Blanche hatte in der Dunkelkammer eine Entscheidung getroffen – eine Entscheidung, die sie für das Beste hielt, sowohl für sich selbst als auch für Sidney. Auch Sidney hatte in der Dunkelkammer eine Entscheidung getroffen, einen Tag später, als er beobachtete, wie die Vergrößerung von Blanche langsam sichtbar wurde.

Auf der Fahrt von Westen nach Osten waren sie ein Liebespaar geworden. Jetzt musste er auf der Fahrt von Osten nach Westen Blanche so umwerben, wie ein Mann das mit einer Frau tat, mit der er sein Leben verbringen wollte.

Zuerst kam Sanftheit, obwohl er darin kein Experte war. Druck, falls nötig, konnte er später anwenden. Darin war er schon erfahrener.

„Was für ein Tag." Nach langen Stunden des Wanderns, Beobachtens und Fotografierens ließ Blanche sich im Heck des Campingbusses, dessen Türen für frische Luft geöffnet waren, auf den Boden sinken. „Ich weiß gar nicht mehr, wie viele halb nackte Menschen ich gesehen habe." Sie lächelte Sidney zu und drückte ihren Rücken durch. Sie trug nichts außer ihrem eng anliegenden roten Badeanzug und einem lockeren weißen Umhang, der von einer Schulter schlaff herabhing.

„Du passt sehr gut dazu."

Träge hob sie ein Bein an und untersuchte es. „Na ja, es ist jedenfalls hübsch zu wissen, dass dieser Auftrag nicht meine Sonnenbräune ruiniert hat." Gähnend streckte sie sich. „Wir haben noch etwa zwei Stunden Sonne. Warum ziehst du nicht etwas Unanständiges an und gehst mit mir an den Strand hinunter?" Sie stand auf und hob die Arme, so dass sie sich mühelos um seinen Hals schlingen konnten. „Wir könnten uns im Wasser abkühlen." Sie drückte aufreizend verlockend ihre Lippen auf seinen Mund. „Dann könnten wir hierher zurückkommen und uns wieder aufwärmen."

„Mir gefällt der zweite Teil." Er verwandelte den Kuss durch wachsenden Druck und veränderten Angriffswinkel zu etwas Atemberaubendem. Er fühlte förmlich, wie sie unter seinen Händen weich und nachgiebig wurde. „Geh doch du hinunter und kühl dich ab. Ich habe noch etwas zu tun."

Blanche lehnte den Kopf an seine Schulter und kämpfte mit sich, ihn nicht noch einmal zu bitten. Sie wollte, dass er mit ihr ging, in jeder Sekunde bei ihr war, die ihnen noch blieb. Morgen musste sie ihm sagen, dass sie schon für ihren Rückflug an die Westküste Vorsorge getroffen hatte. Heute war ihre letzte gemeinsame Nacht, aber das wusste nur sie.

„Na schön." Sie schaffte ein Lächeln, als sie sich von ihm löste. „Ich kann dem Strand nicht widerstehen, wenn wir so nahe campen. Ich bin in zwei Stunden wieder da."

„Viel Spaß." Er gab ihr einen raschen, geistesabwesenden Kuss und sah ihr nicht nach, als sie wegging. Hätte er es getan, hätte er gesehen, wie sie zögerte und sogar ansetzte, wieder zurückzugehen, sich dann aber doch umdrehte und ihren Weg fortsetzte.

Die Luft hatte sich abgekühlt, als Blanche zu dem Campingbus zurückging, und fühlte sich kalt auf ihrer Haut an, ein sicheres Zeichen, dass der Sommer in den letzten Zügen lag. Freudenfeuer waren aufgetürmt worden, bereit, auf den Strand hinunterzuleuchten. In der Ferne hörte Blanche ein paar zögernde, amateurhafte Akkorde auf einer Gitarre. Es würde keine ruhige Nacht werden, fand sie, während sie auf ihrem Weg zum Bus an zwei anderen Campingplätzen vorbeiging.

Sie blieb einen Moment stehen, um auf das Wasser zu sehen, wobei sie ihr Haar nach hinten warf. Diesmal trug sie keinen Zopf, es fiel ihr frei auf die Schultern und war feucht vom Schwimmen im Atlantik. Beiläufig überlegte sie, ob sie ihr

Shampoo aus dem Campingbus holen und rasch zu den Duschen laufen sollte. Das konnte sie noch machen, bevor sie sich ein Sandwich bereitete. In ein oder zwei Stunden, wenn die Freudenfeuer richtig brannten und die Musik ihren Höhepunkt erreichte, würden sie und Sidney wieder an den Strand gehen und arbeiten.

Zum letzten Mal, dachte sie, als sie die Hand nach der Tür des Campingbusses ausstreckte.

Zuerst stand sie nur da und blinzelte, verwirrt von dem schwachen flackernden Licht. Kerzen, stellte sie verblüfft fest. Kerzen und weißes Leinen. Auf dem kleinen Klapptisch, den sie manchmal zwischen den Pritschen aufstellten, lag ein schneeweißes Tischtuch und standen zwei schlanke rote Kerzen in Glashaltern. Rote Leinenservietten lagen gefaltet daneben. Eine Rosenknospe steckte in einer schmalen durchsichtigen Glasvase. In dem kleinen Radio hinten im Wagen spielte sanfte, leise Musik.

An der schmalen behelfsmäßigen Küchentheke stand Sidney, die Beine gespreizt, während er noch einige Pinienkerne über einen Salat streute.

„War das Schwimmen schön?" fragte er lässig, als hätte sie jeden Abend beim Betreten des Kleinbusses einen solchen Anblick vorgefunden.

„Ja, ich ... Sidney, wo hast du das alles her?"

„Bin schnell in die Stadt gefahren. Hoffentlich magst du deine Krabben gut gewürzt. Ich habe sie nach meinem Geschmack gemacht."

Sie konnte es riechen. Über dem Geruch von Kerzenwachs und dem Duft der einzelnen Rose hing das volle Aroma von gewürzten Krabben. Lachend schob Blanche sich zu dem Tisch und strich mit einem Finger an einer der Kerzen entlang. „Wie hast du das alles geschafft?"

„Man hat mich gelegentlich schon als tüchtig bezeichnet." Sie blickte von der Kerze zu ihm auf. Ihr Gesicht war zauberhaft mit seinen klaren Linien. In dem weichen Licht waren ihre Augen dunkel, geheimnisvoll. Aber vor allem sah er, wie ihre Lippen zögernd lächelten, als sie die Hand nach ihm ausstreckte.

„Du hast das für mich getan."

Er berührte sie leicht, nur mit der Hand am Haar. Beide fühlten, wie etwas zwischen ihnen schimmerte. „Ich möchte auch essen."

„Ich weiß nicht, was ich sagen soll." Sie spürte, wie ihre Augen feucht wurden, versuchte aber nicht, die Tränen zurückzuhalten. „Ich weiß es wirklich nicht."

Er hob ihre Hand und küsste mit einer Einfachheit, die er noch nie gezeigt hatte, ihre Finger, einen nach dem anderen. „Versuch es mit ‚danke'."

Sie schluckte und flüsterte: „Danke."

„Hungrig?"

„Immer. Aber ..." In einer Geste, die ihn jedes Mal berührte, hob sie die Hände an sein Gesicht. „Einige Dinge sind wichtiger."

Blanche senkte die Lippen auf seinen Mund. Es war ein Geschmack, in dem er hätte versinken können – ein Geschmack, von dem er jetzt zugeben konnte, dass er darin versinken wollte. Langsam und sanft zog er sie in die Arme.

Ihre Körper passten zusammen. Blanche wusste es, und allein schon das Wissen erzeugte schmerzliche Sehnsucht. Sogar ihrer beider Atem schien sich zu vermengen, bis sie sicher war, dass ihre Herzen in exakt dem gleichen Rhythmus schlugen. Er schob die Hände unter ihr T-Shirt auf ihren Rücken, auf dem ihre Haut noch feucht vom Meer war.

Berühre mich. Sie zog ihn näher, als könnte ihr Körper ihm die Worte entgegenschreien.

Genieße mich. Ihr Mund war plötzlich gierig, heiß und offen, als könnte sie allein mit den Lippen das herauslocken, was sie von ihm brauchte.

Liebe mich. Ihre Hände glitten über ihn, als könnte sie die Empfindungen berühren, die sie wollte. Sie berühren, halten, bewahren – wenn auch nur für eine Nacht.

Er konnte das Meer an ihr riechen und den Sommer und den Abend. Er konnte die Leidenschaft fühlen, als ihr Körper sich gegen ihn presste. Verlangen, Forderungen, Begehren – er konnte sie schmecken, konnte sie von ihrem Mund trinken. Doch heute Abend musste er auch die Worte hören. Zu früh, warnte sein Verstand, als er begann, sich selbst zu verlieren. Es war zu früh, um zu fragen, zu früh, um etwas zu sagen. Sie brauchte Zeit, dachte er, Zeit und mehr Finesse, als er für gewöhnlich aufbrachte.

Doch selbst als er sie ein wenig von sich schob, konnte er sie nicht loslassen. Er blickte auf sie herunter und sah seinen eigenen Neubeginn. Was immer er in der Vergangenheit gesehen oder getan hatte, welche Erinnerungen auch immer er besaß, es war unwichtig. Es gab in seinem Leben nur eins, das wichtig war, und das hielt er in den Armen.

„Ich will dich lieben."

Ihr Atem war bereits ungleichmäßig, ihr Körper zitterte. „Ja."

Seine Hände umfassten sie fester, als er versuchte, logisch zu denken. „Der Platz ist knapp."

Sie lächelte und holte ihn näher. „Wir haben den Fußboden." Sie zog ihn mit sich hinunter.

Später, wenn ihr Verstand klarer und ihr Blut kühler war, würde Blanche sich nur an den Aufruhr der Gefühle, an die Flut der Empfindungen erinnern. Sie konnte nicht mehr zwischen dem berauschenden Gefühl seines Mundes auf ihrer Haut und dem intensiven Geschmack seiner Haut unter ihrem Mund unterscheiden.

Sie hatte gewusst, dass seine Leidenschaft nie zuvor intensiver, ruheloser gewesen war, aber sie konnte nicht sagen, woher sie es gewusst hatte. Lag es an der hektischen Art, wie er ihren Namen aussprach? Lag es an der verzweifelten Art, wie er ihren knappen Badeanzug herunterzog, ihren Körper erforschte, eroberte?

Ihre eigenen Gefühle hatten einen Höhepunkt erreicht, den sie nicht mehr mit Worten auszudrücken vermochte. Worte waren unvollkommen. Sie konnte es ihm nur noch zeigen.

Liebe, Bedauern, Verlangen, Wünsche – all das hatte sich in ihr aufgetürmt und war in Aufruhr geraten, bis sie sich an ihn klammerte. Und nachdem sie einander alles gegeben hatten, wozu sie fähig waren, klammerten sie sich noch immer aneinander, hielten den Moment an sich gedrückt, wie sie das mit einem Foto machen würden, das nach Jahren des Betrachtens vergilbt war.

Als sie sich an ihn schmiegte und ihr Kopf auf seiner Brust ruhte, lächelte sie. Sie hatten einander alles gegeben, was sie nur geben konnten. Was konnte irgendjemand noch mehr verlangen? Die Augen noch immer geschlossen, presste sie die Lippen auf seine Brust. Nichts würde diese Nacht verderben. In dieser Nacht würden sie Kerzenschein und Lachen genießen. Diese Nacht würde sie nie vergessen.

„Hoffentlich hast du viele Krabben gekauft", murmelte sie. „Ich bin am Verhungern."

„Ich habe genug gekauft, um einen durchschnittlichen Menschen und einen gierigen zu sättigen."

Grinsend setzte sie sich auf. „Gut." Mit einem seltenen Aufflackern von Energie kämpfte sie sich wieder in den weit fallenden Umhang und sprang auf. Sie beugte sich über den Topf mit den Krabben und atmete tief ein. „Wunderbar. Ich wusste gar nicht, dass du so talentiert bist."

„Ich fand es an der Zeit, dir einige meiner bewunderungswürdigeren Qualitäten vorzuführen."

Mit einem halben Lächeln warf sie ihm einen Blick zu, während er in seine Shorts schlüpfte. „Ach?"

„Ja. Immerhin haben wir noch einen langen gemeinsamen Weg vor uns." Er warf ihr einen ruhigen, rätselhaften Bück zu. „Einen sehr langen Weg."

„Ich werde nicht ..." Sie unterbrach sich selbst und wandte sich dem Salat zu. „Das sieht gut aus", meinte sie zu fröhlich.

„Blanche." Er hielt sie zurück, ehe sie aus dem Hängeschrank Schüsseln holen konnte. „Was ist los?"

„Nichts." Musste er immer alles sehen? Konnte sie nichts vor ihm verbergen?

Er ergriff sie an den Armen und hielt sie fest, um ihr in die Augen sehen zu können. „Was ist los?"

„Sprechen wir morgen darüber, ja?" Die Fröhlichkeit war noch immer vorhanden, wenn auch bemüht. „Ich bin wirklich hungrig. Diese Krabben kühlen schon aus und ..."

„Jetzt." Mit einem kurzen Schütteln erinnerte er sie beide daran, dass seine Geduld nur knapp bemessen war.

„Ich habe beschlossen zurückzufliegen", platzte sie heraus. „Ich kann einen Flug morgen Nachmittag bekommen."

Sidney wurde sehr still, aber sie war zu sehr damit beschäftigt, ihre Erklärung auszuarbeiten, als dass sie bemerkt hätte, wie gefährlich still. „Warum?"

„Ich musste meine Termine wie verrückt umstellen, um diesen Auftrag einzuschieben. Wenn ich jetzt etwas Zeit einspare, würde das die Dinge leichter machen." Es klang schwach. Es war schwach.

„Warum?"

Sie öffnete schon den Mund, um ihm eine Variation desselben Themas zu bieten. Ein Blick von ihm hielt sie davon ab. „Ich will einfach zurück", brachte sie hervor. „Ich weiß, dass du gern Gesellschaft auf der Fahrt hättest, aber der Auftrag ist beendet. Es ist sogar sehr wahrscheinlich, dass du ohne mich schneller vorankommst."

Er drängte seinen Zorn zurück. Zorn war nicht der richtige Weg. Hätte er diesem Zorn nachgegeben, hätte er geschrien, getobt, gedroht. Das war nicht der richtige Weg. „Nein", sagte er einfach und beließ es dabei.

„Nein?"

„Du fliegst morgen nicht zurück." Seine Stimme war ruhig, aber seine Augen drückten wesentlich mehr aus. „Wir fahren zusammen, Blanche."

Sie wappnete sich innerlich. Ein Streit, entschied sie, würde leicht sein. „Jetzt hör mir einmal ..."

„Setz dich."

Hochmut überkam sie sehr selten, aber wenn, dann in einer sehr ausgeprägten Form. „Wie darf ich das bitte verstehen?"

Als Antwort beförderte Sidney sie mit einem leichten Schubs auf die Bank. Wortlos zog er eine Schublade auf und holte den großen Umschlag heraus, der seine zuletzt angefertigten Vergrößerungen enthielt. Er warf sie auf den Tisch und fischte das Bild von Blanche heraus.

„Was siehst du?" fragte er.

„Mich selbst." Sie räusperte sich. „Mich selbst, natürlich."

„Reicht nicht."

„Das sehe ich aber", warf sie zurück, blickte jedoch nicht noch einmal auf das Bild hinunter. „Mehr ist da nicht."

Vielleicht spielte Angst eine Rolle in seinem Verhalten. Er wollte es nicht zugeben, aber die Angst war da, Angst, er könnte sich etwas nur eingebildet haben, was gar nicht vorhanden war. „Du siehst dich selbst, ja. Eine schöne Frau, eine begehrenswerte Frau. Eine Frau", fuhr er langsam fort, „die den Mann ansieht, den sie liebt."

Er hatte sie entblößt. Blanche kam es so vor, als hätte er tatsächlich Lage um Lage von Vortäuschung, Abwehr, Tarnung entfernt. Sie hatte das Gleiche wie er auf dem Abbild gesehen, das er auf Film eingefroren hatte. Sie hatte es gesehen, aber was gab ihm das Recht, sie zu entblößen?

„Du nimmst zu viel", sagte sie mit ruhiger Stimme, stand auf und wandte sich von ihm ab. „Verdammt zu viel."

Erleichterung durchflutete ihn. Er musste seine Augen für einen Moment schließen. Keine Einbildung, keine Illusion, sondern Wahrheit. Liebe war vorhanden und mit ihr sein eigener Neubeginn. „Du hast es bereits gegeben."

„Nein." Blanche drehte sich wieder um und klammerte sich an das, was ihr noch übrig blieb. „Ich habe es nicht gegeben. Was ich fühle, ist allein meine Sache. Ich habe dich um nichts gebeten, und ich werde es auch nicht tun." Sie holte tief Luft. „Wir waren uns einig, Sidney. Keine Komplikationen."

„Dann sieht es so aus, als hätten wir beide uns um jeweils hundertachtzig Grad gedreht, nicht wahr?" Er packte ihre Hand, ehe sie außer Reichweite zurückweichen konnte. „Sieh mich an." Sein Gesicht war nahe, Kerzenschein tanzte darüber. Das sanfte Licht erleuchtete irgendwie das, was er gesehen, was er durchlebt, was er überwunden hatte. „Siehst du denn gar nichts, wenn du mich anblickst? Siehst du denn mehr in einem Fremden am Strand, in einer Frau in einer Menschenmenge, in einem Kind an einer Straßenecke, als du in mir siehst?"

„Nicht ..." setzte sie an, wurde jedoch unterbrochen.

„Was siehst du?"

„Ich sehe einen Mann", sagte sie hastig und leidenschaftlich. „Einen Mann, der mehr gesehen hat, als er sollte. Ich sehe einen Mann, der gelernt hat, seine Gefühle sorgfältig zu kontrollieren, weil er nicht ganz sicher ist, was passieren würde, falls er sie freilässt. Ich sehe einen Zyniker, der es nicht geschafft hat, seine eigene Empfindsamkeit vollständig zu zerstören."

„Stimmt", erwiderte er ruhig, obwohl es sowohl mehr als auch weniger als das war, was er hatte hören wollen. „Was noch?"

„Nichts", erklärte sie am Rand einer Panik. „Nichts."

Es war nicht genug. Die Enttäuschung brach durch. Blanche konnte es in seinen Händen fühlen. „Wo ist denn jetzt dein Einfühlungsvermögen? Wo ist denn dein Scharfblick, der dich bei irgendeinem launenhaften Star unter all dem Glitzer den Kernpunkt erkennen lässt? Ich will, dass du in mich hineinblickst, Blanche."

„Ich kann nicht." Die Worte kamen mit einem Schaudern heraus. „Ich habe Angst davor."

Angst? Daran hatte er überhaupt nicht gedacht. Sie wurde doch im Handumdrehen mit Emotionen fertig, suchte sie, grub nach ihnen. Er lockerte seinen Griff und sagte die Worte, die für ihn am schwierigsten auszusprechen waren. „Ich liebe dich."

Sie fühlte, wie die Worte ihr den Atem aus den Lungen pressten. Wenn er die Worte aussprach, meinte er sie auch, dessen konnte sie sicher sein. War sie so in ihren eigenen Gefühlen gefangen gewesen, dass sie die seinen nicht gesehen hatte? Es war verlockend, es wäre einfach gewesen, sich schlicht in seine Arme zu schmiegen und das Risiko einzugehen. Aber sie erinnerte sich daran, dass sie beide schon früher ein Risiko eingegangen waren und versagt hatten.

„Sidney ..." Sie versuchte, ruhig zu denken, aber seine Liebeserklärung dröhnte noch in ihrem Kopf. „Ich will ... du kannst nicht ..."

„Ich will, dass du es sagst." Er hielt sie wieder an sich gedrückt. Sie konnte nicht ausweichen. „Ich will, dass du mich ansiehst. Du weißt, dass alles, was du über mich gesagt hast, wahr ist. Und ich will, dass du es mir sagst."

„Es würde nicht gut gehen", begann sie hastig, weil ihre Knie zitterten. „Siehst du das nicht ein? Ich würde es mir wünschen, weil ich einfach dumm genug bin zu glauben, dass es vielleicht dieses Mal ... mit dir ... Aber Ehe, Kinder, das ist es nicht, was du willst, und ich verstehe das. Ich dachte ja auch nicht, dass ich es mir wünschen könnte, bis alles so außer Kontrolle geriet."

Er war jetzt ruhiger, während sie erschöpfter wurde. „Du hast es mir noch nicht gesagt."

„Also schön." Sie schrie fast. „Na gut, ich liebe dich, aber ich ..."

Er verschloss ihren Mund mit seinen Lippen, so dass es keine Ausreden geben konnte. Im Moment konnte er einfach die Worte tief in sich aufnehmen und alles, was sie für ihn bedeuteten. Rettung. Er konnte daran glauben.

„Du hast verdammt viel Mut", murmelte er an ihren Lippen, „mir zu sagen, was ich hören will."

„Sidney, bitte." Sie gab der Schwäche nach und ließ den Kopf auf seine Schulter sinken. „Ich wollte nichts komplizieren. Ich will es auch jetzt nicht. Wenn ich zurückfliege, gibt das uns beiden die Zeit, die Dinge wieder in die richtige Perspektive zu bringen. Meine Arbeit, deine Arbeit ..."

„Sind wichtig", beendete er den Satz. „Aber nicht so wichtig wie das hier." Er wartete, bis sich ihre Augen langsam zu seinen hoben. Seine Stimme war jetzt wieder ruhig. Sein Griff lockerte sich. Er hielt sie noch immer fest, aber ohne Verzweiflung. „Nichts ist so wichtig, Blanche. Du wolltest es nicht, ich glaubte, dass ich es nicht wollte, aber ich weiß es jetzt besser. Alles hat mit dir angefangen. Alles Wichtige. Du machst mich rein." Er fuhr mit seinen Fingern durch ihr Haar. „Himmel, du lässt mich wieder hoffen, wieder glauben. Denkst du denn, ich lasse zu, dass du mir das alles wieder wegnimmst?"

Die Zweifel begannen zu schwinden, ruhig, langsam. Zweite Chance? Hatte sie nicht immer daran geglaubt? Risikofreudigkeit. Man musste nur fest genug gewinnen wollen.

„Nein", murmelte sie. „Aber ich brauche ein Versprechen. Ich brauche dieses Versprechen, Sidney, und dann, glaube ich, könnten wir alles machen."

Das glaubte er auch. „Ich verspreche, dich zu lieben und zu ehren, mich um dich zu kümmern, ob es dir gefällt oder nicht. Und ich verspreche, dass alles, was ich bin, dir gehört." Er griff nach oben und öffnete die Tür eines Hängeschranks. Sprachlos sah Blanche zu, wie er einen winzigen Plastiktopf mit Stiefmütterchen herausholte. Der Duft war leicht und süß und beständig.

„Pflanze sie mit mir ein, Blanche."

Ihre Hände schlossen sich um die seinen. Hatte sie nicht immer daran geglaubt, dass das Leben so einfach war, wie man es sich machte? „Sobald wir zu Hause sind."

EPILOG

„Arbeitest du jetzt mit?"

„Nein." Amüsiert, aber keineswegs erfreut, beobachtete Sidney, wie Blanche die Schirme neben und hinter ihm einrichtete. Ihm erschien es, als würde sie mit der Beleuchtung viel länger herumtrödeln, als nötig war.

„Du hast gesagt, ich könnte zu Weihnachten alles bekommen, was ich mir wünsche", erinnerte sie ihn, während sie den Belichtungsmesser an sein Gesicht hielt. „Und ich will dieses Bild."

„Das war ein schwacher Moment", murmelte er.

„Wie hart." Ohne jedes Mitgefühl trat Blanche zurück, um die Blickwinkel zu studieren. Die Beleuchtung war perfekt, die Schatten waren da, wo sie sein sollten. Aber ... Sie stieß einen langen, leidvollen Seufzer aus. „Sidney, hörst du bitte auf, so finster dreinzusehen?"

„Ich sagte, du könntest das Foto machen. Ich habe nicht gesagt, dass es hübsch sein würde."

„Da besteht auch gar keine Gefahr", sagte sie halblaut.

Genervt fuhr sie sich über ihre Haare, und der dünne Goldring an ihrer linken Hand fing das Licht ein. Sidney betrachtete das Schimmern mit dem gleichen seltsamen Genuss, den er jedes Mal verspürte, wenn ihm klar wurde, dass sie ein Team waren, in jeder Hinsicht. Mit einem Lächeln verschlang er die Finger seiner linken Hand mit ihren, so dass die Zwillingsringe sich leicht berührten.

„Willst du sicher dieses Foto für Weihnachten? Ich dachte daran, dir zehn Pfund französische Schokolade zu kaufen."

Sie blickte finster drein, aber sie entzog ihm nicht die Hand. „Ein Tiefschlag, Colby. Verdammt unfair." Sie ließ sich jedoch nicht ablenken und machte einen Schritt zurück. „Ich kriege mein Foto", erklärte sie ihm. „Und wenn du eklig bist, kaufe ich mir meine Schokolade selbst. Manche Ehemänner", fuhr sie fort, während sie zu der Kamera auf einem Stativ zurückging, "würden jeder Laune ihrer Ehefrau nachgeben, wenn sie in anderen Umständen ist."

Er blickte auf ihren flachen Bauch unter dem weiten Overall. Es verblüffte ihn noch immer, dass da neues Leben wuchs. Neues Leben von ihnen beiden. Wenn der Sommer wieder kam, würden sie ihr erstes Kind haben. Es wäre nicht gut gewesen, sie wissen zu lassen, dass er den Wunsch unterdrücken musste, sie zu verwöhnen und zu verhätscheln. Stattdessen zuckte Sidney die Schultern und schob die Hände in die Hosentaschen.

"Ich bin eben nicht so ein Ehemann", sagte er leichthin. "Du hast gewusst, was du kriegst, als du mich geheiratet hast."

Sie sah ihn durch den Sucher. Seine Hände steckten in den Hosentaschen, aber er war nicht entspannt. Wie immer war sein Körper bereit, sich zu bewegen, wobei seine Gedanken sich längst bewegten. Doch in seinen Augen sah sie die Freude, die Freundlichkeit und die Liebe. Gemeinsam sorgten sie dafür, dass es dabei blieb.

Er lächelte nicht, aber Blanche tat es, als sie auf den Auslöser drückte.

"Und ob ich gewusst habe, was ich kriege", murmelte sie.

– ENDE –

Nora Roberts
Cordina's Royal Family
„Eine königliche Affäre"

Prinzessin Gabriella de Cordina und Reeve MacGee – eine bezaubernde Romanze der Erfolgsautorin Nora Roberts.

Band-Nr. 25029
6,95 € (D)
ISBN 3-89941-037-8

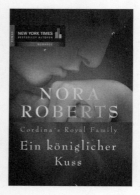

Nora Roberts
Cordina's Royal Family
„Ein königlicher Kuss"

Ein Herz und eine Krone: Schauspielerin verliebt sich in Kronprinz – Happy End nicht ausgeschlossen.

Band-Nr. 25039
6,95 € (D)
ISBN 3-89941-050-5

Nora Roberts
Cordina's Royal Family
„Eine königliche Hochzeit"

Agentin Lady Hannah Rothchild muss die fürstliche Familie von Cordina vor einem Anschlag schützen – unmöglich, dabei von Prinz Bennett zu träumen…
Band-Nr. 25056
6,95 € (D)
ISBN 3-89941-071-8